星屑

村山由佳

幻冬舎文庫

村山由佳

HOSHIKUZU

★

MURAYAMA
YUKA

CONTENTS

プロローグ★タレント

今、あの舞台の上で輝いている星たちのうち、来年も残っているのは何人だろう――。

樋口桐絵《ひぐちきりえ》は、上司の峰岸俊作《みねぎししゅんさく》とともに舞台袖の暗がりに立ち、次々に現れては持ち歌を披露する歌手たちを見つめていた。

ある者は汗の粒をふり飛ばしながら激しく踊り、またある者は絢爛《けんらん》豪華な着物姿で恋情を切々と歌いあげる。『日本レコード大賞』の候補に常に名前の挙がるような大スターたちに交じって、ここ数ヶ月でいきなりスターダムへ駆け上がったアイドルや、まだ垢抜《あかぬ》けない新人歌手もいる。けれど、その一人ひとりに、目のくらむほどまばゆいスポットライトは等しく注がれるのだ。

電飾の並ぶ大階段。

天井から降りしきる紙吹雪。

客席から湧《わ》き起こる拍手と歓声。

日本じゅうに数多《あまた》いる歌手たちの中で、あの場所に立つことができるのは、選び抜かれたほんの一握りでしかない。しかも、どれだけ苦しい思いをして舞台に上がったところで、その瞬間からふるいにかけられてゆく。大ベテランであっても例外ではない。

絶えず人目にさらされ、値踏みされ、有線のリクエスト数を競わされ、レコードの売上枚数をカウントされて、一曲リリースされればそのまま何ヶ月間かは、まるで壊れたジュークボックスのように同じ歌を同じ振りつけと同じクオリティで歌い続けなくてはならない。たとえばその日、体調が良かろうが悪かろうが、気分が乗ろうが乗るまいが、恋人と別れようが親兄弟が亡くなろうが、いっさい関係ない。

笑え。

何があっても笑え。

それができる者だけが生き残れる、のではなく、とりあえず生き残りを賭《か》けた闘《たたか》いに参戦できるというだけの、厳しくむなしい虚構の世界だ。

それでも皆、一度は星を手にしたいと望む。いや、星になりたいと望む。一瞬で夜空を横切り、あっという間に消えてゆくのでもかまわないから、誰かの瞳の中に自分の輝きを焼きつけたいと願うのだ。

（ああ、痛々しい……）

つい、そう思ってしまう時もある。誘蛾灯に群れる夏の虫たちを眺めている気分になる。

しかし芸能プロダクションの社員である桐絵たちの役割は決まっていた。いずれ星にまで昇りつめられるかもしれない宝石の原石を見つけ出すこと、それを磨きに磨いて舞台にのせること、そして彼らがうっかり墜《お》ちてしまわないようにありとあらゆる手段を使って支えることだ。

諸行無常、盛者必衰が世の理《ことわり》なのは知っている。去年は、昭和十一年（一九三六年）から続いた有楽町の日劇レビューが、四十年余りの歴史に幕を下ろした。本場のフレンチカンカンや一糸乱れぬラインダンスも、カラーテレビとともに刺激的な娯楽が普及したせいか若い層から観客が減ってゆき、公演の途中の三月末に打ち切りを決めてしまった。いっぽうで、すぐ近くの東京宝塚劇場はといえば『ベルサイユのばら』をきっかけに人気が再燃し、この夏も『風と共に去りぬ』や『誰がために鐘は鳴る』が大盛況ときている。

何が流行《はや》り、何が廃《すた》れるか、前もって正確に見きわめるのは至難の業だ。劇場の演《だ》し物でさえそうなのだから、生身の歌手たちの人気など株価並みに乱高下する。

だからこそ、やり甲斐《がい》もあるのだ。夢を賭けられるような原石を見つけ出して、自分の手で磨き、舞台の上へ押し上げてみたい。

そう思いながらも、桐絵はもうずっと、裏方のさらに裏方に甘んじている。芸能界における強大な勢力のひとつ『鳳《おおとり》プロダクション』——短大を出ると同時にそこへ入社した時から、すでに十年ほどがたつというのに。

たとえばいま隣に立つ峰岸と同じように、もし全面的にタレント一人のプロデュースを任されれば、誰より立派にやってのける自信がある。芸能プロダクションに入ったのはそのためだというのに、女であるというだけで、あるいは四年制の大学を出ていないというだけで、いまだにマネージャー以下の雑用しか回ってこない。手柄は男たちにかすめ取られ、あとは便利に使われる。歯痒《はがゆ》くてならない。それでも仕事が好きだから日々夢中でこなしているうち、今やすっかり〈行き遅れ〉の〈ハイミス〉だ。

と、ようやく、この歌謡番組おなじみのエンディング・テーマが流れ始めた。

すべての出演者が手拍子をしながら舞台に集合する。最前列には勢いのある新人、その周りをベテラン歌手たちが囲む。

最後は全員で観客席とカメラに向かって大きく手をふった。

「ありがとうー！」

「また来週ー！」

舞台下、メインカメラの横にいるディレクターが観客席へ向かって身ぶりで音もなく手を叩いてみせると、すかさず割れんばかりの拍手が湧き起こった。あらかじめ打ち合わせてあった通りだ。

収録の全行程が無事に終わり、他の歌手たちに交じって舞台下手《しもて》に戻ってきたドレス姿の城田万里子《しろたまりこ》を、峰岸が満面の笑みで迎えた。

「お疲れさまでした！　いやあ、今日の『雨降る街角』はひときわ素晴らしかったです」

「そう」

「聴き惚《ほ》れましたよ。やっぱり、大人の女が歌う演歌ってのは最高ですね。他とは格の違いを見せつけたっていうのかな」

「ふうん」

素っ気ない返事を気にしても仕方ない。『鳳プロ』きってのドル箱スターだ。

ざっと周囲への挨拶《あいさつ》を済ませると、長身の峰岸が先に立ち、桐絵が後を守るようにしてスタジオ外の楽屋へ戻った。廊下にハイヒールの靴音が響くたび、すぐ前をゆく紫色のロングドレスにびっしり縫いとめられたスパンコールが、まるで爬虫類《はちゅうるい》の肌のようにぬめぬめと光る。

時間はちゃんと知らせてあったのだが、結髪《けっぱつ》のスタッフはまだ来ておらず、狭い部屋の中は静まりかえっていた。どこかから生温かい風が来る。エアコンは効いているようだ。

薄い壁一枚で隔てられた隣が騒がしくなった。岸本浩二《きしもとこうじ》の楽屋だ。今をときめく人気アイドルだけあって、取り巻きも多いのだろう。

城田万里子は苛立《いらだ》たしげに鏡の前に腰掛けると、高く結い上げてあった髪から乱暴にピンを引き抜き始めた。

「あ、城田さん、すぐ結髪さんが来ますから」

慌てて止める桐絵を、おそろしい形相で睨《にら》む。

「遅いのよ、先に呼んどいてよ」

「すみません」

「それより、あたしの前の岸本ナントカ。あれ、何なの？　ふざけてんの？」

桐絵はぎょっとなった。隣の楽屋に聞こえるのではとはらはらする。

「まったく、自分一人のコンサートだとでも思ってんじゃないの？」

目を吊《つ》り上げた城田万里子が続ける。

「おかげでこっちはやりにくいったらなかったわよ。歌い出しのオケは聞こえないし、お客の目は全部あっちに向くし」

怒るのも無理はないのだった。

真っ赤なスーツ姿の岸本浩二が、自分の歌を終えてお辞儀をし、入れかわりに大階段の上から現れる城田万里子へバトンタッチするように左手を差し伸べてみせ、下手へとはける

――その時だった。観客席の前のほうに陣取っていた若い女性グループが立ち上がってきゃあきゃあと騒ぎだし、舞台にまで飛びつこうとした。

どれだけ開演前にディレクターが注意をしても、アイドルの出演する歌番組ではしばしば起こることだ。そんな場合は取り合わず、適当に笑いかけてあしらえば済むはずなのだが、今夜の岸本浩二は、わざわざかがんで手を伸ばし、何人かと握手を交わしたのだった。

「まあ、ファンが大事だってのはわかりますけどねえ」

峰岸が言う。

「そりゃ歌手なら誰だってそうよ。ただ、そういうのは自分のコンサートでやれって言ってるの。信じらんないわ。あそこの事務所、どういう教育してんのかしら」

「まあまあ、まだ若いことですし、悪気はなかったんでしょうけども、人気にあぐらをかいてちょっと調子に乗ってるってとこはありますかねえ」

なだめているのか煽《あお》っているのかわからない峰岸の口調に、横で聞いている桐絵は苛立った。年は五つ上の三十五だが、まるで落ち着く様子のない、基本的にへらへらとした態度の男だ。わかってはいるが、今は遠慮してもらいたい。

と、そこへ、テレビ局所属の結髪の女性スタッフが飛び込んできた。走ってきたのか、息を切らしている。

「お待たせして申し訳ありませんでした！　連携にちょっと不備がありまして……こちらの落ち度です」

「あら、いいのよ。気にしないで」

とたんに城田万里子が柔和な笑みを浮かべてみせた。

「これだけたくさんの人がいるんですもの、あなたがたも大変ね。まあ、汗なんかかいて。私は急がないから、ちょっとお茶でも飲んでひと休みしてからでかまわないのよ」

「いえ、そんな、とんでもない！」

畏《おそ》れ多いといったふうに首を振ったスタッフは、すっかり感激したのだろう、紅潮した顔を伏せ、急いで髪を解き化粧を落とすための用意を始めた。こうした外部のスタッフやファンに対して、城田万里子は完璧なまでに「気さくでいいひと」を貫き通している。その反動といってもいいほど、他の歌手やタレント、そしてもちろん所属する『鳳プロ』の社員たちへの当たりはきつい。業界では知らぬ者のない事実だ。

と、峰岸がこちらを向いた。

「キリエ。お前、ちょっと隣の楽屋行ってこいや」

「え？」

「岸本浩二のマネージャーに言ってくるんだよ。本人連れて、城田万里子に詫《わ》びを入れに来いって」

「あらやだ、そんなことといいのに」

鏡の中の城田万里子が鷹揚《おうよう》に微笑《ほほえ》み、しかし桐絵をじっと見つめてくる。

「いや、後々のためにも、俺がいっぺんあの若造にきっちり説教してやりますよ。城田さん、あなたは横で今みたいに笑っててくれればいいんです」

「だけど、何も峰岸クンが憎まれ役を買って出ることないじゃないの」

「しかし筋は通させなきゃいかんでしょう。こういうことを放置してると、本人のためにもならんはずだ。ほら、キリエ、何してる」

例によって面倒な役割はこちらに回ってくるのだ。向こうのマネージャーにせよ本人にせよ、いざ演歌界の大御所を前にすればおとなしく頭を下げるだろうが、自分らの陣地では別だろう。こちらへ謝りに来いなどと申し入れようものなら、何を言われるか……。

「わかりました。ちょっと話してきます」

淡々と言い、桐絵は楽屋を出た。

男たちはすぐ、こういう時は女のほうが角が立たなくていいんだよ、などと言うが、そうではない。自分たちが面倒を背負いこむのが嫌なだけだ。

隣のドアに、

〈岸本浩二様　控室〉

と大書した紙が貼ってある。中からは、わがままな王子然としたアイドル歌手の話し声、そして甘い砂糖にたかる蟻《あり》たちの笑い声がする。

必要と言うなら仕方ない、与えられた役割を果たすだけだ。

桐絵は、ドアをノックした。

＊

「タレント」とは、〈才能〉や〈技能〉を意味する言葉だ。

語源をさかのぼれば、古代ギリシャで金銀の重量や貨幣の単位として用いられていた「タラント」に行き着く。新約聖書のマタイ伝には、人それぞれに与えられたタラント金貨を活《い》かして、自分にできる限り社会に貢献することの大切さを説くたとえ話がある。

つまるところ、現代のタレントの役割は、天から与えられた才能をもって人々に夢を見せることだと言っていいだろう。

だからこそ、と桐絵は思う。よその芸能事務所と、互いの利益をすりあわせてうまく付き合うのももちろん大事だろうが、何よりも大切なことは別にある。自分の担当するタレントを、常に気分よくさせておくことだ。

人にない才能や技能を持つ彼らは、とにかく機嫌さえ良ければ最高のパフォーマンスを見せてくれる。そうすると、ファンが付く。レコードが売れる。会社は潤う。持ちつ持たれつ、万々歳だ。

テレビ局での歌番組収録が終わったその晩――高級レストランでの食事にすっかりご機嫌を直した城田万里子を、峰岸の運転で自宅マンションまで送り届けた頃には、夜も十時を回っていた。

助手席からすばやく降りた桐絵は、後ろのドアを開け、後部座席から降り立つ万里子の手助けをした。

地下の駐車場から五階の玄関前までは、直通エレベーターで一緒に上がり、桐絵が先に部屋に入って明かりをつけ、中をひと部屋ひと部屋確かめる。

「異常なしです、どうぞ」

昨年のことだ。『鳳プロ』所属の若い女性アイドル歌手の部屋に、行き過ぎたファンが運送業者を装って押し入ろうとした事件があった。男は、その時たまたま部屋にいた人物の顔を見るなり慌てて逃げだし、すぐに警察に取り押さえられたものの、おかげで彼女は妻子ある有名俳優との不倫がばれてしまい、仕事を干されて引退せざるを得なくなった。歌が特別うまいわけでもなく、演技をすれば大根の、ただ可愛《かわい》らしいばかりのタレントではあったが、まだ一、二年はもつだろうと踏んでいた。こちらとしても痛い損失だった。

「キリエちゃんも疲れてるでしょうに、世話かけちゃって悪いわね」

ワインに気持ちよく酔った城田万里子が、ずいぶんめずらしいことを言いだす。

「こんなオバサンの部屋に、誰が忍んでくるわけもないのにさ」

「何言ってるんですか。城田さんには、とんでもなく熱烈なファンがいっぱいいるじゃないですか」

桐絵は言った。嘘ではない。ほんとうのことを、ふだんより少し熱をこめて言う。

「人間、好きが高じたら何をしでかすかわかりゃしないんですから」

「そうかしら」

「そうですよ」

万里子は仏頂面のままだが、まんざらでもなさそうだ。

「でも、大丈夫です、こう見えて私、鉄アレイで鍛えてますし、護身術だって習ってますから。もし万一のことがあったって、城田さんのことは身体《からだ》を張って守ってみせます」

女を匂わせないように、あえてさばさばと言い、暇《いとま》を告《と》げる。

地下駐車場に降りてみると、来客スペースに車を停めた峰岸は、すべての窓を全開にして煙草《たばこ》を吸っていた。勝手気ままに見える彼も、歌手たちの前では一応、我慢しているのだ。煙は喉に良くない。

　桐絵は、先ほどまで座っていた助手席に乗り込んだ。

「ご苦労さん」

「いえ」

「直帰でいいか」

「はい、お願いします」

　峰岸が再びエンジンをかける。煙草をくわえたまま、カーステレオにカセットテープを滑り込ませると、たちまち騒々しいロック音楽が流れ始めた。

　ここしばらく、プライベートで彼が聴くのはこればかりだ。ロンドン出身のパンクロック・バンド、「ザ・クラッシュ」の『白い暴動』――本国では去年出たこのアルバムを、峰岸は業界のツテを駆使して手に入れたようだが、桐絵にはただ頭の痛くなる音楽でしかない。そもそもこれを好むセンスと、〈大人の女が歌う演歌ってのは最高ですね〉という感覚とが、峰岸の中でどう共存しているのかがわからない。

　車が動きだす。ハンドルを切ると、キュルキュルキュルとタイヤが鳴る。坂道を上がって公道に出るなり、

「ああ、そっか」峰岸が思いだしたように言った。「そういえば俺ら、明日は出張か」

「そういえばって」

今日だけで、もう何度も伝えている。『鳳プロ』が毎年行っている、新人発掘オーディションの地区大会だ。この時季、社員のほとんどは手分けして全国の審査会場へと飛ぶ。

「ええと、明日はどこだって言ってたっけ？」

それくらい自分で覚えておけ、と胸の裡《うち》で罵倒《ばとう》しながら、桐絵は言った。

「福岡です」

「え、なんて？」

戦闘機のようなギターの轟音《ごうおん》にかき消されて聞こえなかったらしい。

「ふく・おか・です」

声を張って伝えると、ぞんざいに頷《うなず》いた。

「ああ、はいはい」

この男、明日まで本当に覚えているだろうかと不安になり、念を押す。

「飛行機は朝十時ですからね。九時半には搭乗口にいないと」

「わかった。じゃあ、八時にアパートの下まで迎えに行くわ」

「けっこうです。私は電車で向かいますので」

「あっそ」

「航空券だけは忘れないで下さいよ」

「わかったわかった。パスポートもだろ」

「必要ありません」

「冗談だよ、怒るなよ」

くわえ煙草のままの峰岸が、一人でおかしそうに笑った。

ステージ1 ★ 新星

『ねえ、福岡っていったら、まだ水不足で大変なんでしょ？　そんなとこ行って大丈夫なの？　汲《く》み置き水なんかにあたって、お腹《なか》こわしたりしない？』

電話の向こうの母親が、しきりに気を揉《も》む。

「相変わらずねえ」

桐絵は笑って答えた。母親の心配性はいつものことだ。

「大丈夫。会社の出張なんだから、泊まるのは一応ちゃんとしたビジネスホテルだし、断水もだいぶましになってきたみたいよ」

今年、九州の北部には雨がろくに降らず、春以降はダムの底が見えるほどの水不足に悩まされていた。関西からも関東からも給水車が応援に駆けつけて急場をしのぎ、最近ではようやく雨量が平年並みに戻ってきたようだ。気をゆるめるわけにはいかないが危機は脱しつつある、と今朝の新聞に載っていた。

「そう。だったらいいけど、気をつけてよね。女の子なんだから」

桐絵は、言葉をぐっと呑《の》み込み、

「ありがと」

短く答えた。

三十の大台に乗った自分を〈女の子〉扱いするのは、もはやこの世で親だけだ。

実家は群馬県の前橋にある。二つ下の弟のほうはとっくに所帯を持ち、子どもも生まれて、スープの冷めない距離に住んでいる。

東京の短大へ進むために家を出るまで、桐絵は、あの環境に不満を抱いたことが一度もなかった。早く出ていきたいとも思っていなかった。

が、東京での暮らしに慣れた今ではもう、あそこへ戻ることはできない。正月など、たまの休みに帰ればのんびり羽を伸ばせるものの、長くはいられない。自分より能力が低いとしか思えないような男たちにも顎《あご》で使われ、本当にやりたいことをやらせてもらえない日々が続いても、桐絵にとってはすでに、東京こそが居場所なのだった。

その日、博多の中心部に位置する市民センターのホールはほぼ満席となった。

『鳳プロダクション』主催のスカウト・キャンペーン――毎年この時期、全国十数カ所で地区大会が行われる、そのひとつがここ福岡だ。

すべての地区大会は公開オーディションのかたちをとっており、一般客もわずかな入場料で観覧できる。出場者は二十名ほど、すでに簡単な予選でふるいにかけられている。そうして全国各地区から選び抜かれた数名ずつが、クリスマスのころ東京で行われる本選に集結し、そこで優勝を果たした一人きりが歌手デビューの機会を与えられる、ということになるはずなのだが――。

「どう思うよ、おい」

腕組みをして舞台を見上げながら、峰岸がぼそりと言った。隣に立つ桐絵に意見を訊《き》くというよりは、思わずこぼれたひとりごとに近い響きだ。

『鳳プロダクション』スカウト・キャンペーン」と横断幕のかかった舞台上では、出場者たちを前に段取りの説明が行われている。福岡会場の担当責任者であるディレクターの加藤は『鳳プロ』の若手で、他にも数名のスタッフが何日か前から現地入りしている。峰岸と桐絵は、本番の応援と監督のために今日だけかり出されたというわけだった。

「なあ、どう思うかって訊いてんだよ」

峰岸が重ねて言う。どうやら、ただのひとりごとではなかったようだ。

「……そうですね。蓋《ふた》を開けてみないことには何とも」

慎重に答える桐絵を、彼はじろりと見おろした。

「つくづく甘っちょろいなぁ、お前は。ざっと見りゃわかりそうなもんだ」

めぼしいのがいない、と言いたいのだった。

確かに、どの子を見てもぱっと惹《ひ》きつけられるところがないのは事実だ。出場者のほとんどは自薦他薦の十代男女だが、顔立ちが整っているとか、スタイルがいいとか、そんな美醜の問題ではなくてもっとこう、見るなり二度と目を離せなくなるような引力を持った子はいなかったものか。もしや、ここまでの予選の段階でうっかり見過ごしてしまったのではないのか──。

だが実際は、今日に始まったことではないのだった。ここ数年はどこの会場でもだいたいこんな具合で、いわゆるスター性を備えた歌い手がなかなか出てこない。

オーディションに集まってくるのは、ほぼ全員がズブの素人《しろうと》なのだから、多くを望むほうが間違っているのだと桐絵は自分に言い聞かせた。歌番組の舞台でスポットライトを浴び慣れたスターたちのように、立っているだけでこちらの目が潰《つぶ》れるほどの輝きを放つわけがない。

「まあ、そう決めつけなくても。化ける子は化けますし」

自らの期待もこめて、桐絵は峰岸をなだめた。

「地区大会の目的はあくまでも、磨けば光る原石を発掘することなんですから」

「だから何だよ。今は石ころに見えても仕方ないってか？」

観覧席中央に据えられた記録用の大型ビデオカメラの前、子どもも大人も押し合いへし合いしながらしきりにピースサインを送っている。まだフィルムも回っていないだろうに、お構いなしだ。

横目で見やりながら、峰岸は言った。

「ようし、覚えとけよ。今日の出場者の中に一人でも、歌いだすなり審査員の度肝を抜くようなのがいたら、俺、頭を丸めてお前に詫びを入れてやるから」

「けっこうです」

と、桐絵は言った。

このことは誰にも（もちろん本人にも）言った例しがないが、昔は「峰岸先輩」の仕事ぶりを尊敬していた。

強引でしょっちゅう無茶もするし、長いものには巻かれるどころかめった斬りにするほどで、しかしどんな時でもタレント自身のために何がいちばんいいかを考えに考えて動く。そのためなら自分の時間などどれだけでも費やすし、必要なら土下座だってする。

同業者の中にはやっかみもあってか、奴にはプライドがないと揶揄《やゆ》する連中もいたが、当の峰岸はどこ吹く風だった。桐絵にしても入社以来、彼に顎で使われることは多かったものの、それでもいつかあんなふうになりたいと望み、心の奥で憧れてさえいたのだ。

けれども峰岸の仕事ぶりは、現場より人に指図する業務のほうが多くなった時分から、目に見えて荒《すさ》み始めた。タレントの望みではなく会社の思惑を、つまりビジネス上の損得を優先することが増えていった。

そうして桐絵は彼を『先輩』と呼ぶのをやめた。夢から醒《さ》めたような心地だった。


オーディションのすべての行程が終了した時には、午後六時を回っていた。

市民センターの隣にあるグリル・レストランが、夜八時には閉店してしまうことを承知で入ったのは、とにもかくにも空っぽの胃袋を何かで満たさないことには今にも倒れそうだったからだ。二人とも、一日じゅう雑事に追われて昼食をとる暇もなかった。

加藤ディレクターをはじめとするスタッフは、市内のお座敷食堂で裏方を集めて慰労会を開くことになっているそうで、もちろん桐絵たち二人も誘われたのだが、峰岸が勝手に断った。寄るところがあるから、というのが理由だった。

安っぽい樹脂のテーブルと、同じ素材の椅子が並ぶレストランの奥に落ち着き、まずはビールとポテト、そして最初に目についたAセットを注文した。ハンバーグ&ライス。思い浮かべただけで生唾《なまつば》が湧く。

ウェイトレスの置いていったグラスの水を、峰岸はひと息に飲み干したが、桐絵はややためらいながら口に含んだ。

〈汲み置き水なんかにあたって、お腹こわしたりしない？〉

笑って斥《しりぞ》けたはずの母親の言葉がふと浮かぶ。福岡を訪れたばかりの身には実感が湧かないが、一般家庭はもとより、飲食店はさぞ苦労していることだろう。

やがて運ばれてきたジョッキを手に取ったものの、とても乾杯する気分ではなかった。ものも言わずに半分ほど飲んだ峰岸が、ジョッキを置くと、長いため息をついた。

「な、だから言ったろ？」

黙っている桐絵を見て、唇を皮肉に歪《ゆが》める。

「盛り上がらんこと、この上なかったな」

「そこまで言わなくても」

盛り上がらなかった、というのは間違いだ。出場者も観覧席も、大いに盛り上がりはしたと思う。そのための演出だ。ドラムロールが鳴り響き、合格か不合格かが発表されれば、そのつど会場は沸く。

それに、歌の巧《うま》い子だって、いないわけではなかった。ただし、それだけだった。あれでは〈素人のど自慢〉と変わらない。

「でも一応、二人の受賞者を出すことはできたわけですから」

すると峰岸は、唇の上の泡を拭いながら言った。

「お前、まさかあんなのが本選で通用するとでも思ってんのか」

「そ……」

ぐっと詰まった。

「そういう言い方は、せっかく選んで下さった先生方に失礼じゃありませんか」

「なーに言ってんだか。先生方だって、よくよくわかっておいでだっての。ああして無理にでも合格ボタンを押したのは、全員を落っことしたんじゃ来年から仕事にありつけなくなるからさ」

反論できないのが悔しい。

地区大会程度の審査員を、第一線の歌手や作曲家に頼むわけにはいかない。過去に一発当てただけの二軍三軍に依頼するのが定石だ。彼らにとっては楽をして収入を得られる美味《おい》しい仕事とあって、当然、スポンサーの顔色を何より大事にする。

「つたく、やってらんねえよな」

峰岸はぼやいた。フライドポテトをくっちゃくっちゃと咀嚼《そしやく》する口の中が見え、桐絵は目をそらした。

「他の地区から選ばれる連中も、みんなあの程度なのかねえ」

「さあ」

「何つぅかさ、ここんとこ年々、出場者がどんどん小粒になっていってる気がするんだよな。そう思わねえ？」

「……どうでしょうか」

「しばらく、スターって呼べるような若手が出てきてねえだろ。このまんまじゃ芸能界も先細り、こっちはおまんまの食い上げだよ。なあ？」

同じことを感じてはいたが、それを何とかするのが芸能プロダクションの仕事だろう、と思いながら黙っていると、

「おいキリエ、お前なあ」

峰岸があからさまなため息をついた。

「いつものことだけど、ほんっと笑わねえよな。先輩が喋《しゃべ》ってんだから、たまには愛想笑いのひとつもしろよ」

「すみません。持ち合わせがないもので」

あきれたのか、峰岸は、けへっ、と変な声をもらした。

「ま、いいや。このぶんじゃ案外、小細工なしでいけちゃったりしてな」

「小細工……？」

何のことですか、と訊き返した桐絵に、峰岸は奇妙な作り笑顔を向け、ゆっくりとかぶりを振った。

「何でもねえよ。お、来たぞ」

Ａセットが二人ぶん運ばれてくる。峰岸がさっそくナイフとフォークをひっつかんだ。鉄板の上でじゅうじゅう音を立てるハンバーグから、肉の焦げる香ばしい匂いが立ちのぼる。たまらずに桐絵もナイフを手に取った。

「とにかくお前、これ食ったら、ちょっと俺に付き合えよ」

「は？」

「いやいや、誤解すんなって。バーで強い酒飲ませてくどくとか、連れ込み宿にしけこむとか、そういうのは絶対ないって誓うから」

「そんなこと思いもしてませんけど」

「だろ？　だったら黙って付き合えって。いいとこ連れてってやるから、な」

ナイフを握ったままの手を挙げて、峰岸がビールのおかわりを頼んだ。

＊

東京よりも人々の歩くのが速いように感じるのは、道に慣れていないせいだろうか。夜の博多は思った以上に人出が多く、ぼやぼやしているとすれ違う肩がぶつかる。

タクシーを停めて桐絵を押し込み、すぐ後から自分も乗り込むなり、峰岸は言った。

「中洲《なかす》のほうへやってくれ。スザキチョウの、問屋街のあたり」

――あんなこと言って、やっぱりバーかどこかで飲み直すつもりなんじゃないの。

思わず眉根を寄せた桐絵は、バックミラーの中の運転手と目が合った。

「お客さんら、どっから来たと？」

初老の運転手に訊かれ、窓の外を見ていた峰岸が顔をふり向ける。

「東京だけど」

「ああ、どうりで。『スザキチョウ』やなかけんね」

「え？」

「『スサキマチ』て読むとよ」

「……ああ。へーえ、そうなんだ」

ぼんやり答え、峰岸はまた外を見やった。心ここにあらずといった様子だ。

十分ばかり走ったろうか、やがて停まった車から降り立つと、そこが〈須崎問屋街〉の入口だった。古めかしい建物がいくつか残る通りの先に、白く細長い提灯《ちょうちん》がぶらさがっているのを興奮気味に指さして、峰岸が早足になる。

近づいてみれば、提灯には墨文字で『ほらあなはうす』と書かれていた。

「ここだ、ここ。やっと来たぜぇ」

子どものようにはしゃいだ声とともに桐絵に向けた顔は、見たこともないほどぴかぴかしている。

「いやあ、俺さあ、出張先が福岡だって聞いた時から、晩のこれだけが楽しみだったんだ。オーディションなんか不調だろうが何だろうがどうでもいいや。ここへ来られたんだもんな」

「は？」思わず訊き返した。「じゃあ、何ですか？　昨日から何度も何度も私に、行き先はどこだっけって嫌がらせみたいに訊いたのは……」

あれは、〈みたい〉ではなく本当に嫌がらせだったということなのか。問い詰めるより早く、峰岸は入口から地下へとつながる狭い階段を下り始めた。

「え、ちょ、待って下さいってば」

「いいから早く来い。置いてくぞ」

いやもう置いて行ってくれてまったくかまわないのだが、いったいここに何があるのか、興味が無いわけではない。桐絵は、小さな舌打ちとともに峰岸の後に従い、階段を下りた。

重たいドアを開けると、すぐ左手が小さなカウンターで、その中が申し訳程度のキッチンだった。愛想のない店主に峰岸が挨拶をしている間に、中を見まわす。

いかにも地下室然としたフロアは予想よりだいぶ狭く、しかし予想よりはるかに多い客がすでに席を埋めていた。ほとんど満員と言っていい。

客席のテーブルはといえば、セメントブロックを積んだ上に板をのせただけのしろものだ。側面の壁には何やら前衛的な絵画がペンキで描き殴られ、いちばん奥の正面に、半円形の小さなステージがしつらえられている。

アンプとドラムセットが据えてあるところを見ると、どうやら何かしらの演奏が始まるらしい。

「ここ、何なんですか。ライブハウス？」

当然の質問をしたつもりの桐絵を、峰岸はまるで宇宙生物でも見るかのような目で見おろした。

「何言ってんだ、お前。さっき入口の提灯、見ただろう。『ほらあなはうす』っていったら博多ロックの聖地だぞ、そんなことも知らんのか」

「知りません」

「もしかして、『キャバーン・クラブ』は？」

「何ですか、それ」

くわぁーっ、と額に手をあてて大げさにのけぞると、峰岸は一杯二百五十円のビールを勝手に二つ注文し、かろうじて空いている後方の席へと桐絵を促した。

「キリエ、お前もさあ、曲がりなりにもこの業界にいるつもりなら、もっと勉強しろよ。ジャンルを問わず、時代を代表する音楽くらい押さえとかないでどうすんだよ」

「ここにそれがあると？」

「あたぼうよ。なんつったって博多の街そのものが、日本のリバプールとまで呼ばれてるんだぞ」

リバプール。かの「ザ・ビートルズ」を生んだイギリスの港町だ。

「で、『キャバーン・クラブ』ってのはな、初期のビートルズが活動してたナイト・クラブなんだよ。キャバーンってのは、洞穴って意味だ」

なるほど、と、仕方なく桐絵は頷いてみせる。つまりこの店は、それにちなんで『ほらあなはうす』と名付けられた、と言いたいのか。

「でな、俺が今夜聴きに来たのはだな……」

峰岸が講釈を続けようとした時、いきなりあたりが暗くなり、大きな歓声が湧き起こった。始まるらしい。

「まあいいや、説明は後だ。まっさらの耳で聴きな」

えらそうに言い放った彼が正面を向くと同時に、ステージ上手《かみて》の壁のドアが開き、ぞろぞろと若者たちが現れた。あのドアの向こうが楽屋になっているようだ。

揃《そろ》いも揃って髪を伸ばした四人のメンバーが、まばゆいステージの上へのっそりと上がり、それぞれ手にしているギターやベースのストラップを首に掛け、一人はドラムセットの向こう側に座る。何の前説もなく、いきなりイントロが響き渡った。

アンプが爆発するかのような轟音に、桐絵は思わず両手で耳を塞《ふさ》いだ。

ギターの高音がコンクリートの壁に突き刺さり、バスドラムが床を縦に揺らす。ボーカルなどマイクを食ってしまいそうな大きな口で、いったい何を叫んでいるのかわからない。がなりたてるばかりの声が割れている。熱は伝わるが、熱しか伝わってこない。

「な……何あれ。あれでも歌？」

「ああ？　なんだって？」

峰岸が、顔を近づけて叫ぶ。桐絵も叫び返した。

「音楽じゃないでしょう、こんなの！」

精いっぱいの大声さえ、ギターの金属音にかき消されてしまう。峰岸は鼻で嗤《わら》っただけで無視してよこした。

前列の観客たちは皆、立ち上がらんばかりの勢いで身体を揺らし、時に興奮した声をあげている。桐絵はそれを、耳から手を放せないまま茫然《ぼうぜん》と見やった。

百歩ゆずってこれが音楽なのだとして、その良さがわからない自分が遅れているのだろうか。峰岸が最近しょっちゅう車の中で聴いている「ザ・クラッシュ」のアルバムのほうが、やかましいながらもずっとマシだ。

いや、あれだって、城田万里子には嫌われたのだった。

〈消してちょうだい。騒音には我慢ならないの、あたし〉

車に乗ったとたんに冷たく言われ、さしもの峰岸も慌てて謝りながらカセットテープを止めた。天下の大ベテラン歌手に向かって、まさか、〈まっさらの耳で聴きな〉と言い放つわけにもいくまい。あの時桐絵は、初めて城田万里子と意見が合った気がしたものだ。

ステージの上では一曲目が終わり、息つく間もなく二曲目が始まっている。

続く数曲を、桐絵はひたすら耐えに耐えた。

耳を塞いでも、その手をこじ開けて音が脳内を引っかき回すせいで、船酔いしたかのように気分が悪くなり、それを過ぎると今度は手を下ろしても何も聞こえなくなった。音の強弱や高低すらわからなくなってゆく。

奥歯を嚙《か》みしめたまま二十分ほど我慢しただろうか。

ようやくバンドが演奏を終え、客席に片手を挙げながら意気揚々とステージを下りてゆくと、客も席を離れてトイレに立ったり、後ろのカウンターで飲みものを注文したりし始めた。

「どうだった……って、訊くまでもないか」

苦笑いを浮かべた峰岸の声が、耳鳴りに邪魔されてよく聞こえない。

「なかなか強烈だったみたいだな。博多ロッカーの洗礼はよ」

洗礼というより、何か悪魔的な儀式の中で揉みくちゃにされたかのようだった。頭の芯ががんがんする。

「私……帰ります」

自分の声までがひどく遠い。

「まあまあ、そんなこと言うなって。寂しいじゃないか。いま演《や》ったバンドは、中でも特別ハードなことで有名なんだ。ガレージバンドが全部あんなふうってわけじゃない」

峰岸は、いつになくしつこかった。

「なあキリエ、いいじゃん、あと二組だけ付き合えよ。な、二組だけ」

「どうして二組なんですか」

「や、さっきマスターに訊いたら、俺のイチ推しのバンドは三番目に出るんだとさ。それさえ終わったら、俺も一緒に帰るから。な、せっかくここまで来たんだからさ」

「でもあの、」

　ほんとうに気分がすぐれないのだと言おうとしたのだが、

「だいいち、ホテルまでだとタクシー代がけっこうかさむぞ」峰岸は、脅しをかけるように言った。「お前、先に帰るってんなら自腹で出せよな」

「そんな……！」

　それは困る。そうでなくとも今月は、学生時代の友人の出産祝いで出費がかさんでいるのだ。

　恨めしさをてんこ盛りにして睨みつけてやると、五つ上の上司は、「よーしよし」と満足げに立ち上がり、やがてコーヒーを二つ運んできた。今度も、桐絵にはひとことの相談もなかった。

　再び店内が暗くなったのは十分後だ。

　スポットライトの中にステージだけが浮かび上がり、男が三人現れる。先ほどのバンドと違って長髪ではないが、ギターの男は金、ベースは銀、ドラムに至っては蛍光オレンジに髪を染めている。目がちかちかする。

スタンドマイクは用意されているのに、音合わせの間もボーカルの姿は見えない。

「『ザ・マグナムズ』？」

壁の黒板を見やって峰岸が呟《つぶや》く。

「知らんな。『ピストルズ』の向こうを張ろうってか？」

その声を上から押しつぶすように、ベースが骨太なリフを刻み始めた。すぐにドラムが参入し、ギターの旋律が粘っこく絡む。

桐絵は意外に思った。音量も音圧もさっきと同じくらいなのに、耳を塞ぎたくならないのはなぜだろう。慣れただけだろうか。

とそこへ、スポットライトの外側から小柄な影が飛び込んできた。ひったくるようにマイクを握る。

（え、子ども？）

せいぜい十代半ばの身体つきはまだ華奢《きやしゃ》で、男という性別を感じさせない。桐絵は、引き込まれるように少年を凝視した。

膝の破れたブラックジーンズに、白いTシャツ、ブルーデニムのベスト。髪を染めていないのがむしろ新鮮だ。目の周りを黒々と縁取るようなメイクをしているが、端整な顔立ちが遠目にも見て取れる。

少年は、リズムに合わせて身体を揺らすと、おもむろに息を吸い込んで歌いだした。

一瞬で耳を持っていかれた。

「ほーお」

隣で峰岸も身を乗り出す。

ものすごい声だ。細い身体のいったいどこから、あんなハスキーな、狼《おおかみ》の遠吠《とおぼ》えを思わせる声が出るのか。

さらには、声域が広い。まだ声変わり前なのか、高音部の伸びときたら――。

いや。

いや、違う。まさか、

「女の子？」

「女か！」

桐絵と峰岸の声が揃う。

よくよく目をこらして見れば、喉仏がない。身体つきが華奢なのも、少女だと知れれば納得がいく。あっけにとられて見入っていると、短い曲はすぐに終わり、拍手も待たずに次へ移った。

桐絵も聞いたことのあるイントロ、これは確か、そう、ローリング・ストーンズの『サティスファクション』だ。

おそらくキーもそのままの、荒っぽいがキレのある演奏が八小節続いた後に、

「アーィケンッゲッノーオゥ！」

挑むように歌いだした少女は、時に足を踏みならし、時に飛び跳ね、客席の目と耳をぐいぐいと自分にたぐり寄せた。発音は堂に入っており、およそ日本人が英語で歌う時にありがちな不自然さがまったくない。峰岸の言うように、ここがどこかイギリスのナイト・クラブであるかのように思えてくる。

身ぶり手ぶりで観客を挑発し翻弄《ほんろう》しながら、痩せっぽちの少女はその一曲を見事な迫力で歌いきり、続いて同じストーンズの『ジャンピン・ジャック・フラッシュ』『悲しみのアンジー』と歌唱力を見せつけて、最後にオリジナルをもう一曲披露した。日本語の歌だったが、声だけ聴いていると黒人の歌うブルースのようだった。


「……リエ」

耳が、痺《しび》れてしまっている。

「おい、キリエ！」

強く揺さぶられ、我に返った。

隣に座った峰岸が、こちらの腕をつかんで覗《のぞ》きこんでいる。

「どうしたんだよ、おい。気分でも悪いのか？」

そういう心配は、もっと前にしてほしかった。今は、違う。今は……。

すぐそばを誰かが通る気配にようやく顔を上げると、フロアがすっかり明るくなっている。

空っぽのステージを見て、桐絵は狼狽《うろた》えた。

「あ……あの子たちは？」

「は？」

「どこへ行きました？　いま演奏してたバンド、っていうか、歌ってたあの子」

「さあ。まだ楽屋じゃねえの」

峰岸が顎をしゃくってみせるより早く、桐絵は立ち上がり、ステージ上手のドアへ突進していた。

「おい、カバンは！」

「見といて下さい！」

他の客をかき分け、壁沿いに前方へ向かう。古い木のドアには〈関係者以外は立入禁止〉と貼り紙がしてあったが、かまわずノックした。間をあけて、二度。

返事が聞こえない。周りが騒がしく、耳をつけて窺《うかが》っても中の様子がわからない。

ええいとばかりにドアノブを握って押し開けると、同時に中からもドアが引き開けられ、たたらを踏んだ桐絵は、危うく音楽機材のあれこれにつまずきそうになり、ようやく体勢を立て直した時には楽屋の中央で皆の注目を浴びていた。それほど狭い部屋だった。

しかも、中にいたのは先ほどの「ザ・マグナムズ」だけではない。奥のほうには出番待ちをしている次のバンドのメンバーたち五人がいて、お前ら終わったのならさっさと出ていけと言わんばかりの圧を醸し出している。あれがつまり、峰岸〈イチ推し〉のバンドということか。

ドアを開けた銀髪のベース男が、当然の質問を向けてきた。

「……なんやキサン」

息を吸い込んだとたん、楽屋に充満する男の汗のにおいが押し寄せ、桐絵は噎《む》せそうになった。かろうじて、口から呼吸しながら言った。

「お邪魔してしまってすみません。あのう、さっきの演奏を聴いていた者です」

「そりゃぁそうやろ、客やったら当たり前たい」

メンバーががげらげら笑う中、首をめぐらせると——いた。

ドアのすぐ脇、コンクリート剝《む》き出しの壁にもたれた少女が、無表情のままこちらを見つめている。

「あなた……」

桐絵は、少女だけに向き直った。

「名前は？　年はいくつ？　いつからここで歌ってるの？」

「おう、オバサン、たいがいにしとき。補導しに来たと？」

「いえ、そうじゃなくて」

オバサン、はかなりショックだった。若い者からすれば、そう見えるのか。

「そいつは十六やけん、なぁも言われる筋合いなか」

「ですからそうじゃなくてね」

「どこの誰かって訊きよったい」

詰め寄らんばかりの金髪ギター男に、

「先輩」ぴしゃりと少女が言った。「よかけん、ちょっと黙っとって」

話す声を初めて聞いた。やはり少し掠《かす》れてはいるが、歌う時ほど目立たない。喩《たと》えるなら、絹の裏打ちをほどこした天鵞絨《ビロード》。ひんやりとしているのに温かい、不思議な二面性を兼ね備えた声だ。

「で、誰なん、あんた」

今度は少女が訊く。態度の大きさでは〈先輩〉の上を行くかもしれない。

桐絵は答えに詰まり、とりあえず名刺を取り出そうとして気づいた。ショルダーバッグごと、席に置いてきてしまったのだ。

「ごめんなさい、名刺は後で渡すけど、とりあえず……」

にっこりと業務用の笑みを浮かべながら続ける。

「私、東京の芸能プロダクションで仕事をしている、樋口といいます。『鳳プロダクション』って聞いたことあるでしょう？」

「……知らん」

いきなり出鼻をくじかれる。東京の若い子なら、『鳳プロダクション』といえば十人のうち十人が知っているのに、と思っていると、横合いから今度はドラムのオレンジ男が口を挟んできた。

「あれぇ、ミチル。もしかして『鳳プロ』やったら、お前が好きな歌手がおるとこやないとか？　何ていうたっけ、ほら」

「知らん。黙っとって」

ミチルと呼ばれた少女は、黒いシャドウに縁取られた目で、じっと桐絵を見た。

「それで、何なん。うちにどげな用があると？」

桐絵は、一瞬ためらった。いざ口に出してしまえば、引っ込めることはできない。思いきって言った。

「あなた、東京に出てくる気はない？」

「は？　何ば言いよぉと？」

「すごくいいものを持ってると思うの。あなたくらいの年で、しかも女の子で、あんなふうに歌える子はなかなかいない。ね、歌手になるオーディションを受けてみない？　それか、うちの研究生としてまずレッスンを受けて、考えるのはそれからでも……」

「おうおう、ちょっと待たんね、オバサン」

再び金髪男がぐいっと割り込んできて、桐絵と少女の間に立った。

「引き抜きか？　誰に頼まれた？　ちゅうか、そげなことはまず、リーダーん俺ば通してもらわんと困るっちゃんね」

「ああもう、先輩たち、しゃぁしか！」

だんっ、と少女が床を踏みならす。

「黙っとって、ってさっきから言いよぉやろ！　それより、こげんのんびりしとってよかと？　さっさとここば出らな、あの人たちに迷惑かかろうもん」

およそ〈先輩〉への態度とも思えないが、メンバーたちはむしろ慌てて従った。奥に控えるバンドに向かって「申し訳なかです」などと低姿勢で謝りながら、それぞれギターケースの蓋を閉め、スネアやフットペダルを抱えてそそくさと楽屋から出ようとする。

「ほらオバサン、あんたも早《はよ》う出り出り！」

オレンジ男が、ドラムスティックで桐絵の背中を押した。

「ドアに〈立入禁止〉って書いてあったろうもん。字が読めんとかいな」

新人歌手スカウト・キャンペーンのことなど、とうにどこかへ飛んでいた。

翌日、二日酔いのせいで酒のにおいをぷんぷん漂わせている峰岸とともに東京へ戻ってから後も、桐絵の頭の真ん中にはただ一つの声が響き続けていた。

少年の姿を持つ少女。その声はしかし、少年でも少女でもない、かといって大人の男とも女とも違う、中性的というよりはむしろ両性的な、この世に二つとない声だった。

思いだすたび、いまだにぞくりとする。彼女が歌いだした瞬間の、あの耳ごと持っていかれるような衝撃。それなのに、

「確かにまあ、歌はおそろしく上手《うま》かったけどさあ」

一緒に聴いていたはずの峰岸の反応は今ひとつ鈍いのだった。

「あれをスカウトしたとして、いったいどうやって売り出すつもりよ。見た目があんなふうで、そりゃ男だったら岸本浩二の対抗馬にすることもできるし、女性ファンがまたきゃあきゃあ騒いで城田万里子の神経を逆撫《さかな》でしてくれること請け合いだろうさ。けどな、いかんせん女だろ？　しかもあの声だ。フリフリのドレス着せたところで、アイドル路線じゃとても売れねえよ」

「アイドルである必要、あるんですか？」

桐絵は食い下がった。

「なんだって？」

「あの時、峰岸さんだって思わず身を乗り出して聴いてたじゃないですか。あの子の声にはそれだけ、人を惹きつけるものがあるってことでしょう？」

「だったら何だよ」

「だったら、アイドルとしてじゃなく本格歌手として売り出すっていう方法も……」

「あー、無理無理、ムリムリムリ」

くわえ煙草の峰岸は冷笑を浮かべ、まるでハエでも追い払うような仕草《しぐさ》をした。

「今の日本で、若くても本格路線で売り出せるのは演歌歌手くらいのもんだから。しかもあういうハードなロックやブルースは、悲しいかな日本じゃ根付かねえのよ。そうでなきゃ俺だって、わざわざ聖地なんて呼ばれる博多のライブハウスまで聴きに行かねえっての。キリエ、お前さあ、何年この業界にいるんだよ。歌の上手いやつならみんながみんなメジャーデビューに向くってわけじゃねえだろ。そのくらいのこと、いいかげん判断できるようになれよな」

曲がりなりにも上司である峰岸にそこまで反対されてしまうと、桐絵もそれ以上のゴリ押しはできないのだった。

悔しいが、彼の言うことにも一理ある。上手いだけでは売れない。歌唱力、ルックス、表舞台でも目を引くほどの輝き、それに加えて最も大事なことは、〈今の時代に合っているかどうか〉なのだ。実力があっても時代に恵まれずに消えていった歌手など、過去に山ほどいる。

＊

クリスマス・イブを翌週に控えた日曜日。

いよいよ、『鳳プロ』スカウト・キャンペーン東京本選が開催された。

全国各地の予選を勝ち抜いてきた若者たちが一堂に会するこの日、三十名の中から選ばれるのは、グランプリと準グランプリが各一名、他に審査員奨励賞がほんの数名。たったそれだけの狭き門だ。

審査員奨励賞を受賞すれば、『鳳プロ』での新人育成プログラムを一年間にわたって格安で受講する資格が得られる。準グランプリならばそれが無料、一応は専属のマネージャーも付く。ただし、いずれにしてもモノになるかどうかは本人の努力次第だ。

が、ただ一人のグランプリ受賞者だけは、初めから華々しいデビューが確約されている。そのためのレッスンなどすべて含めて、会社が総力を挙げて彼または彼女を育て上げるのだ。出場者にとって誰を押しのけても手に入れたいのはもちろん、このグランプリの座だった。

この日、会場ホールには予想以上に人が入った。地方での大会と同じくわずかな入場料で一般客も観覧可能とあって、開場前から外に長い行列ができるほどだった。

桐絵はトランシーバーのイヤフォンを片耳に挿し、こまごまとした雑事やトラブルの処理にあたりながらも、基本的には客席の後方に立って舞台を見守っていた。メインカメラの後ろに陣取れば、モニターに映る出場者の表情まではっきり確認できる。

司会を務めるのは『鳳プロ』所属のベテラン人気タレントだ。その名を冠したクイズ番組まで持っている彼は、愛ある毒舌でも知られ、こうしたイベントの進行役としては実力・人気ともに右に出る者がない。

出場者が一人また一人と舞台袖から登場しては、司会者によって観客に紹介され、緊張をほぐしてもらったり激励を受けたりした後に何を歌うかを訊かれ、歌唱用のマイクを手渡される。客席から大きな拍手が湧き起こる中、オケによる演奏が始まる。

予選を突破してきたとはいえ、本選の雰囲気はやはり別のようだ。大舞台にアガってしまって歌詞を忘れたり、声が震えて出ない子もいる。自分の失敗に狼狽えるあまり、よけいに音程を外したりもする。無理もない。自分が歌う同じ舞台の上に、いつもテレビでしか見たことのない有名な歌手や作曲家がずらりと五人も並んでいるのだから。

(ミスなんか気にしなくていいのに)

見守る桐絵は、舞台とモニターを交互に見ながら気を揉んだ。

最初から完璧である必要はないのだ。舞台でアガる癖など、場数を踏めば必ず慣れて治ってゆく。そんなことよりも、とにかく自分の色、自分だけの持つ魅力を、ほんの片鱗《へんりん》でもいいからこの本選の舞台で発揮してみせてほしい。その一瞬の輝きこそ、こちらが見たいものなのに……。

それぞれの審査員の採点は、ボタンひとつで各席の頭上に表示されるようになっている。左端には、これまでに多くのヒットを飛ばした作曲家の高尾《たかお》良晃《よしあき》、右端には『鳳プロ』所属の城田万里子が鎮座ましまして、出場者それぞれが歌う間じゅう、ヘッドホンを耳に押しあてるなどしていた。

「さて、ご観覧の皆さま。『鳳プロダクション』スカウト・キャンペーン１９７８、ここ〈スターライトホール〉での本選もいよいよ終盤に入ってまいりました」

司会者が、おごそかに告げる。

「残る出場者は五名のみです。続いてまいりましょう、二十六番の方、どうぞこちらへ」

ひとりの少女が上手から現れた時、観客席にふっと不思議な空気が流れた。拍手が一瞬遅れたのは、皆が目を奪われていたからだ。

髪の長い、すらりとした美少女が、舞台上をすべるように歩いて司会者の隣に並ぶ。ひときわ白く小さなその顔に、笑みはない。緊張しているのだろうか。いや、それにしては立居振る舞いが堂々として、指の先まで神経が行き届いているのが見て取れる。

「お名前と年齢、出身をどうぞ」

少女が口をひらくまでに、微妙な間があいた。

「……佐藤真由《まゆ》、十四歳。東京生まれです」

「十四歳！」

司会者がおおげさに驚き、客席もざわめく。

「出場者の中では最年少ということになりますね。応募は、自分でしたの？」

「……ママが」

会場から笑いが起こる。桐絵の見つめるモニターの中、少女が不服そうに眉根を寄せた。

「いくつぐらいの時から、歌手になりたいと思っていたの？」

「…………」

待ってみたが、答えがない。わずかに首をかしげて黙っている少女の背中を、司会者がいたわるようにぽんぽんと叩《たた》いた。

「大丈夫。とにかく、泣いても笑ってもこれが最後だからね。思いきってのびのびと歌って下さい」

頷いた少女が、自分から司会者の握っているマイクへと手を伸ばす。受け取ると、促されるより先に舞台中央へと歩み出ていった。

司会者が慌ててアナウンスする。

「それでは歌って頂きましょう。二十六番、佐藤真由さん。歌は、谷口桃代の『イミテーション・ダイヤモンド』」

オケの奏でるイントロの間、少女は客席ではなくホールの天井を見上げて長い息をついた。

桐絵はふと、違和感を覚えた。深呼吸というより、ため息のように見えたのだ。

(十四歳が、こんな場面でため息？)

オケによるイントロが終わり、彼女が歌いだす。

とたんに客席がどよめいた。中学二年生とは思えない歌唱力だ。ほんのかすかにフラットした音程の取り方と醒めた声とが、むしろこの歌にはふさわしい。バレエでも習っているとみえて、本家本元を真似《まね》た振り付けも完璧だ。

桐絵は、二コーラス目を歌う少女を、息を詰めて見つめた。

上手い。ちょっといないくらいに歌は上手いのだが、聴けば聴くほど、違和感がつのってゆく。何なのだろう、この苛立ちは。聴きたいのに聴きたくないような……。

少女が最後のサビの部分を繰り返して歌い終わると、客席から拍手が湧き起こった。これまでで最も大きな拍手だった。

それを浴びながら、やはりニコリともせずに軽くお辞儀をした少女のそばへ、司会者が近づいていき、興奮気味にねぎらう。

続いて意見を求められた審査員たちも、こぞって絶賛した。作曲家の高尾良晃を皮切りに、皆、貶《けな》すところを苦労して探すような有様で、誰も彼も似たような褒め言葉の羅列となってゆく。

一応は神妙な顔つきで一人ひとりの意見を聞き、頷いたり礼を言ったりしていた少女の肩を抱くようにして、司会者が水を向けた。

「では最後に、城田先生、お願いします」

黒光りするラメのドレス姿の城田万里子が、置かれたマイクに口を寄せ、くっきりと赤く縁取られた唇をひらく。

「あなたが、とっても歌が上手だってことはよくわかったわ」

それまでの審査員とは温度差のある物言いに、まず、少女の顔色が変わった。桐絵の見つめるモニターの中、頬がさっと紅潮し、目尻が切れるように吊り上がってゆく。

「テクニックを言うならたいしたものよ。声量もあるし、声の質もいい、高音の伸びもきれい。そう、他の皆さんのおっしゃるとおり、文句をつけるほうが難しいと思う。でも、はっきり言うわね。私は感動しなかった」

いつしか観客席は静まりかえっていた。しわぶきの音ひとつしない。

「感心はしましたよ。『イミテーション・ダイヤモンド』をこれだけ上手に歌える人は、そうはいない。でも、心は揺さぶられなかった。なぜだかわかる？　あなたの歌に、本気を感じられないから。さっき、応募したのはお母様だって言ってたけど、そのせいもあるのかしらね。あなた自身が歌手になることを本当に望んでいるのかどうか、私にはどうにもそうは思えなくって……。ごめんなさいね、十四歳の女の子に厳しいことを言い過ぎているかもしれないけど、ここはみんなが本気で、これからの人生を懸けて勝負しに来ている場なので、あえて言わせてもらいました」

以上です、と城田万里子が姿勢を正す。

観客席は静かなままだ。

冷えきったこの場を取り繕わなくてはならない司会者も、そして次の出場者も、気の毒というより他なかった。

ステージ2★成りあがり

　ボンネットに映る電飾のきらめきが、まるで季節はずれの蛍の群れのようにするすると後ろへ流れてゆく。とっぷりと暮れた街はクリスマス一色だ。道沿いの店からはまばゆい明かりが歩道にこぼれ、そぞろ歩く人々の多くは互いに手をつなぎ腕を組んで、華やいだ笑顔を交わし合っている。

　けれど桐絵はそれどころではなかった。

「どうしてあそこで私が我慢しなきゃいけないんですか！」

「いやいやいや、まあそのへんはさあ」

　本選を終えての、帰りの車だった。ハンドルを握る峰岸の横顔には、相変わらず人を食ったような薄笑いが浮かんでいる。それがまた腹立たしい。

「何ていうかこう、いろいろとあるわけよ。いわゆる大人の事情ってもんがさ」

「大人もへったくれもないですよ。それを言うなら、それこそ大人に向かってあの口のきき方はないでしょう。いったい何なんですか、あの子のあの態度！」

「まあまあ」

「だいたい、峰岸さんも峰岸さんですよ。礼儀だけは守れって、タレントたちにいつも厳しく言ってるじゃないですか。それなのにどうして……」

「まあまあまあまあ」

なだめられればなだめられるほど、怒りがふつふつと湧いてきて止まらない。桐絵は、むっつりとフロントガラスの先を睨んだ。

この日を目標に全国各地より勝ち上がってきた歌手の卵たちの中から、ただ一人選ばれたグランプリ受賞者は、十四歳の佐藤真由。出場者中の最年少にして『イミテーション・ダイヤモンド』を見事に歌いこなした、あの少女だった。

一に歌唱力、二に容姿、そして持って生まれた〈華〉。未知数の部分は多々あるにせよ、総合的に考えて、彼女がグランプリを手にしたことについては、桐絵にも特段の異存はない。本番での度胸の据わり具合は確かにたいしたものだし、年齢に似合わぬ醒めた印象もかえって新鮮ではあった。

ただ一点、少女の歌を聴いている間じゅう、言葉にしがたい違和感がこみ上げてきたのは事実だが、その正体は、審査員の一人である城田万里子が、じつに的確に言い当ててくれたと思う。

〈あなたの歌に、本気を感じられないから〉

〈あなた自身が歌手になることを本当に望んでいるのかどうか、私にはどうにもそうは思えなくって〉

その城田万里子でさえも、最終的な賞のゆくえには異論を差しはさまず、観客まで含めて皆が納得するかたちでのグランプリと相成ったのだったが……。

すべてが終わった後、他の出場者がいなくなった控え室で、荒れに荒れたのは当の佐藤真由だった。

入っていった峰岸が、やあやあグランプリおめでとう、当然の結果だね……などと言いかけるのを遮り、

〈ちょっと！　何なのよあれ、話が違うじゃない！〉

艶《つや》やかな長い髪を後ろへ振りやり、白いワンピース姿で仁王立ちになって、少女は峰岸を睨み上げた。

〈だいたい、あんたが言ったんじゃないの、応募はママがしたことにしろって〉

桐絵は思わず峰岸を見やった。

どういうことなのか。主催者である『鳳プロダクション』の社員が、特定の出場者にアド

バイスをするなど、本来ならあってはならないはずだ。

少女がなおも言いつのる。

〈あたしはただ言われたとおりに答えただけなのに、ひどいじゃないの、あのオバサン。ママが応募したからやる気がないんじゃないかって？　失礼じゃない〉

目に浮かんでいるのは、悔し涙だろうか。

〈あたしのこと、まるで操り人形か何かみたいに……あんな恥ずかしい思い、これまで一度だってさせられたことないわ。おまけに、何なのあの偉そうな言い方！　感心はしたけど感動はしない？　ふざけるんじゃないわよ、いったい何様のつもりよ〉

少女が耳まで紅潮させ、床を踏みならす勢いで興奮しているので、とにもかくにも落ち着かせようと、

〈ねえ、佐藤さん〉

桐絵は横合いから優しくなだめた。

〈悔しい気持ちはよくわかるけど、城田万里子さんといったらこの道の大ベテランだし、大先輩よ。厳しく聞こえるあの言葉だって、決してあなたを貶すつもりでおっしゃったんじゃなくて、これからのあなたのことを思えばこそ……〉

〈うるっさいわね！〉

とたんに、おそろしい目で睨まれた。

〈誰よあんた。ったく、何が佐藤さんよ、ダッサ!〉

〈……え?〉

〈なんにも知らないオバサンは引っ込んでなさいって言ってんの!〉

〈ちょっと、そういう言い方は……〉

また〈オバサン〉か、とうんざりする。どうやらこの少女にとって、腹の立つ同性は誰も彼もオバサンらしい。

しかし、この業界では礼儀を守れない者は決して大きくなれない。いくら相手が子どもでも、そして今日が晴れの日であっても、それだけは釘を刺しておかなくてはと桐絵が息を吸い込んだところへ、

〈まあまあまあまあ〉

峰岸が割って入った。

〈二人とも、ちょっと落ち着いて。これから長い付き合いになるんだし、仲良くやっていこうよ、ね。キリエもさ、いいかげんにしろよ、大人げないなあ〉

〈はあ?〉

〈真由ちゃんもほら、そろそろ帰りの仕度しよっか。下に、お迎えの車がもう来てるはずだ

からさ。今日は帰ったらお祝いだね〉

ハンガーに掛けてあった、いかにも高級そうなコートを後ろから肩に掛けてやり、バッグを差し出す。

少女はひったくるようにバッグを取ると、キッと峰岸をふり返って言った。

〈今日のこと、ぜーんぶパパに言いつけてやるから〉

――それが、ついさっきのことだ。

今、カーデッキからは、峰岸が最近新しく仕入れてきた海外のロック音楽が流れている。流行りなのか、シンセサイザーばかりがやかましい。

桐絵は、腹立ちまぎれにスイッチを切ってやった。

「ちゃんと答えて下さい」

「何をだよ」

「とぼけないで下さいよ。さっき言ってた、大人の事情とやらをです。あの子、本当は何者なんですか」

峰岸は、黙りこくって道路の前方を睨み、胸ポケットから煙草を取り出した。一本くわえて、ブルーの使い捨てライターで火をつける。桐絵が窓の開閉ハンドルに手を伸ばそうとすると、

「開けるなよ、凍死しちまう。なに、多少煙くても死にゃあしない」

先回りして勝手なことを言った。

多少寒くても死にはしません、と言い返したいのを我慢して、桐絵は身体ごと峰岸のほうへ向き直った。

「……おいおい、そう怖い顔すんなって」

「いいから、答えて下さい。あの子、ほんとうは『佐藤真由』じゃないんですね」

返事がない。

「本名は何ていうんですか。どういう事情があって、偽名なんかで出場を……」

チッと峰岸が舌打ちをする。カーデッキの下の灰皿を引き出したところへ、ちょうど信号が赤に変わった。

停まった車の窓の外から、楽しげなクリスマスソングが聞こえてくる。煙草の灰を軽く落とすと、峰岸はようやく口をひらいた。

「わかったよ、言うよ。そのかわり、うちの社の連中にも内緒だぞ。お前にだけ言うんだからな」

恩着せがましい言い方をする。無視して目をそらさずにいると、峰岸はため息をついた。

「本名は、有川《ありかわ》真由」

「え？」

――有川。

「まさか、それって……」

「そのまさかだよ。あの子が言ってた『パパ』ってのはつまり、ジョージ有川のことさ」

「そんな、ばかな……」

「何がだよ。うちの専務取締役に一人娘がいたって、べつにおかしくはあるまい？」

桐絵は、茫然と峰岸の横顔を見つめた。

そう、『鳳プロダクション』の専務取締役である有川丈児《じょうじ》――すなわち、かつての名ギタリスト・ジョージ有川――に娘がいようと、何もおかしくはない。おかしいのはそこではなくて、その娘が、『鳳プロ』主催の「新人歌手スカウト・キャンペーン」に出場したということだ。しかもその有川専務の妻は、社長である大鳥雅之《おおとりまさゆき》の娘で、それほど売れはしなかったものの元は歌手ときている……。

なるほど、〈佐藤〉などという偽名が必要だったわけだ。〈有川真由〉でも〈大鳥真由〉でも具合が悪い。

信号が変わり、峰岸がギアを入れて車を発進させる。街路樹に絡まるきらびやかな電飾が、くわえ煙草の痩せた横顔をちらちらと彩ってゆく。

桐絵はようやく前を向いた。

「……出来レースだったってことですね」

「身も蓋もない言い方をするなよ」

「軽蔑します」

「あ?」

「知ってたんでしょ、峰岸さんは最初から。福岡大会の時にも言ってましたもんね、このぶんなら小細工なしでいけるかも、とか何とか。あれはこういうことだったんですね」

「だからってお前、そんなに目ぇ吊り上げて怒らんでも」

「吊り目は生まれつきです！」

「そうかもしれんけど、ほれ、何つうの？　清濁併《あわ》せ呑むっつうの？　そういうことも、そろそろ覚えてもらわんとさあ。昨日今日この業界に入った小娘でもあるまいによ」

彼にしてもいくらかは尻の据わりが悪いのだろうか。言い訳がましく続ける。

「実際、小細工は最小限で済んだんだぞ。審査員のほとんどは、真由の正体を知らないままグランプリに選んだんだ。堂々たる勝利さ」

「ほとんど？　誰が知ってたんです」

「……高尾良晃」

「審査委員長じゃないですか！」

作曲家の高尾は『鳳プロダクション』の顧問であり、所属歌手のレッスンも請け負っている。互いに持ちつ持たれつ、魚心あれば水心ということか。

桐絵は、はっとなった。

「まさか……城田さんのあの厳しい講評も、仕込みだったなんて言うんじゃないでしょうね」

「ばか言うなよ」峰岸は、げんなりと再び灰を落とした。「あの城田万里子にそんな話を持ちかけてみろ。今すぐ審査員を降りると騒ぎ出すか、へたすりゃ今日の本選ごと潰されてたぞ」

やりかねない。正義感はともかく、誰かのために利用されるなど我慢ならない質《たち》だ。

つまり、と桐絵は考えた。城田万里子には知らせなかったということは、会社としてもこの秘密を何としても守りたいわけだ。

舞台に立った真由の姿を思い浮かべる。専務、ジョージ有川の若かりし日の写真に、なるほど少し似ているだろうか。十四歳にしてはあまりに堂々とした、言い換えると人を人とも思わないようなあの態度も、身のこなしや歌唱力も、かつて人気ロカビリー歌手だった大鳥社長の孫だと考えれば納得がいく。

桐絵はうつむいて額を押さえた。車内は暖かいのに、悪寒が足もとから這《は》い上ってくる。

「どうしてわざわざ素人と競わせたりしたんですか。あれだけ歌えるんなら、普通にデビューさせればよかったじゃないですか」

「そりゃ正論ってもんだがよ、お前、うちの『スカウト・キャンペーン』に実質どれほどの宣伝効果があるかわかって言ってんのか？　今日の本選の模様は年明けに全国放送される。視聴率も高い、グランプリ受賞者は当然注目を浴びるよな。黙ってたってマスコミの取材は殺到する、いずれ新曲ひっさげて歌謡番組に出りゃ、お茶の間の誰もが『ああ、あの時のあの子だ』って最初っから期待してその歌を聴いてくれるって寸法だ。うちがもし、それと同じくらいの宣伝を一から打とうとした場合のことを考えてみろよ。つまり社を挙げて期待の大型新人を一人デビューさせるとして、いったいどれだけの費用がかかるか……。なあキリエ、お前、いっぺんでも試算してみたことがあるか？　おっそろしい数字だぞ」

「……つまり？」

「のるかそるかの瀬戸際なんだ」

桐絵は、唾を飲み下した。

「もしかして、うちの経営、危ないんですか」

峰岸が、煙草をもみ消す。

灰皿を静かに閉じて言った。

「新しいスターが必要なんだよ」

芸名は、どうやら〈小鳥《こ とり》真由〉ということに落ち着きそうだった。

〈大鳥〉を〈小鳥〉に変えただけではすぐにばれてしまうのではないかと桐絵は危ぶんだが、今のところ社の内部にさえ、真由の素性を疑ってかかる者はいないようだ。『鳳プロダクション』を挙げて、これから大きく育ててゆくべき新人だから〈小鳥〉。皆、単にそうした意味合いのネーミングと受け取っているらしい。

「ほんとに少ないんですね。事情を知らされてる人」

桐絵の呟きに、峰岸はぎょろりと目を光らせた。

「言ったろう。現場の人間では俺とお前だけだって」

声を低める。今回は特別に、プロデューサーの峰岸が真由の専属マネージャー、桐絵はその補佐、という位置づけらしい。また補佐か、と思った。まあ、いい。積極的に担当したい相手でもない。

「他には？　当の専務や社長以外では、誰が知ってるんですか」

「だから高尾先生だってばよ」

「それだけ？」

「ああ。それで全部だ。俺の知らされてる限りはな」

桐絵は、レッスンスタジオの中央へと視線を投げた。大勢のバンドが入っての録音でもないのにいちばん広いスタジオを用意したのは、ここだけが他とは別フロアにあって、人目を避けられるからだ。

今、真由はグランドピアノのすぐ脇に立ち、音階に合わせて発声練習をしている。東京本選の日はよそいきの白いワンピース姿だったが、今日は紺のセーターにタータンチェックのミニスカート。すんなりと伸びた脚がまぶしい。

ああしていると、素直で清楚《せいそ》な中学生に見えるのに、と桐絵は思った。

「今度は、もっとたーっぷり伸ばしてみようかー。はい、ドーミーソーミードー」

彼女に稽古をつけているのが、作曲家の高尾良晃だ。

「ほらもっと口角上げてー。もっと、もっと上がるはずだぞ、口角ー。そう！　目も、本気で奥のほうから輝かせてー、はい、ドーミーソーミードー。いいぞ、真由ちゃん」

スカウト・キャンペーン本選の審査委員長にして、誰もが認める歌謡界のヒットメーカー、高尾良晃。

いかつい顔に笑みを浮かべ、わざわざ新人のご機嫌を取りながらボイス・トレーニングの講師などしなくとも、これまでに書いた膨大な曲の印税だけで悠々自適のはずだ。

にもかかわらず、こうして『鳳プロ』のレッスンだけ特別に引き受けてくれるのは、有川専務との古い付き合いがあってこそだ。少なくとも桐絵はそう聞いている。十五年ばかり前、ギタリスト・ジョージ有川だった頃の専務と、当時ピアニストだった高尾は、一緒にバンドを組んでいたらしい。

高尾は現在四十二歳。有川に至っては三十九歳。どちらも外の世界ではまだ〈若い〉と言われる年齢だが、芸能界では、この年で現役を張っている者はけっして多くない。この業界ならではの過酷さは数あれど、そのひとつは時間がおそろしい速さで流れ去ることだ、と桐絵は思う。周辺にいるだけの自分でさえ、入社以来の十年はあっという間に過ぎ、気がつけば中身ばかりがすっかり老成してしまった。まるで竜宮城から出ることのできない浦島太郎のような気分だ。

「とにかく、真由の素性を知ってる人間は少なければ少ないほどいいんだ。万が一にも外部に漏れたら、お前と俺の首が飛ぶくらいじゃ済まないんだからな」

いちいち言われなくたってわかっている。

「しつこいですよ」ぴしゃりと言い返してやった。「安心して下さい。これでも口は堅いので」

「おう。まあ、そこは信用してるけどさ」

思わず、まじまじと顔を見てしまった。

「何だよ。当たり前だろ、でなきゃ最初から打ち明けるもんか」

真由の歌声は、細いが澄んでいてよく通る。音程も安定しているし、とくに高音域の伸びがいい。反響を抑えるための分厚い吸音材に囲まれたスタジオでさえ、その声はくっきりとこちらの耳に届く。

確かに〈小細工〉なしでもグランプリはこの子が受賞しただろうと桐絵は思った。

「ああ、いいねいいいね、その調子。素晴らしい！」

高尾良晃の弾《ひ》くドーミーソーミードー、のピアノの音階が半音ずつ上がってゆく。

しかし、真由のほうは明らかに乗り気ではない。退屈、と顔に書いてあるかのような投げやりな態度だ。

鍵盤に指を走らせながら、高尾は大げさに褒めちぎる。叱《しか》るよりは褒めて伸ばすのがいつもの彼のやり方だ。

「はい次、スタッカートでハッハッハッハッハー、そう！　ハッハッハッハッハー、もっと喉を開けてー、ハッハッ……もっと出るだろう！　ハッハッ……ほら喉の奥を締めないでー、ハッハッ……」

と、その時だ。

真由が、ぴたりと歌うのをやめた。

「……あれ、どうした？　真由ちゃん」

高尾が目を上げる。

「ひと息入れるにはまだ早いぞ」

「やってらんない」

「うん？」

「こんなかったるいレッスン、付き合ってられないって言ってんの。帰る」

きびすを返し、つかつかとこちらへやってくる。

それなのに、高尾どころか、峰岸までがまあまあとなだめるばかりで叱らない。まさか、勝手を認めるつもりなのか。桐絵は、急いで真由の前に立ちふさがった。

「待ちなさい」

こちらを睨みつけてくる少女の視線に、断じて怯《ひる》むまいと腹に力を入れる。

「先生に向かって、なんて口のきき方をするの。『付き合ってられない』ってどういうこと？　あなたを育てるために時間を割いて付き合って下さってるのは高尾先生のほうでしょう」

少女の背後で、当の高尾が、いやいやいやいや、ほうっておきなさい、というふうに首と手を振っている。

甘い。甘過ぎる。

「謝りなさい」

桐絵がなおも言うと、真由は怒った猫のように肩をそびやかした。

「はっ、冗談じゃないわ。このあたしに歌わせたいんなら、さっさと新曲をよこしなさいってのよ。これっくらいのボイス・トレーニングなら、ママが家で毎日やってくれてんの。高いお金ぼったくってるセンセイよりか、ずっと中身のあるレッスンをね」

「真由！」

「何それ、やめてよ。あんたに呼び捨てにされる覚えなんかないんだけど」

「そう。じゃあ、いま覚えてちょうだい」

「はあ？」

桐絵は、少女を睨み返した。

「『鳳プロ』ではね、自分のところの新人タレントを呼ぶのにいちいち敬称は付けないの。そういうきまりなの」

「ちょっ……」

たちまち頬を紅潮させ、下唇を嚙みしめた真由が、桐絵の後ろに目をやる。

「ちょっと峰岸。あんたがあたしのマネージャーでしょ？　こんなオバサン要《い》らないから、どっかへやっちゃってよ」

「いやあ、まあ、そうは言ってもねえ。彼女に手伝ってもらわなきゃならん時だってあるからなあ」

いかにもこの男らしい煮え切らない態度に、

「もう、いい！」

真由が足を踏みならす。

「あんた、キリエとかいったっけ？　あたしのこと、子どもだと思ってばかにしてると痛い目見るわよ。あんたなんか、パパに言ってすぐにでもクビにしてやるんだから」

桐絵は、気の遠くなる思いがした。自分の首を心配したからではない。ここまでわがまま放題に育った世間知らずのお嬢様を、どこよりも礼儀が重んじられる芸能界で通用するように育てなくてはならないのかと思うと、いっそ全部を投げ出してしまいたくなったのだ。

父親の有川専務はまっとうに見えるのに、社長の娘である母親が甘やかしすぎたのだろうか。あるいは、祖父や祖母も一緒になってのことか。もしそうだとするなら、この少女こそ可哀想《かわいそう》と思えなくもない。

どうにか気を取り直し、桐絵は言った。

「脅したって無駄よ。言いつけたいならそうするといいわ。あなたのパパは、そんなくだらないわがままを聞き入れるほど愚かな人じゃありません。あなたも、もう子どもじゃないって言い張るんなら、それにふさわしい行動をしてちょうだい」

怒りに目をぎらぎらさせている少女を、まっすぐに見つめ返す。

「自分の素性を隠してデビューすることには、あなたも納得してるのよね？　だったら当然、ここでの特別扱いが通らないこともわかってるはずだわ。そうでしょ——真由」

＊

〈昔っから、あの子はああなんだよなあ。欲しいものは黙ってても端《はな》から与えられる中で育ってきたせいか、我慢がきかない〉

あのレッスンの日、真由がかんかんに怒って出ていってしまった後になって、高尾良晃は言ったものだ。有川専務との長い付き合いの中で、家族ぐるみで行き来することも多く、真由のことは幼いうちからよく知っていたという。

〈歌だって、せっかくいいものを持ってるのにもったいないよ。今以上に才能を伸ばすためには当然、努力が必要になる。努力無しの天才なんか存在しないからね。だけど彼女は、やらなくていい理由を十でも二十でも見つけてきて山と積み上げてみせるだろう？　あれは困ったもんだね。ジョージから頼まれてるからできるだけ面倒は見るつもりだけど、肝腎の本人にやる気がないんじゃ、周りがいくら躍起になったってどうしようもない〉

真由が、「キリエとかいうオバサン」に味わわされた屈辱の数々を、父親に言いつけたかどうかは知らない。いずれにせよ、お咎《とが》めはないまま数日が過ぎていった。当然だと思う一方で、桐絵は少なからずほっとした。そんなことでほっとしてしまう自分が情けなく、悔しくてたまらなかった。

あの勘違いのかたまりのようなお嬢様と、彼女のご機嫌を取り持つことばかり考えているいいかげんな上司を、どちらもギャフンと言わせてやりたい……。半ば強引に代休を取り、自腹を切ってまで新幹線に飛び乗ったのはそのせいだ。

博多の街に降り立つのは、ほぼ二ヶ月ぶりだった。たいして深く倒すこともできない新幹線の自由席で、東京から七時間半あまり。体力にだけは自信のある桐絵もさすがに疲れきり、背中が一枚板のように強《こわ》ばっていた。

タクシー乗り場を横目で見ながら、目当てのバスを探した。ここまでの片道だけで一万五千円、いくら安宿に泊まるといっても飲まず食わずというわけにはいかないのだから、せめてこちらでの交通費は切り詰めなくてはならない。

例によってレッスンに来なかったり途中で帰ってしまったりする真由にあきれ、それを甘やかしてばかりの峰岸への苛立ちが募り、とうとう正月明け、意を決して『ほらあなはうす』に電話をかけた。スカウト・キャンペーン福岡大会の夜、峰岸に連れていかれた例のライブハウスだ。

電話に出たマスターに、あの夜の二組目に演奏した『ザ・マグナムズ』と、ボーカルを務めていた〈ミチル〉のことを訊いたところ、拍子抜けするほどすんなりと情報をくれた。

〈いやあ、それがたい。事情はよう知らんばってん、あのバンド、あれからすぐ解散してしまったっちゃが〉

何ということだろう。ミチルへつながる糸は、たぐり寄せる前から切れてしまうのか。

言葉を失っている桐絵に、マスターは、ぶっきらぼうながら親切だった。

〈ちょっと時間ばもろうてよかね？　僕、リーダーの連絡先だけは知っとぉけん、事情ば話して、あん子に連絡ば取るごと頼んでみるけん〉

最初に桐絵が「東京の『鳳プロダクション』の……」と名乗ったのが効いたのかもしれないが、それにしてもありがたい。こちらの番号を伝え、重ねがさね礼を言って電話を切った。

しかし、考えれば考えるほど、金髪ギターのリーダーがそう簡単に話を通してくれるとは思えなかった。バンドを解散した理由が何かはわからないが、少なくともあの夜は端から喧《けん》嘩腰《かごし》だったのだ。

はたして、マスターから電話がかかってきたのは二日後のことだった。

〈とりあえずミチルは、会う、て言いようよ〉

全身から力が抜けた。きっと、間に入って骨を折ってくれたのだろう。恐縮する桐絵に、マスターは意外なことを言った。

〈いや、僕やなかと。迷うとるあの子の背中ば押したんはリーダーたい。ま、それはともかく、こっちへはあんたが来るっちゃろう？　うちん店はファンやら何やら人目があって落ち着かんばってん、ちょっと離れた並びに、全然客の入らん喫茶店があるけんね。そこでならゆっくり話せるっちゃないかな〉

そのようにして待ち合わせの場所や日取りが決まってゆき、桐絵はそれに合わせて峰岸から休みをもぎ取り、いよいよ今日のこの日となったというわけだった。

街はすでに暮れ、ネオンに彩られている。

バスを降り、店の明かりが並ぶ通りをしばらく歩くと、見覚えのある場所に出た。ふた月前にタクシーが停まった〈須崎問屋街〉の入口だ。

すぐそこに、待ち合わせ場所に指定された喫茶店——予想を上回る地味さの——があり、数十メートル離れたところには今日も『ほらあなはうす』の白い提灯がゆらゆらと揺れている。先にマスターに会って礼を言うべきかもしれないと思ったが、腕時計を見ると、待ち合わせ時間が迫っていた。

すべては本人と話をしてからだ。桐絵は思いきって、ガラスのはまった喫茶店のドアを引き開けた。

チリリン、と鳴ったドアベルに、はっと目を上げた先客がいた。というより、客は彼女一人しかいなかった。

奥まった四人掛けのテーブル席へと桐絵が近づいてゆくと、ミチルは慌てたように立ち上がった。アラン模様の白いセーターに、細身のジーンズ。ショートヘアの形の良い頭をぺこりと下げる。威勢の良かったあの夜とは違い、かなり緊張しているようだ。

「こんばんは、お久しぶり」

こちらが微笑みかけると、ようやく挨拶を返す。

「……こんばんは」

――ああ。

ぶるっと軀《からだ》がわなないた。

――この声だ。

勘違いでも記憶違いでもなかった。あの夜の雷に打たれたような痺れは、やはりほんものだった。こんな声は二つとない。ざらりと荒々しくて、それなのに切なくなるほど優しくて……しかも、彼女がいざ歌えば威力はさらに増すのだ。きっと誰もが、抗《あらが》いようもなく心を奪われる。

「改めて――樋口桐絵です。よろしくね」

「篠塚《しのづか》、ミチルです」

今日の用件を、マスターやリーダーからはどのように聞いているのだろう。少女の表情は硬い。できるだけ緊張をほぐそうと、桐絵は気さくに話しかけた。

「どうぞどうぞ、座って。何かあったかいもの飲みながら話しましょう」

テーブルを挟んで向かい合わせに座り、改めて少女を見つめる。あの日は舞台映えするように黒いアイシャドウを入れていたから、素顔を見るのはこれが初めてだ。

茹《ゆ》で卵の殻《から》を剝いたようにつるりとした、驚くほど小さな顔。目鼻立ちはくっきりとして、眉は凛々《りり》しく、これだけ間近に見ても男の子と言われれば納得してしまいそうだ。眼に宿る光も、まっすぐ結ばれた口もとも、内に秘めた意志の強さをありありと物語っている。今どきのバタ臭い顔とはまた異なる、喩えるならば少年剣士の趣だった。

「ありがとうね。会う時間を作ってくれて」

「……いえ」

「そんなに硬くならないで。飲みものは何にする？　お腹もすいてるでしょ、何でも好きなもの頼んでいいのよ」

自分からはなかなか望みを言おうとしないミチルに、甘いものが嫌いでないことだけ確かめて、紅茶とショートケーキを二人ぶんオーダーする。

年とった店長がやってきて、黙って水のグラスを置くと、メニューを下げていった。雨不足による給水制限はいまだに続いているものの、年末年始だけは特別に解除されているらしい。

「ミチルさん……」

ぱっと少女が顔を上げる。

「……の、〈ミチル〉は、どういう字を書くの？」

目が合うと、彼女は再びテーブルに視線を落とした。

「未来の〈未〉に、花が散るの〈散〉」

——未散。

「そう。素敵なお名前ね。考えたのは、御両親？」

少女は曖昧《あいまい》な首のかしげ方をしたかと思うと、

「ばってん、自分で書くときは片仮名で書いとぅ」

妙にきっぱりと言い切った。

「そう。――それはそうと、『ほらあなはうす』のマスターに聞いたんだけど、あなたたちのバンド、解散しちゃったんですってね」

ミチルは、うつむいたまま小さく頷いた。

「理由を聞かせてもらってもいい？」

「……先輩んちの、お父さんが倒れんしゃったけん」

「ええと、メンバーはみんな先輩だったでしょう。あの中のどの人？」

「リードギターのリーダー。髪の毛、金色の」

酒屋を営んでいた父親が脳梗塞《のうこうそく》で倒れて、一人息子の彼が店を引き受けるより仕方なくなったのだとミチルは言った。あのライブの後まもなくのことらしい。

「先輩がおらんごとなったら、バンドは続かんもんね」

桐絵はマスターの話を思い返した。今回、ミチルに取り次いでくれたリーダーが彼女の背中を押して桐絵と会ってみるように勧めたというのも、おそらくそうした事情があったからなのだろう。

紅茶と、苺《いちご》ののった白いケーキが運ばれてくる。遠慮なく食べるようにと勧め、少女がようやく一口頬張ったのを確かめてから、桐絵は本題に入った。

「じつは今日、あなたに会いたかったのはね。あの夜のあなたたちのライブを聴いて、あなたのその声と歌に、ぞっこん惚れこんだからなのよ」

ミチルが、口の中のものを飲み下す。

「『鳳プロダクション』っていうのは、芸能界では力のある事務所でね。私はそこで、プロデューサーとかマネージャーの補佐的な仕事をしているの」

少しの誇張はあるが嘘ではなかった。

「毎日テレビに出てるような有名な歌手が、『鳳プロ』にはたくさん所属しているし、新人を発掘して育てることもしていてね。あなたと会ったあの日はちょうど、毎年行われる新人歌手スカウト・キャンペーンの福岡大会が行われた日だったの。もちろん、どの人も頑張って挑戦してくれたんだけど……」

残念ながらこれはと思える出場者がいなかったのだと、桐絵は打ち明けた。

東京での本選でも、グランプリ受賞者一人きりが目立つ結果となったこと。準グランプリ以下はすっかりかすんでしまったこと。それらを順番に話して聞かせながら、ミチルの表情の変化をひとつも見逃すまいとする。

「東京に帰ってからも、くり返し思ったわ。もしもあなたが福岡大会に出場していたら、どうなっていただろうって。きっと勝ち上がっていたし、東京本選での結果だって違っていたかもしれない。今ごろ私たちが総力を挙げて送り出そうとしている新人は、あなただったかもしれない」

身体を強ばらせ、わずかに欠けたショートケーキを睨むように見つめているミチルに、桐絵は、言った。

「一方的に話してしまってごめんなさいね。でも、一方的ついでに、もういくつか質問させてほしいの。まず一つめ。あなた、歌手になりたくはない？」

少女がはっと顔を上げた。

「どうかしら。なりたいと思ったこと、ある？　ない？」

かたちのいい唇が上下に離れ、吐息のようにあの声が漏れる。

「……ある」

「そう。そうでしょうね」

桐絵は頷いた。予想した通りだった。あれだけ自在に歌えて、それを望まないわけがないのだ。

「じゃあ、二つめの質問。これまで、誰かに歌のレッスンを受けたことは？」

ミチルが首を横にふる。

「一度も？」

こくん、と頷く。

「凄いわね。それであれだけ歌えるってことは、そりゃ天性のものもあるにせよ、あなたなりによっぽど一生懸命に練習してきたんじゃないかと思うの。違う？」

ミチルは黙っている。否定はしない。

「次の質問ね」

桐絵は、息を深く吸い込んだ。思いをこめて訊く。

「歌うことは、好き？」

「――好き！」

ミチルから返ってきた中で、いちばんはっきりとした答えだった。目の輝きからも、まっすぐな気持ちが伝わってくる。

「いいわ。じゃあ、どんなふうに好き？」

どんなふうって……と少女が考えこむ。やがて、桐絵の目を見て言った。

「他のことばしとぅ時間がもったいないなか、て思う」

何かをこらえるような、もの狂おしい表情をしている。

「わかった。だったら、もしもよ、もしも、一日中ずーっと歌っていることが許されるんだったら、そうしたい？　今よりもっとうまくなれるなら、努力してみたいって思う？」

「思う」

即答だ。

「そのために、ここを離れて東京へ出ることになっても？」

少女の喉が鳴る。張りつめた目で桐絵を見つめ、はっきりと頷いた。

「よかった。それを聞けて嬉《うれ》しいわ」

心からほっとして、桐絵は微笑んだ。会社を休み、自腹を切ってここまで来た甲斐があるというものだ。

どんなにこの声に惚れこんでも、本人にその気がなければどうしようもない。こちらから口説き落とすだけでは足りない。他ならぬ当人に、こうなりたいという目標と情熱がなければ、この先続くわけがない。

ミチルを探し出し、いざ会ってみても、一方通行の思いが空回りするだけではないか。歌うことは好きでも、故郷を離れてまで歌手になるなんて夢みたいな話に、ばかばかしくて乗れるわけがないと言われてしまうのではないか。それが心配だった。

けれど、今、目の前に座っている少女の眼は、揺るぐことなくこちらへ注がれている。まるで、桐絵の言葉に必死ですがろうとするかのような、切実なまなざしだ。

「でも……」

ミチルが、初めて自分から口をひらく。

「なあに？　何でも言ってみて」

「うちに、才能なんか、本当にあるっちゃろうか」

ミチルの顔はいっそう白くなり、頰だけが熱に浮かされたように紅潮している。

桐絵は、あえて言い切った。

「ありますとも。私が保証するわ。あなたさえ本気で歌っていきたいと思ってくれるなら、私は、そのために必要なことを全部引き受ける。それが私の仕事なの」

ミチルはもう、うつむかない。眼の光はますます強さを増している。

「ただ、現実的な問題もあってね。前に、『ほらあなはうす』の楽屋で会った時のことを覚えてる？」

「あ、あん時は……」慌てたようにミチルが言う。「あん時は悪かった、です。オバサン、なんて失礼なこと言うて」

なんでも、出番待ちのバンドのボーカルに絡まれて気が立っていたらしい。

「そんなのはちっとも気にしなくていいのよ」と桐絵は微笑んだ。「たしかあの時、リーダーがあなたのことを言ってたでしょう。もう十六歳なんだから文句言われる筋合いはない、みたいなこと。あれは本当？」

ミチルは素直に頷いた。

「高校一年生ってこと？」

頷きかけてから首をかしげ、結局かぶりを振る。

「今は、行きよらん。アルバイトばしよる」

「御両親は何も言わないの？」

「お母さんは、『好きなことば好きなごとして生きればよかたい』って」

「へえ。かっこいいお母さんね」

「うん」

「お父さんは何て？」

少しの間があった。

「おらん。……ていうか、おるけど、うちの父親やないけん」

事情はそれなりに察せられたが、ミチルの口調はとくだん暗いものではなく、どこか苦笑まじりだった。

了解、と桐絵は頷いてみせた。

「詳しいことは後でゆっくり話すとして——ほら、紅茶が冷めちゃう。私もケーキ頂くから、あなたも食べて。そのあとは、順番が逆になっちゃったけど、一緒に晩ごはん食べに行きましょう」

フォークを手に取った桐絵が、いちばんに大きな苺を突き刺して口いっぱいに頬張るのを見て、ミチルはようやく笑った。きりりとした目もとがゆるむと、年相応のあどけない笑顔になった。


ありがたいことに、冬晴れの日が続いていた。そのぶんだけ寒いけれど、吸い込む空気の冷たさが気持ちいい。

翌日の午後、桐絵は泊まっていたホテルのそばから電車に乗り、三駅ほど先で降りた。改札口の向こうに、ミチルがすでに待っていた。華奢だがエネルギーに満ちあふれた立ち姿。昨夜と同じアラン模様のセーターの上から、水色のダッフルコートを着ている。

こちらに気づいて、ぴょこんと頭を下げた。片耳に挿していたイヤフォンを抜き、ポケットから出した小さなラジオのスイッチを切って、またポケットに入れる。

「ゆうべは、遅くまで付き合わせてごめんね。お家の人に叱られなかった？」

改札口を出た桐絵が訊くと、彼女は首を横にふった。

「慣れとるけん」

今はもうバンドの練習はなくなったが、かわりにアルバイトで帰りが遅くなることもあるらしい。話の端々から察するに、わりあい放任主義の家庭のようだ。

ミチルが先に立って歩き出す。街路樹の連なる歩道をずんずん歩いてゆく。

背丈は変わらないのに、脚の長さがものをいうとみえて、どうしても桐絵のほうが遅れてしまう。もう少しゆっくり歩いてほしいと頼むのも癪《しゃく》だし、などと思いながら、桐絵は話題を振ってみた。

「さっきは、何の番組を聴いてたの？」

ミチルは軽く肩をすくめた。

「適当。音楽なら何でもよかけん。……あ、ばってんさっきは、ヤザワ特集やったとよ」

「ヤザワって、矢沢永吉？　好きなの？」

「うーん、どっちかっちゅうと、うん」

「そう。私も嫌いじゃないな」

昨夏の発売以来、社会現象と言われるほどの大ベストセラーとなっている『成りあがり』を、桐絵は、峰岸に押しつけられて読んだのだった。よくあるタレントの自伝だろうと苦笑気味に読み始めたら、衝撃的と言っていいほど新鮮だった。強固な意志に裏打ちされた自己暗示と、透徹した客観性。彼は、自分自身のプロデューサーなのか。

――ああ、そうだ。

桐絵は、わずかに前をゆくミチルの肩を見つめながら心に誓った。

広島生まれの矢沢永吉が、バンド『キャロル』を解散してソロシンガーとなり、たった二年で武道館公演を行ったように……自分は、ミチルをきっと中央の舞台へと押し上げてみせる。成りあがらせてみせる。

「桐絵さんは、ゆうべは眠れたと？」

ミチルが訊く。ふり返り、自分の歩くのが速すぎることにようやく気づいたらしく、慌てて「ごめん」と歩調をゆるめる。

昨夜会った時に比べるとだいぶ警戒心が解けてきたようだ。一緒に食事をし、いろいろとお喋りをしたのがよかったのだろう。

「おかげさまでぐっすり。ホテルに着くなりバタンキューだったわよ。白状すると、このところ何日か、すごく緊張してて眠れなかったものだから」

「緊張？　桐絵さんが、なして？」

「あなたと会えると思うからにきまってるじゃないの」

「え？」

「だって、どう答えてくれるかわからなかったんだもの。歌うことは好きでも、東京で歌手になる気なんかないって言われたら、どうやって説得しようかと……」

ミチルがくすくす笑いだす。

「笑いごとじゃないわよ。今だって、また緊張してるし」

「それは、なして？」

「親御さんに会うからにきまってるでしょうが」

昨夜の相談で、とりあえずミチルの口から、今日会いに行くということだけは話しておいてもらった。しかし、まだ十六の娘をひとり東京へやるなどと、それも芸能界デビューだなどと聞かされて、承知してくれる親がいるものだろうか。

頭の中身が透けて見えたのか、ミチルが言った。

「うちのお母さんは、たぶん、桐絵さんが思うとるのと違《ちご》うとるばい」

なして？　と訊きそうになった。

「どうして？　どういうところが？」

「着いたよ」

はっとなって見ると、そこは白いレンガ張りの建物の前だった。二階建ての古い集合住宅で、外構は通りをゆく車の排気ガスに煤《すす》けているが、桐絵が住んでいる安普請《やすぶしん》のアパートとは違ってそこそこ頑丈そうに見える。

狭い階段を上がり、手前から二部屋目でミチルは立ち止まった。

「ここたい」

水色に塗られた鋼鉄のドアの右上に、正方形の表札が掛かり、〈篠塚〉と並んで何か英文字が書かれている。

(R……AND……?)

桐絵が目をこらす横で、ミチルは、彼女なりに何かを思いきるようにノブへと手を伸ばした。

と、その瞬間、中からドアが大きく開いた。ミチルにぶつかりそうになったのに気づいたか、

「おお、ソーリー」

低い声とともに、二歳くらいの幼児を腕に抱きかかえた男性が現れる。

縦にも横にも大柄な体軀《たいく》。縮れた茶色の髪に、こちらへ向けられた目はなんと、明るいブルーだ。

思わず一歩あとずさった桐絵に、にこりと笑いかけてくる。

「ハーイ」

「は、はーい」

釣られて答えてから、慌てて言い直した。

「あ、あの、ハロー。マイネームイズ……」

「大丈夫。日本語でも通じるけん」

ミチルが笑い、桐絵を紹介した。

「ゆうべ言うとった、樋口桐絵さん」

「ハジメマシテ」

と、男性が礼儀正しく挨拶する。

「こっちはランディっちゅうて、うちの母親のだんなさん」

桐絵も頭を下げた。

「初めまして、樋口と申します」

「ドモ。ミチルガ・オセワニ・ナリマス」

父親はいるけれども自分の父親ではない、と昨夜話していたのはこういうことだったのか、とようやく思い至る。となると、その太い腕に抱かれているのは――。

「可愛かろう？　うちの弟たい」

ミチルが、顔をほころばせて言った。

「ジョウ、ていうとよ。譲る、っちゅう字ば書くと」

父親そっくりの癖毛に、瞳は薄茶色の男の子は、ミチルが姉らしい手つきで頬に触れると嬉しそうに足をばたつかせた。目鼻立ちがはっきりして、笑うとルネッサンス絵画の天使のようだ。

続いて二言三言、ミチルと英語で会話を交わした後、ランディは桐絵に会釈し、息子を揺すりあげてどこかへ出かけていった。

「もしかして、お気を遣わせてしまったんじゃないかしら」

桐絵の言葉に、どちらとも答えず、ミチルが肩をすくめる。

閉まりかけたドアを引き開け、ミチルは奥へと呼ばわった。

「お母さん。来んしゃったよ」

再び緊張に背中を強ばらせる桐絵の耳に、驚くほど艶やかな声が届いた。

「どうぞ。上がってもろうて」

ミチルがふり返り、頷く。さすがに彼女の表情も硬い。

今さらながら、こうした局面での経験のなさが悔やまれる。桐絵は、自分の喉が鳴る音を聞いた。

ステージ3 ★ 見えない壁

『鳳プロダクション』の名はあらかじめ娘から聞かされていたのだろう。名刺を渡しても動じる様子はなかったが、そのぶん値踏みをするように桐絵を見つめた後で、篠塚美津代《みつよ》は言った。

「ひとつだけ、聞かしてもろうてもよかですか？　樋口さんは、こん子のどこに、見込みばあると思われたとでしょうか」

ずばり訊かれて、桐絵はテーブルに置かれた自分の名刺に目を落とした。

〈うちのお母さんは、たぶん、桐絵さんが思うとるのと違うとるばい〉

ミチルが言っていた意味がやっとわかる。いわゆる〈お母さん〉という印象から、美津代の容姿はおよそかけ離れていた。細身だが出るところは出て、締まるところは締まり、長い黒髪は艶々としている。十六歳の娘と二歳ほどの息子がいるとは思えないくらい若々しく、見るからに現役の〈女〉なのだが、同時にまたずいぶんと世慣れた雰囲気を漂わせてもいる。

尋常でないほどの眼の光の強さが、娘と共通していた。

その視線が今、自分に注がれている。

桐絵は思いきって言った。

「挙げていけばきりがありませんけど、突出しているものが二つあります」

「二つ？」

「ええ。まずは、声です。抗えなかったんです、私。ミチルさんの声に」

美津代は黙っている。

「歌い始めた瞬間、その声に耳が持っていかれて、それから目が釘付けになって……ほんの短いステージでしたし、もう二ヶ月も前のことですけど、あの夜以来、他のどんな新人を見ても魅力を感じないんです。誰の歌を聴いても、たとえどんなに上手な歌であっても、ミチルさんには及びもつかないと思ってしまう。それほどまでに強烈な魅力が……いえ、魔力が、お嬢さんの声にはあるんです」

「なるほど。もう一つは？」

桐絵は、美津代を見やった。視線の圧に押し負けまいとするあまり、睨んでしまっていたかもしれない。

「リズム感です」

美津代が、すっと目を細める。

試されている気がして、桐絵は、懸命に声を張った。

「リズム感と言っても、ノリがいいとかキレがいいとかいう意味ではなくて……いえ、もちろんそれだって優れてらっしゃいますけど、ミチルさんの歌には何ていうかこう、年に似合わない粘っこさがあるんです。ごく当たり前のビートを刻んでいるようでいて、ゼロ・コンマ何秒の世界で、つかんで引きずってもっと引きずってパッと放す、みたいなことを自然にやってのける。うまく言えないんですけど、その歌い方の腰の強さが、たとえばジャズやブルースやソウルのような魂の歌を歌うと最高にはまるんです。どんなに練習したって、これぱかりは誰にでもできることじゃありません。天性のものだと思います」

ひと息にそこまで話した桐絵が、息切れして口をつぐむと、部屋がしんとなった。

右隣の椅子に座った当のミチルは何も言わない。よく片付いたダイニングに、壁掛け時計の針の進む音が響く。

やがて、美津代がようやくまた口をひらいた。

「でも、そうした才能は——出番があるとでしょうか。今の芸能界で」

思いがけない質問だった。同時に、桐絵は悟った。この母親に対して、その場限りの適当なごまかしやハッタリは通用しない。

「おそらく……難しいとは思います」

ミチルが、こちらを見る。右側の頬に視線が刺さる。

「なして？」

「日本には、演歌というものがすでにあるからです」

「そういう意味やなくて。難しいとわかっとって、なして、この子を連れて行こうと思われるとですか」

「私は……ミチルさんの年齢とこの容姿に、大きな可能性があると思っています。大人の演歌歌手が歌ういかにも日本的なブルースではなくて、彼女はもっと若い世代にも訴えかける力を持ってる。少年とも少女ともつかない中性的な外見と、唯一無二の声との組み合わせこそが、今の芸能界にとっては充分ニュースになり得ると思うんです」

「ニュースに？」

「ええ。突然夜空に現れた彗星《すいせい》みたいに、みんなが指さして見上げずにいられない、そんな存在になれるんじゃないかって」

「けど、それもこれも、あくまでも希望的観測やろ？」

美津代の言葉に、桐絵はぐっと詰まった。

「ええ、そうです」

素直に認めるしかない。

「もっと言えば――今回こちらへ伺っているのだって、私の独断なんです」

「は？」

「あらかじめ会社の許可を取りつけての出張じゃなく、個人的に代休を取ってのことなんです」

「まさか……わざわざ自腹ば切って来んしゃったと？」

「はい」

「未散に会うためだけに？」

桐絵は頷いた。

「私、『鳳プロダクション』の社員になって十年ほどたちますけど、正直なところ、ほとんど何の権限も持っていません。女だっていうだけで男性のサポートに回されることがほとんどですし、重要な仕事はなかなか任せてもらえないんです。でも……こんなこと、自分で言うのも何ですけど、才能を見抜く目は備わっていると思っています。男性の同僚や上司なんかよりも、ずっと確かな目が。私が売れると思った曲は必ずヒットしましたし、どんなに会社が力を入れていようが、この子は無理だと感じた子はやっぱり消えていきました。断言します。ミチルさんは十年に一人の逸材です」

美津代が、曰《いわ》く言いがたい表情でこちらを見る。会ってすぐの、値踏みをするような目つきではないが、それでも、何かを推し量ろうとするようなまなざしだ。

「もしも、東京へ未散を連れて行きんしゃったら、樋口さんが全部の面倒ば見てくれんしゃあと?」

桐絵は、背筋がぞくりと総毛立つのを感じた。興奮によるものだった。

「もちろんです」

きっぱりと請け合う。

「『鳳プロダクション』の新人育成プログラムで本格的なレッスンを受けて頂いた後、時機を見てデビューしてもらうつもりでいます。彼女の歌さえ聴いたら、誰だって打ちのめされるにきまってるんですから」

「もし、そうはならんとやったら?」

「なります。ええ、なりますとも」

桐絵はくり返した。

ミチルのこの声と、歌い手としての天性の勘をもってすれば、天下を取ることだってできる。そういう存在に、

「私が、きっとしてみせます」

あえて言い切る。

こちらを見つめていた美津代が、ふと目を落とした。テーブルの上に置かれたままだった『鳳プロダクション』の名刺に、細い指先でそっと触れる。唇の端が、ごくわずかに上がったように見えたのは気のせいだろうか。

「この人はそう言いよんしゃあけど――未散」

桐絵の隣で身体を硬くしていた少女が、はっと顔を上げる。

「あんたに、覚悟はあるとね？」

「……かくご」

「あんた自身が、ほんとうに本気で歌手になりたいって言うなら、あたしは止めんけど。止められた立場でもないけんね。だけど、ちょっと歌を褒めてもらったからって調子に乗って、いいかげんな気持ちで東京へ付いていくんやったら承知せんけん。この人はね、あんたに人生を懸けるくらいのつもりでここまで言ってくれようとよ。いっぺん走りだしたら、途中で嫌になったけんってあんただけ降りて引き返すわけにはいかんとよ。それくらいのことは当然わかっとうっちゃろうね」

ミチルの喉が、こくりと鳴る。

「わかっとう」

「それでも歌手になりたいと？　その覚悟があんたにあるとね？」

「うちは……」

もともとハスキーな声がひときわ掠れ、彼女は咳払いをした。

「覚悟って言われてもよくわからんけど、うちはとにかく、今よりうまくなりたいだけ。もっともっと、ほんものの歌が歌えるようになりたいっちゃん。そうやって歌だけ歌って生きていけるとやったらどんなにいいかなって思っとった。桐絵さんは、うちの歌をもっと聴きたい、レッスンを受けてうまくなったら世の中の人たちにも聴かせたいって言ってくれようけん。ライブハウスとかより大きいステージで歌わせてくれるって。そんなことが……ほんとうにそんな夢みたいなことが叶《かな》うとやったら、うちはそのために何だってするけん」

初めて言葉で聞かされるミチルの〈覚悟〉に、桐絵は思わず涙が出そうになった。

と同時に、これから自分が負うことになる責任の重さに身体が震えた。自分がミチルに人生を懸けるだけではない。ミチルの人生もまた、この肩に懸かっているのだ。

美津代が、黙って立ち上がる。小さな子どものおもちゃで散らかった奥の部屋へ行き、簞《たん》笥《す》の小引き出しから何かを出してきて、桐絵の前に置いた。

古い通帳と、印鑑ケースだった。

「これは……」

絶句する桐絵に、美津代は再び腰を下ろして言った。

「樋口さんにお預けしておきます。もともとこの子のお金なんですよ。いつか何かの時のためにと思って、ちょっとずつ貯めとったものなので」

そして、娘を見やった。

「おばあちゃんが『未散の学費に』って遺《のこ》してくれたお金も入っとうけん」

「お母さん……」

「いいとよ。あんたが本当になりたいものになるためやったら、おばあちゃんだって駄目とは言わんと思うよ」

安堵《あんど》のあまり力の抜けた様子で頷いたミチルは、ぽろりと涙をこぼした。

そこからは桐絵自身も予想外の展開となった。

そもそも三日間の休暇を取ったのは、とにもかくにもミチルに会って口説き、本人がその気なら保護者にこれからのことを相談できればと思ったからだ。それがまさか、いきなりミチルを連れて帰ることになろうとは……。

翌日にはもう家を出るというのに、母親が娘を過剰に心配することはなかったし、荷物をまとめる娘のほうも終始落ち着いたものだった。ただ、途中で〈父親〉のランディが帰ってくると、ミチルは幼い弟を抱き取り、いとおしそうに顔を覗きこんでは話しかけるなどしてあやしていた。

「ムスメ・ジャナイケド・ダイジナ・トモダチ」

ランディがそう言って、ミチルと笑い合う。彼の日本語よりも、ミチルの英語のほうがずっと流暢なのには驚いた。あの『ほらあなはうす』でのライブで、彼女の歌うストーンズがあんなにもこなれて聞こえたのはそういうわけだったのか。

仲の良い夫と娘を見やりながら、

「じつを言うとね。私も、少しだけど歌うんですよ」

美津代は苦笑気味に言った。

「昔はあっちこっちで歌ってましたけど、今はランディが友人と一緒に経営してるジャズ・バーで、夜だけね」

ほろ苦い笑みを浮かべたまま、美津代が続ける。

「若い時分は、いっそ東京へ出てみようかなんて話もあったんですけど、当時は私の母親がいろいろと……。ま、縁がなかったとでしょうね」

だからせめて娘には——とまでは言わなかったが、桐絵はそう受け取った。

東京での生活費などはその通帳から出してやってほしいと美津代は言い、ミチルのぶんの旅費についても、財布から二万円を取り出して渡してくれた。こちらの銀行預金の残高を思えば見栄を張って遠慮することもできず、正直なところどれほど助かったか知れないが、肩にのしかかる責任はずしりずしりと重くなってゆくばかりだった。

進行方向左側の席を指定したのは、うまくすれば白銀にそびえる富士山を見せてやれるかもしれないと考えたからだ。

正月休みもすっかり明けたこの時期、朝のうちに博多を出て東京へ向かう新幹線は空《す》いていて、窓際の席に座ったミチルは飽かずに外を眺めていた。修学旅行ですら九州から出たことがなかったという少女にとって、小倉《こくら》から先はもうまったく未知の世界なのだった。

岡山にさしかかるあたりで、ミチルはトイレに立った。乗車間際に買い求めた弁当は、座席前のテーブルの上、まだ手つかずのままだ。桐絵が食べた時には、まだお腹がすかないから後でと言っていたが、それからすでに二時間がたつ。

頭上の荷物棚に目をやった。古いラジカセと並んで、中くらいのダッフルバッグが一つ。桐絵自身の旅行鞄《りょこうかばん》と、サイズはほとんど変わらない。

必要な着替えや日用品は後から送ってもらう手筈《てはず》にせよ、これから東京で暮らそうという少女の荷物と、たった二泊の旅の荷物が同じ大きさだなんて、と思ってみる。流行りのファッションや女の子らしい化粧品の類いにはまるで興味がないらしく、ミチルが自分で用意したのは最低限の着替えの他に、愛用のポケットラジオとイヤフォン、十本ばかりのカセットテープ、そして荷物棚の上にあるラジカセだけだった。

「ただいま」

はっとなって見ると、ミチルが戻ってきたところだった。膝をよけて通してやる。

ややあって、桐絵はそっと訊いてみた。

「お弁当、食べないの？」

「うん、まだよか。……あ、桐絵さん、お腹すいとるんやったらこれも食べてよかよ」

思わず苦笑がもれた。

「育ち盛りじゃあるまいし。そうじゃなくてね、ちょっと心配になっただけ」

「え？」

「もしかして……後悔してるのかな、って」

ミチルが、黙って桐絵を見る。

今になってこんなことを言うのは、まるで責任逃れのように聞こえるだろうか。そう思いながらも、桐絵は言わずにはいられなかった。

「なんていうか……ほら、ちゃんとじっくり考える暇もないまま、こういうことになったでしょう？　あなたの年で、生まれ育った場所を離れてひとりで上京するなんてこと、本当だったらもっと時間をかけて答えを出すべきことかもしれないのに、なんだか私、夢中になるあまり強引にくどいて引っぱってきちゃったから」

「それで、うちが今になってやっぱりやめるって言いだすんやなかか、って？」

桐絵は頷いた。さっそく里心がついたとしても何ら不思議はない。

ミチルが、窓の外を見やる。

冬枯れの景色の上に真っ青な空が広がり、ところどころに薄く刷毛《はけ》で刷《は》いたような雲が浮かんでいる。太陽は今、ひた走る新幹線の真上あたりにあるらしい。

窓のほうを向いたまま、少女の唇が動く。

「え、いま何て？」

再びこちらを向き、ぽつりと言った。

「桐絵さんこそ、後悔しとらんと？」

「私が？」驚いて訊き返した。「どうして私が？」

「だってうちは、スカウト・キャンペーンで優勝したわけでもないし、オーディションみたいなもんに受かったわけでもないとに。せっかく東京まで連れてってもろうても、もし全然才能がないとやったら、桐絵さんの責任になってしまうっちゃろ？」

「そんなこと、あなたが気にしなくていいのよ」

「ばってん、そうやろう？　桐絵さんが偉い人に叱られてしまうかもしれん、それば考えよったら……」

ミチルは、うつむいて言った。

「いっちょんお腹がすかん」

ショートヘアの似合う小さな頭が、しょんぼりとうなだれている。その白い耳を間近に見つめながら、桐絵は、言葉が出ずにいた。

胸にせり上がってくる、この初めての感情を何と呼べばいいのだろう。心臓にレモンを搾《しぼ》りかけられたかのようだ。

後悔しているか、などと気にしている場合ではない。後悔させないようにするのが自分の仕事ではないか。

どれくらいたっただろうか。ふと見ると、窓側の座席で、ミチルはいつのまにか眠っていた。長い睫毛《まつげ》の影が頬に落ちかかり、かすかに開いた唇があどけない。

あのアパートの奥の間、幼児の喜びそうな色とりどりのおもちゃで散らかっていた部屋を思いだす。ランディと息子に共通した縮れ毛や、彼らに笑いかける美津代の横顔も。

もしかして、と桐絵は想像した。ミチルは、居場所がなかったのだろうか。家族はうまくいっていて、義理の父親とは〈ダイジナ・トモダチ〉であり、生まれてきた弟は掛け値なしに可愛くても、むしろだからこそ家の中に自分のいる場所だけがない、そう感じることもあったのかもしれない。

〈一人前の歌手になるための条件ってか？〉

ずっと前に、上司の峰岸が口にした言葉を思いだす。

〈そりゃお前、きまってるだろ。帰る場所がないことだよ〉

車窓には相変わらず、晴れた冬枯れの風景が広がっている。琵琶湖や富士山にさしかかるまで、日は暮れずにいてくれるだろうか。

桐絵は、ミチルの寝顔を眺めた。

大丈夫、自信を持っていい。コンクールやオーディションに受かっていなくても、あなたには、歌手になるためのすべてが備わっている。

目を覚ましたら、今度こそお弁当を食べるように言わなくてはと桐絵は思った。

＊

数ある芸能事務所の中でも、ことに『鳳プロダクション』は、新人の発掘に強いと目されている。それはひとえに、年に一度の特別番組とも連動した、例の「新人歌手スカウト・キャンペーン」のおかげに他ならない。

これもまた前に峰岸が桐絵に言ったとおり、歌手一人を売り出すためには莫大な宣伝費用がかかるわけで、それを考え合わせれば、東京での本選においてグランプリや準グランプリを獲得した新人を世に送り出すのがいちばん無駄のない方法ということになる。そのため『鳳プロ』では、スタッフの誰かが才能を見出して連れてきた者が、さらにプロデューサーやレッスン担当講師などの目にかなって実力を認められたとしてもなお、めったにそのままデビューとはいかず、次に行われる「スカウト・キャンペーン」の予選大会に何食わぬ顔で出場させられることが多かった。

が、例外がないわけではない。女性三人組のスイート・ドロップスや、野性的な風貌と歌唱力で人気の南城広樹《なんじょうひろき》など、これまでにだって時季はずれのデビューが成功につながった例はある。桐絵はそこに賭けるつもりだったのだが——。

「お前なあ、いくらなんでも無茶ってもんだろ。ちょっとは考えろっての」

無理やりもぎ取った休暇が明けたその日、桐絵は早々に上司の罵声を浴びることとなった。

レッスンスタジオの調整室だった。まずは味方を増やすべく、作曲家・高尾良晃のレッスン枠をこっそり予約してミチルとともに待っていたら、折悪しく通りかかった峰岸に見つかってしまったのだ。最も遭遇したくない相手だった。

「誰のレッスンかと思って覗いてみりゃあ、お前、福岡くんだりまで勝手にスカウトしに行くのもどうかしてるけどな、いきなり連れて帰ってくるってのはどういう了見だよ。頭おかしいんじゃねえのか」

すっかりおなじみの小言は、ガラス越し、レッスンスタジオ内にぽつりと立って待っているミチルの耳には聞こえない。それがわかっていても、桐絵ははらはらした。

向こうからも、こちらの姿だけは見える。敏《さと》いミチルなら、峰岸の剣幕から話の内容まで読み取ってしまうだろう。

「だけど、峰岸さんだって知ってるじゃないですか、あの子の実力は」

できるだけ穏やかな態度を保ちつつ、桐絵は言った。腹は立つものの、この男を敵に回すのは得策でない。

「まずは高尾先生に歌を聴いて頂いて、意見を伺おうと思っただけです。話はそれからだっていいじゃないですか」

「そういう問題じゃないんだよ」

峰岸の眉根は寄ったまま開かない。

「なんたって、時期が悪すぎるだろ。ついこないだ『スカウト・キャンペーン』が終わったとこだぞ。たとえ高尾さんが気に入ったって、来年まであの子をどうするつもりだ？　レッスンはタダじゃない、親元から離して東京に置くなら寮だって必要になる、デビューさせるかどうかもわからん子どもに、うちがそこまで金かけられると思うか？　あの子の親が大金持ちで全部出すってことならまだしも、どうせそうじゃないだろ？」

「……どうしてそんなことがわかるんです」

「着てるもの見りゃだいたいわかるっての。真由とは違う」

桐絵は、再び分厚いガラス越しにミチルを見やった。

レッスンスタジオの中、待つのに飽きてきた少女は、ピアノに近づきそっと鍵盤に触れている。白いTシャツにタータンチェックのネルシャツ、下はブラックジーンズ、足もとは底の分厚い黒のワークブーツ。確かにどれも高価なものではない。それでも、ボーイッシュな彼女の雰囲気にはよく似合っている。

「それにな」と、峰岸は続けた。「まさに今これから『小鳥真由』ってアイドルを売り出そうとしてるこの時に、同じ年頃の女の子をぶつけてどうするつもりだよ。潰《つぶ》し合うのがオチだぞ」

「あの二人は比べられませんよ。キャラクターの方向性が全然違うじゃないですか」

「だからぁ、それもあるから言ってんだっつの。あの子は、」

「ミチルです。篠塚ミチル」

「どうでもいい。とにかくあの子は、うちがこれまで売り出してきたアイドルとは毛色が違いすぎる。どう見ても『鳳プロ』向きじゃない」

桐絵は、思わずため息をついた。

「ずいぶん焼きが回りましたね、峰岸さん」

「なんだと？」

「昔の峰岸さんなら、そんな腰の引けたこと言いませんでしたよ。逆に、冒険を恐れてばっかりの若いスタッフにガンガン発破《はっぱ》かけてた。『一人がたまたま当たって人気出たからって、二匹目のドジョウばっか探してどうする。似たような歌手は二人要らないんだ、まったく違う才能を見つけて連れて来やがれ！』って」

「いや……」

「覚えてないんですか」

「そりゃ、覚えちゃいるけどさ……」

「〈鬼の峰岸〉も、ちょっと出世しちゃうと守りに入るってことなんですね。がっかりだわ」

峰岸が、チッと舌打ちをした。

「その手には乗らねえよ。いや、むしろお前の言うとおりかもしれないな。上の立場になればなるほど、全体を見て物事を考えることが必要になる。しょうがないだろう」

言いながらも、いかにも嫌そうな顔で桐絵を睨んでいる。案外、痛いところを衝《つ》いたらしい。

「私は……ただ、彼女にもチャンスを下さいと言ってるだけなんです」

桐絵は食い下がった。

「寮を用意するかどうかとかは、まだこれからの話です。それが難しい場合は、うちに住み込んでもらうのでもかまいませんし」

「お前んちだあ？　めちゃくちゃ狭いだろうが」

桐絵はキッとなった。

「来たことあるみたいな言い方しないで下さい」

「いやいやいや、見なくてもわかるって。どうせ、入ったらすぐがちっちゃい台所で、あとは四畳半と押し入れで、それで全部だ。風呂はどうだ、あんのか」

「ありますよ。ついでに、四畳半じゃなくて六畳ですし！」

「へええ。意外とマシなとこ住んでるじゃないか」

大きなお世話だ。

「とにかく、ちゃんと片付ければ彼女一人が寝るくらいの場所はあるんです。げんに、昨夜だってうちに泊めたんですから」

いつもは二枚重ねている敷布団を一枚ずつミチルと分け合い、上掛けは夏用のものまで総動員して寝たのだった。恐縮したミチルは自分は夏掛けだけでいいなどと言ったが、喉こそが命の歌い手に風邪をひかせては元も子もない。この状況が続くようなら、布団一式も買いに行かなくてはならない。

「うーん、わっかんねえなあ」

峰岸が、キャスター付きの事務椅子にどさりと座り、あきれた顔で桐絵を見上げる。

「なんでそこまで入れこむのさ」

「なんでって、彼女に才能があるからにきまってるじゃないですか。他にどんな理由があってスカウトするっていうんですか」

「お前のそれがスカウトの域を踏み越えてる気がするから言ってるんだよ。俺だって、南城広樹を見つけた時は興奮して入れこみもしたさ。男臭すぎるとか文句つける奴もいたが、絶対に当たると確信があった。あの声に惚れこんでたからな。それでも、自分ちに泊めてまで面倒見るなんて思いつきもしなかったぜ。それをお前、おまけに休暇まで取って自腹で新幹線往復って……。限度を超えてるよ」

「限度なんか考えてて、本物の才能が育てられますか」

「ばーか。限度とのバランスを考えながらタレントを育てるのが芸能プロダクションの仕事だっつの。慈善事業でもなけりゃ大富豪の道楽でもない、これは商売なんだぞ」

桐絵はぐっと詰まった。

「お前、まさかこの上、あの子のレッスン代まで負担しようなんて気でいるんじゃないだろうな」

「それは……」

さすがにそこまでは背負いきれない。たとえ気持ちがあってもだ。

かといって、ミチルの母親・美津代から託された資金とてそこまで潤沢なものではない。布団一式くらいはありがたく賄《まかな》わせてもらうにしても、この先の生活費を思えば大事に取っておかなくてはならない。

「レッスン代のことなんか、もっと後の話です。それこそ、まずは高尾先生に彼女の歌をちゃんと聴いて頂いて、その上で判断しても遅くないでしょう」

「あのセンセーにそんな暇はない」

「え？」

「高尾さんのレッスン枠は、向こう数ヶ月は全部埋まってる」

意味がわからない。

「でも私、今日十三時の予約入れてありますけど」

高尾良晃が時間に遅れるのは珍しいことではないから、今もこうして待っている。峰岸は何を言っているのか。

「ちゃんと確認しましたよ。高尾先生の枠は空欄になってました。だから私、自分の名前を書き入れて……」

ふっと、峰岸が哀れむような苦笑を漏らした。

「そっか、なるほどな。お前、昨日までいなかったんだもんな」

「……どういうことです？」

「一昨日決まったんだよ。高尾さんはこっから先しばらく、『小鳥真由』の専属になる」

「は？」

「他の新人はいっさい見ない。だからこその空欄だ」

「そんな、ばかな……」

「表向きは、センセーが真由をぞっこん気に入って、自分がじっくり育てたいと申し出たってことになってる。けど、まあほら、わかるだろ？　この件に関してはいろいろ情報管理が必要だからな。真由本人に接する人間は、少なけりゃ少ないほど……」

言葉が途切れ、峰岸が入口へ目をやった。桐絵が肩越しにふり返ると、ちょうど高尾良晃が入ってくるところだった。

らえる。

「すまんすまん、遅くなった」

「とんでもないです、ありがとうございます」

桐絵はほっとして言った。今日だけでもこうして来てくれたなら、ミチルの歌を聴いてもらえる。

高尾は、いかつい顔をほころばせた。

「今ちょうど下で、真由ちゃ……真由に会ってね。嫌そうだったが引っぱってきた」

「いやあ申し訳ありません、今日は遅れないように言っといたんですが」

峰岸がぺこぺこと頭を下げる。

「なあに、気が合うってもんだよ。ほら、真由、とにかく入んなさい」

桐絵は、絶望的な気持ちで入口を見やった。

廊下に聞こえよがしのため息が響き、扉の陰から真由が姿を現す。

「こうして自分からちゃんとレッスンに来ただけでも、たいした進歩じゃないか。えらいぞ、真由」

機嫌を取るように言いながら、高尾良晃は上着を脱いだ。桐絵が受け取り、コートハンガーに掛ける。真由は、自分も白いオーバーを脱ぎ、当然のように桐絵に押しつけてよこした。

「これも掛けといてよ」

顎を上げて横柄に言った彼女は、桐絵がにっこり笑って「はい」と受け取ったのを見て、面食らった顔をした。

どうせ挑発しようとしてわざと言ったのだろう。こちらがもし、その口のきき方は何？とでも咎めていたなら、いい理由ができたとばかりに回れ右して帰ってしまっていたかもしれない。見くびってもらっては困る。タレントの機嫌を取り持つのは、マネージャー業務のうちでも最も重要な課題の一つだ。

「さあて、始めようか」高尾が、ぱん、と両手を打ち鳴らす。「イヤイヤ歌っても一時間、のびのび歌っても一時間。だったら楽しくやったほうがいいじゃないか、なあ？」

レッスンスタジオへと向き直った高尾はしかし、ん？　と立ち止まった。スタジオの中にぽつんと立っているミチルに、ようやく気づいたのだ。

「あの子は？」

「じつはですね……」

桐絵が言いかけるのを、

「いや、何でもないんです」横合いから峰岸が遮る。「こいつが勝手に連れてきて、ちょっと見学させてただけで」

「新人かね？」

「いやいや、研修生でも何でもないんですよほんとに」

「そうなのかい？」

「すみません、すぐに追い出しますから。キリエ、ほら、さっさと連れてけよ」

「ふうん。見たところ、わりといい感じだけどね」

高尾の言葉に、桐絵は飛びついた。

「やっぱり、先生もそう思われますか？」

「うん。立ち姿がなかなかいいよ。何とも言えない雰囲気がある。ずいぶん若いね」

「十六歳です」

桐絵は勢い込んで言った。

「歌は、歌うのかね」

「もちろんです。それをぜひ聴いて頂きたくて、先生をお待ちしていたんです！」

「おいこら」

再び峰岸が割って入る。やけにドスのきいた声だ。

「キリエ、お前、わかって言ってるんだろうな」

「何をですか」

「このレッスン枠は、真由のために用意されたものだぞ。言ったろう、高尾先生はこれから先しばらく真由の専属になって下さるんだ。そういう約束なんだよ」

「でも……」

「それをお前、どこの誰ともわからん貧乏くさい娘を連れて来て、さあ歌を聴いて下さいだ？　真由のレッスン時間を削ってまでか？　高尾先生に対して失礼なのはもちろんのこと、『鳳プロ』の社員としてあるまじき裏切り行為だぞ」

「裏切りなんかじゃありません！」

「少なくとも会社の意向には反するってことだよ」

「わかってます、でも！」

「何だ」

「高尾先生のレッスンが全部埋まってるなんて、さっき初めて知ったんです」

取り付く島のない上司ではなく、高尾の顔を見て、桐絵は懸命に言った。

「あの子、ミチルというんですけど、確かにまだ野暮ったく見えるかもしれません。でもそれは、福岡から昨日連れて来たばかりなので仕方ないっていうか、そんなことよりほんの一曲でも、せめて一フレーズでもかまいませんから、あの子の歌を聴いてやって頂きたいんです。お願いです、先生。ああ見えて、ほんとうに素晴らしい歌を歌うんですよ。凄い声の持ち主なんです。高尾先生ならきっとわかって頂ける、そう思って私……」

「お前の思い入れなんか訊いてねえよ」と、峰岸。「今年、うちが売り出す新人は〈小鳥真由〉だ。全社的に推していくべきは、スカウト・キャンペーンでグランプリを受賞した彼女、ただ一人なんだ。グランプリは一年に一人だけ。他へ力を割いている余裕はない」

「そんな……」

絶句した桐絵を、侮るようにじろじろ見ながら、真由がすっと動いて峰岸のそばへ来た。オーディオミキサーの卓を背にして立つと、たっぷりともったいぶって腕組みをする。

レッスンは嫌がるくせに、と桐絵は奥歯を噛みしめた。会社の、あるいは峰岸らスタッフの興味が自分だけに注がれていると思うと気分がいいのだろう。

桐絵は、あえて彼女を無視し、峰岸だけを睨み据えた。

「でも、それじゃあ芸能プロダクションの存在意義はどこにあるんですか」

「ソンザイイギだあ？　何だそりゃ」

「素晴らしい才能の持ち主が、必ずしも自分からスカウト・キャンペーンの地方大会に現れるなんて限らないでしょう。自分の才能にさえ、まだ気づいてないかもしれない。そういう埋もれてる未来のスターを掘り起こして、磨いて、光をあてて輝かせてやるのが私たちの仕事じゃないですか」

峰岸が、ものすごい目でこちらを睨み返してくる。桐絵自身、このへんでやめておいたほうがいい、口を慎むべきだと理性では思うのだが、その理性がどこか斜め上の天井のあたりから自分を見おろしているようで、遠い。ブレーキがかからない。

「一年に一人ずつですって？　それもグランプリを獲《と》った者だけ？　そんなんだったら、芸能プロなんて無くていいじゃないですか。テレビ局がスカウト番組を作って勝ち抜き戦でもやれば、その時限りのスターなんかぼんぼん作れますよ」

と、その時、

「ちょっと待った」

高尾が言った。

はっと見やると、レッスンスタジオの中、ピアノのそばにいるミチルが、桐絵たちのいる調整室を凝視している。

その表情を見て、桐絵は自分の舌を嚙み切りたくなった。

聞こえていたのだ、今の話が。

しかし、なぜ？　調整室とスタジオは分厚いガラスと壁で仕切られていて、こちらの声など聞こえないはずだ。

「あ」

どこか間の抜けた声をあげる峰岸を、桐絵はふり返った。

「どうしたんですか」

「いや、何でもない」

「今、『あ』って言ったじゃないですか」

「何でもないって」

視線を泳がせる峰岸の横で、真由が何やらほくそ笑んでいる。

桐絵は、つかつかと近づき、

「ちょっ、何すんのよ！」

文句を言う真由を押しのけた。

やっぱりだ。音響ミキサーの横、四角いスイッチが一つ、オンになって点《とも》っている。こちらからスタジオ内へと話しかける際に押すトークバックボックスのスイッチだ。

オフにしようと指を伸ばした桐絵は、ふと思い直し、マイクに口を近づけた。

「ミチル。聞こえてる？」

ガラス越し、スタジオにいる少女に目をこらす。彼女が、真顔でこちらを見て、頷く。

「あなたは何も気にしなくていいの。ちょっと待っててね」

こくん、と再び頷くのを確かめてから、桐絵はスイッチを切った。

真由に向き直る。

「……あなたのしわざね」

「何がよ。知らないわよ」

「わざとミチルに聞かせようとしたんでしょ」

「だから知らないったら。あたしがやったっていう証拠でもあんの？」

顎を上げ、真由が嘯《うそぶ》く。

その憎たらしい口の端をつかんでぐいぐいつねりあげてやりたい気持ちを、桐絵はこらえた。ちょっとやそっと懲《こ》らしめたところで真由の性根は変わらない。変わらないといえば、今のこの事態もだ。

「ま、とにかく、ここでお前と議論してたって埒《らち》は明かんだろ」

峰岸が、こちらに圧をかけるように言った。

「高尾先生、すみませんが真由のレッスンをお願いしますよ。夕方からはダンスのレッスンもあるんです。こいつのたわごとに付き合ってる時間はない」

「ふむ。そうか」

高尾良晃は、そこでようやく、スタジオ内のミチルから真由へと目を戻した。

「じゃあ、真由。レッスンスタジオに入りたまえ」

高尾が言う。

真由は、苛立って肩を揺らした。

「その前にあの子を追い出してよ」

「いや。せっかくだからあの子にも、きみのレッスンを聴いていてもらおうじゃないか」

桐絵は、息を呑んだ。

真由も心底驚いたのだろう、

「はあ？　何それ。気分わっる！」

声が裏返る。

ぽかんとしていた峰岸が、慌てて気を取り直し、割って入った。

「いやいやいや、先生、それはちょっとアレですって」

「アレとは何だね」

「いや、さすがにその……」

「べつにいいだろう、これは僕のレッスンだ」

「そうですけどね、しかしその、」

「準備もなしにいきなり誰かの前で歌うなんてことも、デビューすれば大いにあり得るんだ。真由には大事な経験だよ」

「イヤよ、あたし」

真由が片足を踏みならす。

「おや。自信がないのかい？」

「そんなわけないでしょ！　じゃなくって、どうしてあんなド素人に、わざわざあたしの歌を聴かせてやんなきゃいけないのよ。まるっきりの部外者じゃない」

「うん、そうだね。だが、理由にならないよ。きみがいずれ大事にしなきゃいけなくなる観客やファンも、多くはド素人だし、まるっきりの部外者だ」

真由がぐっと詰まる。助けを求めるように隣を見上げるが、峰岸もそれ以上は強く言えないでいる。何しろ相手は天下の高尾良晃なのだ。

「さ、いいから入んなさい」

高尾は、スタジオへと続く防音ドアの取っ手をつかんで押し下げると、体重をかけて押し開けた。中にいたミチルが、はっとなって身構える。途中の言い争いだけが聞こえていて、その後はまた一人取り残されたのだ。不安もひとしおだったろう。

さぐるようにこちらを見る少女へ桐絵は、

(大丈夫よ)

笑顔を作って頷き返してやったものの、少しも大丈夫ではない。

「やあ、こんにちは」

高尾が朗らかな声をかける。

ミチルは、緊張した様子でぺこりとお辞儀をした。

「僕は、高尾良晃。ピアニストで作曲家だけど、ここでは歌唱レッスンの講師をしてる」

「……歌の、先生？」

「そうだよ」

強ばっていたミチルの目もとが、ふうっと柔らかくなってゆく。

桐絵は、切ない思いでそれを見やった。彼女はただ、歌いたいのだ。もっとうまくなるために、歌を教えてほしくてたまらない、それだけなのに……。

「きみにも自己紹介をお願いしようかな」

「あ、はい。篠塚ミチル、十六歳です。高校は、今は行ってません。昨日、桐絵さんと一緒に博多から来たとです」

ぷ、と笑った声はもちろん真由だ。語尾やイントネーションが可笑《おか》しいらしい。

「そうか、ありがとう」高尾は頷いた。「うん、いい声をしているね、きみ」

桐絵はどきりとした。さすがは高尾、彼女に喋らせたのは声の質を確かめるためだったのか。

「あ……ありがとうございます」

はにかむミチルを、真由が睨みつける。

このハスキーな声が、歌うともっと凄くなるのだ。何とかして高尾に聴いてもらう方法はないのだろうか。

「さてと、じゃあ、ミチルくん。今から一時間ばかり、僕がこの子に歌のレッスンをするから、きみはあそこの椅子に座って聴いててくれるかな」

はい、と素直に頷いたミチルが、壁際のパイプ椅子へ向かおうとした時だ。

「待ってよ、先生」

真由が言った。桐絵も峰岸も、そして当の高尾も、ちょっとびっくりして見やった。彼女が〈先生〉などと口にするのはこれが初めてだったからだ。

「ねえ先生。その子、あたしたちが来る前からここにいたわけでしょ？」

真由は、にこにこしながら続けた。

「これ以上、待たせたりしちゃかわいそうだわ。その子の歌を先に見てあげてよ。かわりにあたしが、あそこに座って聴いてるから」

「ばかな。勝手なことを言うんじゃない。高尾先生の特別レッスンは、誰でもが受けられるようなものじゃないんだぞ」

峰岸が調整室から厳しい声で止めたが、真由は聞く耳持たなかった。

「うるさいなあ。もともとそのレッスンを受けるはずのあたしがいいって言ってるんだから、いいじゃない」

ほっといてよ、とばかりに峰岸をガラス越しに睨む。

当のミチルはといえば、自分だけ腰を下ろすわけにもいかず、所在なげに立ったまま真由と大人たち三人を見比べている。行きつ戻りつするその視線が、途中で何度も桐絵の上で止まる。

(どうしよう……)

桐絵は判断に迷った。

むろん高尾には、是非ともミチルの歌を聴いてもらいたい。しかしそこにいきなり峰岸が同席するなど想定外だったし、ましてや真由までとなると、途中で何が起こるかわからない。もしもひどいことを言われたり妨害を受けたりしたら、ミチルは対処できるだろうか。せっかく東京へ出てきたというのに、歩き出す前に萎縮《いしゅく》してしまうのではないだろうか。

「ね、かまわないでしょ、先生」

真由が、すぐそばのピアノの蓋を開けている高尾を見やる。

「先生だって、こないだ言ってたじゃない。『自分の歌を練習するだけじゃなくて、他の人が歌うところもよく聴いて参考にするといいよ』って。テレビなんかより、せっかくだもの、生で聴きたいわ」

　ふむ、と高尾が唸《うな》る。

「わかった。そうしよう」

「ちょっ、高尾先生！」

　峰岸が慌てる。

「いや、実際、いい機会だよ。ミチルくんは、それでかまわないかな？」

「うちは……」

　ミチルが、答えを求めて桐絵を見る。

　ええいままよ、と桐絵が頷いてみせると、彼女もためらいがちに頷いて言った。

「うちは、いいですよ」

「よし。じゃあ、こっちへ来て。真由、きみは座ってなさい」

　ピアノに近づいてくるミチルと、入れかわりにパイプ椅子のほうへ向かう真由とが、間近にすれ違う。

　二人の少女の視線が交叉《こうさ》する。真由のほうはいかにも挑発し侮るような表情を浮かべているが、それに比べるとミチルは淡々と無表情だ。

「まずは発声練習からいこうか」

言いながら高尾が、ド・ミ・ソ・ミ・ドー、とピアノを弾き、はい！　と掛け声をかけるが、ミチルは戸惑ったように黙っている。

「ん？　どうした」

桐絵は、たまらずに調整室から口を出した。

「すみません、先生。じつは彼女、ちゃんとした歌のレッスンというものを受けたことがないんです。一度も」

おいおいおい、と峰岸があきれ、真由がまたクスクス笑う。

なるほど、と高尾は言い、再びミチルに向き直った。

「こういう発声練習はやったことがない？」

ミチルが、こくん、と頷く。

「じゃあ、いつもはどういうふうにしてるの？　つまり歌う前にはってことだけど」

「……歌ってます」

ぷぷっ、と真由。

「いきなりかい？」

「はい」

「どんな歌を？」

「ブルースとか」

「ほう。たとえばどんな感じだろう。森進吉《しんきち》とか、淡山《あわやま》より子みたいなやつかい？」

「ううん。ハウリン・ウルフとか、マディ・ウォーターズとか」

高尾が、声をあげて笑いだした。

「こりゃあいい。しかし、アメリカの黒人が歌うブルースを、きみぐらいの年の女の子が好むとはめずらしいね。ずいぶん渋い趣味だと思うんだが」

ミチルは首をかしげた。

「そうやろうか？　うちのお母さんやその友だちが教えてくれるけん、うちもだんだんカッコよかーって思うようになったっちゃけど」

「そうかそうか、なるほど」

高尾がやけに楽しそうなのを見て、壁際のパイプ椅子に座る真由の顔つきが険しくなってゆく。

「他にはどうだろう？　もうちょっと新しいので、好きな歌はないかな」

高尾に促され、思いだそうとするミチルの目がスタジオの天井を仰ぐ。

「……ストーンズとか、プレスリーとか」

「ふむ。ちなみに、日本のでは？」

「あ、ピンキーガールズ好いとぉ」

桐絵は、びっくりした。

「おお、いいねいいねえ」

と高尾が相好《そうごう》を崩す。

初めて聞く話だった。『鳳プロダクション』所属、今をときめくピンキーガールズは、露出度高めのセクシーな衣装で激しく踊りながら歌う女性デュオだ。大人よりむしろ子どもたちに絶大な人気があるのだが、ミチルが好きだとはちょっと意外――。

そう思いかけた時、ふと記憶が蘇《よみがえ》った。

〈『鳳プロ』やったら、お前が好きな歌手がおるとこやないとか?〉

オレンジ頭のドラムが言いかけた、あれはピンキーガールズのことだったのか。あの時ミチルが強情に〈知らん〉と言ったのは、子どもっぽく聞こえると思って恥ずかしかったせいかもしれない。

「それじゃいってみようか」

ピアノ椅子に腰を下ろした高尾はすぐさま鍵盤に指を走らせ、ピンキーガールズの最も新しいヒット曲のイントロを奏で始めた。滑らかなのも道理、彼自身が提供した曲だ。

「好きなところから歌ってごらん。キーは原曲通りで大丈夫かな?　彼女たちは、じつはけっこうキーが低めでね、ちょっと上げたほうが歌いやすいと思うが」

半音ずつ変調してはキーを上げてゆく。

首を傾けながら真剣に聴き入っていたミチルが、途中で顔を上げた。

「ここかい？　ずいぶん高いな。よし、じゃあ最初からいこう」

原曲より三度ばかり上のキーで弾き始めた高尾も、そして桐絵も、次の瞬間、度肝を抜かれた。

男の声かと思った。ミチルはなんと、伴奏よりもちょうど一オクターブ低いキーで歌いだしたのだ。

女性デュオ・ピンキーガールズのヒット曲が、キーをぐんと下げることによってまったく別の歌のように聞こえる。ミチルの声はもともとハスキーで中性的だが、音程が低くなるとその特性がますます際だつのだ。

まるで、何十年も煙草を吸い続けてしゃがれたかのような渋さと。

同時に、声変わりしたばかりの少年のような初々しさと。

本来は決して同居するはずのない魅力が合わさって、世に二つとないミチルだけの歌を創り出す。

ピアノで伴奏をする高尾良晃が、すぐさまミチルの声に合わせて一オクターブ下げ、さらに弾き方までがらりと変える。本来の明るい歌謡曲のそれではなく、ブルージーな大人のアレンジを施して合わせ始めると、ミチルの目もとがぱっと輝き、歌い方がさらに自由になった。

分厚いガラス越し、調整室で聴く桐絵は、我知らず拳を握り固めていた。いい。とてもいい。しかし、原曲をここまで崩して歌って許されるのか。何しろ作曲者は高尾なのだ。

隣に立つ峰岸もまた、スタジオ内を凝視している。真剣な、いや、難しい顔だ。視線の先を追えば、真由がいる。ピアノから十歩ばかり離れた壁際のパイプ椅子に座り、峰岸以上に怖い顔でミチルの背中を睨みつけている。

と、ふいに歌とピアノが止《や》んだ。歌詞を忘れたミチルがつまずいたところで、高尾が弾くのをやめたのだった。

「すみません」

ミチルは肩で息をついている。久しぶりに人前で歌えた喜びからだろう、表情は明るく、もっともっと歌いたい気持ちが全身からあふれ出している。

「いやいや、謝ることはないよ」高尾は鷹揚に言った。「おかげで、きみの持ち味はだいたいわかった。ちなみにちょっと訊くけど、今のは、」

「先生」

遮るように鋭い声が飛ぶ。真由だ。

「もういいでしょ？　あたしのレッスン時間がなくなっちゃう」

「え。いやしかし真由、きみがさっき自分で言ったんじゃないか、先に見てやってくれって」

「ええ、そうよ。だからこうして待っててあげたんじゃない。もう充分でしょ」

高尾に向かって言い放った真由は、再びキッとミチルを睨んだ。

「だいたいあんたねえ……」パイプ椅子から立ち上がり、つかつかとミチルに近づく。「ピンキーガールズが好きだなんて、嘘でしょ」

「え？」ミチルがぽかんとする。「なして？」

「『なして？』じゃないわよ」

憎々しげに口真似をして、真由は鼻で嗤った。

「この大嘘つき。ほんとに好きだったら、あんな変な歌い方するわけないんだから。何よ、さっきの唸り声、お経じゃあるまいし。ピンキーガールズをばかにするのもいいかげんにしてよね」

口をはさむ隙もないほどの勢いでまくしたてたかと思うと、まっすぐにスタジオのドアを指さす。

「出てって」

「でも、」

「高尾先生ってば、さすがよね。今のおかしな歌を聴いただけで、もうだいたいあんたの実力はわかっちゃったんだって。これで気は済んだでしょ、とっととあきらめて田舎へ帰んなさいよ」

「……博多は、田舎ではなか」

「うるさいわね、もう！」

真由が片足で床を踏みならす。苛立った時の癖で、桐絵もこれまで何度もやられているが、傍《はた》から見ると小鬼が悔しがってるみたいだからやめなさい、とはまだ言わずにいる。

「いいから早く出てってよ！」真由は顔を真っ赤にして叫んだ。「ここはあたしの場所で、今はあたしの時間なんだからね！」

「わかったから、まあ落ち着きなさい」

割って入った高尾が、やはりガラス越し、調整室にいる桐絵と目を合わせる。

「悪いが、とりあえずミチルくんを連れ出してもらえるかな」

ステージ4 ★ 突破口

激しい振り付けとともに歌い終えたピンキーガールズの二人が、客席からの拍手と歓声に応えてにこやかに手をふる。ステージにはまばゆいスポットライトが降り注ぎ、衣装に縫い留められた無数のスパンコールを星のように輝かせる。

ほんのわずかな間の後にオーケストラは次の曲のイントロを奏で始め、下手へはける二人と入れかわりに奈落からセリに乗って現れたのは、前原つよしとドゥーワップスの六名だ。ピンキーガールズが〈動〉なら彼らは〈静〉、港町を舞台にした大人の歌謡曲をたっぷりと歌いあげる。

舞台袖、床に何本ものケーブルが這い回る暗がりでは、マネージャーが汗だくのピンキーガールズを椅子に座らせ、それぞれに上着と飲みものを差しだしていた。露出度の高い衣装だけに、風邪をひかせたりすれば責任問題だ。

ドゥーワップスの歌が、最後のサビをくり返している。この次、トリを務める城田万里子が登場して、昨年後半大ヒットした『雨降る街角』に続く新曲『漁火《いさりび》』を歌い終わったなら、出場歌手全員で舞台に並ぶ……というおなじみの流れだ。

「なあ」

肘でこづかれ、桐絵は隣の峰岸を見上げた。

分厚いビロードの幕が幾重にも折りたたまれた舞台袖は、ステージがまぶしければまぶしいほど濃い影を作る。

「何ですか」

てっきりまた、城田万里子の機嫌を損ねないように早めに段取りしておけ、とか何とか言われると思ったのだが、

「あの子、あれからどうしてる」

桐絵は眉をひそめた。なぜそれを峰岸が気にするのか。

「……あの子、とは」

「とぼけんなよ」

峰岸の声に苦笑いがにじむ。

「確か、ミチルっていったっけ？　このごろ見ないけどどうした、ん？」

挑発には乗るまい。この男が親切心から訊いているわけはないのだから。

「なあって」

「しーっ。静かにして下さい」

「なら無視すんな」

しつこい男だ。腹立ちをこらえながら、舞台袖からステージ中央で歌う城田万里子を見やる。

今夜は和装。白と黒を基調に梅の古木が大きく描かれ、袂《たもと》や裾まわりには金彩で光琳水《こうりんみず》のほどこされた着物は、このベテラン演歌歌手の派手な目鼻立ちによく似合っている。全国放送の歌謡番組で新曲を披露するのはこれでまだ三回目だが、あっという間にベストテン入りして、だからこそのトリだ。ふだんから態度が大きくわがまま放題なのも、実力あればこそと思えば腹など立たない。

「もしかしてあの子、とっくに尻尾《しっぽ》巻いて博多へ逃げ帰ったか？」峰岸がなおも食い下がる。

「ま、無理もないよな。高尾センセのレッスンに乱入できないとなりゃあ、こっちにいたってしょうがないもんなあ。……おーっと、おっかねえ、目が吊り上がってら」

「吊り目は生まれつきですったら！」

桐絵は冷たく言い放った。続いて、

「逃げ帰ってなんかいませんから」

無視を通そうと思っていたのに、結局答えてしまった。

「え。なんだ、じゃあ、まだお前んちにいるのか」

「いけませんか」

「べつにいけなかないけど、よくやるなあと思ってさ。この先デビューのあてもないってのに」

「どの口が言うんですか、それを」

「あ？」

「上のお歴々どころか、他のプロデューサーにさえ会えなくさせてるのは峰岸さんじゃないですか。子どもっぽい妨害はいいかげんにして下さい」

「妨害？　ばかな。俺は、真由を全力でバックアップしてるだけだぜ。それが我が社の方針なんでな」

歌い終わった城田万里子が、客席の拍手に向かって優雅にお辞儀を返す。

目のくらむようなライトが幾筋も降り注ぐステージを見つめながら、桐絵は下唇を嚙みしめた。

いったいどうすれば、あの光り輝く舞台にミチルを立たせてやれるのだろうか。

　彼女が高尾良晃の前でピンキーガールズの持ち歌を披露した日から、早くも半月が過ぎようとしていた。

〈早く出てってよ！　ここはあたしの場所で、今はあたしの時間なんだからね！〉

　真由があんなにも激しく言いつのったのは、すなわちミチルの歌声に衝撃を受けたせいに違いないのだが、レッスン時間が終わるまで外の廊下で待っていた桐絵たちに向かって、高尾はひどく言いにくそうに告げた。

〈申し訳ないんだが、僕はもう、しばらく先まで真由の専属ということで取り決めを交わしてしまっているものでね。きみを教えると契約違反になってしまうんだそうだ。誰か、他の講師をあたってみてくれないかな〉

　すぐ後ろには、勝ち誇った薄笑いを浮かべる真由と、真顔の峰岸が控えていた。

　せっかくあんなにも好感触だったのに、と桐絵は歯嚙みした。わずかでもいいから、高尾の感想を聞いてみたかった。そもそも高尾は昔、有川専務ことジョージ有川らとバンドを組んでいた時代、ブルースやジャズ、ロカビリーなどを自在に演奏していたという。ミチルの声や歌い方にはきっと惹きつけられたろうし、もっと聴きたかったはずなのだ。そう、真由という邪魔さえ入らなければ。

「……絵さん。……桐絵さんってば！」

はっとなって目を上げると、ミチルが心配そうにこちらの顔を覗きこんでいた。

「あ、ごめん。どした？」

「こっちが訊きたかよ。晩ごはんのお鍋はなんにすると？　って訊きようのに」

そうだった。日曜の夕方、これから近くのスーパーへ食料品の買い出しに行こうと話していたのだった。

「どうしよう、かしわにする？」

「え、かしわって？」

「へ？　こっちの人は言わんと？　鶏肉のこと、かしわって」

「言わないよ」

「じゃあ、なんて言うと？」

「鶏肉」

「そのまんまやないねー」

屈託のない笑顔を向けられ、桐絵は胸を締め上げられる心地がした。思わず椅子に座り直す。

「――ミチル。ごめんね」

ミチルが、きょとんと目を瞠《みは》る。

「え、なんが？」

少年めいた印象が、そういう顔をするとますます強まる。

「せっかく一緒に来てくれたのに、なんだかいろいろうまくいかなくて。我ながら不甲斐ないったらないわ」

うっかり涙ぐみそうになり、危ういところで踏みとどまった。自分で思う以上に、この状況がこたえているらしい。

同じ『鳳プロ』の社員でも、埋《うず》もれた才能を見出して連れてきたのが男性スタッフであったなら、きっとこんなことにはなっていないのだ。たとえ社を挙げて推すべき〈小鳥真由〉の存在があったにしても、それはそれとして歌くらいは聴いてもらえたはずだし、素晴らしいと認められれば上に話が通り、皆でデビューのタイミングを探るくらいのことはしたはずだ。そもそも峰岸だって、相手が男の同僚なら、あんなに露骨な妨害はしないだろう。

こうした可能性は予想もしなかった——のであれば、ミチルに対して今ほど後ろめたい気持ちにはならずに済んだかもしれない。実際は予想し、危ぶんでいた。自分がはるばる博多から連れ帰ったとしても、まず直属の上司である峰岸が首を縦にはふらないんじゃないか、と。それでも、ミチル本人の圧倒的な声さえあれば何とかなると思った。見通しの甘さはこちらの責任だ。

「桐絵さん」

テーブルの向かいを見やる。

ミチルの目は真剣だった。

「やっぱり桐絵さん、うちを連れてきたこと、後悔しよると？」

「まさか」桐絵は慌ててかぶりを振った。「するわけないでしょう。そうじゃなくて、あなたをがっかりさせてるだろうと思って」

「がっかりって？」

「だって、すごく期待してたんじゃない？ 私、あの時あなたに、毎日歌のことだけ考えて、朝から晩まで歌って暮らせるみたいなこと言ったでしょう。それなのにデビューのためのレッスンどころか、いまだに高尾先生にしか歌を聴いてもらえてないし……」

桐絵の言葉を聞いていたミチルの眉尻が、すとんと下がった。

「なーんね。よかった、ほっとした」

「え？」

「あのね、桐絵さん。うちは、歌手になりたいわけやなくてね、あ、ううん、いつかはなりたいっちゃけど、今はそんなことより、ただ歌が歌いたかっちゃん。どんなかたちでも、うちの歌を誰かに聴いてもらえるんやったら、なーんも文句はないけん」

くすっと笑って続ける。

「うち今、この近くの広いほうの公園まで毎朝走りに行きようやろ」

桐絵は頷いた。

「あそこの池の上に、なんか小屋みたいな舞台みたいなんがあるやろ」

正確には、水上の四阿《あずまや》だ。岸から小さな橋でつながっている。

「あそこでね、うちが時々、池へ向かって発声練習しとったらね。犬を連れたおじいさんとか、他にも走りよう人とかが、立ち止まって聴いて、拍手までしてくれよると」

発声練習。ミチルにとってのそれはすなわち、歌だ。

「どんなのを歌うの？」

たぶんピンキーガールズではないのだろうと思って訊いてみると、

「古いブルースばっかり」

ミチルはやはりそう言ってはにかんだ。

「伴奏してくれる楽器はないっちゃけど、ドラムの代わりになるもんはいっぱいあるけんね。大声出すと気持ちよかよ」

広い公園だし、池もかなり大きいが、水面を伝わる声や音は遠くまで届く。冬枯れの木立の中、朝靄《あさもや》が立ちのぼる池のおもてに彼女の歌声が響くところを想像しただけで、しみじみと胸打たれるものがある。まるで、美しい歌声で船乗りたちを惑わすという伝説のセイレーンのようだ。

桐絵は、腹を括《くく》った。

「ね、ミチル」

「うん?」

「ほんとうは、もっと大勢の人の前で歌いたい?」

訊くまでもないことだった。

少女が、ややうつむいて、こくんと頷く。

「わかった。こうなったら、思いきってゲリラ戦法で行こう」

*

カァーン。

一つきりの鐘の音に、観客席がどっと沸く。

調子はずれの熱唱を遮られた中年の男性が、司会者に手招きされ、マイクを向けられる。

質問に答えながらもしきりに首をかしげているところを見ると、自分の歌によほど自信があったようだ。

残酷なことをする、と桐絵は思った。素人のど自慢の出場者の中には、たいてい一人か二人、正真正銘のオンチが交ざっている。何しろ正真正銘であるから、音程が外れていることに気づいていない。当人が出場したくて来ているのだし、全員が玄人跣《くろうとはだし》の名人ばかりだったらつまらないというのもわかるのだが、だからといってヘタな人を笑っていいものかどうかと、何となくもやもやしてしまう。

続く出場者は、腰の曲がったおばあさんだった。曲のテンポなどおかまいなしののんびりした歌に、会場はまた沸きに沸いたが、鐘の音はキーンコーンと二つだった。

舞台袖から覗き見ていると、

「ふふ、楽しそう」

隣のミチルが笑った。

「みんな、よっぽど歌うことが好きなんやねえ。人前で歌うのって気持ちよかもんね」

言われて、はっとなった。上手いかどうかではないのだ。希望者をふるいにかける段階でスタッフ側も、歌いたい！　との情熱が強く伝わる人を選ぶのかもしれない。歌唱力の高さですべてが決まるなら、歌を愉《たの》しむ心は行き場をなくしてしまう。

休日の午後に放送される人気長寿番組とあって、会場は広く、観覧者も多い。これだけ大勢の前で舞い上がらずに歌えるだけでも、すでにたいした才能かもしれない。

ミチルの出番まで、あと二人だった。往復はがきで出場を希望したものの三度目にやっと当選、昨日の予選会をゆうゆうと勝ち抜いてのこれが本番だ。

舞台上、二つ並んだブース席にゲストが座っている。一人は、若者に人気の岸本浩二。今日も赤いジャケットを着込み、すかした笑みを浮かべている。そしてもう一人は……。

桐絵は胃の痛みをこらえた。

城田万里子。今日は濃紺のドレスに身を包んでいる。内輪だからと狙ったわけではなく、むしろ最も避けたかった相手だが、出場者の分際《ぶんざい》でゲストを選べるはずもない。せめて自分がいることがバレないようにと目をそらす。

ミチルの出番が、刻一刻と迫ってくる。身を隠している桐絵と対照的に、ミチルはステージの向こう端のブース席を見やって目を輝かせている。

考えてみれば、上京してからもうすでにひと月近くが過ぎてしまったというのに、ミチルがいわゆる芸能人をじかに目にするのはこれが初めてなのだ。『鳳プロダクション』社屋内のレッスンスタジオに足を踏み入れたのさえ、あの一回きりだ。

その彼女の視線の先にいるのは、今や最も勢いのあるアイドル・岸本浩二。歌唱力こそ、南城広樹、野田二郎《のだじろう》、神《じん》まさみといった御三家に遠く及ばないものの、正統派の二枚目として、とくに十代の少女たちに絶大な人気がある。ミチルも食い入るように見つめている。恋に恋する年頃だ、無理もない。

もし、と桐絵は思った。考えるべきではないのに、つい弱気になってしまう。

もし、どうしてもこのままミチルのデビューがかなわず、故郷の博多へ帰らなくてはならないとしたら――。せめて岸本浩二のサインくらいはもらえるように頼んでやりたい。『鳳プロ』所属のピンキーガールズであればもっと容易《たやす》いだろう。どうにかして会わせてやることもできるかもしれない。それくらいの思い出は作ってやらなければ、あまりにも彼女がかわいそうだ。

「ミチル」

声をかけると、ぱっとふり向いた。

「ん？」

「せっかくだもの、思う存分、気持ちよく歌っといでね」

「うん」

ミチルがこれから歌うのは、谷口桃代の『イミテーション・ダイヤモンド』。もちろん、予選もそれで通った。奇《く》しくも、スカウト・キャンペーンの東京本選で真由がグランプリを獲得したのと同じ曲だが、そのことは伝えていない。真由の、すべてをあきらめたような醒めた歌い方はこの曲にぴったりだったが、歌そのものの持つ説得力では、やはりミチルに軍配が上がるだろう。

宙を漂う埃《ほこり》が、強烈な照明の熱に炙《あぶ》られるにおいがする。

「あの城田万里子さんて人は、もともと辛口《からくち》だから」桐絵は続けた。「歌の後で、もし万一キツいこと言われたとしても、ミチルは何にも気にしないでいいんだからね」

「ふふふ。うん」

「緊張なんて、しなくて大丈夫よ。コンクールやオーディションじゃないんだから、めったなことは言われないと思うし」

ああ、何を言っているんだろうと舌を嚙みちぎりたくなる。これからひとりで舞台へ出ていく人間を、わざわざ萎縮させるようなことを言ってどうする。膝の震えをこらえた。緊張しているのは自分のほうだ。

そうこうするうち、鐘がカァーン、と一つだけ鳴った。前の前の出場者が、残念そうに下手へ退場する。

ミチルの直前の出場者は、ずんぐりとした背格好の青年だった。

「次、十六番さん、お願いします！」

ぽん、と担当ディレクターから背中を叩かれ、マイクを握りしめた青年がステージへと走り出てゆく。

「十六番、『ソーラン節』！」

ヤーレンソーラン……と威勢よく始まったのは、おなじみの民謡だった。

張りのある明るい声だ。こぶしが、回るまわる。観客席からは自然と手拍子が湧き起こり、そうすると歌う側もさらにノッてくる。

ワンコーラス歌い終えるより前に、キンコンカンコン・キンコンカンコン……と鐘の音が鳴り渡った。拍手の中、今日二人目の合格者を司会者がねぎらっている。

ミチルが、桐絵をふり返り、じっと見つめた。

「ん？　どした？」

「ううん」首を横にふる。「じゃあ、行ってくるけんね」

「はい、頑張っておいで」

「桐絵さん」

「うん？　なあに？」

「勝手なことばしてごめんね」

「えっ？」

訊き返すより早く、指示が飛んだ。

「次、十七番さん、お願いします！」

ディレクターがミチルにマイクを手渡し、まるでボートを岸から送り出す時のように背中を押す。光降り注ぐステージへとまっすぐ走り出ていったミチルはしかし、名乗らなかった。他の出場者たちは自分の番号と歌う曲の題名を精いっぱい叫ぶのに、何も言おうとしない。

段取りの説明は、あらかじめ出場者全員が受けている。ステージへ出ていったらすぐにそれぞれの番号と曲名を言って下さい、それを合図に指揮者がタクトを振り、オーケストラの前奏が始まります……。それなのにミチルは、握ったマイクさえ体の横にだらんと下げたまま、ステージ中央に立ちつくしたままだ。

舞台袖の桐絵は、飛び出しそうな心臓を胸の上から押さえ込んだ。どうしたというのだ。さすがのミチルも、これだけの大舞台、これほど大勢の観客の前では、声が出なくなってしまったのだろうか。

燕尾《えんび》服《ふく》姿の指揮者と、白い背広の司会者が、ともにどうしたことかと様子を窺う中、ゲスト席の岸本浩二は客席へ向かって不思議そうに首をかしげてみせ、城田万里子は眉根を寄せて少女を見据えている。

「えー、十七番さん。どうしましたか？」

痺れを切らした司会者が水を向けると、

「あの、ごめんなさい」

ミチルがようやくマイクを口に寄せ、おずおずと言った。

「伴奏は、なしでお願いします」

はっ？　と指揮者の口が動いた。客席がざわめく。

「それは、どうして？」

「別の歌を歌いたいんです」

桐絵は後ろへ倒れそうになった。いったい何を言いだすのだ。

「ええと、つまり、オーケストラの伴奏抜きで、あなたが独唱をするということ？」

司会者が確かめる。

「はい」

「ちなみに何の歌を？」

少女の視線が一瞬、桐絵のいる袖へと強く注がれた。次に、ゲスト席のほうへ。

そうしてミチルは言った。

「城田万里子さんの、『雨降る街角』を」

当初の予定とは違う歌を、しかも無伴奏で。そんな無茶な要望が、まさか通るはずがない。

すぐにでもステージから下ろされてしまうに違いない。

（せっかくここまで来たのに……）

桐絵は、幕を握りしめてめまいをこらえた。素人のど自慢に出場すれば、ミチルの歌が全国放送で流れる。さらにはもしも優勝できたなら、わかりやすい箔《はく》が付く。上司の峰岸や、デビューを控えた真由がいくら邪魔をしようと、『鳳プロダクション』の上の連中だって無視することはできまい。そう考えての一大決心だったのに……ここでもまた、歌わせてもらえないまま終わるのか。

白いジャケット姿の司会者が腰をかがめ、舞台下のプロデューサーやディレクターと小声でやり取りしている。その様子を、観客はもちろんのこと、オーケストラも指揮者も、そしてゲスト歌手の二人も、固唾《かたず》を呑んで見守る。

やがて司会者は、二度、三度と頷いたかと思うと、ようやく上半身を起こしてミチルに向き直った。

「十七番さん」

「……はい」

ミチルが真剣な面持ちで答える。いつものアラン模様の白いセーターにジーンズ姿の彼女が、広いステージの上ではなおさら幼気《いたいけ》に見える。

「この番組では、予選と同じ歌を本番でも歌って頂くというのが本来のルールです。それを歌わないということであれば、当然、失格となってしまうわけですが……」

思わせぶりな間を置いてから、司会者は続けた。

「何ごとにも例外はありましょう。あなたの熱意と勇気に免じて、今回だけは特別に歌って頂こうと思いますが、いかがでしょうか、ゲストのお二方、そしてご来場の皆さん。ご賛同頂けますでしょうか？」

観客席のあちこちから、ぱらぱらと自然に拍手が湧き起こる。

ミチルが遠慮がちに、しかし心底嬉しそうな笑みを浮かべると、拍手はなおさら大きくなっていった。

観客が了承したとなれば、ゲストの二人も頷くしかない。ただし、面白がって満面の笑みを浮かべている岸本浩二とは対照的に、城田万里子の表情は、真意の見えにくい微笑にとどまっている。〈熱意と勇気〉などに絆《ほだ》される彼女ではないのだ。

「さあそれでは、いつでもどうぞ」

司会者に促され、マイクを握りしめたミチルが観客席に向かって一礼する。

場内が静まりかえる。

舞台袖の桐絵は、震える手を口に当てた。そうしていないとおかしな声がもれてしまいそうだ。

ミチルは足を揃えて立ち、両手でマイクを握り込むように構えた。少しうつむいて目を閉じる姿は、まるで祈っているようだ。息を深く吸い込んで、静かに歌いだす。

幼ごころに忘れられない
父のぬくもり　煙草の香り
娘ごころにあなたに惹かれ
堕ちてもいいと決めた恋

原曲よりもずっとゆっくりした歌だった。

伴奏はない。ただ声だけが——少し掠れた中性的なハスキーボイスだけが、会場の隅々まで響き、染みわたってゆく。

ミチルが目を開け、今度は正面を見て声を張る。

演歌、のはずだ。少なくとも城田万里子が歌う『雨降る街角』は演歌と呼んで間違いない。しかし、歌詞とメロディが同じであるにもかかわらず、ミチルの歌うその曲は、まったく別物だった。オーケストラによる歌謡曲的なアレンジがないせいでよけいに、もともとの旋律が持つやるせない美しさが際立つ。

子守歌のようにも聞こえる。スコットランドやアイルランドに伝わる古《いにしえ》の民謡のようにも聞こえる。あるいはまた、ゴスペルかブルースのような黒人音楽にも。
サビに入る間際、ミチルはマイクを片手に持ち替えた。両脚を肩幅に広げ、黒い厚底ブーツでステージを踏みしめて、仁王立ちで二階席の奥へと視線を投げた。

痩せてすさんだ野良猫でさえ
雨降る夜にはぬくもり求める

額にかかる髪を振りやったミチルは、一言、ひとこと、感情をこめて全身全霊で歌いあげてゆく。

あの街角で　あの街角で
もう一度あなたに拾われたなら
私　かすれた声ふりしぼり
なくのよ　なくの
「愛してください」

くーだーさーいーーー。哀切極まる狼の遠吠えのようなハスキーボイスが長くながく響き渡り、しまいには四方の壁に吸い込まれ、すうっと消えてゆく。

ワンコーラスをまるまる歌い終えたミチルが、ゆっくりとマイクを下ろしても、会場は静まりかえったままだ。

（……鐘は？）

桐絵と同じことを考えたのだろう、観客全員の視線が、チューブラー・ベルを鳴らすはずの奏者へと注がれている。

と、ようやく合図が送られたらしい。大きく頷いた奏者がハンマーを手に取った。

キンコンカンコン・キンコンカンコン・キン・コン・カーン。

とたんに割れんばかりの拍手と歓声が湧き起こった。舞台袖から覗いて見ると、ほとんどの観客が笑み崩れ、よかったよかったというふうに祝福の表情を浮かべている。

ステージに目をやれば、なんと、ゲストの城田万里子がわざわざブース席から立ち上がって拍手を送ってくれているではないか。

桐絵は、安堵のあまりその場にしゃがみ込みそうになった。自分の持ち歌をあれほど勝手なかたちで歌われても、とりあえず機嫌を損ねないでくれた。あまつさえスタンディング・

オベーションまで……。それだけでもう、このさき一生お仕えします、奴隷のようにこき使って下さってかまいません、という気持ちになる。

「いやいやいや、おめでとうございます。見事な歌唱でした！」

司会者が近づき、ミチルの背中に手をあてて、名前と年齢を訊き始めた。

「篠塚ミチル、十六歳です」

答える少女の声は、歌う時よりもずっと幼い。

「ご出身は？」

「福岡県の博多です」

「そんなに遠くからわざわざ？」

「あ、いえ、今は東京におりますけん！」

慌てた拍子に思わずこぼれたお国言葉に、観客席から好意的な笑いが起こる。

年齢的な面もあるにせよ、と桐絵は思った。これだけ多くの人々が、思わず共感し応援したくなるというのは、彼女の身に備わっている大きな才能の一つに違いない。誰でも同じように味方してもらえるわけではない。例外を認められ歌唱を許されたことについても、場合によっては特別扱いを非難するような空気が生まれていたかもしれないのだ。

問答を終えたミチルが、すっかり顔を紅潮させてこちらへ戻ってくるのと入れかわりに、次の男性出場者がディレクターに背中を押されてステージへ飛び出してゆく。曲名を告げると同時にオーケストラの演奏が始まった。ようやく通常進行に戻ったというわけだ。

ミチルは、舞台袖に飛び込んでくるなり、桐絵に真正面から抱きついた。

「ちょっ……！」

「ごめんね、桐絵さん。ごめん、ほんなことごめんなさい」

先にそこまで謝られては、叱ることもできない。そもそも咎めるつもりなどなかった。ほっそりとした少女の身体を、桐絵はぎゅっと抱きしめ返した。

「どう、気持ちよかった？」

耳もとに囁《ささや》く。

「うん！　ばってん、ちゃんと歌えとったやろうか」

「自分ではどう思うの？」

「最高やったばい！」

「私もそう思う」

二人、同時に笑いだす。シーッと唇に指を当てながらも、こみあげてくる笑いが止まらない。目尻に涙がにじむほどだ。

「あのう、すみません」

ふいに背後から声をかけられ、慌ててふり返った。てっきり静かにして欲しいと注意されると思ったのだが、ディレクターは真顔で言った。

「こちらで、ちょっと待っててもらえますか。すぐにプロデューサーが来ますので」

出場者が一人、また一人とステージへ出てゆく。ミチルはといえば、全身全霊で歌い終えた余韻がまだ消えないのだろう、隅のほうに用意してもらったパイプ椅子に座り、斜め上を見上げてぼうっとしていた。

すぐに、と言われたわりに、プロデューサーが現れたのは十分ばかりもたった頃だった。恰幅《かっぷく》のいい四十代半ばのその男は、慌てて立ち上がったミチルをねぎらい、それから桐絵に向き直った。

「お母様……ではないですよね。付き添いの方ですか？」

「あ、はい」

桐絵は言葉を濁し、小林某《なにがし》と書かれた名刺を受け取った。ミチルを素人のど自慢に出場させておきながら、まさか『鳳プロダクション』の名刺を差しだすわけにもいかない。

「お待たせして申し訳ありませんでした」小林は、低い声で言った。「じつは今、番組制作スタッフの中でもとりあえず手の空いている者を集めて、急ぎの話し合いを持ったんです。

それでですね……この際、結論から申しますと、実際の放送では、ミチルさんの出番はすべてカットされることになると思います」

(ああ……やっぱり)

桐絵はうつむいた。恐れていた通りの言葉だった。とはいえ、自分がこの番組のプロデューサーだったなら、同じ判断をしただろうとも思う。

隣のミチルを見やる。少女はひたむきなまなざしをこちらに向けるばかりで、何も言おうとしない。

「ミチルさんの歌そのものは、本当に、ほんとうに素晴らしかったですよ」慰めるように小林が続ける。「いや、当然なんです。予備選考でも、スタッフがみんな度肝を抜かれるほど実力が抜きん出ていたので……。あのままもし、当初の予定通り『イミテーション・ダイヤモンド』を歌って下さっていたら、ここだけの話、優勝は間違いなしだったろうと思います。ただ、何と言いますかその……」

こちらを見て、言葉を切る。あとは察してくれということだろう。

桐絵は頷いてみせた。

「おっしゃること、よくわかります。ルールはルールですものね」

よりによって全国放送でおおっぴらに例外を認めてしまったら、この先もミチルの真似をして予定と違う歌を歌いだす出場者が現れるかもしれない。歌どころか、好き勝手をして目立とうとする不心得者が出てきてもおかしくない。一度前例を作ってしまったが最後、それらを止めることは難しくなる。

「では、ご承知頂けますか」

「ええ。残念ではありますけど、本人の招いたことですもの、仕方ありません」

「そう言って頂けるとほっとします」

ちなみに、と桐絵は言った。

「実際の放送で、ミチルの出番がまるまるカットされるということはつまり、出場者全員が揃うフィナーレのステージ上にも、彼女は映り込まないほうがいいっていうことなんですよね？」

「いやはや、なんと……」

驚きに目を瞠った小林が、続いて、目尻に皺を寄せる。

「こちらの事情を、そこまで正確にご理解頂けるとは思いませんでした。ありがとうございます」

桐絵は苦笑してみせた。同業者だとはいよいよ言えない。

「せっかく出場して下さったのに申し訳ない限りです」

「いいえ。謝らなくてはならないのはこちらのほうですから」桐絵は、心から言った。「あの場で即座に失格にせずに、この子に歌わせて下さったお気持ちを嬉しく思っています。――ね、ミチル」

隣を見やると、少女もまた頷き、

「ありがとうございました」

深々と頭を下げた。思いきり歌えただけで満足なのだろう、表情に陰りはまったくなかった。

「一つだけ、教えてもらっていいかな」

小林は、舞台袖に用意されたモニターをちらりと見やり、収録の進行を気にしながらも言った。

「そもそも、どうしてきみは土壇場で歌を変えて『雨降る街角』を歌ったの？」

もっともな問いかけだった。その点こそは、桐絵自身があとでミチルに確かめようと思っていたことなのだ。

「本番でいきなり違う歌を歌いたいって言いだすのも気が引けただろうし、大勢の人の前で伴奏なしで歌うのも、ずいぶん勇気が要ったと思うんだけど、それでもあの歌を歌ったのはどうして？」

はたしてミチルは言った。

「どうしてって、きまっとぉでしょうもん。当の城田万里子さん御本人が、あそこに座ってあったけん」

わざわざ訊かれるほうが不思議だと言わんばかりの口調だ。

「ええと、つまりそれは、ゲストが城田さんだとわかって、だったら彼女の大ヒット曲を歌ったほうが会場の受けがいいと思ったとか、そういうこと？」

違うちがう……と、小林の話の途中からミチルが首を横にふる。

「そうやなくて。いっぺんでよかけん、万里子様にうちの歌を聴いてもらいたかったとよ」

「えっ」

と、桐絵は思わず顔を見た。

「ちょ、待って。もしかしてミチル、城田さんのファンなの？」

「そんな、軽々しゅう言わんとって！　うち程度でファンやなんて言うたら万里子様に失礼やけん！」

ここまで真っ赤に頬を染めたミチルを、初めて見た。

あっけにとられたまま、桐絵は小林と顔を見合わせた。どちらからともなく、やれやれと苦笑する。

ステージのほうから、観客がどっと沸くのが聞こえてくる。舞台袖用のモニター画面を見やると、おしまいから二番目の番号を付けた若い女性たち二人が、どちらも派手な服を着て、ピンキーガールズの振り付けを披露している。歌もダンスも見事にちぐはぐなのだが、会場は手拍子で盛り上がっている。

このあと出場者がすべて出揃ったら、ゲストの岸本浩二と城田万里子、それぞれの歌唱があって、それから優勝者の発表、フィナーレとなる。その華やかな場所に、ミチルを立たせてやることは今回もできなかった。

「よろしければ、城田さんの歌が終わるまで、ここにいさせて下さい。そのあとは、お先にそっと失礼させて頂きますので」

モニターに目をやったまま桐絵が言うと、小林プロデューサーは黙って頭を下げてよこした。

ゲストが歌う順番は、たいてい若手が先で、ベテランが後になる。岸本浩二がスパンコールでぎらぎらするジャケットをひらめかせて踊りながら歌い終えると、かわって城田万里子がゆったりと登場した。新曲を歌いあげるその姿を、舞台袖の幕の陰から見ているだけで、感極まったミチルはぼろぼろと涙をこぼした。

曲が終わり、観客席から拍手が起こるまで待ってから、桐絵はミチルを促し、現場のディレクターに目礼を送った。縦横に床を這うケーブルにつまずかないよう注意しながら、舞台袖の裏から廊下へ出る。

ありがたいことに誰もいない。出場者たち全員が控える部屋の前を通らずに外へ出る道筋は、小林プロデューサーから聞いている。

「……すごかねえ」

掠れきった声で、少女は呟いた。

「本物《ほんなもん》は、やっぱりすごかねえ」

桐絵は頷き返した。

「さ。帰ろうか」

ミチルが目を上げる。

「帰って、また作戦を練り直そう」

頷いた彼女が、ひどく心細げな顔になった。

「ごめんね、桐絵さん。せっかく、こんな大きなチャンスば作ってくれたとに」

「あなたがそんなこと気にしなくていいの」

「ばってん……」

「気持ちよく歌えたんでしょう？」

「それは……うん」

「最高の出来だったんでしょう？」

「うん」

「だったらそれでよし！　明日は明日の風が吹く」

桐絵は精いっぱい笑ってみせた。

「お腹すいたでしょ。っていうか、誰かさんがさんざん気を揉ませてくれたおかげで、私のほうがもう、お腹ぺこぺこで倒れそう」

「ごめんなさい」

と、ミチルがまた悄気《しょげ》る。

「だから、謝るのはなし。一緒に何かあったかいもの食べて帰ろ」

「……はい」

「そうと決まったら、とりあえず顔でも洗っといで。涙でべとべとよ」

桐絵がすぐそこの女子トイレを指さすと、ミチルははにかみ笑いを残して素直に入っていった。細い背中が、赤いドアの向こうへ消える。

そのとたん、長々としたため息が漏れた。コートの肩から滑り落ちてきたバッグをだらんと提げ、桐絵は廊下の白壁にもたれた。

明日は明日の風……？

そんなもの、ほんとうに吹くのだろうか。

作戦を練り直すも何も、さんざん頭を絞って考えつき、一大決心の末にようやく出場までこぎつけたのが今日のこの大会だったのだ。次なる作戦なんて、何も思いつかない。

リノリウム張りの廊下に目を落としてぼんやり待っていると、右手の少し先で、壁と変わらぬ色合いのドアが開き、誰か出てきた。

「あれぇ？　樋口先輩も来てたんスか？」

素《す》っ頓狂《とんきょう》な声に目を上げ、桐絵はぎょっとなった。『鳳プロ』の若手ディレクター、加藤だ。

慌てて壁から離れ、廊下の片側に並んだドアに目をこらす。手前のドアには〈岸本浩二様控え室〉と貼り紙があり、加藤が出てきたドアには、あろうことか城田万里子の名前があった。なんと間の悪い。さっさと立ち去っていればよかった。

開け放した控え室のドアから、中のモニターの音声が漏れ聞こえてくる。どうやらすでにフィナーレらしい。ぼやぼやしてはいられない。

「樋口先輩、今日は休みだったんじゃないんスか」

加藤が無邪気に訊く。

だ。

　何しろ日曜だ。城田万里子の付き添いに、峰岸ではなく加藤が来ているのもそういうことだ。

「うん、そうね、まあ」

「さすが先輩。仕事熱心っスね」

　若手の中でもとくにこの加藤は、男女の垣根を越えて桐絵に懐いてくれている。いささかおっちょこちょいだが、腕も頭もまあ悪くない。「新人スカウト・キャンペーン」福岡大会を仕切ったのも彼だった。

「あ、ちょうどいいや。このあと城田さんを家まで送ってくんで、先輩も一緒に乗ってって下さいよ。ここだけの話ですけど、オレ、あの人と二人っきりだと気詰まりで」

　まあ誰でもそうだろうと思いながら、桐絵は言った。

「わかるけど、ごめん、今日はちょっと急ぐから……」

「え。もしかして、おデートですか？」

「うるさい。そんなんじゃないわよ」

　と、そこへ女子トイレからミチルが出てきた。

「ごめんね桐絵さん、お待たせ……」

　言いかけ、加藤を見てちょっと不思議そうに会釈する。

「え……？　あれぇ？」と、加藤がまたしても素っ頓狂な声をあげた。「きみ、さっきあそこですっげえの歌ってた子じゃないの？　オレ、控え室のモニターで見てても鳥肌立っちゃったもん」

「ありがとうございます」

「あ？……ああ、そうか、そういうことか！　さすがは先輩、さっそくスカウトですか！」

もうそういうことにしておいてかまわないから、早くここから逃げ出したい。桐絵が曖昧に笑ってミチルを促そうとした時だ。

「あら、あなた」後ろから、声がかかった。「いいところで会えたわ」

ふり返らなくとも、聞き間違えようもない。

目の前にいるミチルが、ぽかんと口を開けて見つめる。

桐絵は、観念してふり返った。

「お疲れさまでした、城田さん」

頭を下げる。

「あら、あなたも来てたの。……ん？　待って」

加藤とはさすがに違い、桐絵とミチルの間の近しさを感じ取ったらしい。

「どうして、あなたたち二人が一緒なの？」

「それが……何というか、いろいろ事情がありまして」

「いろいろ……ね。ふん、まあいいわ、その話は今度聞く」

ふだんの歌番組の時よりはいくぶん地味な、濃紺のビロードのロングドレスに身を包んだ城田万里子は、片足に体重をかけて立つと再びミチルに目を移した。

「あなた、なかなか面白い歌を歌うのね」

「あ……す、すみません」

「どうして謝るの。褒めてんのよ」

感激のあまり、ミチルの顔や首がみるみる真っ赤に染まっていき、

「ありがとうございます」

消え入るように呟く。

「たった今もプロデューサーに、『カットするだなんてもったいない』って文句言ってたところ。まあ、番組的な事情はわかるんだけどね。あなたもせっかくなら、予備選考の時からあたしの歌を歌ってくれればよかったのに。どうして歌わなかったの？」

狼狽えたように、ミチルは視線を床に落とした。

「うち……演歌ば、ちゃんと歌えんけん。勝手にあげん歌い方ばしてしもうて、ごめんなさい」

両手を前で揃え、深々と頭を下げる。

城田万里子が、わずかに笑った。つかつかと桐絵とミチルの間を通り抜け、ドアを押さえて待つ加藤の横も通り過ぎて、控え室へと入ってゆく。

と、ふり返って言った。

「名前。もう一度聞かせて」

「あ、はい、篠塚ミチルです！」

「博多って言ってたかしら？」

「はい」

「そう。——あたしは熊本よ」

それきり、ドアは閉まった。

ステージ5 ★ 過去と未来

上京してからミチルが好きになったもののひとつに、醤油《しょうゆ》ラーメンがある。福岡のそれがすべて豚骨《とんこつ》スープというわけではないのだろうが、東京らしいあっさりとした醤油味のラーメンが、彼女はことのほか気に入ったようだった。

桐絵とミチルがいつもの店でラーメンと半チャーハンを食べ終えてアパートに戻ると、部屋の中で電話が鳴っていた。こんな時間にかけてくるのは誰だろう。

慌てて鍵を開け、靴を脱ぐのももどかしく、食器棚の隣の電話台へと手を伸ばす。耳に当てるより早く、

〈遅い！〉

峰岸の怒鳴り声に、桐絵は受話器を耳から離した。

「すみません。出かけていたもので」

〈何べんかけたと思ってんだよ。どこ行ってた〉

「今日はお休みでしたので」

〈おう〉

「どこへ行ってたか、報告する義務はないかと」

舌打ちが聞こえた。

〈……つくづく可愛くねえなあ、お前は〉

望むところです、と胸の裡で呟く。

とはいえ、今隠したところでバレるのは時間の問題だった。加藤ばかりか城田万里子にまで見つかったのだ。今日の行き先は、峰岸の耳にもすぐ届いてしまうに違いない。

「で、ご用件は何でしょうか」

〈それだよ〉

電話の向こう、峰岸の声が変わる。

〈お前、いったい何をした〉

「は？」

〈どんな手を使ったんだと訊いてる〉

「……何のことかわかりませんけど」

〈とぼけんなっての〉

峰岸がますます苛立つ。

〈どうやって頼んだんだよ。お前が裏から手を回さなきゃ、あの高尾良晃大先生が御《おん》自ら動くわけねえだろ〉

わけがわからない。

「ちょっと待って下さい、何が何だか……。高尾先生がどうかなさったんですか？」

こちらの真剣さが、ようやく峰岸にも通じたようだ。

〈キリエ、お前それ、本気で言ってんのか？　ほんっとに何もしてないのかよ〉

「いいかげんにして下さい。話が全然見えないんですけど！」

いよいよ桐絵が声を荒らげると、大きなため息が向こうの送話口に吹きかかった。

〈いや……それがさっき、電話があってな。今週末から、篠塚ミチルにもレッスンをつける、ってんだよ〉

ええっ、と声が裏返った。

「それ、ほ、本当ですか」

いったい何ごとかと、流しの前でお茶を淹《い》れる用意をしていたミチルがふり返る。

〈そりゃ俺のほうが訊きたいっての。お前こそ、ほんとにすっとぼけてるんじゃねえんだな？〉

「そんなことしてませんってば！……でも、大丈夫なんでしょうか」

〈何が〉

「だって高尾先生、小鳥真由の専属っていう契約だったわけでしょう？　そちらはどうなってるんですか」

〈それな。俺も確かめたんだけど、一笑に付されたわ。真由は真由でこれまで通りちゃんと教えるし、この話はもう上へも通してあるから何にも心配することはない、ってよ〉

「上、とは？」

〈俺が知るか〉

峰岸は言い捨てた。

〈どうせ、オトモダチの有川専務ってことじゃねえの？　何しろ大先生のことだからさ〉

よほどクサクサするらしい。言葉つきは嫌味たっぷりだ。

桐絵は、自分がまだ肩からバッグを掛けたままだったことに気づき、食卓椅子の上におろした。ミチルを見やる。事情の呑み込めない彼女は、まだきょとんとこちらを見ている。

〈いいか、キリエ。明日の午後四時だ。お前、いつものレッスンスタジオに来い。とりあえず、篠塚ミチル抜きで〉

「どうしてですか」

〈俺が高尾センセと話して納得したいからだよ。このままじゃ、わけがわからん〉

「いつもの、とはどこです」

〈ふだん、センセが真由に稽古をつけてる……ほれ、前にミチルがおかしなピンキーガールズを歌ったろう。あそこだよ〉

嫌な記憶がよみがえる。まさか、と桐絵は言った。

「またそこに、真由まで同席するとかいうんじゃないでしょうね」

〈ばーか。誰が好き好んで火種を持ち込むかよ〉

一応、常識的判断はするらしい。

〈とにかく、詳しい話は明日だ。俺はまだ納得してねえからな〉

言いたいことだけまくしたてると、峰岸はガチャンと電話を切った。この男ときたら、いつもこうだ。

半ば茫然と受話器を戻す間も、事情がまだうまく呑み込めなかった。立ったまま長いため息をついていると、

「あの……どうかしたと?」急須を手にしたミチルが、不安そうに訊いた。「何か、悪い報《しら》せでもあったとね?」

いや、逆だ。むしろ万歳三唱に値するほどの良い報せと言っていい。あの高尾良晃がじきじ

きにレッスンをつけてくれる――峰岸が何を言おうと、〈上〉が承知のことならば必ずそうなるだろう。どうして高尾の気が変わったかは知らないが、これを受けて立たなくてどうする。

桐絵は言った。

「ミチル、寒くない？」

「あ、うん、大丈夫」

「身体を冷やさないようにして、今日はもうお風呂に入ったら早く寝よう。喉も、これまで以上に大事にしないと」

「え？」

「もしかして、運が向いてきたかもしれないよ」

とんでもなく盛り沢山《だくさん》な一日に疲れきっていたのだろう。並べて敷いた布団に入ると、ミチルはあっという間に寝息をたて始めた。

「明日の午後、高尾先生と会ってくることになったの。うまくいけば、これからはあなたにもレッスンをつけて下さるかも」

そう聞かされても、大喜びこそすれ、緊張した様子はまるでなかった。

少女の強心臓が羨《うらや》ましい。桐絵のほうは、まぶたを閉じることさえできないほど目がさえてしまっている。ミチルの淹れてくれた濃いお茶のせいばかりではなかった。

いったいどうして今になって急に事情が変わったのか見当もつかない。

峰岸の予測どおり、高尾が旧友の有川専務に直接申し入れたのだろうか。だとすれば、なぜ？　ミチルの才能を認めてくれたから？　しかし専務が、娘である真由のデビューに差し障りが出るようなことをするとも思えない。

豆電球だけを灯《とも》した部屋の天井を見上げ、桐絵は、鼻の下まで引き上げた布団の中にこっそりとため息をついた。答えの出ないことをぐるぐると考えてしまうのが、自分の悪い癖だ。

隣で眠る少女の息遣いに耳を澄ませる。そう、彼女のように、まずは相手を信じて委ねるしかない。

明日は早めにレッスンスタジオへ行こう。高尾は、明日も遅れて現れるだろうか。できれば峰岸の来る前に、きちんと礼を言い、真意を確かめたかった。


特別な理由もないのにしょっちゅう遅刻するタイプの人間がいる。

桐絵には、それがよくわからない。誰しも時計は持っているだろうし、約束の時間から逆算した上でさらに十分ほど余裕を見て行動すれば、めったなことでは遅れるわけがない。自分の身支度にどれくらいの時間がかかるかぐらい、いい大人ならとっくに把握できていてしかるべきだと思う。何より、人を待たせて平気でいられる神経がいちばんわからない。

とはいえ、高尾良晃ほどの常習者が相手となると、もはや腹も立たないのだった。予定より十分か十五分は必ず遅れて現れるけれども、一時間がたとえ四十五分になったとしても、レッスン内容の密度は他の誰よりも濃いのだ。だからオーケーというわけではないにせよ、少なくともはっきり言えるのは、替えのきかない人間にしか遅刻は許されないということだった。

それだけに、

〈悪《わり》ぃ、寝坊した。ちょっと遅れるわ〉

峰岸が、約束の夕方四時まであと二十分という頃になって会社に電話してきた時、桐絵は思わず尖《とが》った声を出してしまった。

「寝坊？　いま何時だと思ってるんですか。っていうか、どういう生活をしてるんですか」

〈だからこうして謝ってるじゃないかよ。ガミガミ言うなよ、頭に響く〉

どうやら二日酔いのようだ。

〈いや、うん、大丈夫。たぶん高尾センセと同じくらいには着くんじゃないかな〉

そんなわけがない。いかにも起き抜けといったその声を聞く限り、家を出るまでに三十分はかかるだろう。長い付き合いだ、それくらいのことは察しがつく。

「今すぐタクシー飛ばしてきて下さい。シャワーなんか優雅に浴びてないで」

〈え、なんでわかんの。お前は俺の嫁か〉

あんまり腹が立って、昨夜のお返しに受話器をガチャンと置いてやった。

ふつうの企業だったら、峰岸のような男はとっくの昔に左遷されるかクビになっていたに違いない。何しろ、午前中に机の前に座っているのを目撃することのほうが少ないのだ。それでいて、業界では顔が広く、けっこうな凄腕で通っているのがよけいに腹立たしい。まじめ以外に取り柄のない自分がちっぽけに感じられるせいかもしれない。

壁の時計を見上げ、桐絵は立ち上がった。

「五スタにいるから、もし何かあったらそっちに連絡もらえる?」

はす向かいの席にいる加藤に言い残し、三階に上がる。レッスンスタジオのほとんどは別のフロアにあるが、第五スタジオはここ、役員室や特別応接室があるフロアのいちばん奥に位置している。

当初の約束の時間よりも、まだ十分ばかり早い。それでも、さすがに峰岸よりは講師の高尾良晃のほうが早く着くだろう。ミチルのことについて訊くのに、峰岸の遅刻はかえってありがたいと思いながらドアの前まで来て、桐絵は伸ばしかけた手を止めた。

わずかに開いている。しっかり閉まっている時なら体重を預けなくては押し開けられないはずの重たいドアが、少し押しただけで、すーっと開く。高尾がもう来ているのだろうか。

急いで手前の調整室に入ってみたが、薄暗くて誰もいない。

その時、開いている奥のドアの向こうから話し声が聞こえた。目を上げると、ガラス越し、明るいスタジオの中に人影が三つ見えた。

ピアノ椅子に腰を下ろしているのは高尾だが、向こう側に有川専務が立っている。手前にいるのは城田万里子だった。

とりたてて珍しい組み合わせではない。ピアニストでもある高尾と、もともとギタリストだったジョージ有川はその昔一緒にバンドを組んでいた仲間だし、城田万里子もよくそこで歌っていたと聞く。

万里子だけは今来たばかりらしい。グランドピアノの閉じた蓋の上にバッグを置き、慌ただしくコートを脱ぎながら話している。

「なんでってね、そりゃわかるわよ。だって声が彼女にそっくりだったんだもの」

ふだんより明らかに興奮気味だ。

「声の質もそうだけど、歌い方がね。ほんとにあの頃の彼女そのままなのよ」

へえ、と感心したように高尾が相槌《あいづち》を打つ。

有川専務は、何やら複雑な面持ちで黙っている。顎髭《あごひげ》の似合う男前だけに、押し黙っていると妙に迫力がある。

桐絵は、ためらった。今はちょっと、声をかけられる雰囲気ではない。

調整室側が暗いせいで、向こうの三人はこちらに気づいていないようだ。立ち聞きしているようで申し訳ないし、ここは出直すべきだろうとそっと後ずさりしかけた時、城田万里子が言った。

「だいたい、ただ者じゃないと思ったのよね。あたしの『雨降る街角』を、あんなふうに歌いこなすなんて」

思わず足が止まった。見えないとわかっていて、つい、大型スピーカーの陰に身を潜める。

「そんなに凄かったのかあ」と、高尾が言う。「聴いてみたかったな。まるまるカットだなんて、もったいないことをするもんだ」

「でしょ。でも、こうなってみたら、かえってテレビに出なくてよかったのかもしれないわ」

「なんで。ああ、こういうあれやこれやの裏事情を伏せておかなきゃいけないからか？」

「それもあるでしょうけど、素人のど自慢がきっかけでデビューっていうより、最初からうちの大型新人として売り出すほうがスマートじゃない？」

有川専務ひとりが、まだ何も言わない。高尾が、やや気遣わしげにそちらを見やる。

「つとにもう、水くさいわねえ、ジョージ」

城田万里子が遠慮のかけらもなく言った。

「どうして今までずっと黙ってたのよ。あたしのことが、そんなに信用できなかった？」

「や、そうじゃないよ」ようやく有川が目を上げる。「ただ……何というかまあ、自慢できた話でもないしね」

「自慢しろなんて言ってないわよ。ただ正直に打ち明けてくれたらよかったのに、って言ってるだけ。ミツヨもミツヨだわ、こういうことになると頑固だったらありゃしない」

……ミツヨ。

桐絵は、記憶をさぐった。どこで聞いた名前だったか。なぜか激しく動悸《どうき》がして、頭が働かない。

「奥様は、知ってるの？　あなたの昔のこと」

城田万里子が、どんどん話を続ける。

一応はね、と有川専務が答える。「十何年前だったか、ミツヨとの子どものことがわかった時に、離婚覚悟で全部打ち明けたから」

ふうん、と鼻を鳴らし、万里子は長い髪を後ろへ振りやった。

「なるほどね。でも、さすがに想像してなかったでしょうね。その子が今になってこんなかたちで現れるだなんて」

漏れそうになった叫び声を、桐絵は危うく呑み込んだ。

まさか。

いや、自分の勘違いだ。何か、どこか、肝腎な部分を聞き間違えて誤解したのだ。だって、そんなはずがない、あり得ない。

「いや、そりゃ俺だって同じだよ。ゆうべきみから聞かされた時はびっくりして、危うく腰を抜かすとこだった」

有川が、片頬を歪めて苦笑する。

「苗字《みょうじ》も違ってるし、まさかそんなばかなことはと思ってさ。慌てて美津代に連絡したよ。それこそ何年ぶりだったかな」

「間違い、なかったでしょ？」

「ああ。あっさり認めた。そのことに気がついたのがきみだって言ったら、笑ってたよ。さすがの耳ね、ってさ」

スピーカーの陰で、桐絵は震えが止まらなかった。違和感が強いのは彼らの話し方のせいもある。ふだんと違って口調が若いのだ。まるで、時を巻き戻したかのように。

「〈篠塚〉ってのは、美津代の母方の姓なんだとさ。あの後……俺ときみが上京してからだいぶ後、両親が正式に離婚して母親の姓になったんだと」

「わからないのはね」

と、城田万里子が続ける。

「最初にあのミチルって子を、『鳳プロ』で面倒見るからってこっちへ連れてきたのは、キリエちゃん……樋口さんだったじゃない？　その時点で、ミツヨにだけは全部わかってたはずよね。なのにどうしてあなたに一言もなかったのかしら」

「依怙《えこ》贔屓《ひいき》をしてほしくなかったんだと。『ろくなもんにはなれんやろ？　初めっから特別扱いされよったら』。そう言われた」

万里子が、ため息をつくように笑った。

「ぜんぜん変わんないのね」


いったいどうやって、物音を立てずに調整室から出てきたか、よく覚えていない。

とにもかくにもスタジオの重たいドアをそうっと開け、元通りの半開きまでそうっと閉め、廊下をよろよろと歩いた桐絵は、たまらずにトイレへ逃げ込んだ。

個室の洋式便器の上に腰を下ろし、というよりは腰を抜かし、両手で身体を抱くようにして震えをこらえる。指の先が痺れてしまったようで感覚がない。

(落ち着け……落ち着いて、ちゃんと考えないと)

立ち聞きなんか、やっぱりするんじゃなかった。高尾良晃と、城田万里子と、ジョージ有川こと有川専務。中年仲良し三人組が語る昔の思い出話、といえばそれまでだが、内容はとんでもない爆弾だった。一つ間違えば、この『鳳プロダクション』ががらがらと瓦解してもおかしくないほどの。

話題に上った〈ミツヨ〉とはあの美津代、すなわち篠塚ミチルの母親だ。彼女と有川専務はかつて、男女の仲だった。言葉の端々から推測するに、当時の専務や美津代や城田万里子が博多で演奏していた頃の話らしい。

その過去を、大鳥社長の娘でもある今の奥さんは当の専務から聞かされていた。夫のかつての恋人に子どもが生まれていたことまで含めてだ。しかし有川専務は、旧知の仲である城田万里子には、そのことを話していなかった。

いずれにせよ――と、桐絵は深呼吸をした。自分の解釈が間違っていなければ、ミチルは専務の実の娘であり、小鳥真由とは異母姉妹ということになる。

頭の中を整理し終えてなお、ふーっと気が遠くなる話だ。峰岸が遅刻してくれて本当によかった。あの男に知られたが最後、いつどこへ漏れるか知れたものではない。

〈そりゃわかるわよ。だって声が彼女にそっくりだったんだもの〉

声――。どうだったろうか。話す声と歌う声は違うものだから、今こうして考えてみても、母娘の声がどれだけ似ていたかについては記憶が定かでない。

美津代自身、今の夫が経営するジャズ・バーで歌っていると言っていたけれど、その歌を聴きに行く暇がなかったのが今さらながらに悔やまれる。ミチルとよく似た声で、けれどおそらくはずっと成熟した歌い方で、あの気丈な母親がどんなナンバーを歌うのか、いつかきっと聴いてみたいと思った。

ミチルの様子を見ればわかることだが、どう考えても美津代は、ミチルの父親がほんとうは誰かを当人には告げていない。それだけに、あの時こちらの差しだした『鳳プロダクション』の名刺を見つめながら、彼女がどれほどのことを胸に呑み込んで娘を託してくれたものかを考えると、桐絵は鼻の奥が痺れて涙がにじんでくるのだった。

そうしてさらに、

〈博多って言ってたかしら？〉

〈そう。——あたしは熊本よ〉

高尾良晃からミチルにもレッスンをつける旨の申し出があったと、峰岸が昨夜かんかんになって電話してきたのは……。

女子トイレに誰も入ってこないのをいいことに、桐絵は、少しの間、顔を覆って泣いた。どうして泣けてくるのか、自分でもよくわからなかった。

トイレットペーパーで洟《はな》をかみ、個室を出る。冷たい水で顔を洗ってから、鏡を睨んで自分に活を入れる。

そろそろだろうと廊下へ出てゆくと、思ったとおりだった。チン、とエレベーターのドアが開いて、ちょうど峰岸が降りてきた。

「いやあ悪い悪い、遅くなった。高尾センセ、もう来てるかな」

「とっくの昔にいらしてます」

と、桐絵は冷たく言った。

先に立ち、いまだ半開きのままの第五スタジオのドアを勢いよく押し開ける。

「遅れて申し訳ございませんでした！」

張りあげた大声に、すぐ後ろの峰岸が飛びあがった。

スタジオに入っていくと、先にいた三人はぴたりと話をやめてこちらを見た。

「あれ。どうしたんですか、お揃いで」

「べつに」

城田万里子が物憂げに答える。

「たまたま顔を合わせたものだから、昔話に花を咲かせてただけよ」

そもそも峰岸は、高尾だけを相手に、ミチルのレッスンのことを問いただすつもりでいたはずだ。彼一人でこの場に来たなら、おそらく機会を改めようと考えただろう。

が、桐絵の手前、この三人の顔ぶれを見て臆《おく》したなどと思われたくなかったらしい。よせばいいのに、自分なりの義憤に満ちた演説を始めた。

「いい機会ですし、ひとつはっきり伺っておきたいんです」

桐絵は、峰岸の袖を引き戻したかった。

「いえね、他でもない、高尾先生のレッスンの件ですけど、どうにも解《げ》せないんですよ。先生ともあろうお人が、どうしてまたあんな、どこの馬の骨ともわからん田舎娘にこだわるんですか」

微妙な空気が三人の間に流れたことに、気づかず先を続ける。

「確かに、歌は上手いと思いますよ。何かしらの才能みたいなものは持ってるんでしょう。しかしね、篠塚ミチルは、もとはといえばこの樋口桐絵が、まったくの独断で博多から連れてきた娘です。なんでも、父親が誰かもわからない母子家庭で育って、高校すら途中で行かなくなったような子だっていうじゃないですか」

桐絵は慌てた。

「待って下さい、私そんな伝え方してませんけど！」

「どう伝えようが事実は事実だろうがよ」

有川専務が難しい顔で目をそらすのを見て、峰岸はかえって意を強くしたようだ。どんどん続けた。

「専務もよくよくご承知のとおり、うちは今年、小鳥真由っていう逸材を大々的に売り出そうと、それはもう全社を挙げて力を入れてるわけでね。ですから今は、うちで面倒見るかどうかもわからない素人娘に時間や手間をかけている余力はないんですよ。小鳥真由のライバルを作るわけにいかない以上、すぐにデビューはさせられない。逆に、もし正式なレッスン生として扱うなら、今度は費用ってものが発生してくる。どっちつかずは他の連中にも示しがつかないと思うんですが、いかがですかね」

座が、しん、となる。

身の置き所がないとはこのことだ、と桐絵は思った。峰岸の後頭部を何発でも殴りたくなる。上司としてでなく、かつては〈先輩〉などと呼んでいた同僚としての峰岸をだ。

有川専務が、前歯の間からスーッと音を立てて息を吸い込んで言った。

「すまんが、私は失礼するよ。ちょっと後の約束があってね」

曖昧に言葉を濁し、スタジオを出てゆく。

ふだんとは様子の違う専務の姿を不審げに目で追った峰岸が、ピアノの前に座る高尾へと視線を戻した時だ。

「あたしよ」

城田万里子が口をひらいた。

「え？」

峰岸が、ぽかんとそちらを見やる。

「篠塚ミチルは、あたしが推したの。昨夜、高尾ちゃんに電話して、『あの子を逃したら一生後悔するわよ』ってね」

「え、ど、どうしてそんな……城田さん、いったいどこでミチルの歌を？」

城田万里子が、ふっと鼻から息を吐いた。

「そこにいるキリエちゃんに教えてもらったらいいんじゃない？」

＊

同居生活も、はや二ヶ月になろうとしていた。

このごろでは、留守の間にミチルが洗濯や掃除をし、晴れた日には布団を干し、夕食まで作って桐絵の帰りを待っていてくれる。

そんなに頑張らなくていいのに、と言っても、彼女は真顔でかぶりを振るのだった。

「桐絵さん、知らんとね？」

「何を？」

「『一宿一飯の恩義』っていうとよ」

なんでもあのアメリカ人の〈父親〉が大の時代劇ファンだそうで、とくに『新・座頭市』シリーズがお気に入りらしい。ミチルも、毎週月曜の夜は一緒になって観《み》ていたという。

「一宿どころかこんだけお世話になっとって、うちが何もせんわけにはいかんもん」

身体を動かし、役に立とうと努力することがミチル自身の張り合いにもなるのなら、と思って好きなようにさせているうちに、桐絵自身もいつしか彼女の存在が心の張りになっていった。

仕事から遅く帰った時、見上げる部屋の窓に明かりが点り、ドアを開けると美味しそうな匂いの湯気がふんわりと身体を包んで、「お帰りなさい」と優しい声が迎えてくれる――それ以上の幸せがあるだろうか。

しみじみそう思って、桐絵は自分に苦笑するのだった。これはもうまったく、男の思考ではないか。峰岸から「お前は俺の嫁か」などと言われて憤慨したが、むしろこっちこそ嫁が欲しいくらいだ。

穏やかながら単調だった共同生活はしかし、ミチルが高尾良晃のレッスンを受けるようになってからは急に慌ただしくなった。ちょうど高尾が本業の作曲で忙しい時期でもあり、週に二回から三回のレッスンは高尾の体が空いている時間にこちらが合わせるかたちとなったのだが、それが必ずしも昼間とは限らない。早朝を指定されることもあれば次は夜と言われることもあって、そのつどまちまち、時には桐絵にどうしても他の用事が入って同席できない日もある。

そんな時はひどく気が揉めた。

あの高尾のことだから、歌に関しては何も心配する必要はない。が、もともと特別扱いだった小鳥真由をも上回るほどの扱いに、当の真由がいつ気づくかと思うと気が気でなかった。幸い峰岸は、高尾がミチルにレッスンをつけるようになったことを真由に話していないらしい。

「だから言ってるだろ。俺だって、何も好き好んで火に油を注ぎたいわけじゃないんだ」

どうだか、と桐絵は思った。

「面白くないんでしょう？」

「何がだよ」

「高尾先生がミチルに目をかけることが」

「たとえそうでも、取り扱い要注意のお嬢さまにいちいちご注進に及んだりはしねえよ。今だって毎回なだめすかしてレッスン受けさせてんのに、これ以上ご機嫌を損ねられちゃあお手上げだっての」

苦い顔で煙草を吹かしながら、峰岸はふと、ひとりごちた。

「実際、あのミチルって子の持ってる運の強さはたいしたもんだよな。この道の大家が、やたらと手を差し伸べたがる。ヒットメーカーの大先生といい、天下のベテラン歌手といい……。俺、初めて見たもんな。城田万里子が誰かを本気で褒めるとこをさ」

確かに、桐絵もこれまで一度として見たことがなかった。褒めるどころか、点が辛《から》いことで有名なのだ。

「それにしたってあきれるぜ。ふつう、思いつくかね。レッスンを受けられないからって、素人のど自慢に出ようだなんてさ。発想がそれこそ素人くさくて恐れ入るよ」

「お言葉ですけどね」桐絵は負けじと言い返した。「その素人くささのおかげで、ようやく突破口が開けたんですからね。そもそも、そのレッスンさえも受けられないように妨害してた張本人はどこのどなたでしたっけ？」

「よせよ、人聞きの悪い」

峰岸は吸いさしの煙草を灰皿にこすりつけて消した。

「俺にはなあ、小鳥真由って新人を、間違いなく世に送り出す責任があるんだよ。この重圧がどれほどのもんか……。ま、言ったってお前さんにゃわかるまいけどな」

そんなことがあるものか、と桐絵は思った。誰かの大事な娘さんを預かって育てる責任は、それが乳母《おんば》日傘で育った社長の孫娘であれ、博多のライブハウスでひょっこり見つけた少女であれ、何も変わらない。

おまけにミチルは、ほんとうは——。

何もわかっていないのはあんたじゃないか、と言ってやりたくなる。

「とにかく、峰岸さん」

「なんだよ」

「これ以上、せこい手を使って邪魔したりしないで下さいよね。デビューにつながるかどうかはともかく、ミチルには今後、歌唱だけじゃなくダンスのレッスンも受けさせますから。扱いは、特待生ということで」

峰岸が、チッと舌打ちをもらした。

「わかったわかった、わかりましたよ。高尾センセばかりか万里子女王様までその気とあっちゃ、たてつく勇気はねえっての。俺だって命は惜しい」

そうだ、と桐絵は思った。

城田万里子とは、そういう存在だったはずだ。

現場スタッフには柔らかく接するかわり、共演する歌手らに対しては一切の妥協がない。

歌手であろうとスタッフであろうと、プロ根性のない者を見ると我慢がならないらしい。若手の態度がなっていないと思えば、そばにいるマネージャーやプロデューサーを通じて、きっちり詫びを入れさせる。年下だからといって大目に見たりはしない。

いわば側仕えの身である桐絵としては、正直なところ、〈意地悪で、怒らせると面倒くさいお局様《つぼねさま》〉といった印象が強く、とにもかくにも失礼のないようにご機嫌を取り、気持ちよく仕事をして頂ければそれでけっこう、くらいに思ってきた。

けれど――もしかして、そうした自分の考えこそが浅薄だったのだろうか。

扱いにくい人物であることは間違いないけれども、誰かを相手にきんきんけん怒り狂っている時だって、とりあえず言っていることの筋は通っている。歌謡コンクールなどの審査員を務める場合も、主催者やスポンサーの意向を酌んで判断を変えるといったことは皆無で、それゆえ信用され、同時に疎《うと》まれてもいるが、自分を曲げない。冷静に考えてみれば、

(それってめちゃくちゃカッコよくない？)

今さらのように桐絵は思うのだった。

現金なようだが、ミチルの歌にゲスト席から立ち上がってまで拍手を送ってくれたあの時以来、城田万里子への印象は百八十度変わっていた。

あの日の出来事が、今もどれほどミチルの気持ちを支えていることか。長年憧れ続けてい

た相手からの拍手や言葉は、歌を志す少女にとって、行く手を照らす明るいスポットライトであり、背中を押してくれる優しいてのひらともなったはずだ。それを思ってみるだけで、桐絵は、城田万里子に手を合わせて拝みたいような気持ちになるのだった。

それにしてもいったい、彼女はどの時点でミチルの素性に気づいたのだろうか。かつての友人といくら歌声が似ていたにせよ、苗字からして違っているのに。

決して意図したわけでない立ち聞きの結果、抱える羽目になった秘密が大きすぎて、桐絵は自分でもわかるほど集中力を欠いてしまっていた。日常の業務をこなすだけでもいっぱいいっぱいで、夜になって部屋に帰り着くと、ミチルが何か話している最中でもつい物思いに耽《ふけ》ってしまう。

「ほら、また」

「……え？」

「え、じゃなかよ。桐絵さんてば、うちの顔ばまたボーッと見て。何か付いとぅと？」

「あ、ううん、そんなことないよ。ちょっと考えごとしてただけ」

「もしかして心配ごと？　うちのせいで、また桐絵さんが嫌な思いしとるっちゃないと？何でも言うて」

慌てて首を横にふってみせた。

「違うの、そんなことないのよ。ほら、そろそろ歌謡祭が近いでしょ。生放送だけにいろいろと準備が忙しくてね」

「ほんなこつ、それだけ？」

「ほんとほんと。あなたが気にすることなんて何にもないから、安心して」

ごめんね、心配かけちゃって、と言いながらも、ミチルの面差《おもざ》しの中につい、有川専務の面影を探してしまう。

峰岸や小鳥真由にはもちろんだが、当のミチルにも、自分の知ってしまった事実を勝手に打ち明けるわけにはいかない。秘密というものがこんなにも胃を重たくさせるものだとは思わなかった。

桜が散り、四月も半ばにさしかかったある晩のことだ。

桐絵は、通い慣れたマンションの、ドア横の呼び鈴に人差し指を伸ばした。思いきって押すと、すぐに応《いら》えがあった。インターフォンに口を近づける。

「桐絵です」

家で待つミチルには、今夜は帰りが遅くなるかもしれないから鍵をかけて先に休んでいるように、と言い含めてある。時間を気にしていてはできない話だった。

中から近づいてくる足音が聞こえ、内鍵が外され、ガチャリとドアが開く。

「どうぞ、入って」

普段着の城田万里子が言った。

「謝ることないわ。悪かったのはこっちよ」

桐絵を居間へ通した万里子は、そこへ座るようにとソファを指さした。

「いくらなんでも不用意だったわよね。内緒の話をあんなところでするなんて」

「すみません。聞くつもりでは……」

「わかってる。っていうか、あなただったからまだよかったの。聞かれたのが他の誰であってもぞっとしないわ。ええと、紅茶でいい？　それともコーヒー？」

「あ、そんなことは私が」

腰を浮かせたとたん、てのひらで遮られた。

「いいのよ、座ってて。今日は仕事で来たんじゃないでしょ」

「でも」

「あたしだって、ひとりの時には自分で食事くらい作るし、お茶も淹れるのよ。ほら、どっちがいいの？」

「じゃ……すみません、紅茶を」

下ろした。


「レモンやミルクは？」

「いいえ、何もなしでけっこうです」

「あたしと同じね。いいわ、とびきり美味しいの淹れたげる」

キッチンから、やかんに水を満たし、火にかける音がする。桐絵は、またそろそろと腰を下ろした。

この部屋を訪ねるにあたって、電話で打ち明けたのはまだほんの少しだ。崖から飛び降りるほどの勇気をふりしぼり、

〈じつは……先日、レッスンスタジオでの皆さんのお話を聞いてしまって〉

桐絵がそう切りだしただけで、万里子は言ったのだった。

〈聞いたのはあなた一人？　そう、わかった。待ってるから、いつでもいらっしゃい〉

狼狽えるどころか、まるでステージの上にいるように落ち着きはらった声だった。

ふかふかのソファに、かえって緊張が高まる。桐絵は背筋を伸ばし、居間を見まわした。

いつも万里子を送ってきては先に入って中を確認するのだが、いざこうして座るとふだんは意識したこともないものに目が向く。サイドボードに並んだいかにも高価そうなグラス類。その上の壁に掛かった外国の風景画。ローテーブルの下に敷かれているペルシャ絨毯《じゅうたん》が、こんなに艶やかなローズピンクだということにも初めて気づいた。

しばらく待つうちに、万里子が二人ぶんのカップを盆にのせて運んできた。

「とりあえずは、お行儀よく始めましょ。あたしは後でブランデーでも頂くわ。素面《しらふ》じゃ話せないことも出てくるかもしれないし」

桐絵の顔を見て、ふっと笑う。

「硬くならないでよ。秘密って言ったって、誰かが罪を犯したとかじゃないんだから」

「……はい」

「まあでも、考えようによったらそうかもしれないわね。ジョージのしたことは、罪っていえば罪だわ」

――ジョージ。専務のことだ。元ギタリスト・ジョージ有川こと有川丈児。

互いに黙って、熱い紅茶を啜《すす》る。透けて見えるほど薄い磁器のカップを、万里子がそっと皿に戻す。吐息とともに言った。

「何から訊きたいの？」

桐絵は、思いきって切りだした。

「その前に、最初にこれだけはお伝えしておきますけど……私は、篠塚ミチルを守りたいんです」

万里子の目がこちらに注がれる。

「ふうん。だから？」

「だからつまり、今日だって好奇心でお話を聞きに伺ったわけじゃありませんし、他の誰かに話したりもしません。私はただ、ミチルが歌っていくためにできる限りのことをしてやりたいだけです。行く手に何か邪魔になるようなものがあるのなら取りのけてやりたい。それが結果として成長につながる種類の障害ならともかく、そうでないなら、まっすぐ、迷いなく進ませてやりたい。本当にそれだけなんです」

万里子は黙っている。

「ごめんなさい」

と、桐絵は言った。

「何が？」

「ミチルの将来のことなんて、城田さんには直接関係ないのに……こうして煩わせてしまって」

「そうでもないわよ」

「え」

「あの子の母親には、けっこうな借りがあるのよ、あたし」

「美津代さんに、ですか」

「そ。案外、罪が深いのはジョージより、あたしのほうかもね」

完璧な金色に透きとおった紅茶を飲み干してしまうと、城田万里子は話し始めた。

「改めて考えてみたら、もう十七年ほども前のことになるのね。そんなに昔には思えないのに……年を取るはずだわ」

向かいのソファに座る桐絵にではなく、当時の自分に話しかけるかのように、ふっと微笑む。目尻に寄った皺は、思いがけず優しかった。

「ジョージもあたしも、まだ二十一だった。ミツヨ……あの頃はまだ〈野口美津代〉だったけど、彼女が一つ下の二十歳。あたしたち三人、同じバンドのメンバーでね。中洲ではちょいと知られたもんだったのよ」

ソファの背に深くもたれた万里子が、天井に視線を投げる。

「あたし、国が熊本でしょ。歌手になりたくて博多へ出てみたはいいけど、まあ何しろ当時は十九の小娘だもの、そううまくはいかないわよ。年をごまかして潜りこんだ場末のバーで、酔っぱらいに言われるまんま流行りの歌を歌うくらいが関の山だった。どんなに一生懸命歌ったところで、まともに聴いてくれる客なんかいやしない。手を握られて、お酌させられて、胸やお尻を触られることにもそのうち慣れちゃって……。あたしなんかこの程度のものだったんだ、才能なんかありゃしなかったんだ。そう思っていいかげん自分に見切りをつけようとしてたところへ、声をかけてくれたのがジョージだったの。『一緒にやらんか』って。『あんたん歌ば聴きよったら、なしてかわからん、懐かしゅうて泣きとぅなるとよ』ってね」

桐絵は、口を差し挟まずに聴いていた。へたに相槌を打ったりすれば、いま彼女の頭の中に広がっている過去の世界が揺らいで消えてしまいそうな気がした。せっかくくっきりと風景を映している湖面に、小石を投げ込むかのように。

「ジャズやブルースを中心に演ったわ。メンバーは他に、ピアノとウッドベースとサックスがいて、なかなか本格的なバンドだった。ジョージとあたし以外はみんな、おじさんやおじいさんと呼んでいいくらいのベテランでね。ジョージなんてギターが天才的に巧いだけの若造だったし、あたしは半端な歌を歌うしか能のない小娘で……それでも、ほんとの息子や娘みたいに可愛がってくれて、いろんなことを教えてもらったっけ」

化粧っ気がないのと、紺色のセーターとジーンズという普段着のせいもあるのだろうか。今夜の城田万里子は、ステージ上のゴージャスなドレス姿より若く見える。頼りなく見える、と言ってもいいかもしれない。十九、二十歳の娘時代の彼女が、今そこで話しているかのようだ。

「ミツヨは、途中からそのバンドに加わったの。最初のうちは、同じ店で別の曜日に、一人でピアノをバックに歌ってたんだけど、練習や何かで顔を合わせるうちにこっちのメンバーともすぐ仲良くなって、だったらいっそのこと一緒にやろうかってことになってね。その日のセットリストのうち、あたしと彼女でメイン・ボーカルを半分ずつ負担し合って、最後の一曲は思いっきりツイン・ボーカルで聴かせながら歌いあげるの。楽しかったわねえ。何しろミツヨとは、声の相性が良かったのよ。そうね、娘のミチルちゃんの声よりはもうちょっと女性的な感じかしら。もちろんあたしの声とは全然違う、なのにうまく響き合って、一緒に歌うと気持ちよくて背筋がぞくぞくしたわ。性格もね、あたしはこんなふうだけど、あの子は人好きのする子で、ふつうだったら反発し合ってもおかしくないのに、どうしてだかお互いすごく気が合った」

ふ、と空気の揺れる気配に、桐絵は目を上げた。

万里子が、天井を見上げたまま、声もなく笑っている。

見つめていると、彼女は言った。

「そう——ほんとに気が合ったのよ。おんなじひとを好きになっちゃうくらいにね」

桐絵は息を呑んだ。

「ああ、勘違いしないで」万里子が、ちらりとこちらに目を向ける。「三角関係とか、そんな面白いことにはなってないから」

かろうじて頷き返す。

「実際には、ジョージを手に入れたのはミツヨのほうだった。お互いに一目惚《ひとめぼ》れだったみたい。二人とも若くて、何の障害もありゃしないもの、あっという間にくっついて燃えあがるのは当たり前よね」

言葉を切り、立ち上がると、万里子は再びキッチンへ行って紅茶を淹れ直した。

水音や、冷めかけたやかんの湯がまた沸騰してゆく音、食器のぶつかる小さな音、そして彼女のスリッパがたてる乾いた音。それ以外は、マンションの部屋の中はしんと静まりかえって、空気すら動かない。

やがて運ばれてきた紅茶を、桐絵は、熱いのも我慢して啜った。やけに喉が渇いていた。

「あの……」

初めて口を挟む。

「それで、城田さんは？」

「うん？」

「その、つまり……有川専務や美津代さんは、その頃、城田さんの気持ちを知ってらしたんですか？」

万里子が苦笑する。

「このあたしがそんなへまをすると思う？」

すみません、と桐絵はうつむいた。「そうですよね」

「ま、あたしがどうこうっていうより、二人とも、とにかくお互いしか見えてなかったってことよ。恋愛ってそういうものなんじゃない？　よく知らないけど」

独り暮らしの部屋の静けさが、なおさら沁《し》みてくる。

「どっちも隠しおおせてるつもりでいたようだけど、バンドのメンバー全員にバレバレだったわ。ひと月くらいたって、ミツヨから、ようやく恥ずかしそうに打ち明けられたの。『ジョージから申し込まれて、付き合うことになっちゃった』ってね。もう完全に、恋する乙女そのものの顔つきだったっけ」

思いだしながら、城田万里子は何ともいえない苦笑いを浮かべた。

「ミツヨからそうして打ち明けられた時に自分が言ったセリフ、今でも覚えてるわ」

「何ておっしゃったんですか？」

「ふふ。なーんとも思ってないふりで言ったわよ。『あのバカ男にしちゃ上出来じゃない。あたしがもし男だとしても、あんたのことはほっとかないわよ』って」

桐絵は、博多で会ったミチルの母親を思い浮かべた。

二十歳の頃といえば、いま十六歳になった娘のミチルと比べてもそれほど変わらない年だ。きっとその当時は初々しくて、けれど目もとは少年のように涼やかで、優しげに見えるのに肚《はら》が据わっている——そんなところは変わっていないのではないだろうか。

「二人、すぐ一緒に暮らし始めたの。ミツヨも貧乏なら、ジョージは輪をかけて文無しだったから、一緒に住めば家賃の節約にもなるしね。四畳半一間、それこそミカン箱がお膳代わり。おままごとみたいな同棲《どうせい》生活よ。そうこうするうちに、そうね、一年くらいたった頃かしら。ジョージに、東京から引き抜きの話が転がり込んできたわけ」

万里子が、ジーンズの脚を組み替える。ステージ衣装以外の服を着ているところも、化粧を落とした顔も見慣れているはずなのに、なぜだかよく似た別人と話しているような気がしてくる。

「ありがちな酔っぱらいの与太話なんかじゃなかった。東京から仕事でよく店に遊びに来てた、古い常連さんの伝手《つて》でね。新宿のバーでジャズやブルースを演ってるけっこう名の通ったバンドで、ギタリストが身体をこわして抜けたがってるからって、ジョージ有川に声がかかったわけ。『お前さんもそれだけの腕があるなら、東京でもっと上を目指してみないか』って……そこまで言われたら、そりゃ、ジョージだって悪い気はしないわよ」

おまけにね、と万里子は言葉を継いだ。

「おまけに、そのバンド——これまではボーカルがいなかったから、もしも華のある女性ボーカルを一人、一緒に連れてきてもらえるならよけいにありがたい、って。……ね？　今こうして聞いたって、いかにも渡りに船って感じがしない？」

　桐絵は、城田万里子の横顔を見つめた。

　当時、ジョージとミツヨは恋人同士で同棲までしていたわけだから、そういう事情なら、二人で上京することになるのが自然な流れだろう。けれど、げんにいま東京にいて歌っているのは万里子だ。

「ミツヨだってすっかり、上京して頑張るつもりでいたのよ」

　万里子は続けた。

「中洲で一緒に演ってたバンドのメンバーにも、もちろんあたしにも、自分たちがいっぺんに抜けて迷惑かけることをくり返し、くり返し謝ってね。悪く思う者なんかいなかったわ。ベテランのみんなは、生まれたあの街で骨を埋めるつもりで演ってたし、あたしだって心から彼女たちの幸運を祝福してたのよ。……信じないかもしれないけど」

「いえ、そんな」

　激しくかぶりをふる桐絵を見て、万里子が苦笑する。

「とくにミツヨにとっては、素晴らしいチャンスだったわ。何しろ、彼女の父親っていうのがまあとにかくどうしようもない男でね。朝から晩まで酒浸りで、働きもしないでパチンコや賭け事ばっかり。ミツヨは子どもの頃から、お母さんが殴られるのをかばっては自分が青あざ作ってたんですって。それが、ちょうどあたしたちと一緒に演り始めるちょっと前だったかな、その父親が、お酒を買うお金欲しさに盗みと傷害の事件を起こして捕まっちゃったのよ。こんなこと言っちゃ何だけど、刑期がけっこう長くなったおかげでミツヨもお母さんもようやく息が深く吸えるようになって……。そんなとき降って湧いたのがジョージとの上京の話じゃない？　お母さんだってまだそんな年じゃないし、パート先でものびのびやってる、これなら心配しないで東京へ行ける、って——まさに前途洋々だったのに」

「何が、あったんですか」

城田万里子は目を落とし、ため息をついた。

「お母さんがパート先で倒れてね」

「え」

「幸い、命は取り留めたけど……後遺症で身体の半分に麻痺が残っちゃったの。好事魔多しとは言うけど、あんまりだと思わない？　やっとこれからって時だったのに」

いまだにやりきれないのだろう。城田万里子の声が重たい。

「でも、ミツヨの判断は速かった。きっと、お母さんの枕元につきっきりの間、ずーっといろんな可能性について考えてたんでしょうね。やっと意識は戻ったものの、半身不随の状態のお母さんをとても置いていけないってわかったとたん、あの子、まずいちばんにあたしのところへ頼みに来たのよ。——『マリちゃん、お願い。ジョージと一緒に東京へ行っちゃらんね？　ギタリスト・ジョージ有川は天才やけど、生身ん有川丈児はあんとおり、いろんな意味で危なっかしかけん。あん人ひとりで行かすんは、うち心配でたまらん』って」

「でも専務は……」桐絵は思わず言った。「有川専務は、その時、すんなり上京したんですか？　恋人がそんな大変な時なのに」

「もちろん自分も残るって言ったわよ。東京なんか行かなくたって音楽はやれるって言い張ってね。それを、ミツヨが説得したの。『せっかくのチャンスばふいにするとか！　そげんことしてもろうたっちゃ嬉しゅうもなか、そん気持ちがあるんやったら東京でさっさと名ば上げて、うちら母娘《おやこ》ば呼び寄せらるぅくらいになってみせたらよか！』」

「それが、説得……」

「きつく響くかしらね、九州の言葉は」

「いえ。正直、ちょっとおっかなくも聞こえますけど、でもあったかいです。なんだか肝っ玉母さんに叱られてるみたいで」

万里子が声をたてて笑った。

「確かにそうね。あの時のミツヨはまるで、ジョージの母親みたいだった」

「だけど、わからないです。城田さん、さっきおっしゃったじゃないですか。罪深いのは有川専務よりご自分のほうだって」

「ええ、言ったわ」

「でも、今のお話を伺った限りでは、城田さんは何にも……。だって誰にもどうしようもないことだったわけでしょう？」

「現実に起こったことはそうだけど」

万里子の表情が消える。そして言った。

「あの時ね、嬉しかったのよあたし。ジョージと二人きりになれて、ほんとうに心の底から、嬉しいと思っちゃったの」

静かな部屋の壁に、城田万里子のため息が染みこんでゆく。

桐絵が冷めきった紅茶のカップに目を落としていると、

「やれやれ。ほらね、やっぱりお酒呑みたくなってきちゃった」万里子が苦笑しながら腰を浮かせた。「でも、独りじゃなんだかねえ。あなたも付き合ってくれない？」

「あ、はい。私なんかでよければ」

「そうこなくちゃ」

自分のためにブランデーを用意する万里子のそばで、桐絵はウィスキーの水割りを頼んだ。名前を聞いたこともない、いかにも高級そうなボトルの並ぶ中に、ずんぐりとしたダルマの小瓶があってほっとする。

「女の独り酒は寂しいけど、二人ならそれは、共闘の証《あか》しよ」

小さく乾杯をして、それぞれ口に運ぶ。

――共闘。

あの城田万里子から認めてもらえたかと思えば晴れがましくもあるが、一方で、空恐ろしくもある。これから自分は何と闘わなくてはならないのだろう。

「ねえ、キリエちゃん」

「はい」

「この先は、いっそ言わないで済ませようかとも思ったんだけど、ここまで話しといて隠すのはフェアじゃないから白状するわ。どうか、ここだけの話にしてね」

「もちろんです」

丸いブランデーグラスをそっと傾け、濃い琥珀《こはく》色の液体を喉に流し込む。そうして彼女は、思いきったように言った。

「あたし――ミツヨの信頼を裏切ったの」

「……え」

こちらを見ようとしないまま、万里子が低い声で続ける。

「博多から上京したその翌日には、あたしたち二人、新しいバンドでいきなり演ることになったのね。そこにいたのがピアノの高尾ちゃんで、年の近い彼とはすぐ仲良くなれたし、スタンダードナンバーならちょっと合わせるだけで人に聴かせられるくらいの形はつくわ。だけど、問題はそういうことじゃなかったの。前のギタリストが身体をこわして辞めたのも、元をただせばバンド内でのいざこざが原因だったらしいんだけど、それも当然って思えるくらい、バンマスがなかなかの曲者《くせもの》でね」

バンドマスター。リーダー格の人物のことだ。

「あたしは紅一点だし、それまでボーカルがいなかったバンドにまったく新たに加わったから何を歌ってもイイネイイネで済んだけど」

城田万里子は、思い起こしながら眉根を寄せた。

「ジョージに対してはそのバンマス、最初からすごく当たりがキツかったの。ウッドベース担当だけど楽器なら何でも弾けるような人で、だからよけいに点が辛くなるのかしら、ジョージのギターのいちばんの個性とも言える泥臭くて味のある演奏を、目立ちたがりで自分に酔ってるとか、しょせん田舎者の音楽だとか、お前のはブルースじゃなくて民謡だとか、くそみそにこき下ろしてね。だからって、どういうふうに演ってくれとかは言わないのよ。ただ言いがかりみたいに文句つけては罵倒するだけ」

「それは……」桐絵は呻《うめ》いた。「それはキツかったでしょう」

「キツいなんてもんじゃなかったわね。他のメンバーも、高尾ちゃんを含めてそれぞれが一流の腕だったけど、バンマスの顔色を窺って何も言えないの。お給料だけは破格に良かったから、みんな職を失いたくなかったんでしょう。無理もないわ。でも、不思議とね、毎晩のステージとなるとまあ凄いのなんのって、じつに息の合った演奏をするわけ。バンドを目当てにその新宿のバーに来るお客も多くてね、あたしまで一緒に拍手喝采《かっさい》を浴びられて、そりゃあ気持ちよかった。期待に応えて歌おうとすると、自分でもびっくりするくらい巧く歌えて、なんだか魔法にかけられてるみたいだった。あんなこと生まれて初めてだったわ。だけどその魔法は、ステージを下りたとたんに消えちゃうの。毎日、その晩のセットリストをみんなで合わせようとするたびに、いちいちギスギスして、ジョージ一人がどんなに罵倒されてても他のメンバーは気まずそうに目をそらすばっかりだし……。それでなくとも慣れない大都会で、食べものも口に合わなくて、一ヶ月、二ヶ月ってずーっとうまく眠れない日が続くうちに、あのひと、すっかりまいっちゃってね」

問わず語りにそこまで話した万里子が、やっと息をつく。芳醇《ほうじゅん》なブランデーの香りがふわりと漂う。

「二人とも酔ってた、なんていうのは言い訳にもなんないわ」

呻くように城田万里子は言った。

「ジョージはともかく、少なくともあたしのほうは、自分のしてることがどういうことかわかってた。どうにかして彼を慰めて、眠らせてあげたかったのはほんとうだけど、頭の中にはずっと、ミツヨの顔がちらついてた。そう、あたしは何もかも全部承知の上で、ジョージとそういうことになったの」

何も言わないままでいると彼女を責めているかのようだ。かといってふさわしい言葉も見つからず、桐絵はただ、頷いてみせるしかなかった。

「あのひとはあのひとで、もうちょっと狡《ずる》くなってくれりゃよかったのよ。朝、布団の中にあたしがいるのを見てどんなにびっくりしようが、お酒の上での過ちだとか、お互い大人なんだからとかって、それこそ男にありがちな言い逃れをしてくれたら、全部なかったことにできたかもしれないのに――」

「そうは、ならなかったんですね」

「『責任取る』って」

「え？　何の？」

「あたしとそうなったことの、よ。何しろあたし、彼が初めての男だったもんだから」

「ええええっ？」

「そんなに驚くことないじゃない。こう見えておぼこだったのよ。まあ、お互い二十二、三だもの、大人って言ったってたかが知れてるわ」

「……で、でも、どうやって取るんですか、責任なんて」

「ね、そう思うでしょ？　あのひとにとってはつまり、ミツヨに全部打ち明けて詫びて、彼女とはきっぱり別れることだったの」

思わず、ぽかんと口を開けてしまった。

「別れ話に、事後承諾ですか」

万里子が情けない顔で噴き出す。

「まったくよ。そんな一夜の過ちを赤裸々に聞かされて、いったいどうしろって言うのよねえ。正直者が褒めてもらえるのなんか、昔ばなしの中だけじゃないの」

「それで——美津代さんは何て？」

「あたしたちのどちらを責めるようなことも、何ひとつ口にしなかったそうよ。ジョージから聞かされただけだけれど」

「城田さんは、美津代さんとじかに話してないんですか」

「当たり前でしょ。顔向けできるわけないわ。もしあたしがミツヨの立場だったら、裏切ったあたしの声なんか聞きたくないし、手紙の字も見たくないと思うもの」

万里子が続ける。

「言ったでしょ。あたしは、自分とジョージのしてることがどういうことかわかってた。ごめんなさい、なんて後から謝るくらいなら、あのとき踏みとどまればよかったんだし、あたしはそうしなかったの。それがすべてよ」

万里子の言う意味はわかる。が、はたしてどうだったろうと桐絵は思った。

一月に会った時の美津代の佇《たたず》まいを思い浮かべる。もしかすると美津代のほうは、有川丈児との恋愛よりも、城田万里子との友情のほうを大事にしていきたかったかもしれない。親友からひとことでも後悔と詫びの言葉があったなら、それだけで全部を水に流すつもりだったかも……。

桐絵は口をひらきかけ、再びつぐんだ。そんなことはおそらく、万里子にもわかっていたはずだ。わかっていて、彼女は謝ることを潔しとしなかった。

「結局、後ろめたさがいちばんの障害になっちゃってね。ジョージとはほんとにそれっきりだったわ」

万里子が、自嘲気味に呟く。

「そのおかげで、彼とは今でも親友みたいな顔で付き合ってられるわけだけど――思えばあの当時、ミツヨのお腹にはもう、彼との赤ちゃんが宿ってたのよね。あたし、何にも知らなかった。彼女も何にも言わなかったし」

「有川専務は、いつ、そのことを知ったんでしょうか」

「それが、ジョージ自身もだいぶ後になってからだったみたい。何しろ、彼の半生の中でも怒濤《どとう》の数年間だったでしょ？」

「そうなんですか？」

あら、と万里子が目を瞠る。

「あのひとがギターをあきらめたいきさつ、あなた知らないの？」

「いえ、何も」

『鳳プロダクション』の社内でも、ジョージ有川は知る人ぞ知るギタリストだったと伝説のように噂《うわさ》されているだけで、詳しい過去を知る者はたぶんいない。

「そう。思えばあれも、今日みたいに寒い晩だったわね。ステージが終わったところで、酔っぱらった客が演奏におかしな難癖つけて、例のバンマスと大喧嘩になっちゃったのよ。つかみ合いが始まって、そのへんのテーブルは倒れるし、ボトルやグラスは床に落ちて粉々になるし、とにかく他のお客を怪我《けが》させるわけにいかないでしょ？　それでジョージが割って入ったんだけど……」

ちっ、と万里子が舌打ちをした。

「酔っぱらいのほうじゃないのよ。なんとまあ、頭に血ののぼったバンマスのほうに思いっきり突き飛ばされてね。床に手をついたのが運の尽きよ。割れたボトルで、左手の指の腱《けん》をざっくり」

「うそ……」

「利き手じゃないから、日常生活にそう支障はなくて済んだけど、ギタリストとしてはもう、ね……。バンマスも、さすがにまずいと思ったんじゃない？　自分の友人が興《おこ》したっていう芸能プロダクションを紹介してよこしたの。それが、まだ今ほど大きくなかった『鳳プロ』だったってわけ」

人生は、わからない。その新興プロダクションに就職して間もなく、有川丈児は新人歌手の発掘とプロデュースで頭角を現し、大鳥社長に見込まれたばかりかその娘にまで惚れられて、今や専務取締役だ。

「あの性格だから、また『責任』取っちゃったのかしらねえ」万里子は皮肉っぽく笑った。「あれよあれよっていう間に社長令嬢と結婚が決まって、これまたあっという間に子どもも生まれてきてさ。そうこうするうち、ずいぶん久しぶりに博多へ帰った時に、昔の知り合いからミツヨのお母さんが亡くなったことを聞かされたんですって。それで、まあそれもあのひとらしいわよね。せめてお線香だけでもあげさせてほしいって連絡取ってみたら……」

万里子は言葉を切り、桐絵に向かって片方の眉を上げてよこした。

「仏壇の前に、当時まだ幼稚園児だったミチルちゃんが座ってたんですってさ」

それが、今も住んでいるあの部屋だったかどうかはわからない。が、頭の中にその時の情景がありありと浮かんで、桐絵はやはり何も言えなかった。

「ねえ、キリエちゃん」

と、またも名を呼ばれる。

「はい」

「あたしね、大嫌いなのよ。出来レースみたいなそういうのが」

「……はい」

「この業界、けっこうあるでしょ。それこそ去年の暮れの新人スカウト・キャンペーン本選の時だって、後から知らされてどれだけ腹が立ったことか」

ぎょっとなって、桐絵は万里子を見やった。

「当然、あなたも最初から知ってたのよね。あの真由って子が、ジョージの娘で、社長の孫だってこと」

慌てて首を横にふる。

「いいえ。私も、グランプリの結果が出た後で聞かされました。峰岸から」

「あら、そう。ふうん、そうだったの」

万里子のまとう空気が、少し和《やわ》らぐ。

「あたしは、ジョージに娘がいることは知ってたけど会ったことなかったし、真由という名前も、母親が歌手に育てようとしてるなんてことも知らなかった。幸い、っていう言葉が正しいかどうかわからないけど、とにかくまあ本人の歌唱力からいって、あの時のグランプリ受賞は順当な結果だったとは思うわよ。でも、もし最初からあの子の素性を聞かされてたらあたし、断固として抗議するか、審査員を降りてたわ。いくら当人に実力があるにしたって、世間に向かって堂々と言えないことは、嘘をついてるのと同じよ。賞を勝ち取れるほどの力があるならなおのこと、おかしな弱みは作らないほうがいいにきまってるじゃない。そうでしょ？」

黙っている桐絵を、じっと見つめる。

「あなた、そのへんの事情、何か聞いてる？」

桐絵は、唾《つば》を飲み下した。

「確かではありませんけど……峰岸に言わせると、会社側にもいろいろあるんだと。新人を一から売り出すのにどれだけの費用がかかるか知ってるか、って言われました」

「なるほどね。やっぱりそういうこと」

万里子が鼻から息を吐く。

「要するに財政的な事情ってわけね。『鳳プロ』も、あたしみたいな、新曲を出せば必ずヒットする歌手ばかり抱えてるわけじゃないから」

「そうですね」

心からそう返すと、城田万里子は可笑しそうに笑いだした。

「ちょっと、今のは冗談よ。そんな真面目な顔で頷かないでよ」

「いえ、だって本当にそうですから」

桐絵は身を乗り出し、一生懸命に言った。

「〈城田万里子〉は別格なんです。うちのプロダクションにとって……いえ、この国の歌謡界にとって」


アパートの部屋まで帰り着く頃には、もう真夜中を過ぎていた。そうっと鍵を回し、そうっとドアを開け、そうっと靴を脱ぐ。

台所には豆電球だけが点り、食器カゴに伏せられた茶碗や皿を橙色《だいだいいろ》に照らし出している。ミチルがきちんと洗っておいてくれたのだ。

食卓の上、盆にのっているのは何だろう。かぶせてある布巾を取ってみると、おにぎりが二つと、煮物の小鉢が並んでいた。

思わず笑顔になり、同時に、胃袋がぐうぅっと現金な音を立てる。

ミチルには朝のうちに、外で食べて帰るから心配ないと伝えてあったのだが、そのじつ城田万里子に会う前には緊張のあまり何ひとつ喉を通らなかったし、話が済んだ後はその万里子から、

〈おうどんでも食べてく？〉

と訊かれたものの、やはり喉を通る気がせず、気持ちだけありがたく頂いてそのまま帰ってきたのだった。

自分の家だというのに泥棒のような足取りで奥の和室を覗くと、ミチルは向こう向きに布団をかぶっていた。健やかな寝息が聞こえる。

桐絵は台所の椅子に座り、おにぎりと煮物を腹に収めた。冷めていても、泣けてくるほど美味しかった。

再び抜き足差し足で洗面所へ行き、歯を磨く。鏡に映った顔は疲れきっていた。ふだん、よほどハードな仕事をこなした後でもなければ、目の下に隈《くま》ができたりしない。いつもはぱしゃぱしゃとはたくだけの化粧水を、コットンにとって丹念にたたき込み、水を多めに飲む。明日の朝まで酒のにおいが残っていたりしたら、ミチルに心配をかけてしまう。

敷いておいてくれた布団に横たわり、目をつぶってもなお、頭の中には城田万里子の声がわんわんと鳴り響いていた。

〈あたし――ミツヨの信頼を裏切ったの〉

〈後から謝るくらいなら、あのとき踏みとどまればよかったんだし、あたしはそうしなかったの。それがすべてよ〉

実際には目にしたこともない、若き日の万里子と美津代の姿が浮かぶ。きっと、ほんとうに仲が良かったのだろう。二人が頭を寄せ合って笑いさざめく様まで見えるようだ。

もしもジョージ有川が上京することにならなければ、いや、もしもその時一緒についていったのが美津代だったならば、彼らのその後の人生はまったく違っていた。

有川丈児と美津代はほどなく結婚し、二人の間に生まれた女の子は東京ですくすくと育っただろう。やがて有川が指の怪我でギターを弾けなくなるのは避けられなかったかもしれないが、『鳳プロダクション』ではやはり出世して、もしかするとミチルこそが専務令嬢となり、真由などは影も形もなかったかもしれないのだ。

桐絵は、まぶたを開き、薄明かりに浮かぶ天井を睨んだ。

怖《おそ》ろしい心持ちがした。

真由のことは、正直言って憎たらしい。わがままな性格も、すぐに癇癪《かんしゃく》を起こして足を踏みならす癖も、人を人とも思わないえらそうな態度も、思い浮かべるだけでむかむかと腹が立ってくる。ミチルを平然と傷つけるのも許せない。仕事とはいえよくもまああんな子の面倒を見られるものだと、峰岸に感心するほどだ。

けれど、あの真由がもしかするとこの世に生まれていなかったかもしれないと想像すると、なぜか胃の底が冷えるような心地がするのだった。それはそれで、あってはいけないことだと思えてくる。人間の運命とは、なんと単純なきっかけで変わり、なんと簡単に決まってしまうものなのだろう。

掛け布団を鼻の下まで引き上げた時、隣で眠るミチルが小さく呻いてこちらへ寝返りを打った。どうやら目を覚ましたわけではなさそうだ。唇を半開きにした寝顔があどけない。

この子を、一人前の歌手に育てるのだ、と思ってみる。

城田万里子と高尾良晃が、そして表立ってではないにせよ有川専務その人が後ろ盾となってくれるからには、もうためらう必要もないし、その時間もない。

何としてでもミチルを、日の当たるところへ引っ張り出してやらなくては。いや、それだけでは足りない。多くのタレントたちの中でもひときわまぶしく輝く、〈スター〉と呼ばれる地位にまで押し上げなくては。

桐絵は、再びぎゅっと目を閉じた。

明日も早い。

ステージ６　★　化学反応

「どうしてきみたち二人は、そうまで仲が悪いのかねえ」

レッスン講師を務める高尾良晃が、あきれ返って嘆息する。

腕組みをして見やる先では、二人の少女がそれぞれうつむきながらも互いにそっぽを向いている。

ミチルは、「ザ・ローリング・ストーンズ」のＴシャツ——おなじみの、べろりと舌を出した絵の——に洗いざらしのジーンズ。真由のほうは、白い丸襟のブラウスに春らしい花柄のフレアスカートだ。

事の発端は、めずらしく真由が時間より早めにレッスンスタジオへ到着したことだった。付き添っているはずの峰岸の姿は、なぜかまだ見えなかった。

調整室で待機していた桐絵とともに、真由は、レッスンの終わりの十分ほどをガラス越しに見物していた。時折、ふん、と鼻から息を吐いたり、聞こえよがしのため息をついたりすることはあったが、とりあえずおとなしかった。

が、レッスンを終えたミチルが、高尾に向かって礼儀正しく頭を下げ、譜面を片付け始めた時だ。真由が立ち上がり、スタジオへずかずかと入っていった。桐絵が止める暇もなかった。

そうして開口一番、

〈相変わらず雑な歌い方よね〉

嫌味な口調でそう言い放ったのだ。

〈そんなにヘタじゃ、どうせデビューなんかできっこないのに、よくもまあマジメにレッスンなんか続けられるわ。感心しちゃう〉

すると、ミチルの頰と耳にさっと血の色がのぼった。

〈ヘタやけん、稽古ばつけてもろうとったい。上手になりたかけん、練習しとったい。それん何がおかしかとね？〉

そこからひと悶着《もんちゃく》となったのだった。

「いいかい、この際だから言わせてもらうがね、こちらだってずいぶん気を遣ってるんだよ」

高尾は続けた。

「きみらがそれぞれ気持ちよく歌えるように、そのためにもレッスン時間はできるだけ重ならないように、ってね。それなのに、たまに顔を合わせるだけですぐこれだ」

二人はだんまりを決め込んでいる。

見かねた桐絵は、急いでスタジオへ入っていき、かわりに深々と頭を下げた。

「申し訳ありません、高尾先生。私が、あとでよく言って聞かせますので」

ミチルがぱっとこちらを見て何か言いたそうにするのを、目顔で押しとどめる。気持ちはわかるが、今ここで何か言えば真由をますます刺激することになる。

「いやしかし、これはあんたに謝ってもらっても意味のない話でね」

いつも朗らかで鷹揚な高尾が、めずらしく厳しい顔のまま続ける。

「なにも二人一緒にレッスンしようっていうんじゃなし、待ち時間の五分や十分くらい、相手へのリスペクトを持って歌を聴くことはできないもんかな。せめて、互いにいがみ合うのは勘弁してもらいたいんだが」

「うちはべつに何も……」

たまりかねたミチルが言いかけると、真由がキッとそっちを睨んだ。

「うわあ何それ、きったないんだぁ」

「汚い？」

「卑怯だって言ってんのよ。自分だけイイ子になっちゃってさ」

「ばってん、文句つけてきたとはそっちやないね。うちは何もおかしかこと言うとらん」

「言った！　あたしのことバカにした！」

「バカにはしとらん。『やる気がないんやったらやめればよかとに』って、あたりまえのことを言うただけたい」

聞くなり、真由が目を吊り上げ、例によってきぃーっと地団駄を踏みかけたところへ、

「おっとっと、何だなんだぁ？」

のっそりとレッスンスタジオに入ってきたのは峰岸だった。

「おいおい真由、またキャンキャン嚙みついてんのか？　元気だなあ、お前さんも」

「キャンキャンって何よ。ひとのこと犬みたいな言い方しないでよ！」

「お、すまん。猿のほうがよかったか」

「はあ？」

「お前さんたち二人、犬猿の仲なんだろ？　犬がイヤなら、残るは猿の役だぞ」

桐絵は、げんなりと睨みやった。そもそも、あんたが遅刻してきたから真由が野放しになったんじゃないか、と言いたい。犬でも猿でも知ったことではないが、首輪と綱だけはちゃんと付けておいてもらわないと周りが迷惑する。

「何はともあれ、レッスンに集中しなさい」

ぱん、ぱんと手を叩いて高尾が言う。

「ミチル、お疲れさん。今日言ったところは次までに練習しておくように」

はい！　とミチルが姿勢を正す。

「さあ、次は真由の番だろう。準備はいいかな？」

それには答えず、真由は譜面台のそばにいるミチルを睨みつけた。

「邪魔よ。早くどいてよ、そこ」

ミチルは言い返さなかった。自分の使った楽譜をまとめて胸に抱えると、高尾に向かって深くお辞儀をし、桐絵のほうへやってくる。

遅れてきた峰岸も一緒に隣の調整室へ移動すると、桐絵は、

「よしよし、よく我慢したね。えらかった」

ミチルの細い背中を撫でてやった。彼女が、ふっと苦笑する。

「猿やと思うたら、腹も立たん」

「しーっ、聞こえるって」

女二人でくすくす笑い合う。

と、ミチルが顔を上げて言った。

「あの、峰岸さん」

「お？」

「ここで、真由さんのレッスンをちょっとだけ見学しとってもよかですか」

桐絵は驚いて見やった。

「や、それはまあ、べつにいいんじゃないか？　俺が禁止するようなアレじゃないし」

「ありがとうございます」

ミチルがぺこりと礼をする。その脇腹を、桐絵は肘でつついた。

「どういうつもり？　あなた今までそんなこと……」

「うん。ばってん、めったにないことやけん」

確かに、これまではレッスン時間が別々だったから、互いに顔を合わせることもめったになかった。今日はたまたま偶然が重なったのだ。

「まあ、真由だって、あなたのレッスンを見てたわけだしね」

「え、そうなのか」

と峰岸。

三人ともが椅子に腰を下ろすと、スタジオの中からガラス越しに調整室へと目をこらした真由が、また癇癪を起こして怒鳴った。

「ちょっとあんた、いつまでそこにいるつもりよ！」

桐絵がトークバックボックスのスイッチを押して真由に答えようとするより早く、峰岸が先に地声を張りあげた。

「こっちのことはどうでもいいから、自分のことに集中しろって」

ピアノの前の高尾良晃が、

「そうそう、その通り」

頷いて、和音を奏で始める。基本通り、まずは発声練習からだ。

たっぷり十数えるほどの間、ものすごい目でこちらを睨んでいた真由が、高尾にもう一度促されて、ようやくピアノのほうを向く。

息を吸い込み、張りあげた彼女の声に、桐絵は思わず目を瞠った。

しばらくぶりに聴いたが、声量といい、音程といい、それに声の質といい、前とは違う。グランプリを手にした東京本選での歌唱もたいしたものだったけれども、あの時よりまた数段うまくなっている。

隣に座るミチルが身体を硬くしているのが伝わってきた。彼女のほうは、真由が歌うのを今初めて聴くのだ。

続いて練習曲に移ると、真由は、優雅なターンとともに身体ごとこちらへ向き直った。勝ち誇った表情で、自分の持てるテクニックのすべてを使って歌う。高尾もそれを止めようとはしない。ミチルはといえば、呼吸すら忘れたかのように真由を見つめている。

「……やれやれ。いつもとえらい違いだぜ」

峰岸が言う。

「いつもはどんなふうなんです？」

「投げやりで、いちいち屁理屈《へりくつ》こねて逆らってばっかで、大先生を手こずらせてさ。それこそ、やる気がないならやめちまえ！　って何度怒鳴りつけたくなったことか。あんな真由、いっぺんも見たことないぜ」

おもむろに腕組みを解く。

「なあ、ミチルよ」

初めて峰岸に名を呼ばれ、びっくりして呪縛が解けたようだ。はい、とミチルがそちらへ顔をふり向ける。

「ライバル心ってのは、すげえもんだな」

「……え？」

「本人は認めやしないだろうが、見ろよあれを。何が何でもあんたに負けたくないと思うからこその、あの集中力だよ」

峰岸は、ふっと鼻から息を吐いた。

「いっそのこと、これからも毎回あいつのレッスンを見物してもらいたいくらいだ」

結局のところ――と、峰岸はレッスンの何日か後になって桐絵に語った。あの二人は、互いに、足りないものと得意なものとがあべこべなんだよ、と。

まず真由には、やる気がない。集中力がない。歌うテクニックはあるけれども心が足りない。だから、生きた歌にならない。対してミチルには、やる気と集中力こそあるがテクニックが足りない。心のままに歌えば粗くなり、丁寧に歌おうとすると歌が死ぬ。

「どっちもどっち、ドングリの背比べだ」

そこは『鳳プロダクション』の会議室だった。六人が座れるテーブルと椅子があり、桐絵は、峰岸とはいちばん遠い対角線に腰を下ろしている。煙草が煙たいからではなく、この男が煙たいからだが、ミチルや真由に関する相談は他の社員のいないところで行うより仕方ない。あからさまにできないことが多すぎる。

しかも自分は、この男にすら言えない秘密を知ってしまっているのだと思うと、桐絵の口はどうしても重くなった。さっきから彼ばかりが喋っているのはそのせいだ。

「しかしまあ、あれだな」

卓上の灰皿に、ちびた煙草の灰を落としながら峰岸が言った。

「将来性を考えりゃ、正直、ミチルのほうに軍配が上がるかな」

桐絵は思わず、峰岸を凝視してしまった。

「何だよ、その顔」

「いえ」

「俺がお前の秘蔵っ子を褒めるのがそんなに意外かよ」

「意外って言うより」

「あ？」

「悪いものでも拾って食べたのかと」

ちっ、と舌打ちが返ってきた。

「ずいぶんだな。俺だって一応、ほんものを見分ける目ぐらいは持ってるんだよ」

「そのわりには、ミチルの実力をなかなか認めようとしなかったじゃないですか」

つい、恨み言が口をついて出る。

「ばーか、認めてたにきまってんだろ？　だからこそ反対したんだ。真由の邪魔になると思って」

俺はただ当然のことをしたまでだと言いたげな峰岸の口ぶりに、桐絵は言い返す言葉を見つけられなかった。彼の〈ほんものを見分ける目〉については、悔しいが否定しきれない。この男がこれまでに見出し、育て上げてきたスターたちは何人もいる。

「社の方針じゃ、この夏、真由が十五歳になるのを待ってデビューさせることになってる」

くわえ煙草のまま、峰岸が続ける。

「言ってみりゃ、社運を賭けた一大プロジェクトだ。お嬢様のご機嫌取りだろうが何だろうが、俺にできることは片っ端からやってきたさ。そう、行く手の小石をどけたり、ライバルの芽を早めに摘み取ったりな。しかしだ、はっきり言って、それだけじゃ足りない。今のままだと〈小鳥真由〉は、たとえデビューしてもすぐ消える」

「え」

あまりの物言いに怯んだ桐絵を、峰岸が見据える。

「お前も知ってるだろ、この世界の非情の掟《おきて》をさ。俺たちがどれだけ後押ししようが、消えてくやつは消えてく」

確かにそうだ。せっかく鳴り物入りでデビューさせても、また本人にどれほど恵まれた容姿や実力があろうとも、ぱっとしないまま表舞台から消えてゆくタレントは掃いて捨てるほどいる。スターになれる可能性のある逸材など千人に一人。実際になれるかどうかは時の運。しかも、選ぶのはプロダクション側ではなく、観客であり視聴者だ。いや、時代そのものがスターを作ると言うのが正しいかもしれない。

「おかげで俺自身、このところ士気の上がらんことおびただしかったわけよ」

峰岸がうつむいて苦笑する。

「しかし、これからはちょっとわからんぞ。面白くなってきた」

「どういうことです？」

「見たろ、こないだのレッスンを。ライバル心ってのは何よりの燃料なんだよ。とくに真由みたいな、負けず嫌いでわがまま放題のカンシャク持ちにはさ」

「またあんまりな言いようですね」

「事実だからしょうがない。何しろあの日は、大先生もびっくりしてたもんな」

ミチルと桐絵が途中で帰った後も、真由のレッスンは続いたわけだが、その集中力たるや、ふだんとは別人のようだったらしい。高尾がオーケーを出した箇所にまでこだわって、自分から何度も歌い直したという。

「だからさあ、キリエ。俺がこないだ言ったのも、あながち冗談じゃなくてさ」

いったい何の話だ。眉根を寄せた桐絵に、峰岸がまるでおもねるような目つきを向けてくる。

「真由とミチル——毎回、お互いのレッスンを見物し合うってのも一つの手だぜ」

ばかな。

桐絵は、首を横にふった。

「お断りします」

「なんでだよ」

「そんな噛ませ犬みたいな役割を、ミチルが背負わされる筋合いはありませんから。だいいち、彼女のほうは何も真由に見ていてもらわなくたって、一人でもちゃんと集中できる子ですしね」

「そりゃそうだろうけど、二人なら、盗むことはできるぞ」

「盗む？　何を」

「きまってるだろ。お互いの長所をさ」

峰岸がニヤリと笑う。

「こういう場合の相手は、誰でもいいってわけじゃない。極端な話、城田万里子なんかからいくら盗めって言ったって無茶だろうよ。あまりにも実力が違いすぎて、参考にしろってほうが難しい。だけど、年もキャリアもそう変わらないあの二人だったらどうだ。お互いのレッスンが、最高の教材になり得ると思わないか？」

「でも、資質が違いすぎます」

「そこは違うからこそ言ってるのさ。相手に対するアドバイスの一つひとつが、自分をふり返るヒントになる。長所短所がまったく逆だけに、反面教師にもなる」

「……それ、本気で言ってるんですか」

「俺はいつだって百二十パーセント本気だよ」

また半端な物言いを、と思ってみる。本気に百二十パーセントも百五十パーセントもあるものか。

「とにかく、考えておいてくれよ」

吸い終わった煙草をもみ消すと、峰岸は勝手にさっさと立ち上がった。

「俺はあいつらの、正真正銘の本気を見てみたいんだ。お前はそうじゃないのか？」


翌月から、篠塚ミチルはようやく正式に『鳳プロダクション』に所属する特待生の一人となった。

出生にまつわる秘密は社員の中では桐絵しか知らないし、それがミチルの待遇にどの程度まで作用しているかはわからない。が、そんな事実があろうとなかろうと、高尾良晃に実力を認められた上に城田万里子の後押しまでとなれば、他の研修生と同じ扱いのわけがない。

特待生にレッスン料は必要ないし、寮にもただで入れる。生活費のすべては『鳳プロ』が負担する。博多から上京して以来、ミチルを自分のアパートに寝泊まりさせていた桐絵は、およそ四ヶ月ぶりに独り暮らしに戻ることとなった。

「うちがおらんでも、ごはんはちゃんと食べらなよ。寝る時も、ちゃんと布団敷いて寝らなよ」

まるで世話焼きの母親のようなことを何度も言い置いて、十六歳の少女は後ろをふり返りふり返り、寮に移っていった。荷物といえば相変わらず古いラジカセとダッフルバッグ一つだけだった。

とはいうものの、歌手の卵とそのマネージャーだ、毎日のように顔を合わせる。歌やダンスのレッスンのたび桐絵が付き添い、後学のためにと他のタレントのコンサートやお芝居に足を運んで、夜だけは手をふって別れる。新しく始まった日々の習慣は、互いの間の心地よい距離感にもつながっていった。

「いよいよ明日の晩だね、例の特番は」

ある日のレッスンの終わりに、高尾良晃は言った。

「二人とも連れてってもらうんだろう？」

はい、と素直に頷くミチルの隣で、真由は黙って口をへの字にしている。

二人が互いのレッスンを見学するようになってから、もう何回目になるだろう。最初のうち全身全霊で反抗していた真由も、最近ではいちいち文句を言わなくなった。不服そうなのは変わらないが、そのじつ、ミチルが高尾の指導を受けては歌い直すのをまるで親の仇《かたき》でも睨むような目つきで見ている。ある意味、親の仇というのもそんなに的はずれな比喩ではないのかもしれない。真由はもちろん知らないことだが、ミチルという少女の存在は、真由の母親にとっては疎ましいものに違いないのだ。

二人の少女が並ぶと、その横顔や表情につい似たところを探してしまう自分を、桐絵は何度も戒めていた。これから先どんなことがあろうと、当の彼女たちにこの秘密を気取られるわけにはいかない。

「明日は、高尾先生がオケの指揮をなさるんでしたよね」

と峰岸が言う。レッスンを見学し合うようになってから、この男と顔をつきあわせる時間はますます増えてしまった。

「そりゃそうですわね。局側の思惑には納得ですよ。特番だったらやっぱり、指揮者にも華がなくちゃいけませんやね」

「いやいや、実質、お飾りみたいなものだよ」

高尾は苦笑したが、満更でもなさそうだ。

明日の夜の特番は生放送。『ジャパン歌謡祭』の名のもとに、さまざまなジャンルの人気歌手が一堂に会する。

北山四郎、三木ひろし、森進吉、中尊寺京子や淡山より子といった大ベテラン勢をはじめ、南城広樹、野田二郎、神まさみの御三家や、林雅子、梅田純子、谷口桃代の若いトリオ。さらには、これまでテレビにはいっさい出ることのなかった某大物フォーク歌手も出演するとあって、高視聴率は今から約束されているも同然だった。

「うちからも万里子姐《ねえ》さんをはじめ、ピンキーガールズも出ますし、南城なんかは新曲ひっさげてトップを飾りますしね」

「うん、あれは、僕の曲じゃないにしてはなかなかの出来だねえ」

人の悪い冗談を言って、高尾が笑う。

ありがとうございます、と桐絵は横から言った。

「この子たちは、リハーサルから連れて行って隅のほうで見学させようと思っています。お邪魔にならないように気をつけますので」

「ああ、それはいいな。二人とも、しっかり見ておきなさい。生放送の緊張感を肌で味わうのも、いい勉強になるからね」

ミチルのほうはまた素直に頷き、真由はといえばやはり返事をしない。

が、先ほどまでと比べると、ミチルばかりではなく、真由の瞳までが輝きを増していることとに、桐絵は気づいた。

二人とも、ピンキーガールズの大ファンなのだ。それなのに、どうして仲良くできないものか。


「そりゃあ無理な注文やね」

ミチルは、口を尖らせて言った。

「うちは、うちがこの世でいちばんピンキーガールズを好いとぉと思うとるし、あっちはあっちでそう思うとるんやろう？　いっくらおんなじ歌手ば好きでも、それだけで仲良うなれたら、世界じゅうのどこの国も戦争なんかしよらんくない？」

言われてみればまったくそのとおりだった。

一日の終わりにはいつもこうして、桐絵がミチルを送って帰る。最近ミチルが寝起きするようになった女子寮は、『鳳プロダクション』の社屋から歩いて十五分ほどのところにあるしっかりとした建物で、防犯対策は万全だ。入口には守衛が常駐し、不審者が入り込むことのないように目を光らせている。

ちなみに、『鳳プロ』には男子寮も用意されている。こちらは、社屋を挟んで逆の方角に位置している。離れて建っているのは偶然ではない。いずれもうら若い、才能と容姿に優れた男女のこと、プライベートで触れあう機会が増えればどんな間違いが起こらないとも限らない。万が一にもそのようなことがあったら、こちらを信頼して預けてくれた親御さんに対して申し訳が立たない、というのが大鳥社長の考えだった。もちろんそこには、つまらないスキャンダルに邪魔されたくないという経営上の計算も働いているのだろう。

いま現在、女子寮には研修生が九名いて、文字通り同じ釜の飯を分け合って生活している。部屋は狭くともそれぞれに与えられているが、食堂は一つなのだ。

賄いのおばさんが作ってくれる食事がとても美味しいらしく、ミチルは毎日のように、今朝はコーンと溶き卵のスープをおかわりしたとか、昨夜のカレーライスが最高だったなどと桐絵に報告するのだった。

「今晩のおかずは何やろうか」

暮れかかる空に、細い三日月と宵の明星が光っているのを見上げながら、ミチルが呟く。後ろを歩く桐絵の目には、そのつむじのかたちまでが愛おしい。

「もうね、賄いのおばさん、あれは天才やないかと思うっちゃけど。出てくるもんがなーんでん、うまかよ。桐絵さんにも食べさせちゃりたか。っちゅうか、一人でもちゃんと食べとると？」

こちらをふり向くミチルのひどく心配そうな顔に、

「食べてる、食べてる。大丈夫だったら」

桐絵は思わず笑った。

こんなに年の離れた少女から気遣われてしまう自分が情けないが、同時に、胸の奥が温《ぬく》もる心地がする。

博多のライブハウスで偶然、ミチルを目にした夜のことを思いだす。圧倒的な才能を前に、雷に打たれたように全身が痺れ、どうしても忘れきれずに自腹を切って再訪した。レッスンひとつ受けさせてやれず、もしかして自分が前のめりに過ぎたのではないかと不安に苛《さいな》まれた時期もずいぶん長かったけれど——いま、誰もいない夜道を、初夏を感じる風に吹かれながら一緒に歩いていると、この先は悪いことなど起こらない、きっといいことしか起こらない、という闇雲な多幸感に満たされる。

「あのね、桐絵さん」

前をゆくミチルが、ふり向かずに言う。

「うん？」

「ひとつ、訊いてみたかったことがあるっちゃけど」

いつもと変わらない呑気《のんき》な口調だ。今度はいったい何を心配されるのだろうと思いながら、桐絵は訊き返した。

「なあに？」

「真由、さんのこと」

どきりとした。ミチルの口から、真由の話題が出たのは初めてだった。

「彼女が、どうかした？」

ミチルは、すぐには答えなかった。歩調を変えずになおも十歩ばかり進んでから、ぴたりと立ち止まる。

百メートルほど先に、寮の明かりが道にこぼれているのが見える。あたりにはシャッターの閉まった商店やマンションが並んでいるばかりで人けはない。

と、ミチルがくるりとふり返った。

「あの子って……ほんとは誰なん？」

思わず、

「えっ」

と声が出てしまった。

暗がりに立ちつくす桐絵をじっと見つめながら、ミチルが息を吸い込む。

「今日ね。真由、さんと峰岸さんが話しよるのが聞こえて……べつに、聞くつもりはなかったっちゃけど」

しばらく前に、桐絵自身が城田万里子に対して口にした言い訳とよく似たことを、ミチルは言った。ひどく言いにくそうに言った。

「……何を話してたの？　あの二人」

すでにおおかたの答えはわかっていたが、一応確かめるつもりで桐絵が訊くと、ミチルは目を落とし、ごついブーツの先で足もとの石ころをつついた。

「峰岸さんが、なんやったか、ちょっと厳しい小言ば言うたとよ。そしたらあの子が大声で『パパに言いつけてやるから！』って……」

桐絵は、げんなりして目を伏せた。思った通りだ。

「おまけに、『おじいちゃんにもね！』って追加で叫んどったけど」

もはや、ため息しか出ない。

「ちょっとね……」桐絵は口ごもった。「何ていうか、業界で力のある人なのよ」

「お父さんも、おじいさんも？」

「まあ、そういうこと」

ふうん、と言っただけで、ミチルはそれ以上は聞こうとしなかった。こちらが答えにくそうにしているのを感じ取ったに違いない。その勘の良さが不憫《ふびん》に思えて、桐絵は思わず言った。

「大丈夫。たとえ真由にどんな後ろ盾が付いてたって、ミチルの持ってる才能は、そんなものに負けるようなちっぽけなもんじゃないから。それはもう、ぜったい私が保証するから。業界がどうとか関係なく、あなたはまっすぐに自分の好きな歌を歌えばいいの。自信持ちなさい」

ミチルが、真顔でこちらを見つめる。桐絵の背後にある街灯がその黒い瞳の中に映って、小さいけれど強い星のような光を放っている。

「わかった」やがて、彼女は頷いた。「うち、時々、自分のことば全然信じられんような気持ちになるっちゃけど、桐絵さんのことだけは信じられるけん。桐絵さんが大丈夫って言うとやったら、大丈夫やね」

ニコッと笑ってきびすを返すと、再び寮の明かりに向かって歩き出す。

痩せて尖った肩、まだ頼りない腰、細くて長い脚と腕。

何やら甘酸っぱいような、たまらない気持ちが衝き上げてきて、

「ミチル」

桐絵は呼びかけた。

「うん？」

「……明日の歌謡祭、楽しみだね」

「うん！」

＊

リハーサルは本番を想定して、ほぼ同じ段取りで進められる。

舞台への登場の仕方、オーケストラの演奏が始まるタイミング、司会による進行やトークのカラミ、次への流れ。

特番となれば視聴率も高いだけに、失敗は許されない。ベテランの司会者も、オケを指揮する高尾良晃も、普段に比べると五割増しくらい張りつめた面持ちだった。

桐絵は真由とミチルを連れて、邪魔にならないよう舞台の下からその様子を見ていた。峰岸は、トップバッターで登場する南城広樹をはじめ『鳳プロ』のタレントたちに付いているので、少女たちの面倒を見る役目は桐絵に押しつけられたのだ。

一人、また一人と、名だたる歌手たちが舞台に現れてはきっちりワンコーラス歌い、プロデューサーやその他スタッフと細かい部分を打ち合わせてから下手へはけてゆく。

ミチルはもちろん、さしもの真由でさえも、目を輝かせ、口を半開きにしてその様子を見上げていた。これまでに彼女が立った舞台といえば、新人歌手スカウト・キャンペーンの東京本選だけなのだ。この先、近いうちに自分もあそこに上がるのかと思えば、見つめる目に力がこもるのも無理はなかった。

歌謡曲、フォーク、演歌……。

プログラムは、どれか一つのジャンルが何曲も続くことのないように、あらかじめ注意深く組まれている。

ちょうど今、舞台に立っているのは、城田万里子だった。本番の衣装は絢爛豪華な着物だが、リハーサルの間はブラウスにロングスカートといった軽装だ。カメラの位置を確認し、紙吹雪を降らせるタイミングについてプロデューサーと打ち合わせをする万里子を、ミチルが食い入るように見つめる。

さらに、ミチルと真由のどちらもが好きなピンキーガールズの出番は、この三組ばかり後のはずだ。城田万里子に続いて岸本浩二が派手な振り付けを披露し、前原つよしとドゥーワップスが出て、淡山より子がブルースを歌う。その後だ。

先ほどからだんだんそわそわし始めた二人を、桐絵は微笑ましく眺めた。

こうしていると、どちらの表情も年相応に可愛らしい。ずっとこうならいいのに、と思う。歌を聴くのが好き、歌うのが好き、という自分の気持ちに素直になれば、二人仲良く……とまではいかなくとも喧嘩ばかりする必要もなかろうと思うのに、うまくいかない。

と、その時だ。城田万里子と頭を突き合わせていたプロデューサーが、ふいに話を中断し、

「え、何だって？」

無線に耳を傾けた。イヤフォンに何か連絡が入ったようだ。

ひとしきり慌ただしいやり取りがあった後、彼は指揮者の高尾へと向き直った。

「すみません、先生。ピンキーガールズの到着がちょっと遅れるようなんですが、どうしましょうか。今だけ彼女たちの出番を飛ばして先に進めますか」

「いや、それは困るな」と、高尾が顔をしかめた。「飛ばすと後で混乱する。こっちは段取りを耳で覚えてるんだ」

「じゃあ、演奏はして頂くとして、立ち位置とカメラの確認なんかは、そうだな……誰かスタッフで適当に歌えるのいないか！」

周りを見まわして声を張りあげるプロデューサーに、

「あら、それならちょうどいいのがいるわよ」

城田万里子が言った。優雅な手つきで、舞台下を指さす。

「ほら、すぐそこに二人」

桐絵は文字通り、飛びあがった。まさかそんなばかなと思うのに、城田万里子の人差し指は、まっすぐ舞台下のこちらを向いている。

「あの子たちに歌わせるといいわ。うちのプロダクションからデビューする予定の二人なの」

ほう、とプロデューサーがこちらに向き直り、すぐ下にいる二人を見る。真由もミチルも、棒を呑んだように突っ立って固まってしまっている。

いきなり何を言いだしてくれるのだ、と桐絵は震えた。これはあくまでもリハーサルだし、舞台に立つのはオケやカメラが一応の感覚をつかむためであって、実際にテレビに映るわけではない。が、真由もミチルも、まだまだ未熟もいいところなのだ。人前で、しかも名だたる歌手たちの揃っている前で、歌を披露できるような状態にはない。

「城田さん、あの……」

桐絵は舞台を見上げて言った。つい、懇願するような口調になってしまう。

「お気持ちはありがたいんですが、さすがにこの子たちはまだ、」

「お気持ち？　何をばかなこと言ってんの」

ぴしゃりと遮られた。

「あなたたちのためなんかじゃないわよ。後学のために見学させて頂いてるんなら、隅っこに突っ立ってるだけじゃなくて、ちょっとくらい番組のために協力しなさいって言ってるの」

桐絵の隣で、真由がごくりと唾を飲みこむ。その向こう側に立つミチルもまた緊迫の面持ちだ。

「よし、わかった。じゃあ、そこのお二人さんに頼むとしよう。ちょっと待ってて」

プロデューサーが言い、また城田万里子との打ち合わせに戻る。

やがて万里子が下手へ去り、次の歌手が現れて歌いだす間に、桐絵はまず自分の気持ちを鎮めようと必死になって深呼吸をした。

こんな時に限って峰岸がいない。何かと腹の立つ上司だが、ふだんからけっこう頼ってしまっていることを思い知らされる。

「どうしよう」

真由がすがるような目を向けてくる。

「ねえ、どうする？　どうすればいいの？」

犬猿の仲のはずのミチルにまで話しかける。めずらしく素直だ。

下唇をぎゅっと嚙みしめていたミチルが、そちらを見て、次に桐絵を見た。

やがて、低い声で言った。

「やるしか、なか」

「ミチル」

「うん。こうなったら、うちらがやるしかなかろうもん。大丈夫、リハーサルやろ？　テレビに出るわけやないけん」

後半は真由に向かって言い切る。

そうこうするうちに、出番が来てしまったようだ。

「さあて、そこの二人。こっちへ上がってきてもらおうか」プロデューサーが手招きする。

「大丈夫、取って食いやしないよ」

声と口調は優しい。まだ十代半ばの少女たちを相手に、子どもをあやすように笑いかけてくれる。

「二人とも、ピンキーガールズの歌は知ってるだろ？　オケの演奏に合わせて、適当に歌ったりリズム取ったりしてくれたらそれでいいから。――さあ、ほら、急いで」

急いで、の言葉に、桐絵の身体は反応した。番組プロデューサーが急げと言ったら、それは絶対なのだ。出演者一人ひとりの都合など二の次だ。

思いきって、真由とミチルの背中を押す。

「さ、行きなさい」

「桐絵さん……」

「そうよ、大丈夫。あんたたち、ピンキーガールズの大ファンでしょ。こんなのって最高の機会じゃないの。せっかくだもの、うんと楽しんでおいで」

真由とミチルが、目と目を見交わす。この緊急事態を前に、初めて協力する気になったようだ。かすかに頷き合って、真由、ミチルの順に袖の階段を上がり、プロデューサーに手招きされるままステージ中央に並んで立つ。

まぶしいスポットライトの下、見た目の印象も、服装も、まったく違う二人が並ぶのを、桐絵は固唾を呑んで見つめた。勇ましいことを言って送り出したものの、今にも心臓が止まりそうだ。

こうなると、舞台の奥でオケの指揮をするのが、ふだんからなじみの高尾良晃であることがたまらなくありがたい。祈る思いで見上げる桐絵の視線を受け止めて、高尾が頷いてよこす。かすかに笑ったようだ。

観客席から向かって右の上手側に真由、下手側にミチルが立っている。背格好といい、見た目のコントラストといい、並ぶとちょうどバランスが取れている。

「もうちょっと、こっちへ寄ってくれるかな。はい、そこでオッケー」

二人に指図しながら、プロデューサーが袖へと呼びかけた。

「おい、ここバミっとけ！」

若いディレクターがビニールテープを手に飛んできて、二人の立っている足もとの床に小さい×印を貼りつける。

カメラに映りにくく、観客からも見えにくいその印は〈バミリ〉と呼ばれる。場を見る、からきた言葉かもしれない。生放送の開始より前にピンキーガールズが到着したら、立ち位置だけ確認してもらった上で×印を剝《は》がすのだろうが、もし放送開始後の到着となった場合は貼ったままだ。

こういうことはしょっちゅう起こる。桐絵自身、さまざまなタレントたちを送迎する中で何度も遭遇した。マネージャーや付き人がいる以上、タレント自身の理由による遅刻はむしろ稀《まれ》で、たいていは前の番組が押したり道路が渋滞していたりといった事情なのだが、一緒に移動しているとこちらまで胃に穴が開きそうになる。

息せき切って局や会場へ駆けつけ、ぶっつけ本番でステージ上へ出ていって、目の端でバミリを確認しながら最高のパフォーマンスを見せる歌手たち。

その姿を目にするたび、ああ、かなわない、と思う。年齢も性別も関係ない。何があっても尻込みすることなくスポットライトの真下へ出てゆけるという時点で、彼らはまぎれもなくスターなのだ。

マイクが二本、真由とミチルのそれぞれに手渡される。

プロデューサーがオケのほうをふり向いた。

「じゃあ、高尾先生！　お願いしますよ」

先ほどから、真由とミチルを眺めながらずっとにこにこしていた高尾が、二人に向かって人差し指を振った。

「きみたち、並び順はそれでいいのかな」

え、と二人がまた顔を見合わせる。

「逆のほうがいいと思うよ」

真由とミチルが、きょとんとした顔で、言われたとおり入れ替わる。

「よし、始めよう」高尾はおごそかに言った。「うまく歌おうなんて思わなくていいからね。ただ、できるだけ振りも付けて思いっきり歌ってくれると、僕らもカメラさんも、みんなが助かる。頼んだよ」

オケのほうへ向き直った高尾が、スッとタクトを振り上げる。振り下ろすと同時に、耳に馴染んだヒット曲のイントロが流れだした。

マイクを握った二人ともが、緊張の面持ちで、けれど少しはにかみながら踊り出す。

桐絵は、目を瞠った。まるでこの日のために練習してきたかのようだ。ステップも、手の動きも、振り付けを忠実になぞっている。

さらには歌いだしたとたん、周囲からどよめきと歓声が上がった。上のパートが真由、下がミチル、迷いもなく二声に分かれている。完璧なハーモニーと言っていい。

ピンキーガールズの二人のうち、観客席から見て左がユウ、右がマイ。マイのほうが低いパートを歌う。この並び順でなければ、真由もミチルも、こうまで迷いもなく自分の声に合ったパートを歌うことはできなかったはずだ。桐絵は舌を巻いた。高尾がわざわざ立ち位置を入れ替わらせたのはこのためか。

互いにタイミングをはかろうと、二人ともマイク越しに何度も目と目を見交わす。周りの歓声が届くたび、緊張がほぐれて笑みがこぼれ出す。

サビまで含めてワンコーラスが終わり、どちらもが名残惜しそうにマイクを持つ手を下ろしかけたのに、なんと、オケはそのまま続けて間奏を奏で始めた。おおー、と拍手が沸く中、高尾がニヤリとこちらをふり返り、戸惑う二人に向かって顎をしゃくってよこす。

はっきりと視線を交わし合った真由とミチルが、笑み崩れながら二番を歌い始めた。

信じがたい光景を、桐絵は息を呑んで見つめていた。まさかあの二人が——犬と猿とまで言われた真由とミチルが、ともに笑顔で歌って踊る場面がめぐってこようとは。

こんな奇跡のような出来事はもう二度と起こらない。後にも先にもこれっきりだ。間が悪いというのか何というのか、どうしてこういう時に限って峰岸はいないのか。あの尊大な男がこれを見たらどれほどびっくりしたことか、口をぽかんと開けてステージを見上げる横顔までありありと思い浮かんで、桐絵は、実際にそれを見られなかったことが悔しくてたまらなかった。

とうとう二番のサビまで完璧に歌い終えた少女たちが、演奏終了に合わせてぴたりとポーズを決めたとたん、周りから今日一番の拍手が湧き起こった。はにかみながら四方へお辞儀をする二人に、すごいすごい、良かったよ、とねぎらいの声も飛ぶ。

「ニクいねえ、高尾先生。フルコーラスのサービスとはこれまた」

プロデューサーが苦笑いしながらオケをふり向く。

「だって、きみたちも見たかったろう？　途中で止めたりしたらきっと大ブーイングだ」

指揮棒を手にした高尾が身体を揺らして笑った。

「二人とも、ご苦労さんだったね。素晴らしいパフォーマンスだった」

上気した頬の二人がそれぞれに強く頷いて、頭を下げる。

「ありがとうございました！」

「はい、お疲れさん」

もう下がっていいよ、とプロデューサーに言われて舞台袖の階段を下りてくる真由とミチルを、桐絵は両腕を大きく広げて迎えた。

「素晴らしかったわよ、あなたたち！」

「ほんと？」

とミチル。

「もちろんよ。二人とも、最高に光り輝いてた。見てて涙が出ちゃった」

「何それ、親戚のオバサンじゃあるまいし」

さっそく憎まれ口を叩く真由も、そのじつ、晴れがましさを隠しきれずに小鼻がぴくぴくしている。

同じ代役でも、他の歌手の代わりでは決してこうはいかなかった。二人ともが筋金入りのピンキーガールズ・ファンだからこそ、歌のパートも振り付けも完璧に覚えていて、皆の前で堂々と披露することができたのだ。

「あなたたちこそ、どうだった？」二人を見比べながら、桐絵は訊いた。「スポットライトを浴びてみた感想は？」

「楽しかった！」

と真由。

「もう、最高！」

とミチル。

満面の笑みのまま隣に立つ相手を見やったかと思うと、慌てたように表情を引っこめて、ぷいっと顔を背ける。

ふだんでも、せめてこれくらいの距離感でいてくれたらいいのに、と桐絵は思った。仲良くなれとは言わない。ただ、つっかかったり煽ったり、無視したり仏頂面でいるのをやめて、お互いの才能を認めた上で良いライバルになれたらいちばんいいのに。

と、そこへ峰岸がやってきた。服から、外の空気と煙草のにおいがする。どうやら持ち場を離れて一服してきたらしい。

「え、何かあったの?」

少女たちの間に流れる微妙な空気をとっさに感じ取るところだけはさすが……と、褒めていいのかどうか。

「来るのが遅いんですよ、いっつも」

桐絵の小言にきょとんとした峰岸は、真由とミチルを見やると、口をへの字にして肩をすくめた。


今をときめく歌手たちが総出演する歌謡祭を、リハーサルから本番までかぶりつきで観たことが、少女たちの意識を変えたのだろう。翌日のダンスのレッスンは、これまでとは見違えるほどに力の入ったものとなった。

真由は、代役で歌った歌の高音部のファルセットが綺麗に出なかったと言って、声を支えるための腹筋運動にふだんの倍ほどの時間をかけたし、ミチルはミチルで、振り付け通りに踊れはしたものの、ダンスのキレには満足いかなかったようだ。柔軟体操を念入りに行い、講師のあとについて何度もステップを練習していた。声と肉体、歌と身体能力は、思う以上に密接に関わり合っているのだ。

そして週が明けた。あれから初めての、高尾良晃のレッスンだった。

真由とミチルは、ともに遅れることなくレッスンスタジオに顔を揃えた。

同じく、めずらしく定刻に現れた高尾は、手前の調整室で待機していた峰岸と桐絵、それに少女たちを見まわして言った。

「四人とも、中へ入ってくれないか」

先に立ってスタジオに入ってゆく高尾に、真由とミチルが従う。その後ろに続きながら、峰岸が訝《いぶか》しげに桐絵をふり返る。桐絵は、黙ってかぶりを振ってみせた。

黒革のかばんをスタジオ内のピアノの上にのせた高尾が、中から白い紙をぺらりと取り出して全員に配る。手書きの譜面を複写したものだ。

新しい練習曲を用意してきたのかと思いながら目を走らせた桐絵は、ふと、眉をひそめた。

これは……？

「先生」

同じことに気づいた峰岸が先に言う。

「この曲は、いったい？」

「見ての通りさ。出来たてホヤホヤの新曲だ」

「しかしあのう、見たところ、パートが二つに分かれてますけど」

そうさ、と高尾は当然のように頷いた。

「彼女たち二人のための曲だからね」

『は？』

はからずも、桐絵と峰岸の声が揃ってしまった。信じがたいことを聞いた、といった面持ちの峰岸が、手にした譜面と高尾の顔を見比べる。同じことは当の少女たちにも言えた。真由もミチルも、ぽかんとした顔をしている。

「ちょっとよくわからないんですけども」咳払いをして、峰岸は言った。「この、二つのパートのうちの一方はつまり、コーラス部分ということですかね？　このパートを、真由のバックで踊る連中が歌うって意味でおっしゃってるんなら、うちのジュニアたちが務めることになるはずなんですが」

ジュニアというのは、『鳳プロダクション』が抱える研修生たちの呼び名だ。将来有望なタレントの卵や、デビューまでは望み薄な〈孵《かえ》らない卵〉たちを、一山いくらでステージに上げ、スター歌手のバックで歌って踊らせる。中にはめきめきと頭角を現して大きく羽ばたく者もいるし、たとえ芽は出ずとも我が子がそうしてテレビにさえ映れば、高い月謝を払っている親たちはとりあえず納得するという仕組みだ。

しかし高尾は首を横にふった。

「そうじゃない。二人のための、と言ったろう」

「とすると先生は、このパートの一方を、真由のバックでミチルに歌わせようとおっしゃるわけですか」

はなから反対する気満々で、峰岸が言う。

「いいや、それも違うよ」

苦笑した高尾が、ゆっくりと、しかしきっぱりと首を横にふった。

「どちらがバックでというのじゃなく、二人ともが対等に歌うんだ。そう、ピンキーガールズのようにね」

えっ、と息を呑んだのは少女たちだ。ミチルと真由が互いに目と目を見合わせる。今は、ぷいっと顔を背け合う余裕もないらしい。

「ちょっと待って下さいよ、先生」峰岸がますます気色《けしき》ばむ。「この夏にうちからデビューさせるのは、あくまでも〈小鳥真由〉ですぜ。この真由がピンで歌う、それはもう会社全体で意思決定していることであって、いくらデビュー曲を先生にお願いしてるからって、今ごろそんな勝手なことをおっしゃっちゃ困りますよ」

そうでしょう？　ねえ、と念を押すように言い、じっと高尾を見る。かなりの圧だ。

しかし高尾は、どこ吹く風と受け流し、さっさと一人だけピアノ椅子に腰を下ろした。

「なあ峰岸くん。きみは、この間の歌謡祭の時、リハーサルのステージを見ていなかったろう？」

「あ、それは、はい。すみません」

「だからピンとこないのかもしれないが、ピンキーガールズの代役を務めたこの子たちのパフォーマンスは、そりゃあたいしたものだったんだよ。放送されないのが惜しいくらいだった。彼女から聞かなかったかね」

と、桐絵を顎で指す。

「いや、話は後から聞きましたが、しかしそれは、言ってみればモノマネとしての歌唱やダンスであって、」

「違うね。僕が言っているのはそういうことじゃないんだ。いいかい、僕はあの時、通常ならワンコーラスで止めるところを、あえて二番まで演奏した。そう、貴重なリハーサルの時間をつかってね。どうしてだかわかるかい？　そうまでしてでも、彼女たちのハーモニーをもっと聴いてみたかったからさ。同じく、周りにいた連中がこぞって声援を送り拍手喝采したのだって、なにも可愛い女の子たちのモノマネがめずらしかったからじゃない。彼女たち二人のハモる声に、それだけの価値があったからこそだよ」

桐絵は、隣に立つ峰岸を横目で見やった。険しい顔で、むっつりと黙り込んでいる。

この夏に〈小鳥真由〉を大々的に売り出すことはいわば社命であり、プロデューサーとしての彼にとってみればさらなる出世への足がかりでもあるはずだ。それを根本から覆《くつがえ》すような提案に承服しかねるのも無理はない。

「改めて、はっきりさせて頂きたいんですがね。先生はつまり、この真由とミチルを、二人のデュオとして売り出すための曲を書いていらしたと。そういう理解でよろしいんでしょうかね」

「ああ、そうだよ」

高尾は、少女たちに目をやった。真由もミチルも最初の衝撃からは醒めつつあるのか、もうお互いの顔を見ようとはせず、微妙に顔を背け合っている。

「僕だって、二人が一緒に歌うところを実際に聴いてみるまで、声の相性があれほどいいとは思わなかったよ」高尾が続ける。「もっと早く気がつかなかったのは不覚だったが、こうなったらほっとく手はない。きっと素晴らしいものになる。大ヒット間違いなしだと僕は思うがね」

「いや、先生ね。何度も言いますが、そんな予定はないんです。これを作詞した中東《なかひがし》けい先生だって、真由をイメージして書いて下さったんだ。いいですか、お願いしたのはあくまでも、真由一人のためのデビュー曲なんですよ。こう言っちゃ何だが、先生、作曲家としての立場と権限をちょいと逸脱なさってやしませんか」

とたんに、高尾の顔から笑みが消えた。ピアノ椅子に腰掛けたまま、峰岸をじろりと見上げる。

「……ほう。要するに、わきまえろ、ということかね」

静かに寄せてくる迫力に、さしもの峰岸もたじろいだ様子を見せる。

「悪いが僕は、きみたちサラリーマンと違って、パワーゲームみたいなものにはまったく興味がないんだよ。ただ音楽にしか興味がない。いい歌を、それにふさわしい歌手が歌ってさえくれたなら他のことは正直、どうだっていい」

「しかし先生、理想論でしょう、それは」

「ああ、そうともさ。理想を語ってはいけないかね」

「いけなかないですけど、仕事は仕事じゃありませんか。こちらは先生に〈小鳥真由〉のデビュー曲を依頼して、確かに受けて頂いた。とすればこれは、ビジネスですよ。真由をピンで売り出すために、それこそ『ふさわしい』曲を書いて頂けないなら、つまるところ契約違反ってことだ。違いますか」

「なるほど？」

語尾を上げて言った高尾が、やれやれと苦笑を浮かべる。

「じゃあきみ、僕をクビにするかい」

「ご冗談でしょ。そんな『権限』は、俺にはありませんや。これはあくまでお願いです。気持ちの上では、丁重に頭を下げてお願いしてるんですよ」

「そうか。だったら、僕のほうこそお願いしようじゃないか。真由とミチル、デュオとしてのデビューを、いっぺん上に掛け合ってみてくれないかね。なんなら僕が直接、専務に話してもいいんだが、それこそ『立場の逸脱』になるだろう？」

そばで聞いている桐絵は、気分が悪くなってきた。どちらも乱暴な物言いはしないし大声を出したりもしないのに、飛び散る火花が見えるようだ。きりきりと胃が痛む。

まったく埒の明かない議論に、聞こえよがしのため息をついた峰岸が再び口をひらきかけた時だ。

「あたしはイヤよ」

甲高く強い声が言った。

真由が、腰の両側に手をあてて、高尾を、ミチルを、桐絵を順繰りに睨む。ついでのように、自分の味方のはずの峰岸までも睨みつける。

「あたしが、こんな田舎もんのへたくそと並んで歌う？　冗談じゃないわよ。一緒くたにされてたまるもんですか」

「そうだよなあ、そうだそうだ」

峰岸がおおげさに頷いてみせた。

「ほら先生、どだい無茶なんですよ。なんたって、本人の気持ちを無視するわけにはいかんでしょう？　真由だけじゃない、巻き込まれるミチルだって大迷惑だ。こんなに敵意むき出しの相棒となんか、うまくいくはずがないんだから。なあ、ミチル？」

初めてミチルの顔を覗きこみ、そして桐絵をふり返る。

「おい、キリエ。黙ってないで、お前も何とか言えよ」

「私は……」

声が、掠れた。

言いたい気持ちはあるのだが、ここでそれを口にするのは憚《はばか》られる。何を言っても、真由と峰岸に頭から否定されるにきまっているし、その言葉がさらにミチルを傷つけてしまうのではないかと思うと、不用意なことは言いたくない。

躊躇《ちゅうちょ》していると、すぐ隣で、当のミチルが息を吸い込む気配がした。

「うちは――べつにいいっちゃけど。一緒でも」

あまりにもびっくりしすぎて、桐絵は声が出なかった。かわりに、

「はあ？」

目を吊り上げたのは真由だ。

「ちょっと、何言っちゃってんの？　ばっかじゃないの？　あんたに選ぶ権利なんかないんだからね」

「でも、」

「でもじゃないわよ、引っ込んでなさいよ」

「でも、気持ちよかったけん」

ミチルが声を張る。

高尾も、峰岸も、食い入るように彼女を見つめる。

「気持ちいいって、何がよ」

「一緒に歌うのが」

「え？」

「真由……さんと、ステージでハモったあの時、悔しいっちゃけど、めちゃくちゃ気持ちよかったとよ。真由さんの声と、うちの声とが、混ざり合うっちゃなくて別々なんやけど絡まり合って、何ていうかこう、一本のロープのごとなっていって……それに引っ張り上げられるごとして、いつもはどうしても届かん空の上のほうまで昇っていける気がしたとよ。だけん……」

だから自分は、真由と組んで歌ってもかまわない。はっきりと意思を表明したミチルは、それきり再び口をつぐんだ。

「話にならんな」と、峰岸が言い捨てる。「ミチルお前、あわよくば一緒にデビューできると思ってるのかしらんが、そんな甘っちょろい考えでどうすんだ。お前はお前で、ピンで歌えるだけの力を付けろ。まずそれが先だ」

「ちょっと峰岸さん」

桐絵は思わず食ってかかった。

「そんな言い方ってないでしょう。ミチルが早くデビューしたいから言ってるなんて、本気で思ってるんですか」

「じゃあ何だってんだよ。うちからデビューしたいから上京したんじゃなかったのかよ」

「そうですよ。そうだけど、それとこれとは別だって言ってるんです。この子が真由とハモったら気持ちよかったって言うからには、掛け値なしにそうだったんでしょう。そりゃそうですよ、あの場にいなかった人にはわかんないでしょうけど、間近に聴いていた私たちは、それこそ一緒に雲の上まで連れてってもらえるような気がしましたもんね」

ピアノ椅子に座った高尾がじっと見ているのに気づいたが、口が止まらない。

「いいですか、峰岸さん。この子はね、音楽バカなんです」

真由はまたしてもこちらを睨んでいる。

「歌えればそれでいいんです。いつデビューだとか、ピンかデュオかとかそんなことは二の次で、とにかく思いっきり歌えて、歌うたびに今よりもっとうまくなることができたらそれで満足なんです。ほんとうに、ただもう音楽のことしか頭にないの。そういう意味では、要するに高尾先生とおんなじなんですよ。わかります？」

むっつりと黙り込んでいる峰岸の隣で、真由は苛立たしげに下唇を嚙みしめている。

彼女にしてみれば、まるでバックでダンスを踊るジュニアたちのように、一山いくらの特売にかけられた気分なのだろう。理解できなくはないが、それは相手を見て言ってもらいたい。意地など張っていてはもったいないほど、あのリハーサルの時の二人は輝いていたのだ。真由だって本当はわかっているのではないのか。自分の声がミチルのそれと絡まり合った時、どれほどの威力を発するか――。

ふいに、くっくっく、と笑い声がした。

峰岸がぎょっとなって、ピアノの前の高尾良晃を見やる。

「や、すまんすまん」

顔の前で手をふって、高尾はこみあげる笑いをこらえた。

「さっきのキリエくんの物言いが、今ごろツボにはまってね」

「え、何でしょう」

「ミチルは要するに僕と同じだと言ったろう。ははは、『音楽バカ』はよかったな。言い得て妙だよ、まったく」

「す、すみません！　あの、決してそういうつもりでは……ごめんなさい、失言でした」

「いやいや、いいんだ。まさしくその通りなんだから」

高尾は笑いをおさめ、そして再びまっすぐに峰岸を見上げた。

「なあ、峰岸くん。あんただってそうじゃないのかね」

「はい？」

「あんたがこれまで長いこと、ただ計算ずくでやってきただけなら、この業界で名物プロデューサーなんぞと呼ばれるまでになれるわけがない。ふだんどれだけ欲得で動こうが、収支にシビアになろうが、土壇場では音楽の前に膝を折ってしまう。好むと好まざるとにかかわらず、音楽の神にだけは背くことができない。あんたもそういう年月を経て、今ここにいるんじゃないのかい」

「……それは、しかし」

「あんたもそうだし、キリエくんだってもちろんそうだろう。僕はね、そういうタイプの人間がたまらなく好きなんだよ。また、この仕事に関わる以上はそうでなければならないと思っている。僕自身を含めてね」

高尾はそして、真由とミチルに目を移した。

「最後の最後まで儲《もう》けのことばかり考えて動くような輩《やから》は、生身の人間に関わっちゃならんのだよ。歌い手たちは一人ひとり、おのれの人生を懸けて舞台に立ってるんだ。僕たちが関わっているのは商品じゃない。音楽の女神ミューズに愛された選ばれし者たちであって、僕らはつまるところ、彼らへの奉仕者に過ぎないんだからね」

途中から、真由はうつむき、自分の足もとに目を落としていた。

見ればミチルもそんなふうだ。思い詰めた表情で、ピアノの横腹を見つめている。

「なあ、真由」

高尾が呼んだ。

真由は顔を上げない。

「リハの時、僕の目には、ミチルだけじゃなく、きみのほうもあの状況を愉しんでいるように見えた。声の伸びや、ダイナミックな表現も素晴らしかったよ。どう考えても、ミチルとの掛け合いで表に現れたものだったと思う。それからミチル、きみだってそうだ」

はっとミチルが顔を上げる。

「真由のきれいな歌い方に合わせようとして、きみもふだんより丁寧に歌っていた。粗っぽさが抜けて、音程も確かだった。二人とも、いつも以上の実力を発揮できていたわけだ。そのうち自分一人でも同じことができるようになるかもしれないが、現時点では、お互いに刺激しあったほうがぐんぐん伸びていくだろうと思う。だけどね、真由」

ようやく視線を上げた少女の目を見つめ、高尾は続けた。

「デビューについては、当初から、きみ一人でと決まっていたことだ。だから、きみがもしどうしても嫌だと思うなら、僕も無理強いはしない。上の偉い人たちがその気になって二人一緒にデビューしろと言いだしても、本当に心の底から嫌なら断っていい。僕は責任を持って、きみ一人のためのデビュー曲を別に書くよ」

真由の返事はない。口をへの字に結んだままだ。

「でもまあ、とりあえずこの曲を、二人でやってみるってのはどうだろう。レッスンのための練習曲だと思ってさ。何ごともそうだが、試しもしないうちからほうりだしてしまうのはつまらないよ。というか、このままじゃ、せっかくの僕の名曲が可哀想だと思ってくれるとありがたいんだが」

　ややあって、ふん、と真由が鼻を鳴らした。

「名曲、ね」

「そうさ。高尾良晃一世一代の名曲だとも。ゆうべ一晩かけて作ったんだ」

「へえ。たったの一晩」

「天才ってのはそんなものさ」

　真由が、肩でため息をついた。

　そして言った。

「……試しに練習してみるだけだからね。言っとくけど、こんな子を認めたわけじゃ絶対ないんだから」

ステージ7★やまない雨

いくつもの飛行機が並ぶ風景が、小糠雨《こぬかあめ》にけぶっている。どうやら梅雨に入ったようだ。

ガラス越しに眺めている間にも、機体の配置は刻々と変わる。いちばん遠くの滑走路に、空の彼方からまるで鳥のように軽やかに降下してきた小型機が無事着陸すると、入れかわりにジャンボ機が手前の滑走路の端へ向かってゆっくりゆっくり移動してゆく。

とても宙に浮くとは思えないほどの巨大な機体が、ぎりぎりまで力を溜めてから見事に離陸してゆくのを見送っていると、搭乗案内のアナウンスが流れた。

はっとなって搭乗口へ向かおうとした桐絵を、

「いいよ、まだ」

待合の椅子にだらしなく座っていた峰岸が止める。腕は隣の椅子の背にかけ、大きく股《また》を広げて、片足をもう一方の腿《もも》にのせている。いぎたないフラミンゴのようだ。

「でも、この便に乗るんですよ」

「慌てなさんなって。どうせ、金持ってる奴らが先に案内されるんだ。それから年寄りや車椅子や子ども連れ。俺たちはいちばん後さ」

たしかに、それはそうだ。

桐絵は仕方なく、峰岸の並びに腰を下ろした。

「なんで間を空けんだよ」

あんたの腕と足が邪魔だからだ。

「すいているので」

「ちなみにお前、荷物それだけ？」

「ええ」

「いっつも思うんだけど、なんでそんなに少ないの」

「だって一泊きりですよね」

「そうだけどさ。女ってふつう、もっと荷物多いじゃん」

「『ふつう』とか言うのやめて下さい。要らないものを持ち歩かない女性だっていっぱいいます」

「そうかね。俺は会ったことないけどな」

「つき合う相手が偏ってるからじゃないですか」

「……言うねえ」

苦笑いした彼が、ふっ、と鼻から息を吐いた。

搭乗口には、これから乗り込む人々の列が続いている。向かう先は福岡だ。以前、桐絵一人でミチルに会いに行った時は、なけなしの身銭を切っての旅だったから少しでも節約するべく列車に揺られるしかなかったが、今回は正式な出張ということで往復の旅費とも会社持ちだった。

列の残りが数人にまで減ったところで、

「さあて、そろそろ行くか」

峰岸がようやく腰を上げる。

先に乗り込んだ人々がそれぞれ、手荷物を頭上の棚にしまい終えて座った後で、通路を進むのは確かに楽だった。

チケットに記載されている自分の座席番号を確かめた峰岸が、その隣の席に中年の男性が座っているのを見て何か言いかける。

「あ、峰岸さん」

遮るように、桐絵は言った。

「じゃあ、後ほどまた」

「え？」

「私の席は向こうなので」

と後方を指さす。

「はあ？」

眉をひそめた上司が睨むのをさらりと受け流し、桐絵は五列ばかり後ろの窓側、品の良さそうな老婦人の隣に、

「すみません、失礼します」

と腰を下ろした。

チケットを予約する手間をこちらに押しつけたのは峰岸だ。隣同士の席など取るわけがないではないか。一緒に出張するだけでも気が重いのに、空の上でまでいちいち苛々したくない。

高度が上がってゆく間は少し気流が不安定だったが、雨雲の上に出るとすっきりと晴れていた。ひとしきり機内誌など眺め、この先の仕事のあれこれについて考えているうちに、いつのまにかずいぶん深く寝入ってしまったらしい。ドスン、という衝撃に驚いて目を開けると、すでに着陸していた。逆噴射の急ブレーキに、たちまち身体が前のめりになる。

降りる時だけは素早く立ち上がる峰岸をうんざりしながら見送り、桐絵は老婦人の後から

ゆっくり扉へ向かった。

「遅いんだよ、お前は」

飛行機を降りた通路の先、仏頂面で立っていた峰岸が言う。

「俺を待たせるんじゃねえよ」

「いっつも遅刻する人に言われたくありませんね」

「口の減らねえ女だな。行くぞ」

かばんを掛けているのと同じ側の肩に、脱いだ背広の上着をひょいと引っかけ、先に立って歩く。まるで三歩下がって歩いているかのように思われるのが癪で、桐絵は急いで追いかけると、その横に肩を並べた。


「また遠くから来てもろうてから、ありがとうございます。未散がすっかりお世話になってしもうて」

久しぶりに通された部屋、テーブルの向かい側から、美津代は深々と頭を下げた。

「いいえ、そんなこと……」桐絵は言った。「本来なら私のほうからもっと、お手紙なりお電話なり、ちゃんとご連絡差し上げなくてはいけませんのに、ごめんなさい。ついついミチルさんに頼ってしまって」

まだ幼いミチルの弟は、今日は奥の間で眠っているようだ。目の前には、美津代が淹れてくれた紅茶。桐絵とはテーブルの角をはさんで九十度の辺に、峰岸が座っている。

「大丈夫。あんた子から、様子はしっかり聞いとりますけん。桐絵さんがどれだけ良うして下さっとるか」

美津代が微笑む。

詳しい事情を知らされた上で改めて眺めると、初対面の時から感じていた独特の雰囲気についても、なるほどと合点《がてん》のゆく思いだった。

「周りの皆さんも、本当に親身に優しゅうして下さるって、未散がそりゃあもう喜んどります。本当に、お礼の言葉もなかとですよ」

面と向かって言われた峰岸が、

「あ、いやいや、そんなことは」

目を白黒させる。厚顔無恥を地でゆくこの男も、さすがに桐絵の見ている前で、ミチルの母親に恩着せがましい態度は取れずにいるらしい。

「や、じつは今日伺ったのはですね」

態勢を立て直そうとしてか、切りだしたのは峰岸のほうだった。

「ミチルさんのデビューが決まりまして」

「あん子が？」

おやまあ、と美津代が目を瞠る。

「そうですか。未散、そんなに頑張りようとですか」

「ええ、ほんとうに」

桐絵が答えようとするのを遮って、峰岸が続ける。

「まあ何と申しましょうかねえ。どういうわけかお宅のお嬢さん、『鳳プロ』がお世話になっている作曲家の高尾先生やら、うちのベテラン演歌歌手から、えらく気に入られましてね」

「演歌歌手……」

「名前ぐらいはご存じじゃないかな？　城田万里子っていうんですが」

桐絵はとっさに美津代の顔を見た。眉ひとつ動かない。おそらく、素人のど自慢から後のいきさつはもうすでに、娘のミチルから電話か手紙でたっぷり聞かされているのだろう。

しかし桐絵は、次に峰岸が何を言いだすか気が気でなかった。秘密の事情を知らせていないのだから致し方ないといえばそうなのだが、それにしてもあまりに迂闊《うかつ》すぎる上司に飛びかかって口を塞ぎたくなる。地雷原をスキップで横切ろうとしているかのようだ。

「ええ、城田万里子さんやったらもちろん知っとりますよ。そりゃあ素晴らしか歌い手さんやもんね」

　美津代は艶然と微笑んだ。

「ばってん、いったい城田さんは、なして未散のこつば気に入ってくれんしゃったとかいな。高尾先生っちゅう人にしたっちゃ、未散のどこば見て……」

「さあ、それが我々にもさっぱり」

　言いかけた峰岸を、今度は桐絵が遮った。

「ソウル、じゃないかと思います」

　つい大きな声になったせいで、美津代ばかりか峰岸までがびっくりしたようにこちらを見る。

「あの……前にここへ伺ったとき、たしか私、お話ししましたよね。ミチルさんの持っているいちばんの武器は、声とリズム感だっていうようなこと。覚えてらっしゃいますか」

　美津代が頷いた。

「よーく覚えとります」

「でも、」と桐絵は言葉を継いだ。「最近は思うんです。ミチルさんは声の質もリズム感も抜きん出ていますけど、それ以上に、彼女の歌にはソウルが……魂があるんだって。そこが最高の魅力なんだって」

向かいに座る美津代は黙ってこちらを見据えている。

「美津代さんも、ご自身でも歌われるからわかって下さると思うんですけど、技術は反復によって磨くことができますでしょう？　でもソウルばかりは、後からではなかなか自分のものにできない。正直、その歌い手が持って生まれた才能の部分が大きいんじゃないかと思うんですけど」

美津代がかすかに頷いた。

「まあ、そうやね。そうかもしれん」

「ミチルさんは、あの若さで、歌謡界の大御所を二人も惹きつけて味方にしたんですよ。何の下心も策略もなしに、ただ歌うことが好きなんだっていう想いひとつで。こういう言い方がふさわしいかどうかはわかりませんけど、やっぱり、血は争えないっていうか……引き継がれるんですね。凄いことだと思います。ほんとうに」

美津代が、じっと桐絵の目を見つめる。

桐絵が、まっすぐ美津代を見つめ返す。

女ふたりの間に何か言葉にならないものが行き交うのが、峰岸にとっては蚊帳《かや》の外に置かれたようで面白くなかったらしい。

「あのう、それでですね」

すぐにまた、遠慮のかけらもなく口を差し挟んできた。

「まあその、デビューといっても、ミチルさん一人でってわけじゃないんですよ。うちの秘蔵っ子と二人、デュオで売り出そうということになりましてね。この子がまた、昨年末の新人歌手の発掘キャンペーンで堂々グランプリを獲得した天才少女でしてねえ。ミチルさんも、いやあ運がいいと言おうか何と言おうか」

ずいぶん話を盛ってみせた峰岸は、なおも恩着せがましく続けた。

「ともあれ、この先、正式にデビューということになりますとですね。当のミチルさんは十六歳とまだ未成年ですので、まずは保護者である御両親から、それを了承して頂けるかどうかについてお返事を頂かないといけません。で、もしお嬢さんの芸能界デビューをご了承頂けるということであれば、我が『鳳プロダクション』との間で正式な契約書を取り交わす――とまあ、こういう決まりになっておりましてね。今日は、そのお願いに上がったと、そんなわけなんです」

えんえんと喋った峰岸のほうへ、美津代が、微笑しながらようやく顔をふり向けた。

「御両親って言われたっちゃ、困るとよ。未散の父親は、ここにおりませんけんね」

「ああ、これはすみません」

いま初めて失言に気づいたかのように、峰岸が苦笑する。

「や、うちとしましてはもちろん、お母さんお一人のサインでもまったくかまわないんですがね、もしご不安でしたら、どうでしょう。今現在の旦那様のサインも一緒に頂くというのでは」

何という失礼な言い草だ。さすがにその物言いはないだろう、と桐絵がたしなめようとしたとき、美津代が下を向いて、ふっ、と鼻から息を吐いた。

「……せからしか」

「え？」

峰岸が訊き返す。聞き取れなかったようだ。

すると美津代は、ゆっくりと一往復だけ首を横にふって、

「ちょっと待っとってくれんね」

椅子から立ち上がり、奥の間へ消えた。

引き出しを開け閉めする音が聞こえる。目を覚ました子どもの声と、それをあやす声も聞こえてくる。

やれやれといったふうに椅子の背もたれによりかかる峰岸から目をそらし、桐絵は、東京の寮に残してきたミチルを思った。一緒に暮らしていた間も口に出したことはなかったけれど、ほんとうはどんなに弟に会いたがっていることだろう。もちろん、母親にも。

ややあって、美津代は幼い息子を片腕に抱きかかえて戻ってきた。たしか、譲といったか。寝起きの目をごしごしこする仕草が可愛らしい。機嫌は悪くなさそうだ。

巻き毛で彫りの深い、どう見ても異国の血が混じった子どもを、峰岸が意外そうに見上げる。その峰岸と、手をふってあやそうとしている桐絵のちょうど真ん中に、美津代は黙って一枚の紙片を置いた。

峰岸がまず目を落とし、眉根を寄せた。

「何ですか、こりゃ」

桐絵も横から覗きこむ。

美津代が奥の部屋から持ってきたそれは、古い白黒の写真だった。

写っているのは三人の若い男女。印画紙の端は少し折れたりなどして傷んでいるが、ピントはしっかり合っており、人の顔まで鮮明に見て取れる。背景は、これは店のステージだろうか。真ん中で腰掛けている男は、長髪を後ろで一つに束ね、スーツに蝶《ちょう》ネクタイを締めてギターを抱えている。その両側に立った女性たちは、どちらもが髪を結い上げてロングドレスをまとい、それぞれ男の肩に手を置いてにこやかに微笑んでいる。

桐絵の鼓動が全力疾走し始めた。

「ほう。こりゃまた、ずいぶんと昔懐かしい感じの……」

峰岸が太平楽な感想をもらした。

「そうやね。もう、十七、八年前になるとやろうか」

息子を抱いた美津代が、もとどおり、桐絵の向かい側に腰を下ろす。

「あれ？　この左側は、もしかして……」

峰岸が、へえ、といったふうに美津代を見やる。

「ははあ、さっき樋口が言っていた、美津代さんも歌っておいでだというのは、この時代のことだったんですね」

違う、そうじゃない。美津代は今もなお現役で、夫とその友人が経営するジャズ・バーのステージに立っている。

訂正すべきかと思ったが、しかし当の美津代は否定しようともせず、微笑を浮かべて黙っているだけだ。

「いやあ、ちっとも変わってらっしゃいませんねえ。昔も今もお綺麗だ」ははは、と乾いた声で笑って、峰岸は写真から顔を上げた。「で？　これがどうかしましたか？」

いったいどれだけ鈍いのか。テーブルの下で脚を思いっきり蹴りつけたくなる。

「あのう、すみません」

たまらずに、桐絵はとうとう横合いから口を挟んだ。

「念のためにお訊きしますけど、この先のことって、私どもが伺ってしまって本当にいいんでしょうか」

言外の意味をこめて、桐絵は向かいに座る美津代を見やった。

「え、何？　何がどうしたって？」

わからない顔の峰岸が、二人を見比べる。

すると美津代は、息子を揺すってあやしながら、桐絵に、桐絵だけに言った。

「ありがとうございます。ばってん、お気遣いなく。あん人からは、とっくに許しばもろうとりますけん」

「許し？」

「あん子んことで、いざ正式に契約書ば交わす時が来たら、いちばん身近な桐絵さんと峰岸さんにはこのことば打ち明けてよか、と。ばってん、未散にだけは伏せとかないかんて言われとります。知らせるんは本人のためにならん、て。あん人とは、このごろ時々、電話で話しよるとですよ」

「……そうでしたか」

少しほっとして、桐絵は肩の力を抜いた。

「ごめんなさい、差し出がましいことを申しました」

「いえいえ、そげなことなんにも。桐絵さんは、マリちゃんから聞いたと？」

「はい。私から押しかけてお願いしました。すみません、勝手に」

「謝らんでよかよ。マリちゃんのほうも、やっと打ち明けられてほっとしたっちゃろう」

と――峰岸がごほんごほんとわざとらしい咳払いをした。

「ちょぉ」指の爪でテーブルを叩いてこちらの注意を引く。「なあ、おい、キリエって」

「なんですか」

「さっきからいったい、何を言ってるんだ？　話がさっぱり見えないんだが」

桐絵は、美津代とちらりと目を見交わした。ため息を、奥歯で嚙み殺す。

「ほんとうにわからないんですか」

「何が」

「写真まで見せて頂いても、まだわからないんですか」

「え、これ？　これがどうかしたかよ」

テーブルに置かれたままだった写真を、初めて手に取った峰岸が、顔を近づけてまじまじと眺める。そこでようやく、ぎょっとした表情になった。

「え？　ちょっ、待っ……うそだろ、ええ？　もしかして、この右側って城田万里子？」

今ごろか。そして、まだそちらだけか。

桐絵はうんざりしながら頷いた。「そうですよ、ええ」

「これって、いつの」

「だからさっき美津代さんがおっしゃったじゃないですか。十七、八年前だって」

「てことは何……まさかこちらでは、城田万里子と同じ店で？　そんな有名どころで歌ってらしたってことですか！」

先ほどまでの無関心ぶりはどこへ消えたのだろう。美津代も同じことを思ったか、ふっと噴き出しながら頷く。

「そういうことなら早く言って下さいよ」

峰岸は、やれやれと首を振りながら美津代に笑いかけた。

「なるほど、ミチルさんが才能豊かなのも当然ってわけですね。蛙《かえる》の子は蛙ってやつだ」

桐絵は、上司から目をそらした。あきれるのを通り越して、もはや憐《あわ》れみたくなってきた。

「キリエお前、いつから知ってたんだよ」

峰岸が恨みがましい目でこちらを見る。美津代の前だからこの程度で済んでいるが、ここを出たとたんにネチネチ言われそうだ。

「ついこの間です」

と、桐絵は言った。

「教えてくれたってよかったじゃないかよ」

「その話は後ほど。……それより、ちゃんと見て下さいよ、その写真」

「見たよ」

「もっとちゃんとです！」

不審げに、峰岸が三たび、写真に目を落とす。

今度は、前よりも長くかかった。

やがて、真顔のまま呟いた。

「——ちょっと待て」

写真が焼け焦げて穴が開くのではないかと思うほどまじまじと見入っていた峰岸が、やがて、顔を上げた。

桐絵を見、それから美津代を見やり、くだんの写真に目を落とし、また桐絵を見る。

それから、

「えええええっ？」

今ごろ大声をあげてのけぞった。

「……よかった」桐絵は言った。「これでもわからないようならどうしてやろうかと」

「いや、だってさあ、髭がないとまるっきり別人なんだもんよ！　今よりだいぶ痩せてるし」

　まいったな、と低く呻く。

　と――おもむろに背筋を伸ばして座り直した。

「ええと、お母さ……いや、篠塚さん」

「はい」

「お互いの理解に齟齬《そご》が生じないように、念のため確かめておきたいんですがね」

　美津代が再び、はい、と頷く。

「先ほど、契約書に今の御主人のサインを頂くのはどうかといった話をしていた流れで、わざわざこの写真を出してこられたということはですよ。つまり、その……。うーん、男の俺からは訊きにくいな」

　救いを求めるように桐絵を見る。お前がかわりに確かめろと言わんばかりだ。

　桐絵は、美津代と目を見合わせた。どちらからともなく苦笑する。

「理解に齟齬もへったくれもありませんよ」桐絵は言った。「峰岸さんが今思ってること、そのまんまです。蛙の子は蛙どころか、要するにサラブレッドだってことですよ」

　やがて、美津代の夫であり譲の父親であるランディが帰宅した。

こちらの顔を見るなりミチルの様子を尋ねた彼は、元気にしていると桐絵が告げると破顔して、ヨカッタ、ヨカッタ、と何度もくり返した。

「ツライコト・アッタラ・スグ帰ッテオイデ・ト伝エテ・クダサイ」

真剣な顔でそう言うランディを、美津代が苦笑いでたしなめた。

幼い譲がぐずりだしたのを機にいとまを告げ、表の通りへ出ると、峰岸はものも言わずに駅への道をずんずん歩き始めた。歩幅からして違うので普通に歩いていると置いて行かれるのだが、桐絵は、追いかけなかった。どうせ峰岸のことだ、泊まる宿がどこかなど覚えてもいないだろう。先に駅に着いたところで、手持ち無沙汰に待っているのが関の山だ。

はたしてその通りになった。駅前のガードレールに腰掛けて煙草を吹かしていた峰岸は、急ぎもせずに辿り着いた桐絵をじろりと見てよこすと、吸い殻《がら》を路上に捨て、黙って靴底で踏み消した。

夕方と呼ぶにはまだ半端な時間、西鉄《にしてつ》福岡、すなわち博多方面へ向かう電車はそこそこ空いていた。隣に座る峰岸は、疲れたのか車窓に後頭部を預けて目をつぶっている。

東京に比べると、季節の歩みはいくらか早いだろうか。以前、自腹でミチルに会いに来たあの頃はいちばん寒い時季で、風景はがらんとして殺風景だったのに、今は量感もたっぷりな木々の緑が陽射しに映えてまぶしい。電車の揺れに身を任せながらぼんやり眺めていると、

「ってことはさ」

目をつぶったままの峰岸がいきなり言った。

「ってことはあの母親、俺らがわざわざ報告に来るまでもなく、とっくに専務から聞いて知ってたってわけか。ミチルのデビューが決まったことも、一緒にデュオを組む真由がじつはどういう相手かってことも」

桐絵は頷いた。峰岸には見えていないことに気づき、声に出す。

「そうですね、ええ」

ちっ、と舌打ちが聞こえた。

「ったく……。たいした女狐《めぎつね》だぜ」

「そんな言い方はないんじゃないですか？　親御さんが何を知っていようといまいと、デビューより前にこちらから出向いてきちんとご挨拶をするのは当たり前……」

「誰があの女のことだって言ったよ。お前だよ、お前」

「え？」

「とっくに全部聞かされてたくせに俺には黙ってやがって……。おかげで赤っ恥かいちまったじゃねえか」

それに関しては確かに、言い訳が難しい。対抗意識や恨みつらみからわざと黙っていたわけではないにせよ、結果的には峰岸を蚊帳の外に置くことになってしまった。

「すみません」仕方なく、桐絵は言った。「私の一存で打ち明けていいほど軽い秘密とは思えなかったものですから」

「ふん。いつ知ったんだよ」

「素人のど自慢の、すぐ後です。高尾先生がミチルにレッスンをつけて下さることになって、お礼を言いに伺おうとしたら、たまたま……」

車内の他の乗客に聞こえないように低い声で話しながら、桐絵の脳裏に浮かぶのは、あの夜の城田万里子の横顔だった。初めて目にする頼りなげな表情。女同士の打ち明け話。

車内アナウンスが、次は西鉄福岡ぁ、西鉄福岡ぁ、と告げる。峰岸が、のっそりと窓から頭を起こした。

「要するに、あれだな。俺は、これまでにもそうとは知らずに、何べんも恥をかきまくってたってことだな。よりによって、当の有川専務の前でも」

否定はできない。男にとってはとくに、これからの出世に影が差すほどの失態と言っていいかもしれない。怒り出すのではないかと身構えたのだが、意外なことに峰岸がもらしたのは小言ではなかった。

「しょうがねえなあ」苦笑まじりにひとりごちる。「ま、しかしあれだ。お前のその、頑固なくらい口が堅いとこは嫌いじゃねえよ」

「……はあ、そうですか」

こんな時でも、ありがとうございますとは意地でも言わない桐絵を見て、ふ、とまた鼻から息を吐く。

「けど、もういいだろう。こうなったら、洗いざらい聞かせてもらうからな」

＊

真由のデビューは、十五歳の誕生日を迎える八月半ばと初めから決まっていた。

ただしそれは〈小鳥真由〉の名前で彼女一人だけがデビューする場合のことであって、ミチルと二人のユニットとなった以上、当然いくらか先延ばしになるだろうと桐絵は思っていた。

そうは、ならなかった。

アンビバレントな少女たち。

その名も『ティンカーベル』

この夏、鮮烈のデビュー！


抵抗むなしくさっさと先行情報が流され、こうなるともう後戻りはきかなかった。残すところ二ヶ月足らずしかない。真由とミチルのレッスン時間はさらに増えた。

結果として高尾は、ほぼ毎日のように『鳳プロダクション』に通いつめ、わずかな合間を縫って本業である映画音楽やコマーシャル用の作曲などをこなす羽目になっていた。

「いいさ。なんたって今がいちばん大事な時期なんだから」

恐縮する桐絵を前に、高尾は朗らかに笑って言った。

「彼女たちの将来はこれから大きく変わっていくんだ。ほんのわずかな選択の違いで結果には大きな差がつく。それを思ったら、とうに出来上がってる我々の都合なんか二の次だよ」

そうまでして自分たちに賭けてくれる気持ちは、やはり伝わるのだろう。さすがの真由も、以前に比べればわずかなりとも口答えが減ってきた。

ミチルもまた、高尾の前では思いきって歌えるらしい。合同レッスンよりも、それはとくに個別のレッスンの際に顕著になる。

おかげで付き添っている桐絵は、小一時間の個人レッスンが終わるたび、まるで短いライブ・ステージを見せてもらったかのようにぐったりするのだった。聴いているだけでこんなにくたくたになるのだから歌うほうはどんなに、と思うのだが、本人は逆に歌えば歌うだけ、身体いっぱいにエネルギーが満ちてゆくようなのが不思議だった。

変わってきたのはそればかりではない。博多から桐絵と峰岸が戻って以来、ミチルの顔つきが明らかに変わった。保護者である美津代が正式な契約書に署名捺印《なついん》をした、と聞かされたせいだろうか。まだ残っていた甘えが消えたばかりか、真剣を通り越して、時折、思い詰めたような表情を見せる。

「そこまで窮屈に考えなくていいんだよ」

高尾はなだめるように言った。

「もうちょっと肩の力を抜いていこう。でないとせっかくの歌までが小さく萎縮してしまうからね」

言われればミチルは頷くのだが、やはり頬のあたりが緊張したままだ。

「さ、次はビブラートだ。まずは顔をほぐして、それから喉をうんと楽にしてやろう。ああダメダメ、もういっぺん首と背中のストレッチからやり直し！」

声帯は、鍛えることができない。それ自体は筋肉ではなく、粘膜の襞《ひだ》だからだ。

が、声帯を動かす筋肉なら、鍛えることができる。声帯を閉じて地声を出す時に使われる〈閉鎖筋〉と、声帯を開いて裏声を出す時に使われる〈輪状甲状筋〉、この二つをそれぞれ鍛えてやることで、低音、中音、高音、すべての音域の歌声を強化できるのだ。

自分がどんな声を出した時に、どの筋肉が動いているのかをまず知る。次に、こんな声で歌いたいという目標を持って、そのためのトレーニングを積む。

声帯の振動によって生まれた音を、喉や鼻腔《びくう》で共鳴させられるようになれば、より良い声に変えたり、音を増幅させたりといったことも可能になってゆく。同じ裏声であっても、ファルセットと言われる吐息まじりの裏声で歌うか、息漏れのないはっきりとしたヘッドボイスを選ぶかによって、表現のニュアンスはまったく変わってくる。それらをどれだけ微妙かつ自在にコントロールできるかは、これはもう日々の鍛錬と経験に頼るしかない。

けれども——どんなにテクニックが抜きん出ていても、心の表現が伴わなければ歌は死んでしまう。歌詞を理解し、感情をメロディにしっかりと乗せたり、あえて控えたりすることができるかどうか。結局は、歌い手自身の経験の度合い、思索の深さ、世界への感度などがそのまま、歌を生かしたり殺したりするわけだ。


雨が降り続けて三日目の晩のことだった。

レッスンの後、いつものように桐絵が寮まで送っていく道すがら、ミチルが突然立ち止まった。

「え、どした？」

驚いて、しずくの滴る水色の傘を覗きこむと、彼女はU字形の柄をぎゅっと握りしめて言った。

「足りんとよ」

「え？」

「時間が、いっちょん足りんとよ」

切羽詰まった目をしていた。

「歌やらダンスもそうやけど、あん子が……真由が、いっちょん協力的やなかけん。無理たい」

梅雨はまだ明ける気配もない。降り続く雨ばかりか、むしむしとした空気が毛穴をぴたりとふさいで、皮膚呼吸できなくなりそうだ。

「大丈夫」桐絵は、あえて明るく声を張って言った。「そんなに先回りして心配しなくたって、いざとなれば何とでも」

「ならんとよ」

かぶせるようにミチルが言う。

「デビューなんて、しきるわけなかろうもん。生放送で失敗なんかしでかしたら、次はもうテレビに出してもらえんごとなってしまう。桐絵さんにもまた迷惑かけることになったら、うち、どげんしたらよかと？」

「気にしすぎだったら。ね、ミチル、そんなことには絶対ならないから安心して」

答えずに、ミチルが下唇を嚙みしめる。

正直なところ、意外だった。これまで見てきたミチルはどちらかといえば楽天的で、大舞台を前にするとむしろ闘志を燃やす性格だったはずだ。それがここへ来て急に、物事を良くないほうへ良くないほうへと考えては気を揉み、自分から不安の種を育てている。

「ほら、ミチル、のど自慢の時のことを思いだしてごらんよ。あの時だってあなた、大勢のお客さんの前であんなに堂々と歌えたじゃない。それもオケの伴奏さえなしに、城田さんの持ち歌をあんなふうにアレンジして」

「あん時は……」

ミチルは首を横にふった。

「あん時は、うち一人やったけん」

「え、一人で歌うほうがふつうは緊張するものじゃないの？」

桐絵は、びっくりして訊き返した。

「そりゃ、するっちゃけど……そのかわり、考えるのは自分のことだけでよかろ？」

傘の陰から、ミチルがちらっとこちらを見る。

「一人のほうが、気が楽たい。誰かと一緒やと、そん人が次にどう動きよるかまで考えらないけんし、それば先読みしてこっちも動かんといけん。お互いに協力する気があるとやったら別やけど、真由は……真由ばっかりは、ずっとあの調子やろ？　何ば考えとるか、いっちょんわからんもん。あん子の面倒は、うちには見きれん」

ミチルが黙ると、傘を叩く雨の音が戻ってきた。

後ろから車が来る。まぶしいヘッドライトに目を眇《すが》めながら、桐絵は彼女の肘をつかんで道の左端へ寄せ、自分の身体と折りたたみ傘でかばうようにした。

タイヤのはね上げた水しぶきがばしゃりと膝下にかかるのを見たミチルが声をあげ、

「桐絵さん、大丈夫？」

我に返ったように慌てる。

「何が？」

「何がって足！　今、濡れたろう？」

「ああ、だいじょぶ、だいじょぶ。何てことないわよ」

身を挺《てい》してでもタレントをかばうのは、これはもう習い性だ。考えなくとも勝手に身体が動く。車が突っ込んできても同じだったろうから、水しぶきぐらい屁でもなかった。

「さ、とにかく早く帰ろう」桐絵は、ミチルを促して言った。「だいたいね、こんな鬱陶《うっとう》しい雨の夜に考えごとなんかしちゃ駄目」

「え、なして」

「大事なことを考えたいなら、朝にしなさい」

先に立って歩き出しながら、元気づけるように声を張る。

「これって私の経験から言うんだけど、夜はね、考えごとには向いてないの。ぜひとも物思いに沈みたいって言うなら止めやしないけど、建設的なことを考えなきゃいけない時は、ぜったい朝のほうがいいわ。夜はむしろ、頭を休めるべき時間よ」

ミチルが、迷いながらも、うん、と頷く。

「今のあなたの話を軽んじてるわけじゃないのよ。大事なことだと思うから、明日また、ちゃんと聞く。約束する。だから今夜は、寮に帰ったらまずあったかいごはん食べて、ゆっくりお風呂に浸《つ》かって、ぎゅうっと目をつぶって寝ちゃいなさい。ね」

「……わかった」

寮の明かりが見えてくる。

「もう、ここでよかよ」

「そうはいきません。入るまで見届けなきゃ、私のほうこそ心配で眠れやしない」

守衛の常駐する玄関ホールまでしっかり送り届けると、桐絵は、明かりの下で傘を畳んでいるミチルの顔を素早く観察した。

どうやら大丈夫そうだ。まだ少し元気はないものの、先ほどの思い詰めたような目の色は薄まり、いつもの彼女に戻っている。

じゃあね、また明日、と手をふりかけた時、

「あ、桐絵さん」

呼び止められてふり向くと、ミチルは何か言いかけてやめ、うつむき、そして再び目を上げた。

「ごめんなさい」

「え、何が？」

「うちがさっき言うたこと。なんちゅうか、ちょっと嘘やったと思う」

「嘘？」

「ぜんぶが真由のせいみたいに言うてしもうたばってん、よう考えたら、あん子は関係なか。自信がなくなったんは、こっちたい。デビューできる気がせんのも、いっちょん時間が足りんのも、うちの問題ばい。ひとのせいにしてからごめんなさい」

小さく頭を下げる。

「ミチル……」

　つぶやくと、彼女はニコッと笑みを浮かべた。

「言われたとおり、今日はもうなんも考えんと寝るけんね。また明日、聞いてくれんね。あ、それと、桐絵さんのほうこそ風邪ばひいたらいかんよ」

　彼女のほうから手をふって、奥のエレベーターへと消える。玄関ホールが、しん、となった。

（やれやれ、逆に心配されちゃった……）

　苦笑しながら、桐絵はきびすを返した。降り続く雨の中を戻ろうと、再び傘を広げた時だ。

　だしぬけに、涙がこみあげた。

　じんじんと疼《うず》く鼻の奥の痺れを、大きく息を吸い込んでやり過ごしながら、

（ああもう、何よこれ）

　傘を後ろへ倒し、ぬるい雨を頬に受ける。

　どうしよう、こんなに愛しくなってしまって。タレントの身を案じる域を超え、まるで年の離れた妹のようにミチルのことが可愛くてたまらない。

　厳しい試練には遭わせたくない。できるだけ何ごともなくデビューさせ、歩く道からは小さな石ころに至るまで先回りして取りのけ、順風満帆に夢を叶えさせてやりたい。

しかし、そうした〈親心〉は必ずしも彼女のためにならないかもしれない。甘やかされるだけ甘やかされるうちに驕《おご》り高ぶり、謙虚さも努力も忘れて早々に芸能界から消えていった若いタレントたちを、これまで嫌というほど見てきた。まぶしい光が降り注ぐあのステージに立つ以上、試練はやはり必要ということなのだろう。

時に苦しい思いを味わったとしても、あの子なら大丈夫、と自分に言い聞かせる。ミチルならきっと乗り越えられる。

むしろ、強くならなければいけないのは自分のほうだ。失敗すらも黙って見守る強さ。転ばせないのではなく、転んだらすぐに手を差し伸べるのでもなく、彼女が自力で立ち上がるのを待ち、また歩き出せるように背中を押してやるだけの強さ。ミチルのことがほんとうに愛しいなら、自分こそ何ものにもめげないだけのしたたかさを身につけなくてはいけない。

さっき膝下にたっぷりとかかった水しぶきが靴の中に溜まり、一歩ごとにごっぽごっぽと音を立てる。そういえば子どもの頃は、自分から水たまりに入って靴を駄目にしたものだった。

濡れるまいと思うから、鬱陶しく思えるのだ。濡れて当たり前と思い定めてしまえば、雨もまた味わい深いではないか。

いっそやけっぱちのような勇ましい気分で、夜道を駅へと急いだ。

真由とミチル、二人の少女のデュオに「ティンカーベル」と名付けたのは、誰あろう、有川専務だった。

元祖「ティンカー・ベル」は背中にミツバチのような羽を生やした金髪の女の子の姿をして、輝く鱗粉《りんぷん》をまき散らしながら空を飛びまわる。気が強くて生意気で、やきもち焼きで乱暴者で、けれど愛するピーター・パンのためならばかわりに毒をあおって死ぬこともいとわない。つまり、少女特有の危うさと純粋さを象徴する存在が、「ティンカー・ベル」なのだ。

なるほど、真由とミチルの醸し出すアンバランスな雰囲気にはぴったりの名前だった。

「ティンカー・ベル、じゃなく、『・』なしのティンカーベルでいこう。縁起担ぎだよ。ピンキーガールズしかり、『・』はないほうが成功するぞ」

こちらは大鳥社長の鶴の一声だった。

いつのまにか、〈小鳥真由〉のデビューについては話題にのぼらなくなっていた。孫娘のソロデビューを楽しみにしていたであろう社長でさえも、今やティンカーベルの始動に大乗り気だ。

「並じゃないんだよ、あの人の嗅覚は」

レッスンスタジオの調整室、一人だけパイプ椅子に腰掛けた有川専務が言った。

「機を見るに敏というか、勝ち馬に乗るというのか……。要するに、真由一人よりもミチルとのデュオのほうが、〈売り物になる〉と判断したのさ。状況をとことん冷静に計算した上でね」

「けど、何つったって真由にとってはおじいちゃんでしょ」

峰岸が言う。こちらは桐絵の隣で立ったまま、パンチングボード張りの壁によりかかって腕組みをしている。

「しかも、こう言っちゃ何ですけど、真由は自分の一人娘が産んだ一人っ子、たった一人の孫ですよ。それにしちゃあずいぶんドライっていうか、情に流されるってことはないんでしょうかね、あの社長には」

「ないな」有川が苦笑をもらす。「ふだんはともかく、仕事が絡めば百パーセントあり得ない」

「はあ、そんなもんですかね」

「ま、だからこその『鳳プロ』だよ。社長にあのシビアさがなけりゃ、短期間でこの業界に一大帝国を築くなんて不可能だったさ」

そこは、第五スタジオだった。今日は入口の重たいドアもきっちり閉めてある。他の社員には決して聞かれるわけにはいかない話題だ。

「この際だもんで、はっきりさせといてもらってかまいませんかね」

峰岸が、有川を見おろす。立ち上がれば専務のほうがやや上背があるのだが、今はまるで峰岸に分《ぶ》があるかのような空気が立ちこめている。

「ああ、どうぞ」

「まず、話をきっちり整理しときましょうや。俺はこないだ、このキリエと一緒に福岡まで出かけて行って、えらい赤っ恥をかかされたんですよ。何せ、俺だけが蚊帳の外に置かれて、大事なことはなんにも聞かされちゃいなかったもんでね」

「うん。それについては申し訳なかった。謝るよ」

「美津代さんから、一応ざっくりと聞かせてもらいましたよ。とはいえ、あくまでざっくりでしたからね。それ以上の細かい事情については、後からこのキリエに説明させました。城田さんからいろいろと、博多にいらした当時の詳しいいきさつを伺ったって言うもんで」

峰岸がいくら嫌味な口調で押してみても、有川専務は動じない。長い脚を組んで座り、微笑を浮かべているだけだ。

桐絵は、男二人のそばではらはらしていた。峰岸に打ち明けたのは、じつのところ、城田万里子から聞いた話の全体からすればせいぜい半分くらいだ。あくまでもミチルに関係する事情だけを選んで話して聞かせた。

城田万里子と有川の間に、かつてどんな関係が結ばれ、どのような感情が行き交ったのかについては絶対に口を割らないと決めていたし、匂わせもしなかった。あれは、女同士の間で交わされた秘密の打ち明け話なのだ。こちらを信じて話してくれた万里子を裏切るわけにはいかない。

「ま、そんなこんなでね。おかげさまで、謎が解けましたよ」

峰岸の言葉に、有川専務が片方の眉を上げる。

「謎？」

「そうですとも。ミチルが……いや、こうなると、『ミチルさん』とお呼びしたほうがよろしいんでしょうかね」

有川は苦笑した。「ミチルが、何だと言うんだね」

「俺はね、ずっと不思議に思ってたんですよ。いったいぜんたいどういうわけで彼女は、あれほど泥臭くて味のある、本場顔負けのブルースを歌ってのけることができるんだろうってね。それこそ、ミシシッピで綿花摘みの農家にでも生まれ落ちたってんならわかりますよ。だけどあぁた、ミチルは生まれも育ちも博多でしょ？　それもあの若さで、いったいどうなってんだと。エタ・ジェイムズの生まれ変わりかよと。……しかし、おかげさまでやっと合点がいきました。母親が城田万里子と肩を並べるほどの歌姫で、おまけにあの名ギタリスト・ジョージ有川の落とし胤とあっちゃあ、どんだけ歌が凄くたって何の不思議もありませんや」

「……何が言いたい」

「要するに、この業界じゃ、ミチルの出生の秘密だけでも大きな売りになるってことですよ」

とたんに、有川の顔から表情がすうっと消えていった。

「どういう意味かな、それは」

「どういうもこういうも、そのまんまですけどね」

「つまりきみは、ミチルの素性を明かした上で売り出したほうが得策だと、そう言いたいのかね？　それとも、まさかとは思うが、この私を強請《ゆす》っているつもりかね」

ぎょっとなって、桐絵は直属の上司と専務の顔を見比べた。

峰岸は答えない。有川のほうもそれきり何も言わない。黙りこくって睨み合っている。

いくらここだけの秘密の話とはいえ、会社のナンバー・ツーに向かってこうまで強気に出て楯突《たてつ》くなんて、峰岸は何を考えているのだろう。このぶんではどうせ出世できないとでも思って自棄《やけ》になっているのだろうか。

「あの……いいですか」

深く考えるより先に口を挟んでしまったのは、峰岸をかばおうとしたからでは断じてない。沈黙の息苦しさに耐えきれなくなったからだ。

「ああ、もちろんいいとも」有川専務の顔がこちらを向く。「遠慮せずに言ってごらん」

これまで、会議の時などにいくら顔を合わせようが考えてみたこともなかったが、こうしていざ間近に相対してみると、有川専務の備えているカリスマ性のようなものがよくわかる。若い時分は、これがもっと粗削りで剝き出しだったのだろう。桐絵は思いきって切りだした。

「私は……出生の秘密を利用してタレントを売り出すやり方が、あざといとか、野暮くさいとか、いいかげん手垢《てあか》が付いてるとか言うつもりはありません」

「言ってるじゃねえかよ」

峰岸が嚙みつく。

無視して続けた。

「売り出し方については、すべての状況を考え合わせた上で、最も納得のいく方法を選べばいいことだと思っています」

「何だよ、賛成なのか反対なのかはっきりしろよ」

桐絵は、上司に向き直った。

「言わなきゃわかりませんか」

「あ？」

「もちろん反対ですとも。全っ然、納得できません。売り出し戦略がどうとかじゃなくて、今、問題はもっとずっと手前にあるんですよ、峰岸さん」

気圧《けお》されたように、峰岸が口をつぐむ。

「ミチルはね、ようやく自分の力で運をつかんで歩き始めたところなんです。真由みたいに立派な音楽教育を受けてない自分。真由みたいな綺麗な声も持っていなければ、音程のコントロールでも及ばない自分。一緒にレッスンすればするだけ、自分に足りないものが見えてくるんです。それはもう、否応なしに未熟さを突きつけられる。それでも彼女は、コンプレックスを逆にバネにして、もっとうまくなろう、いい歌を歌おうと努力してるんですよ。へこたれそうになるたんびに、ぐっと踏みとどまって笑おうとしてるんです。どうせ峰岸さんは知らないでしょうけど、ほんとに毎日毎日、朝から晩までけなげに頑張ってるんですよ彼女は。峰岸さんはどうせ知らないでしょうけど」

「二回も言わなくたって聞こえてるよ」

「だって本当に知らないでしょう？」

「だから何だってんだ」

「だからこそ、ミチルに真実を打ち明けることには反対だって言ってるんです。現時点で彼女は、真由の素性さえ知らないんですよ。それなのに、ミチル本人に自分の出生の秘密を知らせることが得策だとは、私にはどうしても思えません。今のあの子には何のプラスにもならない。自分が誰の娘であっても、それを笠に着るような子じゃないですけど、そういうことじゃなくて、思春期まっただ中の一人の少女にとって自分の父親が誰なのかを無理やり聞かされるっていうのは、ものすごく大きな衝撃でもあるんです。それがわかりませんか？」

「いや、俺はべつにさ……」

「少しは想像してみて下さいよ。タレントたちはみんな、機械じゃないんです。切れば血が出る生身の人間なんですよ」

「わかってるよそんなこた」

「いいえ、口で言うほどわかってらっしゃらないようだから言ってるんです。おまけに、ねえ峰岸さん、これは考えてみました？　ミチルの素性を売りにすれば、真由は、どういう反応を示すと思います？」

「いや、だから俺が言いたかったのはさ、」

「売り出し戦略として打ち出すのじゃなくたって同じことです。もしもミチルに出生の事実を明かせば、何かの拍子に真由の耳にも入るかもしれない。秘密なんて、そうそう守りきれるもんじゃありませんからね。あのプライドの高い真由が、そんなショッキングな事実を受け容れられると思います？　ミチルと自分が母親の違う姉妹だなんて。大好きなお父さんに自分の他にも娘がいたなんて。そんなことを真由が知ったが最後、これは賭けてもいいですけど、手がつけられなくなりますよ。『ティンカーベル』が空中分解するどころの騒ぎじゃない、『小鳥真由』としてのデビューだって一瞬でどこかへ吹っ飛びますとも、ええ」

とうとう息が続かなくなって、桐絵はようやく黙った。脳に運ばれるべき酸素が欠乏し、くらくらとめまいがして、慌てて手で壁を押さえる。荒い自分の鼻息が耳について恥ずかしい。

と、有川専務が息を吐くように笑った。

「いいのかい、峰岸くん。ここまで言われっぱなしで」

「言われっぱなしも何も……」峰岸が、心底うんざりした顔で有川専務を見やる。「口を差しはさむ暇なんか、一瞬だってなかったじゃないですか」

そして今度は、そのままの顔を桐絵のほうに向けた。

「ったく、女ってのはこれだから始末に負えねえ。一旦こうだと決めつけたが最後、人の言うことなんかさっぱり聞きゃしねえんだもんな」

桐絵は、乱れた息をようやっと整えて峰岸を睨み上げた。

「主語を大きくしないで下さい」

「あ？」

「『女ってのは』って何ですか」

「だってお前、女だろうが」

「そうですけど、私はべつに女代表でものを言ったりはしてないですよ。ミチルと真由について、あくまでも私個人の意見をお伝えしてるだけです」

峰岸が、チッと舌打ちをする。

「そういうところがいちいち可愛くねえってんだよ」

「ええ、望むところですとも。それより、私の言ったことに対してさっさと申し開きをして下さいよ。反論があるならいくらでも聞いて差し上げますから」

ぐっと詰まったきり、峰岸が押し黙る。

「さあどうぞ」

それでも何も言おうとしない。

こちらが言い負かしたといえばそうなのだが、少しも嬉しくなかった。この程度で引っこめるような意見なら最初から口に出すな、という腹立ちと、いや、腐っても峰岸、専務に楯突く以上は何か理由があるはずだ、という疑心とが入り混じる。

疑心は、期待に近い。ごくごくわずかにせよそうして期待してしまうということは、この男に対して自分はまだいくばくかの信を置いているということなのだろうか。いや、それはない。

と、有川専務が身じろぎをした。椅子に座り直すとともに脚を組み替える。

「なあ、峰岸くん」

「はあ」

「きみらの間で、こういうパターンはめずらしくないのかね」

「甚だ不本意ではありますが、しょっちゅうこんなふうですね」

「きみが何か言いだしては、樋口くんに怒られる、と」

「ま、たいていそうですワ」

「なるほど」ふっと有川が笑った。「きみたちは、あれだな。いいコンビだな」

思わず目を剝いたのは桐絵だ。

「ちょっと待って下さい。今、何ておっしゃいました?」

「似合いの組み合わせだと言ったんだよ。まったく息が合っていないように見えるのに、なかなかどうしてバランスがいい」

「お言葉ですけれど、専務。そのご意見には承服致しかねます」

「ははは、そうかね。まあいいさ。とりあえず、ちょっとわかった気がするよ。どうして峰岸くんが、何かというと相方にきみを指名するのか、」

「専務」

峰岸が、苦々しげに口を挟む。

「おっと、悪かった。これは言いっこなしだったか」

やや意地の悪い笑みを浮かべたのち、有川は再び真顔に戻った。

「さっきの話――真由とミチルのデュオを売り出すやり方についての話だがね。峰岸くんは、ミチルの出生を売りにしろという意味で言ったんじゃなく、つまりそれくらい危うい綱渡りだってことを言おうとしたんじゃないのかね」

峰岸は、あさってのほうを向いて黙っている。

桐絵は問い返した。

「危うい？」

「ああ。そもそも、真由にグランプリを獲らせて『小鳥真由』としてデビューさせる時点で、あの子が『鳳プロ』の社長の孫だという事実は明かせないことになった。客観的に見ても彼女が実力で頂点に立ったのは間違いないが、問題はそこじゃない。情報を世間に伏せた以上、バレれば出来レースと言われても仕方ないわけでね。おまけにそこへ、樋口くん、きみが博多からミチルを連れて来た」

「そ……それは」

確かに勝手な行動だった。自分さえミチルを連れて来なければ、真由はあのまま単独でデビューしているはずだ。

「いや、責めてるんじゃないよ。ミチルの素性について、きみは何も知らなかったんだし、私だって後から知ったことだしね。こんなめぐり合わせがあるものかと驚きはしたけれども、あれだけの才能だ。うちでなくともいつかはスカウトされただろうし、それはさすがに悔しい。せっかく関わった以上は何とかまっすぐ伸ばして表舞台に立たせてやりたいと思うさ。きみもそうだろう？」

「……はい。そう思います」

「しかし、秘密ってやつは、水みたいなものだからな。針でつついたくらいのほんの小さな穴からでも漏れていく。『鳳プロ』の中で事情を知っているのはごく少数だが、それでも、いつ外部に情報が流出したって不思議はない。実際にそうなった時に、いったいマスコミがどれだけ騒ぎ立てることか……。真由のグランプリについては『鳳プロ』も無傷じゃ済まんだろうし、何よりいちばん傷つくのは当の少女たちだ」

桐絵は、頷くしかなかった。何よりもそれがいちばん怖ろしい。

「それでもなお、『ティンカーベル』をこのままのかたちで始動させていいのか。出生の秘密を世間に明かさないなら明かさないで、彼女たちを最後まで守り通せるほどの態勢はほんとうに整っているのか。今のままではまだ見通しが甘いんじゃないのか。――峰岸くんは要するに、警鐘を鳴らす意味であえてああいう言い方をしたんじゃないかと思ったんだが、どうだろう。穿《うが》ちすぎかな？」

桐絵は、峰岸を見やった。相変わらず仏頂面のままだが、小鼻がひくひくしている。それこそ不本意だからなのか、それとも照れているのか、得意なのか、どれだろう。

ずいぶん長い沈黙のあとで、

「……まあ、その話はもう、それくらいにしときましょうや」

峰岸は微妙に目をそらして言った。さしもの彼も、海千山千の有川専務にはかなわないとみえる。

「とにかく俺は、というか俺だってね、あの二人のことは親身に考えてるんですよ」

横目で桐絵をじろりと睨み、皮肉な感じに口もとを歪めて続ける。

「そう、真由とミチルはいわば一蓮托生《いちれんたくしょう》、運命共同体ってなもんだ。どっちかが足をすくわれれば、もう一方も一緒に転んじまう」

二人三脚の競技が頭に浮かんだ。片方が脚をもつれさせて転び、もう片方がそれを支えられずに倒れる。

「問題は、二人ともがそれをまるでわかってないってことでね。今のところ、真由のほうは隙あらばミチルを蹴落とそうと思ってるし、ミチルだって何かあった時に真由をかばうつもりはなかろうし……」

乾いた笑いをもらし、峰岸は桐絵を、そして有川専務をじっと見た。有川のほうも、髭の奥で唇を引き結び、峰岸を見つめ返す。

「俺なんかが言うのもちゃんちゃらおかしいでしょうが、この先、降りかかる災厄から本気であの子らを守るつもりなら、よっぽど頑丈ででっかい傘が必要になりますよ。たったひとつの悪手で、『鳳プロ』までが一巻の終わりってことになりかねない」

ステージ８★重圧

「はいっ、イッチニースリーフォー、ニーニッスリーフォー……」

女性講師が、手拍子や曲に合わせて少女たち二人を指導している。

ダンスのレッスンスタジオは、歌のそれよりもかなり広い。その隅の椅子に、桐絵は座って待っている。

壁一面の鏡に、レオタード姿のほっそりとした少女たちが映っている。どちらの額にも汗の粒が光っている。

「音を聴いてから動くせいで遅れるのよ。自分の身体でビートを先取りして！」

講師の沢野《さわの》千佳子《ちかこ》が声を張りあげる。

「ほら、お互いを見て、もっと息を合わせて。さあ、サンニッスリーフォー、シーニッスリーフォー」

真由とミチルが、ともに笑顔で一曲を歌いきったことがたった一度だけある。そう、リハーサルでピンキーガールズの代役を務めたあの時だ。

——あれは、幻だったのだろうか。

桐絵は、こめかみを指で押さえた。

——それとも、奇跡は一度しか起こらないということなのだろうか。

今、鏡の前で踊る二人は、例によって互いに反目し合っている。真由のほうは相方から離れられるだけ離れてあからさまに顔を背けているし、ミチルはといえばそこまで露骨ではないものの、自分に割り当てられた振り付けを黙々と確認するばかりだ。

と、流れていた曲がふいに止んだ。沢野が、壁際に据えられたカセットデッキの停止ボタンをガチャンと押して止めたのだった。

二人の真ん中に来て、鏡を背にして立つと、沢野は厳しい声で言った。

「ちょっとあなたたち。いいかげんにしてちょうだい」

音楽の消えたスタジオの中は静まりかえっていた。張りつめた空気のせいで、酸素まで薄く感じられる。

ふだん、沢野千佳子はめったに声を荒らげることがない。講師としてはすでにベテランであり、レッスンに妥協はないが、高尾良晃と同じく、生徒たちを叱るよりは褒めて伸ばすことを信条とする指導者だ。

その沢野が今、両手を腰にあてて仁王立ちになり、厳しいというよりは険しい顔で少女たちを睨んでいる。

「あなたたち、やる気があるの？　ないの？　どっち？」

二人とも、答えない。答えられるわけがない。真由はぶすっとむくれた顔でそっぽを向き、ミチルのほうは気まずそうに立ち尽くしてうつむいている。隅で見ていた桐絵は、とても自分だけ座っていられず、そろりと椅子から立ち上がった。

「ねえ、わかってる？　『鳳プロ』のレッスンを、たとえ一時間でも三十分でもいいから受けたいっていうタレント志望者は、全国に山ほどいるのよ。今もどこかで一生懸命に努力しながら、いつかここへ辿り着くことを夢見てる人たちが、言葉は悪いけど掃いて捨てるほどいるの。あなたたちはね、二人とも、たまたまちょっとばかり才能があって、たまたまそれを見出されてここにいる。だけどそんなのは、それこそたまたま運が良かっただけのことよ」

壁一面の鏡に、少女たちの全身が映っている。二人とも身じろぎひとつしない。

「この際だからはっきり言わせてもらうけど、あなたたちより才能のある人はごまんといます。私がこの目で見てきたんだから間違いないわ。なまじっかなことじゃ、テレビに映るステージの真ん中になんて立たせてもらえない。たとえ勢いでデビューさせてもらったところで、人より光るものがなかったらあっという間に消えていくのよ。所属事務所から見切りをつけられるのに、そうね、三ヶ月、いいえ、二ヶ月もあれば充分ってところかしらね」

一言ひとことが鞭《むち》のようだ。

どちらの少女の顔も、心なしか青ざめて見える。沢野の怒りが本物であることが、ミチルばかりか、さしもの真由にさえ伝わっているらしい。

「椅子取りゲームなのよ、芸能界は。個性がどうとか言ったってね、その個性ですら相対評価なの。そら怖ろしいほどの才能を持ってる人が、同じくらい才能のあるライバルの何倍も努力することでようやくトップの座を守ってる、それがこの世界なのよ。わかる？　っていうか聞いてるの？」

ミチルがおずおずと目を上げ、こくん、と小さくうなずく。

真由のほうは相変わらず顔を背けたままだが、表情にはさっぱり迫力がない。

「それなのに、あなたたちときたらいったい何なの？　たまたま降ってきた幸運にあぐらをかいて、自分を高めることを怠けて……。お互いをライバルとしてさえ認め合えないなら、今すぐやめてしまいなさい。だって、どうせ無駄よ。今日みたいにいいかげんな態度で一日過ごせば、後から出てくる誰かにあっという間に追い越されるにきまってるわ。死にものぐるいでこの場所を目指してる人たちは、あなたたちを踏みつぶすのに遠慮も同情もするわけがないんだからね」

仁王立ちの姿勢から片側の脚へと体重を移し、ゆっくりと腕組みをする。その一連の流れだけでもバレエの所作のようだ。

「せっかくのチャンスをふいにしたいなら、止めやしないわ。ただし、とっとここから出てってくれない？」

鏡に映るミチルの顔に、さっと動揺が走る。

「その気のない人間に何を教えたって無駄。私に教わりたくない相手にレッスンをつける気にはなれないし、私のほうはあなたたち以外に教えてやりたい子がいくらだっているんだから、少しも遠慮して頂かなくてけっこうよ」

ミチルが、すがるような目で沢野を、そして真由のほうを窺う。

しかし真由は、頑《かたく》なにミチルを見ようとしない。下唇を嚙みしめ、顔を背けたままだ。

このままでは、真由が意固地になるばかりだ。彼女自身にとっても、そしてもちろんミチルとのデュオにとっても、いいことはたぶん何もない。

「先生」

桐絵は思いきって少女たちの背後から声をかけた。

沢野千佳子の顔が、いっさいの無駄なくこちらへ向けられる。

「ありがとうございます、先生」

「何が？　私、お礼を言われるようなこと今日はまだ何もしてないわ」

言外に、レッスンにすらならないと言われているのだ。

「いいえ、先生。こうして厳しいこともはっきり口にして下さる先生に出会えて、この子たちは幸せ者です。甘やかすばかりが愛情ではありませんもの」

「当然よ」沢野は眉根に皺を寄せて言った。「有川専務からもじきじきに頼まれたのよ、この子たち二人をしっかり見てやって欲しいって。磨けば光る、まだまだ伸びる子たちだからって。有川さんがそんなに言うんだから、本人たちもよっぽど真剣なのかと思ったら……」

あとは無言でため息をつく。

そこまで言われても、相変わらず真由はそっぽを向き、ミチルはうつむいている。桐絵は深々と頭を下げた。

「申し訳ありません。よく言って聞かせますので、今日のところはここまでにさせて頂けませんでしょうか」

「今日のところはも何も、この子たちが変わらないんだったら次はないわ。頼まれたって私は嫌よ」

「当然です」

即座に答えた桐絵を、沢野が意外そうに見た。〈そんなことをおっしゃらずに〉と泣いてすがると思っていたのかもしれない。

「おっしゃる通りだと思います。本気でデビューを目指す研修生がこれだけ沢山通ってくる中で、やる気のない人間のために割く時間なんてありませんものね。こちらは何も、頼んでレッスンを受けてもらってるわけじゃない。私だって仕事でもなかったら、こんな不心得でいいかげんな子たちの面倒なんか見たくありません」

ぱっと顔を上げたミチルが、鏡の中から今にも泣きだしそうな目をして桐絵を見つめる。

「――わかったわ」

沢野が、桐絵を見て言った。

「いいでしょう。このスタジオはたしか、今日はもう使う予定がなかったはずよ。あなたたちだけで、一度しっかり話し合いをしてちょうだい。次回の私のレッスンを受けるかどうかについてもね」

「はい、そうさせて頂きます」

沢野が、少女たちへと視線を移す。

「言っておくけれど、挽回するつもりがあるならチャンスはこれっきりよ。もしあなたたちが、この先一度でも今日と同じような態度を取ったら、私はその時点で帰らせてもらいます。

次はもうないから、そのつもりで」

言い終えると、沢野は椅子の背に掛けてあった上着を取り、バッグを手にスタジオを出ていった。歩き去ってゆく後ろ姿もまた、惚れぼれするほど美しく無駄がない。

最敬礼で見送った桐絵は、改めて少女たちに向き直った。

「さあ。二人ともこっちを向いて」

壁一面の鏡の中で、桐絵を含めた三人の視線が交叉する。

「何してるの。こっちを向きなさい」

強く声を張って言うと、まずミチルがくるりと、それから真由がのっそりと向きを変えた。どちらもさすがに気まずそうだ。

どう切りだすべきだろう。わがまま放題の真由を叱りつけたいのはやまやまだが、それをすれば彼女はますます頑なに閉じてゆくばかりのような気がする。

説教がしたいわけではない。目的は別にある。

いちか、ばちか――。

「ミチル。あなたいったい、どういうつもりなの?」

「……え?」

驚いた様子でミチルが顔を上げた。

どうして自分が咎められるのかわからない。ここで叱られるべきは、レッスン中もさんざんそっぽを向いて反発してばかりいる真由のほうではないのか。思いが全部、目の色に表れている。

「さっきから後ろで見てたけど、あなた、自分のことしか考えてなかったでしょう。沢野先生があれほど口を酸《す》っぱくして、『お互いを見て、もっと息を合わせて』っておっしゃっても、頑なに目の前の鏡しか見ようとしない。隣には真由がいるのに、気にするのは鏡の中の自分がうまく踊れてるかどうかって、そのことばっかり」

ミチルばかりではない。真由までが、いったい何を言いだすのかと、びっくりしたように目を瞠ってこちらを見ている。

「ご……ごめんなさい」ミチルが口ごもる。「でもあの、」

「何？　言い訳？」

「そうやなくて……」

「あなたはね、真由より二つも年上なのよ。デビューを間近に控えて、お互い不安なのは当然です。そんな時こそ、年上のあなたが真由を支えて励ますくらいのこと、どうしてできないの？」

ミチルの視線がしおしおと下がってゆくのを、桐絵は胸が潰れそうな思いで見つめた。ふだんは少年のように凛々しいまなざしから、みるみる力と光が失われてゆく。

「いい？　真由はね、ふだんは学校にだって通っているの。ただでさえ少ない時間をやりくりして、歌やダンスのレッスンを頑張ってるのよ。あなたはどうなの？　自分は恵まれてると思わない？」

「そ、それは……うちも思うとる」

ミチルの声がどんどん小さくなる。

「そうよね。そうでなくちゃ困るわ。真由みたいに宿題やテストがあるわけじゃないし、おまけにあなたはアルバイトもしないで済んでる。全国には、夢だけじゃ食べていけないからって、歌手を目指しながら必死に働いてる人たちが大勢いるわ。その点、あなたはどう？　一日のすべての時間を自分の夢のために使えるのが、どれほど贅沢なことかわかってる？　朝から晩まで、自分一人のことだけにかまけていられるのよ。それって誰のおかげ？」

「……き……桐絵さんと、」

「違います」

ぴしゃりと遮った。

「おばあさまの遺した大切な貯金を、美津代さんが娘のためにって託して下さったおかげでしょう？　歌手になりたいっていうあなたの望みを、何とかして叶えてやりたい親心よ。そのおかげであなたは今ここにいられるの。そうじゃない？」

今にも泣きだしそうな顔になったミチルが、こぶしをぎゅっと握って涙をこらえる。

「……そうです」

「だったら、あなたのするべきことは決まってるんじゃないの？　真由より年上なんだから、彼女のことをしっかりサポートして、デビューへの不安を逆に聞いてあげるくらいの気持ちがなくてどうするのよ」

我ながら、おそろしく無茶苦茶なことを言っている、と桐絵は思った。そんなことができるものなら、とっくに自分や峰岸がやっている。真由の不安を聞き出し、心の支えになってサポートしてやり、〈少ない時間をやりくりして頑張ってる〉彼女を褒めちぎっているだろう。それらすべてを拒絶し、壁を作っているのは真由自身だ。ミチルにどうこうしろというほうが、どだい無理な話なのだ。

うつむいたままこちらを見ようとしないミチルを、桐絵は今すぐここで抱きしめてやりたかった。あなたが傷つく必要はないはずなのに――こんな苦しい思いをさせるくらいなら、博多から連れて来なければよかった。頭のてっぺんのつむじまでが愛しい。

ふっと、先月の雨の夜のことが桐絵の脳裏をよぎった。

〈ぜんぶが真由のせいみたいに言うてしもうたばってん、よう考えたら、あん子は関係なか。

自信がなくなったんは、こっちたい。デビューできる気がせんのも、いっちょん時間が足りんのも、うちの問題ばい。ひとのせいにしてからごめんなさい〉

あの時、自分は何と言ってやったのだったか。

目の前のミチルを見つめる。

「ねえ、ミチル。あなたまさか、今のままでステージに立てるなんて思ってるわけじゃないわよね。少しは先回りして心配してみてちょうだいな。ぜんぶを真由のせいにばっかりしてないで」

ミチルの肩先が、ぴくっと震える。

祈る思いで桐絵は続けた。

「ふつうの神経があったら、今ごろすっかり自信をなくして夜も眠れなくなるはずよ。っていうかむしろ、大事なことなんだから夜通し悩んで考えて欲しいくらいだわ。デビューまで、もう本当に時間が足りないのよ。あなた流に言うなら、『いっちょん』足りないの」

ゆっくり、というよりはおそるおそる、じわじわと顔を上げた彼女が、ようやく桐絵の目を見る。

「お願い、わかって」

桐絵は言った。

「今、ここが、あなたたちの正念場なのよ」

答えて何か言おうとしたミチルの唇が激しくわななき、言葉にならない。その目に、水っぽいものがいっぱいに溜まってゆく。

その時だ。

「やめてよ」

横から真由が言った。

「もう、いいったら。なんでミチルにばっかり、そんなしつこく言うわけ？　いくらなんでもかわいそうじゃない」

桐絵ばかりでなく、ミチルまでが、あっけにとられた様子で隣を見やった。およそ真由の口から出るとも思えない言葉に、今にもあふれそうになっていた涙まで引っ込んだようだ。

桐絵を睨みつけながら、真由がなおも言いつのる。

「もう子どもじゃないんだし、わざわざミチルに悩みを聞いてもらったり、いちいち支えて励ましてもらったりしなくたって、あたしはあたしでちゃんとやれるのよ。ばかにしないで」

「べつに、あなたを子ども扱いしてるわけじゃないわ。ただ、ミチルに、大人になってちょうだいと言っているだけ」

「同じことじゃん！」

真由が、だん、と片足で床を踏み鳴らす。興奮のせいで頬が上気している。頭の後ろでひとつにくくった髪が、ものを言うたび左右に揺れて、まるで怒った猫の尻尾のようだ。

(ああ——なんてきれいな子なんだろう)

桐絵は思わず見とれた。

グランプリを獲得したあの日から今日まで、真由を見てこんなふうに感じたことはなかった。目鼻立ちが整っているのはもちろん知っていたし、癇癪を起こすところだって何度となく見てきたけれども、こうして地団駄を踏んで怒っている彼女を美しいと思ったことは一度もなかったのに、いったい何が違うのだろう。

「年なんか関係ないわよ！」

真由は続けた。

「あたしはね、この世界を、ミチルなんかよりずっと長く見てきたのよ！　うんと小さい頃からね！　おじいちゃんの家来だと思ってた人がクイズ番組の司会してたり、パパやママの友だちが紅白に出て歌ったりしてるのをずっと、ずーっと見てきたの！」

機関銃の連射のように放たれる言葉の合間合間に、だん、だん、といちいち床が踏み鳴らされる。

「家の中とテレビの中がちっとも変わんなかった。あたしの誕生パーティにおじいちゃんが呼んでくれた人たちだけで、『ちょっとあり得ないくらい豪華な歌番組ができるね』ってみんな笑ってたくらいなんだから。そんなあたしが、なんでミチルに悩みを聞いてもらわなきゃなんないのよ。ふざけんじゃないわよ。この世界のことは、あたしのほうがミチルより、うううん、あんたや峰岸よりか詳しいのよ。わかる？　ねえってば、聞いてんの？　オバサン」

「ちょ、ちょっと待ってくれん？」

聞き捨てならないとばかりに遮ったのはミチルだった。

「桐絵さんのこと、あんたいったい何ちゅう呼び方しようとね」

「え、だってその通りじゃない」

真由が、キッと隣を見る。

「もう、お姉さんなんて年じゃないんだからさ。オバサンをオバサンって呼んで何が悪いのよ」

「けど、いくらなんでも失礼やなかと？　桐絵さんは確かにもうお姉さんやなかけど、オバサンじゃなか。まだ結婚もしとらんけん、オバサンじゃなかろうもん」

桐絵は、ゆっくり息を吸い込んだ。……ぐさぐさ来る。

「ちゅうか、年なんか関係なかって言うたんはあんたやろうもん」

「それとこれとは、」

「ちっとも変わらんばい。ほんとに関係なかって思うとやったら、桐絵さんのことも『オバサン』やのうてちゃんと名前で呼んでくれん？」

いつのまにか、少女二人が向かい合っている。さっきまでは互いにあれほど顔を背け、息を合わせて踊ることを全身で拒否していたというのに、丁々発止と争っている今は逆にぴたりと息が合っている。感情のままに言いつのる真由と、クールに諭すミチル。二人の声を聞いていると、まるでメゾソプラノとアルトの掛け合いのようだ。

「二人とも、落ち着いてちょうだい」

桐絵は言った。

「うるさいなあ、オバサンは引っ込んでてよ！」

「やけん『オバサン』はやめんしゃいって、『オバサン』は！」

いがみ合う真由とミチルが、いよいよお互いへと手を伸ばして取っ組み合いを始めそうになる。危ういところで間に割って入り、はいはいはいはいはい、とレフェリーよろしく二人を引き分けると、桐絵は真由の目を覗きこんだ。

「よくわかったわ。あなたの言い分はもっともだと思う。確かに、あなたが私より長くこの世界を見てきたのは本当のことだし」

　ふん、と彼女が顎を上げる。

「でもね、真由。じきに十五歳になろうっていう今ならともかく、まだ小さかった頃のあなたが子どもの立場で目にしてきたものと、私がプロダクションのマネージャーの立場で見ているものとはやっぱり違うと思うの。不本意だったかもしれないけど上の判断もあって、あなたたちはデュオとしてデビューすることになった。偶然にも、二人とも大好きなあのピンキーガールズみたいにね」

　桐絵は、ミチルへも目をやった。

「あなたたちはそれぞれに素晴らしいものを持っているけど、二人の声と魅力が合わさると、それが二倍どころか十倍にも百倍にもなるのよ。周りじゅうのみんながあなたたちに期待をかけているの。それはわかるわね？」

　ミチルが真剣に、ひたむきに、桐絵を見つめ返してくる。

　頷き返して、桐絵は再び真由を見やった。

「だからね、真由。あなたにお願いがあるの。力を貸して欲しいのよ」

「……え？」

「生まれた時からこの世界を見てきたあなたなら、もう、皮膚感覚でわかるでしょう？　スターってものがどういうものか……と同時に、いま進んでいるこれがどれほど特別なプロジェクトかってことも」

真由が、黙って上目遣いにこちらを睨んでいる。

「十五のあなたにこんなプレッシャー、本当はかけたくなかったけど、もう後がないから白状するわね。――真由。あなたの協力がなかったら、この計画は絶対にうまくいかないの。あなたたち二人が、ティンカーベルというデュオとしてデビューできるかどうかは、じつのところ、あなたの肩にかかってるのよ。だからこそ私は、さっきミチルに、年上のくせして相方を支えられなくてどうするの、って言ったの」

真由の唇が、一文字に引き結ばれてゆく。

「あなたたちを最高のスターにしたい。ロケットスタートでデビューしたら、その勢いのまま一気にスターダムへと駆け上がって欲しい。私たち周りのみんな、それだけを望んでる。最高の曲を高尾先生が書いて下さったんだから決して不可能ではないけど、そのためには何よりもまず、あなたたち二人ともがお互いを信頼することが必要なの。自分だけ良ければいいんじゃなくて、相手のために何ができるかってことまで考えられるようになったら、絶対すごいデュオになる。伝説の二人になれるわ」

いつしか、ミチルまでが、隣に立つ真由を見やっていた。その目から敵意は失《う》せ、今はどちらかといえば気遣わしげな視線を注いでいる。

「そういう境地を、見てみたくない？」桐絵は言った。「今、高いたかい山の頂上からたとえばピンキーガールズの二人が目にしている景色を、あなたたちもその目で見てみたいと思わない？」

変化は、真由にも現れていた。桐絵が最初に会ってからこれまでというもの、ほとんど常にその顔を覆っていた苛立ちや、怒りや、悔しさや嫉妬といった表情が薄まっている。どす黒い赤だった布地から少し色が抜けて、茜色に落ち着いたかのようだ。彼女が物事を真剣に考えている時の顔を、桐絵は初めて見た思いがした。

「ちなみに、このことはまだ伝えてなかったけど——来週の水曜に、大きなイベントが一つあります」

二人がぱっと目を上げる。

「イベント？」

と、真由。

「ええ。生放送だったこの間の歌謡祭ほどは大がかりじゃないけど、毎週の歌番組と比べてもかなりお金のかかった華やかなステージよ。今回もまた若手からベテラン勢までずらっと勢揃いするし、もちろんうちからも、南城広樹や城田万里子、ピンキーガールズといった面々が出演する予定です」

言葉を切った桐絵を、それぞれが食い入るように見つめている。

「五十五分枠の番組のために、約一時間半の公開収録があります。チケットはすでに完売してるそうだから、当日は一、二階席を合わせて二千人ものお客さんが入ることになるわ。あなたたちの役目は、放送される前の部分、つまり前座のステージで、新曲のお披露目をすることよ」

「なーんだ、つまんないの」と、真由が言った。「テレビに映るわけじゃないんだ」

口調こそ尊大だが、肩からみるみる力の抜けていく様子が安堵を物語っている。

「ええ、私もほっとしたわ。全国津々浦々にまであなたたちの恥をさらさずに済んで」

真由が思いきり嫌な顔をする。

「二人とも、いい？」

桐絵は厳しい顔を保って続けた。

「これだけは、はっきり自覚しておいて。今日の時点でのあなたたちを見る限り、歌も踊りも、完璧どころか、ひとまず社内でお披露目をするのにも程遠いってこと」

真由もミチルも、互いを横目で見やり、悔しそうに眉根を寄せる。

「前座、という役割のことを甘く考えるのはやめてね。よそのプロダクションだって、今いちばん力を入れている新人をそこへ投入してくるのよ。いざデビューすれば必ずあなたがたのライバルになるような歌手たちをね。言ってみれば、前座のステージは合戦場みたいなものなの。テレビに映る部分以上に、熱い戦いになるかもしれない。おまけに……」

桐絵は息を吸い込んだ。

「番組のトップバッターとして歌うのは、今回、ピンキーガールズに決定しています」

「えっ、ほんとに？」

「さっすが、すごかねえ！」

と、ようやく二人がはっきり目と目を見交わし合った。どちらの瞳もたちまち輝きを増す。

「だからこそ、あなたたちの責任は重大なのよ。前座の役割は、放送される番組に出演する先輩方のために観客を充分あっためておくことなんだからね」

真由とミチルがそれぞれに息を呑み、再び顔を見合わせる。

自分たちがその役割をきちんと果たすことが、後から本番の一番手として登場するピンキーガールズに気持ちよく歌ってもらうことにつながる。逆に言えば、自分たちが水準にも届かないようなパフォーマンスを披露してしまったら、その空気は後まで尾を引くだろう。そのことが、ようやく胸に落ちたらしい。

「私の言ってる意味、わかってくれた？」

桐絵の言葉に、それぞれが無言のまま、緊張した面持ちで頷く。

「じゃあ、その上で訊くわ。来週水曜日のイベント、二人揃って出る？」

ミチルが、真由へと顔を振り向ける。

真由が、ミチルを横目で見やる。

「死ぬ気で練習が必要よ。あなたたちが無理だって言うなら、うちからは代わりは出しません。どうする？　やるの？　やらないの？　どっち？」

重ねて訊くと、どちらもが桐絵を見た。

「やります」

「やるわよ。やればいいんでしょ」

よろしい、と桐絵は頷いた。

「それじゃ、沢野千佳子先生には私のほうから、今日のお詫びかたがた次回のレッスンのお願いをしておきます。……真由、ミチル、それでいいわね」

「はい！」

と、ミチル。

わずかに遅れて、

「いいわ」

と、真由。

「ダンスだけじゃなくて歌のほうも、本腰を入れてもらわなくちゃ間に合わないわ。高尾先生に、あなたたちが二人してやる気になってるって伝えていいのね」

「はい！」

「はい」

二人の声が、それなりに揃う。

それぞれの返事の声には高低とニュアンスの差があって、その差こそが耳に心地よい。早く、この二人のハーモニーがステージの上から響くのを聴きたい。

しかし、そんな日が本当に来るのだろうかと思うと、桐絵の身体の強ばりは解けなかった。何も進んでいない。これだけのことを二人に話してなお、今日のレッスンのふりだしに戻ることができただけなのだ。

胃の底が炙られる心地がした。

＊

生放送のシビアさに比べればいくらか気が楽とはいえ、二千人もの観客を入れてのステージである以上、段取りは必要だ。いや、何よりいちばん大事なのが段取りと言っても過言ではない。

よって、前座のリハーサルの段階から、プロデューサーやディレクターの指示は細かく飛んできた。

「いいか、お前たち。気持ちをしゃんと持つんだぞ」

舞台袖で、峰岸が言った。トップバッターのピンキーガールズも南城広樹も、それに城田万里子さえそっちのけで、とりあえず前座が終わるまではと桐絵ともども新生・ティンカーベルに付き添っている。

あたりには、ざわめきを通り越して、喧噪《けんそう》が満ちていた。

折り重なる幕、天鵞絨のひだを背にして立つ真由とミチルは、それぞれの衣装に身を包んでいる。本格的なデビューではないのだからと派手な衣装はあえて避け、真由は、フリルの付いた白いワンピースに、衿《えり》のあるデニムのベスト。ミチルはフリル付きの白ブラウスに真由と同じベスト、下は同素材のジーンズという格好だ。

が、揃っているのは衣装ばかりではなかった。二人ともに、楽屋入りからこちらまったく笑顔がないのだ。ふだんなら舞台度胸が据わっているミチルも、世の中などナメきっているはずの真由も、いつになく緊張しているとみえ、頰も口も強ばったままだ。

「お前たちなんかなあ、恵まれてるんだぞ」峰岸が、なだめるように続けた。「二人とも、こういう場が初めてじゃないだろ？　よりによって生放送の番組を、それもリハーサルから全部見学させてもらったんだからな」

「そうよ、自信を持って」桐絵も横から加勢した。「おまけにあなたたち、リハとはいえステージでフルコーラス歌ったんだから」

「そうだとも。その経験があるとないとじゃ全然違うぞ。見ろ、周りの連中を。ビビりまくってる」

言われても、真由もミチルも目を上げようとしない。蒼白い顔で、ケーブルが縦横に横たわる床ばかり見ている。

二人一緒というのが初体験だからだろうか。いや、もしかして先週の自分の説教が効き過ぎたかと、桐絵は臍《ほぞ》を噛む思いだった。

あれから、迎えに来た峰岸に真由を託して帰し、ようやく二人きりになったとたん――桐絵は、ミチルに向き直った。

〈ごめんね、さっきはあんなきついこと言って。嫌な思いさせたよね、ほんとうにごめんね〉

懸命に謝る桐絵に向かって、

〈ううん、平気。桐絵さんの考えは、ちゃんとわかっとったもん〉

ミチルは首を横にふったが、張りつめていた気持ちが急にゆるんだのだろう、その瞳にはみるみる水っぽいものが溜まっていった。

〈なーんも気にせんでよかよ〉

手の甲でぐいっと目もとを拭い、洟をすすり上げて、ミチルは言った。

〈うち、全部わかっとうと。……わかっとうはずやのに、ごめん、なして涙が出るとかいな。こっちこそ、ごめんなさい〉

とうとう、うええ、と顔をくしゃくしゃくしゃにしたミチルは、よろよろと桐絵に近づき、しがみつくようにして泣きじゃくった。震える身体を抱きしめ返す桐絵のほうも、涙をこらえるのに奥歯をきつく嚙みしめなくてはならなかった。

あの日以来、ミチルの頑張りは凄かった。

いや、彼女ばかりではない。真由もだ。

相変わらず二人が私用で口をきくことはまずなかったし、もちろん和気藹々《あいあい》というには程遠かったけれども、何はともあれ講師の指導に食いつき、受け容れ、すべてを自分のものにしようと懸命に練習してきたのだ。

「大丈夫だ。お前たちなら、やれる」

峰岸の言葉が、誰より桐絵にとって心強く響く。

「よそのプロダクションの新人どもが束になってかかったって、お前たちの歌にはかなわない。足もとにも及ぶもんか」

よそのプロダクションが、どんな新人を投入してきたかはわからない。何の根拠もないのにそこまで言い切れるのは、一種の才能かもしれない。

桐絵は、久しぶりに峰岸を尊敬のまなざしで眺めやった。

その時だ。真由が、うつむいたまま、ぼそっと何か言った。

「ん、何？」

「……ムリ」

「え？」

「ぜったいムリ。できるわけない」

真由の声が、いつもと違う。すでに半分泣きだしそうな、悲痛な声だ。

隣に立つミチルが、相方を凝視する。真由の気分に引きずられそうになるところを何とか踏みとどまろうとして、目尻が切れそうに吊り上がっている。

「おいおい何言ってんだ、お前。今さら泣き言なんか……」

「今さらとか言わないでよ！」

真由が顔を上げた。血の気を失った白い頬に、メイクによるチークだけが薔薇《ばら》色にのっているのが異様に映る。

「今さらも何も、あたしが何を言ったって聞いてくれなかったじゃない！　不満があるなら言いなさい、ちゃんと聞くからなんて言っちゃって、嘘ばっかり。最初っから二人ひと組でデビューさせることは決まってて、あたしの気持ちなんか全部、ただのワガママ扱いだったじゃない！」

それでなくともよく通る声が、周囲の人々をふり向かせる。

なだめようとすると、真由はますますいきり立った。

「何よ、どいつもこいつもミチルの味方ばっかりして！　どうせこの子は巧いわよ。歌に心もあるわよ。えーえ、あたしなんかと違ってね！」

びっくりどころか、度肝を抜かれた面持ちで、ミチルが真由を見つめる。

「ちょ、真由、ちょっと落ち着け。とにかく落ち着け」

狼狽えた峰岸が、両手を下に向けて押さえる仕草をする。

桐絵はまた、ぎりぎりと絞り上げられるような胃の痛みを感じた。

「だいたい、誰がお前よりミチルのほうが巧いなんて言ったんだ？」

峰岸が、おもねるように真由に言い聞かせる。

「高尾先生だって、いつも言ってらしただろう？　お前たちは、一人よりも二人のほうが、魅力がもっと増すんだ。二人でお互いのいいところを伸ばし合い、足りないところは補い合ってだな、」

「うるさいなあ！」

真由が、だん！　と足を踏み鳴らす。

「そんなのもう、耳にタコ！　要するに、一人じゃデビューできるほどの実力がないって言いたいんでしょ！」

「そういうことじゃないだろ、聞けって」

「よその新人がどれだけヘタクソだって、あたしたちよりはマシよ！　まさかこんな気の合わない相手と組まされてるわけないもの！」

あたりが、いったい何ごとかとざわめいている。

桐絵は、刺すような胃の痛みをこらえて真由と向き合った。開場の時間まで、あと数分だ。観客が入り始める前に、なんとか彼女を落ち着かせなければならない。

「いいからいっぺん黙って、深呼吸をしなさい」

桐絵は言った。とりあえず口をつぐんで唇を嚙みしめた真由に、それでいいのよ、と頷き返す。

「私たちが、あなたの言い分をちゃんと聞いてこなかったのは認める。聞いてたつもりでいたけど、確かに計画ありきで、あなたのことを癇癪持ちのワガママなお嬢さんだと思ってきたのは事実だわ」

「おいおいおいおいおい」

横で峰岸が慌てる。

「でもね、この一週間ほどはそうじゃなかったでしょ。あなた、これまでとは全然違う態度でレッスンに臨んでくれてたわよね。どんなに嬉しかったか。私はてっきり、あなたがティンカーベルとして頑張ってみる気になってくれたんだと……」

唇を噛みしめたまま桐絵の言葉を聞いていた真由が、ぎゅっと眉根を寄せた。

「……そうよ。その通りよ」小さな声になって呟く。「この一週間、毎日毎日、頑張ってきたわよ。何とかして、ステージに立っても恥ずかしくないくらいにまで仕上げなくちゃと思って、必死にやってきたのよ。だけど……」

自分の言葉に、自分でかぶりを振りながら続ける。

「間に合わなかった。あと三日あったらもしかしたら……って思うけど、どうしても、今日には間に合わなかった。ほんとはそっちだってよくわかってるくせに」

「ばか、そんなことあるもんか、何を言ってるんだ。二人とも最高の仕上がりだぞ」

大げさに褒めそやす峰岸から、真由はうんざりと顔を背けた。

「本気でそう思ってるんなら、あんたもう、この仕事辞めたら？　向いてないわよ」

『あんた』はおやめなさい」すかさず桐絵は注意した。「これでも一応、目上なんだから」

「一応、ってキリエお前……」

「じゃあ訊くけど、オバサンこそどう思うのよ」

と、真由。喧嘩をふっかけるような物言いだが、声がかすかに震えているのを桐絵は聞き逃さなかった。

「私？……それ、正直に答えていいの？」

真由ばかりか、ミチルまでが真剣な面持ちで頷く。

「そう。じゃあ言うわ」

キリキリを通り越してギリギリと痛む胃を手で押さえ、桐絵は息を吸い込んだ。

「私はね、真由。あなたが、ここへきてそこまで不安になるのも無理はないと思う。『最高の仕上がり』どころか、そもそもまだ仕上がってさえいないものね」

「おいおいおいおいおいおい」

峰岸が止めにかかるのを目顔で制し、桐絵は少女たち二人を正面から見つめた。

「この一週間のレッスンを通じて、あなたもミチルも、それぞれの技量はぐんとアップしたわ。ほんとうに、びっくりするくらい上達した。隅っこでずっと見守っていた私には、あなたたちそれぞれがどれほど努力したかよくわかってるつもりよ。どれだけ褒めても足りないくらいだと思ってる。でも、はっきり言わせてもらえば、一人ひとりはともかくとして、二人の息がぴったり合ったと感じられた例しは残念ながら一度もなかった。今までのところ、ただの一度もね」

さしもの峰岸までが、否定できずに押し黙る。開場の時間がいよいよ迫ってきたせいで、周囲のスタッフたちの声が荒々しさと厳しさを増してゆく。

「さあ、どうする?」と、桐絵は言った。「あなたたちがもし、どこかであと一度だけでも練習したいって思うなら、何とかするわよ。その間に峰岸さんがプロデューサーに掛け合って、順番を後ろへ回してもらえるかも」

「勝手に決めないでくれ!」

峰岸が悲鳴を上げた時だ。

「大丈夫ばい」

冷静な声が響いた。

皆の目が、ミチルに注がれる。

「今から練習なんかしたっちゃ、たぶん、何にも変わらんと思う。桐絵さん、今、うちら一人ひとりはともかく、って言うたやろ？　それってつまり、うちも真由も、それぞれは一応ちゃんと仕上がっとって、あとは息が合わんだけっちゅう意味たいね？」

「ええ。その通りよ」

「それやったら、いっそ本番に賭けたほうがよかよ」

ミチルは言い切った。

「うちら、歌やら振り付けはもう、完璧に入っとぅけん。これで、うちが真由んタイミングばちゃんと読んで、うちのほうも真由に目で合図するごとしたら、きっとうまくいく」

「そんなの、なんであんたにわかんのよ！」

真由がその場で苛々と足踏みをする。小さい地団駄だ。

「わからん」

「はあ？」

「わかるわけなかろうもん？　ばってん、どげんしてでもやるしかなか、責任重大なんやけん。ピンキーガールズのお二人にも城田の万里子様にも、気持ちよう歌ってもらえるごと、うちらが頑張らないかんっちゃけん」

真由がぐっと詰まる。

「大丈夫ばい。うちが合わせるけん」

「……え？」

「真由は安心して、思いっきり好きなごと歌って踊ればよか。うちがぜんぶ合わせるけん」

ベテランの出演歌手らには楽屋があるが、前座の新人たちにそんなものは用意されていない。

〈あんたたち、あたしのところで待っててもいいのよ〉

ついさっき通りかかった城田万里子が声をかけてくれたが、二人のかわりに桐絵から丁重に辞退した。厚意はありがたいが、今の彼女たちには周囲の誰にも気を遣っている余裕などないだろう。

開場のアナウンスが流れたのが、もう十五分ばかり前になる。二千もの客席がみるみる埋まってゆくのを、舞台袖、幕の陰に隠れてそっと窺っていると、

「なあ、ほんとに大丈夫かな」

すぐ後ろから峰岸がささやいた。

「あの二人、さすがにちょっとやばいんじゃねえか」

桐絵は返事をしなかった。今さら何を言っているのだ、と苛立つ。ちょっとどころか、たいへんに〈やばい〉。どんどん入ってきては席に着く観客たちの、期待に満ちた顔や、はし

ゃいだお喋りや笑い声……その一つひとつが今や怖ろしい重圧でしかない。

同じく舞台袖の奥まった物陰で、ミチルと真由はそれぞれ、自分の振り付けをくり返し確認している。会場に流れているＢＧＭにつられないよう両手で耳を塞ぎながら、その場で軽くステップを踏み、ここでターンして、顔の向きは……。

ミチルのほうは真由の動きを意識して懸命に合わせようとしているのだが、真由はまったく目を上げない。余裕がないのか、それともこの期に及んで意固地になっているのか、ひたすら自分の殻の中に閉じこもっている。

またしても胃がぎゅうっと絞られたように痛み、桐絵は、みぞおちを押さえて呻いた。

「どうした？」と、峰岸。「腹でも下したか」

「いえ、ちょっと」

ごまかそうとしたのに、

「おい、顔色悪いぞ」

なおも覗きこんできた峰岸が、ぎょっとした顔になった。桐絵の肘をつかんで自分のほうを向かせる。

「なんだお前。脂汗かそれ」

「ちょっと、胃が……。でも、今に始まったことじゃないので」

「いつからだよ」

峰岸に問われ、桐絵は渋々白状した。

「ここ二日ほど」

ほんとうは、先週からずっとだった。

一日、また一日とイベントまでの残り時間が少なくなる中、それぞれは一生懸命なのにどうしてもしっくりいかない少女たち二人を見守っている間じゅう、胃の痛みはじわじわと強く、鋭くなっていった。昨夜とその前などは、帰宅してからもひどい痛みが波のように断続的に襲ってきて、ほとんど眠れていない。だが、あの二人が耐えているプレッシャーに比べれば自分など――。

「大丈夫です。ただ単に、このところいろいろ続いたせいかと」

できるだけ不敵に微笑んでみせる。

「医者へは」

「そんなおおげさな」

「行ったのかと訊いてる」

「胃薬は飲んでますから」

峰岸が舌打ちを漏らし、大きなため息をついた。

「大丈夫ですったら。今はそれどころじゃないでしょう？　何をおいてもあの子たちのことを、」

「アホか。自己管理くらいちゃんとしろよ。お前が寝込んだりしたら、何ひとつ回らなくなるんだぞ」

あんたは何のためにいるんだと思ったが、言わないでおく。

「すみません」

「謝れなんて言ってない。とにかくちょっとでも休んでろ」

そばにあった技術スタッフ用のパイプ椅子を引き寄せ、桐絵の肩を押さえて無理やり座らせようとする。

「ちょ、もう、大丈夫だって言ってるじゃないですか。どこのマネージャーがタレントを差し置いて座ったりなんか……」

慌てて峰岸の腕を振り払い、桐絵はミチルたちのほうへ行った。じわじわと滲《にじ》む額の汗を、手の甲で拭いながら言葉をかける。

「さあ、そろそろよ、あなたたち」

真由がちらりとこちらを見て眉をひそめるのと、ミチルが声をあげるのとは同時だった。

「どうしたと、桐絵さん！」

「え、何が」

訊き返すと、ミチルが茫然と言った。

「顔が……真っ白ばい」

「そう？」

「ローソクみたい」

と、真由。

「きっと照明のせいよ。いいから、そんなことより本番に集中しなさい」

峰岸がそばへやってくる。よけいなことを言わせまいと、桐絵は急いで言葉を継いだ。

「わかってるわね。あなたたちは、五組いるうちの三番目、願ってもないポジションよ。前の二組の様子を見て、勘をつかんだ上で出られるし、たとえ万が一何か失敗したところで、後にまだ二組控えてるしね」

「まもなく一ベル、入りまーす！」

舞台監督の声がする。

開演五分前のベルが鳴り響く間にも、ふつふつと脂汗が噴き出す。鳴り終わるのを待って、桐絵は、食いしばった歯の間から言葉を押し出した。

「だから……とにかく、のびのびやればそれでいいのよ」

胃の痛みが強すぎて、こらえようとするとむかむかする。貧血だろうか、身体が冷たくなってくる。

何とか持ちこたえなければ。この子たちをステージへ送り出すまでは、平気な顔をしていなければ。

「真由はね、今だけでもいいから、ミチルのことを信じなさい」

脂汗が止まらない。

「ミチルは、真由のほうを気にしすぎて、自分……自分の歌が、疎《おろそ》かにならないように気を、つけて」

「桐絵さん、やだ、大丈夫？」

「――大丈夫。あなたたちなら絶対、うまくい……」

かくん、と膝から力が抜けた。

「おい、キリエ！」

峰岸の声が遠い。ケーブルの這う床が、怖ろしい勢いで近づいてくる。顔を打ちつけるより前に、視界が暗転した。

あれはたしか、小学六年生の体育の授業だった。

朝から体調が優れなかったが、桐絵はその日、無理を押して体操服に着替えた。学校一厳しい担任に、見学したいとは言いだせなかったのだ。

クラス全員で校舎の周りを走った。踵《かかと》に鉛が詰まったかのように重くて、腰もだるくて、脚が前へ出ない。

何周目かでグラウンドへ戻ってきた時、目の中で小さい光が明滅を始めた。チカチカとした光はすぐさま線香花火のように四方へ爆《は》ぜ、視界の周りから暗くなってくる。

どうしたんだろう、おかしい、気持ち悪い、寒い。ふらつきながらも懸命にスタート&ゴール地点までたどりつくなり、膝が砕けて座り込む。

猛烈にむかむかするし、全身の血が足もとへ集まってしまったようだけれど、まさか地べたに寝転がるわけにもいかない。尻をつき、抱えた膝の間に頭《こうべ》を垂れて目を閉じ、吐き気をこらえながら次から次へ湧いてくる生唾を飲み下していると、頭上で担任の声がした。

〈なんだお前、貧血か！〉

女性ながら男言葉で喋るその教師は、子どもたちから陰で〈ヤマンバ〉と呼ばれていた。

〈朝飯はちゃんと食べてきたのか！〉

桐絵はかろうじて頷き返した。食欲はなかったけれど、残すと母親が心配すると思って一生懸命に食べてきた。

〈なら、なんでこの程度走っただけで貧血なんか起こすんだ。生理中か？〉

聞きつけた周囲の男子たちが、奇声をあげて笑う。

〈ヒーグチーはセーイリ、ヒーグチーはセーイリ！〉

顔を上げられなかった。キィィィンと耳鳴りがして脂汗が噴き出し、下着や服を内側からぐっしょりと濡らした。身体中が冷たくなり、手足の先が痺れ、同時に猛烈な便意に襲われて、全身が地面にめり込んでしまいそうで……。

「……りえさん！」

水底にいるように、声が遠い。

「桐絵さん、しっかりして」

分厚い膜の向こうから聞こえてくる。

「大丈夫かな。医者呼ぼうか？」

知らない誰かの声に、

「いや、たぶん貧血だろう。もうちょっと待ってみる」

よく聞き知った声が応える。桐絵は呻いた。どこだろう、ここは。目が開かない。

「だけどひどい顔色だぞ。救急車でも呼んだほうがよくないか？」

救急車？　まさか、そんなものを呼ばれては困る。全身の力を振り絞って、まぶたを押し上げる。

「あ、気がついたか」

暗い天井がはるか頭上にあった。照明に熱せられた埃の匂い。現実がどっと戻ってくる。何たることか、自分は、本番の迫る舞台袖で気を失ったのだ。

壁際の床に寝かされていることにようやく気づく。いたたまれなさが押し寄せ、慌てて起きあがろうとすると、

「待て、もうちょっとじっとしてろ」

真上にあるのは峰岸の顔だった。その隣に、今にも泣きだしそうなミチルと、張りつめた面持ちの真由。後ろから番組ディレクターも覗きこんでいる。

「す……みません」

声を絞り出す。意識の回復とともに、ドリルを突き立てられるかのような胃の痛みも戻ってきたが、奥歯を嚙みしめてこらえる。

「こ、この子たちの出番は」

「まだだよ。今、最初のやつが出てったところだ」

桐絵はひとまず息をついた。

耳鳴りの向こう側に聞き覚えのない歌が流れている。前座のトップバッターはたしか、よ

く言えば母性本能をくすぐるタイプの細身の青年だった。頼りなさそうに見えるあの青年も、プロダクションの期待を一身に背負い、今はスポットライトの下、プレッシャーと懸命に戦っているのだ。

ティンカーベルの出番は次の次。あと十分もない。

桐絵は、寝返りを打つように身体を横に向けた。

「おい、じっとしてろって」

やけに心配そうな峰岸が鬱陶しい。その腕を押しのけ、手をついて上半身を起こす。脚を引き寄せて立ち上がろうとしたが、それ以上は無理だった。力が入らない。

あきらめて壁に寄りかかり、桐絵は少女たちを見上げた。

「二人とも、ごめんね。あなたたちの大事な時にこんな情けないところを見せて」

ミチルが、首が転げ落ちるほどの勢いでかぶりを振る。真由の白い顔からは何も読み取れない。ひとまず心配は去ったと判断したらしく、ディレクターが峰岸と頷き合って離れてゆく。

「ばってん桐絵さん、病院へ行かんでよかと？」

「大丈夫。こんなの、寝不足からくるただの貧血よ」

涙を溜めているミチルの横で、真由がふうっと息をついた。

「何よもう、いいかげんにしてよね。あたしたちにはいつも、体調管理がどうとかうるさく言ってるくせに」

「何ば言いようと！　うちらが心配ばっかりかけるけん、桐絵さんがこげんことになったんやなかと？」

「ううん、真由の言うとおりよ」

桐絵は割って入った。頭がズキズキする。耳鳴りは少しましになってきたが、手足の痺れはまだ取れない。

「ほんとにざまぁないわ。でもあなたたち、頼むから今は喧嘩しないで、よけいなことも考えないで、とにかくこのあとのステージに集中してちょうだい」

「桐絵さんは？」

「もちろん、ちゃんと見てるから」

ミチルが強く頷く。

と、隣へ顔を振り向けて言った。

「信じとーけんね、あんたンこと」

「……え？」

面食らった様子で、真由が眉間に皺を寄せる。

「うちは、あんたば信じて、あんたば頼りに、あそこに立つことしかできんっちゃけんね。あんたがいつもどおりに最高の歌ば歌《うと》うてくれたら、うちは絶対、何があったっちゃそれに合わせる。そこは信じてくれてよかけん」

ちょうどその時、観客席からのまばらな拍手が聞こえてきた。トップバッターの新人が歌い終わったのだ。

すでにスタンバイしていた男子四人のグループが、マネージャーと円陣を組んで「おう！」と気合いを入れ、ステージへと駆け出してゆく。入れかわりにふらふらとおぼつかない足取りで舞台袖へ戻ってきた青年は、出迎えたマネージャーの顔を見るなりうつむいて、ぽつりと何か言った。慰めるように肩を抱きかかえられ、外への通路へと向かう。誰もいないところで泣くのかもしれない。

桐絵たちが黙ってその背中を見送っていると、ふいに真由が小さく舌打ちをもらした。

「みじめよね」

峰岸もミチルも、壁にもたれて座り込んだままの桐絵も、息を呑んでその顔を見やる。おいおいそんな言い方は、と峰岸がたしなめるのを無視して、真由は言い放った。

「あんな姿をさらすくらいなら死んだほうがマシだわ。いいわよ、わかったわよ。やればいいんでしょ、やれば」

これまでそれなりに長く勤めてきたが、名のあるタレントのマネージャーをさせてもらえた例しはなかった。意見を述べたところで〈女の言うことなんか〉と取り合ってもらえず、手柄は片端から男に横取りされてきた。

それでも時間や気力は根こそぎ奪われるのだ。すべての物事がタレントを中心に回る日常では、自分の生活など無きに等しい。疲れ果て、いつしか笑い方さえ忘れた。いったい何のためにこんなことを続けているのか、そもそも何がやりたくてこの仕事についたのだったか、自分でもわからなくなることがしばしばだった。

でも――。

舞台袖の幕の陰から、桐絵は息を詰めてステージを見守った。

めまいをこらえてどうにか立ち上がったもののふらつき、かといって峰岸の腕にすがるのは業腹で、今もパイプ椅子の背につかまり立ちをしている。胃の痛みは、ますますひどくなっている。これはさすがに医者へ行かなければまずいかもしれない。

だが、なぜか辛《つら》いとは思わなかった。

ステージの上では今、揃いのデニムのベストをまとった少女たちがまばゆいスポットライトを浴びている。直前の男子四人組がなかなかの仕上がりで、一人目の青年の歌に緊張しきっていた客席が良い具合にほぐされていたのもありがたかった。最初のうち強ばっていた少女たちの顔も、観客の反応を受けてどんどん輝きを増している。

片方はまるで孵《かえ》ったばかりのヒナ鳥のように素直にこちらを慕い、もう片方は手に負えないほど生意気で――。しかし今となってはどちらもが可愛くてたまらない。あの子たちを乗せた舟の帆に風を送るためだと思えば、たとえ自分の生活を奪われようが、倒れるほど疲れきっていようが、笑うことを忘れたりはしないと言い切れる。

身の裡にみなぎるこの力をいったい何と呼ぶのがふさわしいのか、桐絵にはわからなかった。もしかして人は、こういうものを、愛とか希望とか、生きがいといった名前で呼ぶのだろうか。

ワンコーラス目のサビにさしかかる。真由のどこまでも伸びる透きとおった高音と、ミチルの心地よく掠れたパワフルな声とが、重なり合い、絡まり合ったところで、間奏のダンスに入る。左右対称の振り付けがぴたりと決まり、客席から予定外の拍手が湧く。

何もかもがうまく進んでいる。そう、おそろしいほどに。

「なんとかこの調子でいってくれ……」

隣に立つ峰岸の呻くような呟きは、そっくりそのまま桐絵の祈りでもある。

椅子の背を握りしめている桐絵の後ろで、ふと空気が動いた。

「大丈夫よ、そんなに心配しなくたって」

驚いてふり向くと、城田万里子だった。すでにゴージャスな深紅のドレスに着替えている。

「何かやらかす時って、不思議と空気でわかるのよ」

「空気」

「そう、その人がまとってる空気。それとも、ステージに流れる〈気〉を感じるって言ったほうが正確かしら」

桐絵と峰岸の後ろから、同じようにして舞台の上の少女たちを見つめる。視線が、彼女にはちょっと似合わないほど優しい。

「長くこの仕事を続けてるとね、そういう勘が嫌でも身についてくるの。誰かが失敗する前には、あ、しくじる、ってわかる。自分自身のことでも感じるし、そうするとたいてい、音を派手にはずしたり、何もないところでつまずいたりするの」

桐絵に目を移し、城田万里子は苦笑した。

「まったく、なんて顔色してんのよ。無闇に心配したってしょうがないでしょ。あの子たちは大丈夫。あと二分もしたらきっと、片方は泣きそうな顔して、もう片方はえらそうに鼻の穴をふくらませて戻ってくるわ」

そうこうするうちに、ステージ上の彼女たちの歌は二コーラス目の直後のCメロにさしかかっていた。

多くの歌は、A・B・A・Bといった構造をしている。Bのメロディの部分がいわゆるサビだ。最後にBメロをもう一度くり返したり、わざとBのサビから入ってAに戻りまたBへ続くような歌もたまにあるけれども、歌謡曲で、しかも駆け出しのアイドルが歌う新曲で、三番目の旋律であるCメロへと展開するのはなかなかにめずらしい。いちばんの理由は、必然的に尺が長くなるからだ。

桐絵は、客席に目をやった。初めのうち、彼女たちの初々しさやダンスのキレに拍手を送っていた観客たちが、今は、呑まれたようにステージを見上げている。純粋に、彼女たちの歌そのものに心奪われているのだ。

「いい曲ね」

城田万里子がしみじみと言った。

「さすがは高尾良晃だわ。垢抜けてて、旋律だけ聴いたら洋楽みたい。それに二人とも、息がぴったりじゃないの。なんだか昔を思い出すわね」

一瞬、桐絵の脳裏に、若き日の城田万里子が、ミチルの母・美津代と並んで歌う姿が浮かんだ。

飴色《あめいろ》のカウンターが伸びる店内。グラスのきらめきと客たちのざわめき。一段高くなったステージはたぶん大きくはない、けれども演奏する面々はベテランばかりだ。髭のない若い顔はギターを抱えたジョージ有川で、肩寄せ合って歌う女たちの後ろ姿を眺めやりながら、それぞれの声と音の生み出すセッションに集中している……。

「懐かしいわ。いま思えば、あの頃がいちばん愉しかった」

苦笑した城田万里子が、ふいに両手を顔の前に挙げたかと思うと、ぱん、ぱん、ぱん、と拍手を始める。

桐絵ははっとなってステージを見やった。真由とミチルの二人がちょうど歌い終えて最後のポーズを決めたところだった。観客からも大きな拍手が湧き起こる。

客席に向かって深々とお辞儀をした二人は、四組目の新人演歌歌手がステージに現れるのと入れかわりに、それぞれに頰を紅潮させて舞台袖へと走って戻ってきた。片方は、安堵のあまり今にも泣きだしそうな顔で。もう片方は、興奮に鼻の穴をふくらませて。

「見てたわよ」

桐絵や峰岸よりも先に、城田万里子が口をひらいた。

「あなたたち、なかなかのものだったわ」

感激したミチルが、ありがとうございます、ありがとうございます、と半べそで頭を下げるのをあきれたように横目で見やった真由が、それでもさすがに、ぺこん、と会釈する。

「でかしたな」峰岸も言った。「正直、ここまでやれるとは思ってなかったぞ」

「何それ。信じてなかったの？」

いかにも心外とばかりに、真由がツンと顎を上げる。出番を待っている間あんなに自信喪失していたことなど、すっかり忘れたかのようだ。

「おうキリエ、何黙ってんだよ、お前も何とか言ってやれよ。二人とも、たいしたもんだったろ？」

頷こうとして、桐絵は異変に気づいた。まただ。息が吸えない。椅子の背を握りしめ、身体を支えた。

「もちろん信じてたけど、その何倍も素晴らしかったわよ」

それだけ言うのも苦しい。

「あたりまえでしょ」と真由が嘯く。「あたしを誰だと思ってんの？」

あまりの現金さに、皆があきれながら笑いだす。

沢山たくさん褒めてやりたい。なのに、声が出ない。みぞおちの奥がねじ切れてしまいそうにぎりぎりと痛み、口を動かそうにも顎が硬く強ばって、舌の両側から異様な量の生唾が濁流のように湧いてくる。

「桐絵さん、大丈夫と？　顔色がまた……」

「だ、いじょう、ぶ」

さっきと同じように耳鳴りがして、頭の血がざあっと足もとへ落ちる。ああ、駄目だ、ここでまた倒れたりして彼女たちに心配をかけたくない。懸命に目をこじ開けるのに、黒い斑点の散らばった視界が周りからどんどん狭まって暗くなってゆく。

がたーん、とパイプ椅子が倒れるのと同時に、くずおれた膝をしたたかに床に打ちつけていた。

「キリエちゃん！」

耳に届いたのは、城田万里子の声と、少女たちの悲鳴だった。

ステージ9 ★ 波紋

開け放したドアの外の廊下を、パジャマ姿の老人が点滴スタンドを押しながら通り過ぎてゆく。反対方向から来た白いサンダル履きのナースは、その五倍ほどのスピードでせかせかと歩き去る。

耳の遠い患者に、治療の説明をしようとして張りあげる声。一日三回の食事が配られる物音と、そのつど病室にこもってなかなか消えないぬるいにおい。毎日くり返される病院特有の営みを、桐絵はベッドの中からぼんやり観察していた。

問答無用で入院させられて三日目、治療のおかげで胃の痛みはだいぶ治まってきたが、今度はじっとしているのが苦痛でならない。朝から晩まで座る時間も惜しんで動き回るのが日常だっただけに、自分が今のいま誰かの役に立っていない、という状況が耐えられないのだ。

枕元のワゴンに置かれた丸っこい時計を見やると、午後四時だった。ミチルと真由は歌のレッスンを終えた頃だろうか。

昼過ぎまで、ここには峰岸が来ていた。見舞いになんて毎日来なくていいと言ったのに、一応はこれも上司の役目だからとかなんとかモゴモゴ言い、桐絵がちょっと起きあがろうとするだけで、動くな寝ていろとうるさかった。

ほうっておいてくれと、いつもなら遠慮なく言い放つところだが、今は強いことが言えない。あれは一生の不覚だった。舞台袖で再び倒れ、今度こそ救急車が呼ばれたらしい。担架で運ばれている途中で一度うっすらと意識が戻り、なぜかそばに付き添っている峰岸に、ミチルと真由に付いていてくれるよう懸命に頼んだのに取り合ってもらえなかった。

〈気にしなくていい。あいつらの出番は済んだし、後のことは加藤に任せてきたから〉

ディレクターの加藤は信頼できる男だが、あの二人との接点はこれまであまりない。桐絵がなおも不安を口にすると、

〈うるせえな。城田さんも付いててくれるってよ。お前は自分の心配だけしてろ〉

苛立たしげにそう言って、峰岸は当たり前のように一緒に救急車に乗り込み、病院まで付いてきた。

内視鏡での診断結果は、半ば予想していた通り、胃潰瘍《いかいよう》だった。

思えば、ミチルの口からめずらしく、〈真由と一緒にやっていく自信がない〉と弱音がこぼれるのを聞いたあの日から、桐絵の眠りは浅くなっていた。ティンカーベルとして初めて、

前座とはいえイベントへの出演が決まった時からはますます眠れなくなった。少女たち二人の努力が空回りするのを見れば見るだけ、胸の裡には焦燥が吹き荒れ、けれどそれを彼女たちに見せないようにと思うとそのつど胃がしくしく痛んだ。〈しくしく〉は〈きりきり〉に、そして〈ぎりぎり〉へと強まっていった。

舞台袖で二度までも貧血を起こしたのは、寝不足や疲ればかりでなく、傷ついた胃壁から出血していたせいもあったようだ。診察の後は、とりあえず空いていた個室のベッドに寝かされて、頭上にてきぱきと点滴がセットされた。

〈お前、自分で気がつかなかったのかよ〉

ずっと付き添い、診断結果も隣で聞いていた峰岸は、怖い顔で桐絵を見おろした。

〈医者が言ってたろ？　胃から出血するとタール便ってのが出るって。近頃、ウンコ黒かったりしなかったかよ〉

気づかなかったが、たとえ気づいていたとしても峰岸に報告する義務はない。言い返す気力もなく黙っていると、やがて、点滴に入っていた消炎鎮痛薬のせいか意識がもうろうとしてきた。

そのままずいぶん深く寝入ったようだ。朝の検温で一旦ナースに揺り起こされたものの、食事のかわりの点滴を吊るされるとすぐまた眠りに落ち、次に目を覚ました時には昼を回っていた。

壁際のパイプ椅子で、峰岸が脚を組み、腕も組んで居眠りをしていた。顎先が胸につくほど深く頭《こうべ》を垂れているせいで気道が圧迫され、小さな鼾《いびき》が漏れ聞こえてくる。

いつからいるのだろうと桐絵は思った。いつもの峰岸とは別の、見も知らぬ男がそばにいるかのようなのに、なんだか落ち着くのが不思議だった。

明けて、昨日はなんと、城田万里子が見舞いに訪れた。ごくふつうの服を着て病棟の廊下を歩いてくるだけで、患者や見舞客ばかりか、慣れているはずの病院スタッフまでがざわめいたという。

〈こういうことになるとわかってたから、あえてお前を個室にしてもらったんだよ〉

案内役と称してまたやってきた峰岸はまるで自分の手柄のようにそう言ったが、〈あえて〉というのはどうやら本当のことらしい。てっきり大部屋のベッドに空きがないせいだと思っていた桐絵が慌てていると、城田万里子に笑われた。

〈病人がそんなこと気にしてどうするのよ。大丈夫、労災も下りるはずだし、あなたはとにかくゆっくり寝て治しなさい。え？　会社に迷惑がかかる？　ばかねえ、常日頃はさんざん会社から迷惑かけられてる側じゃないの。言ってみれば名誉の負傷なんだから、こんな時ぐらい、遠慮なくふんぞり返ってりゃいいのよ〉

そうしておずおずとふんぞり返って、今日で三日がたつわけだ。

ミチルと真由の顔は見ていない。連れて来なくていい、と峰岸にきつく言ってある。運び込まれた時に比べれば痛みなどはだいぶ落ち着いてきたものの、そろりそろりとトイレに立てば、鏡にはげんなりするほど疲れた青白い顔が映る。こんな情けない姿を、少女たちに見せたくはない。会う時は気力の充実した状態で会いたかった。

とはいえ、入院に必要なものを揃えてくれたのはミチルだと聞いている。寮に入る前までは一緒に暮らしていたおかげで、顔見知りの大家さんに事情を話すとすんなり合鍵を貸してもらえたそうだし、下着や寝間着から歯ブラシの買い置きまで、迷うことなく探しあてることができたようだ。

ベッドの横の置き時計が、午後四時半にさしかかろうとしている。もうしばらくすれば、夕食の配膳が始まるのだろう。職業柄というべきか、常識に照らしてもかなり宵っ張りの桐絵にとって、病院の夜はおそろしく早く感じられる。

と、コンコン、と開いているドアを叩く音がした。

「はい」

桐絵の返事にひょいと戸口から顔を覗かせたのは、またしても峰岸だった。

いったい日に何度来れば気が済むのだろう。半ばうんざりし、それなのに半ば当たり前のように受け容れている自分にあきれながら、どうぞ、と返す。

峰岸は後ろをふり返って促した。

「ほら、入んな」

「え」

桐絵はぎょっとなって枕から頭をもたげた。彼の後ろに付いて入ってきたのは、ミチルと真由の二人だった。

見慣れたシャツとジーンズ姿でベッドの脇までやってきたミチルが、ものも言わずにいきなりぼろぼろ泣きだす。そこまでは予想の範囲内だったが、桐絵が驚いたのは、その隣で真由までが顔を歪めて泣きじゃくり始めたことだった。最初の数秒は嘘泣きかと思った。

「ごめんなさい」

「ごめんなさい」

二人の声がきれいにハモる。

「うちが、あんなに心配かけよったけん」

「違うわよ、あたしのせいよ」

「ばってん、年上のうちがもっとシャンとしとったら」

「違うってば、あたしがワガママばっかり言ったからでしょ」

我先に謝りながらも、相変わらず言い争っている。

あっけにとられて眺めているうちに、身体の奥底からサイダーの泡のようなしゅわしゅわしたものがこみ上げてきて、桐絵は思わず噴き出していた。腹筋がひくひくと動くたび、傷ついた胃も引き攣《つ》れて痛む。いたた、いたたた、とお腹を押さえながらも笑い続けていると、こちらまで目尻に涙がにじんだ。名付けようのない涙だった。

「もっと早う、お見舞いに来たかったたっちゃけど……」ようやく息を整え、顔を拭ったミチルが見おろしてくる。「もうちょっと容態が落ち着いてからにしなさいって万里子様が」

「なんで万里子様ばっかかしなんだよ。俺だって同じこと言ったじゃないかよ」

峰岸が子どもじみたことを言う。

「来なくていいって言ったのに」

桐絵が、半分は少女たちに向かって、残りの半分は二人を連れてきた峰岸を詰《なじ》るつもりで言うと、

「だって……」

「ばってん……」

はからずもまたハモってしまった真由とミチルが顔を見合わせた。ぷい、と互いにそっぽを向くものの、以前に比べると刺々《とげとげ》しさは格段に薄まっている。

「しょうがないだろ」

峰岸が、手首にはめた時計を覗きながら言う。

「どうしても、お前に会って謝りたいって言うんだからさ。二人とも、こう見えて一応は反省してんだよ」

「『こう見えて』ってなんね！」

「『一応』ってなによ！」

少女たちが食ってかかる。桐絵はあきれて言った。

「あなたたち、息がぴったりじゃないの」

「そ、そんなことないし」

「こん子がうちの真似ばしとるだけやし」

「してないったら、うるさいな」

「あんたこそ、しゃあしかね」

言い合いには変わりないのに、前とは全然違う。いがみ合っていた時間が長かったぶんだけ、目にしている光景が信じがたい。

「ねえほら、お見舞い。早く出しなさいよもう」

真由に促されて、峰岸がぶら下げていた紙袋から取り出したのは小さな花束だった。淡いピンク色の薔薇と、添えられたかすみ草が愛らしい。

「きれいなお花……。二人して選んでくれたの？」

ミチルと真由が並んでいるその光景を想像した桐絵が思わず涙ぐむと、

「なんで二人なんだよ。三人だっつうの」

峰岸がぶつぶつ文句を言った。

「看護婦さんに、花瓶ば借りてくるけん」

年上らしさを発揮して、ミチルが病室を出てゆく。

が、廊下へ一歩出るなり棒を呑んだようになった。様子がおかしい。つま先立ちのまま、口をぱくぱくさせている。

「どうしたの？」

ベッドから声をかけた桐絵は、再び病室へ飛び込んでくるミチルの背後、現れた見舞客の姿を見るなり慌てて上半身を起こした。

「あらぁ、だめよぅ、起きたりしちゃ」

「そうよそうよ、気を遣わないでよ、キリエちゃん」

ヒットチャート第一位の曲を歌う時と同じくらいよく通る、ソプラノとアルトの理想的なハーモニー。揃いのステージ衣装など着ていなくても、光り輝くようなオーラをどちらもがまとっている。

「でも、どうして……」

桐絵の問いかけに、ピンキーガールズの二人は相似形のように白い歯を見せた。

「どうしてって、お見舞いに理由が要る？」

と、ユウ。

「ちょっと叱ってやんなきゃと思ってね」

少し低い声でマイが言う。

「……叱る？」

「キリエちゃんはね、前から思ってたけど、何でもかんでも一人で抱えこみ過ぎなのよ」

「そうそう。いくら峰岸ちゃんが頼りになんないからって、身体こわすほどの無茶は駄目」

「おいこらちょっと待てよ、お前たち。言いたい放題じゃやないか」

「そりゃ言わせてもらいますとも。キリエちゃんがこんなになるまで気がつかなかったなんて、上司としての責任問題じゃないの？」

峰岸がぐっと詰まる。どうやら、二人が叱りにきた相手は彼のようだ。

と、ユウが桐絵のベッドの足もとへ目を移した。

「ねえ、そういえばあなたたち……」

『は、はいぃッ！』

完全に声の揃った真由とミチルが、それぞれ背筋を伸ばして直立不動の姿勢を取る。突然の女神たちの降臨に息をすることも忘れていたらしく、揃って顔が真っ赤だ。

ユウは、くすっと笑って続けた。

「お礼を言わなきゃと思ってたの。前に私たちがリハーサルに遅れた時、代役を務めてくれたんですって？」

「キリエちゃんからも、それに高尾先生からも聞いたわよ。歌も振り付けも完璧だったって。ありがとうね」

マイにも言われ、

『い、いぃえッ！』

二人ともがぶんぶんと首を横にふる。桐絵は横になったまま、少女たちを微笑ましく見やった。

博多からミチルを連れて来た当初、デビューどころか研修生になる目処《めど》さえ立たなかった頃は、せめて憧れのピンキーガールズのサインくらいもらってやりたいなどと暗い気持ちで考えたものだった。ようやく……とりあえずだがようやくここまで漕《こ》ぎ着けたのだと思うと、つい目頭が熱くなる。

「女の子同士のデュオでデビューする予定だっていうから、いったいどんな子たちなんだろうと思ってね。こないだのステージは、上手の舞台袖から覗かせてもらってたのよ」

「えっ、うそ……」

「知らんかった……」

「ここだけの話、前座の五組の中でいちばん光ってたんじゃない？　これ、同じプロダクションだからって身びいきで褒めてるわけじゃないわよ。ね、ユウ」

「うん、あたしもそう思った。あたしたちのファンだって聞いたから似た感じを想像してたんだけど、全然違ってて、すごく新鮮だったわ。さっきから見てても、あなたたち息がぴったりなのね」

「そんなことはッ！」

「絶対なかですッ！」

必死の形相でかぶりを振る二人を前に、ユウとマイは互いに顔を見合わせ、ぷーっと噴き出した。

「ほーらな？」

峰岸が苦笑いしながら口を挟む。

「言ったろ、昔のお前たちを見てるみたいだって」

「ほんとほんと。でもまさかここまでとは思わなかったわ」

「デビュー、もうすぐなんですって？　ティンカーベルって素敵な名前じゃない」

「ピ……ピンキーガールズには、か、かなわんです」

「あっ、何よ、自分だけ点数稼ぎして！」

例によって子猿のように地団駄を踏みかけた真由が、途中で気づき、上げた片足をそろりと床に下ろす。

その様子をじっと見ていたマイが言った。

「ねえ、もしかしてあなたたち、周りから『仲良くしなさい』なんて怒られてない？」

それまでと少し違った、静かな口調だ。

少女たちが、それぞれに気まずそうな面持ちで、こくん、と頷く。

「やっぱりね。あれってほんと、やめてほしいわよね。よけいなプレッシャーっていうか、仲良くできるものなら最初からしてるっていうの」

他の大人たちとはまるで違ったマイの物言いに、真由もミチルも驚いて顔を上げた。

「そうなのよ。あたしたちもデビュー当時は険悪な時期があったの。相手のすることなすことに、わけもなく腹が立ってね」

「え、だってマイさんとユウさんは親友同士だったたって……」

「そうだけど、どんなに仲が良くたって違う人間だもの。私もユウも、お互いに呑み込めることとそうでないことがすれ違って、どっちもが少しずつ少しずつ我慢を溜めこんで……何がきっかけだったかな、ほんのささいな言い合いから、とうとう爆発しちゃったの」

「あの時はちょうど、マネージャーが峰岸ちゃんに替わったばかりだったのよね。前のマネージャーが最悪だったから、今度もどうせ……って不信感が抜けなくて」

「どうせ、商品としてしか見てないんでしょって思った。あたしたちを売ってお金が稼げたら満足なんでしょ、ってね。ビジネスだから実際そういう部分はあるのかもしれないけど、でも決してそれだけじゃなくて……あたしたち二人ともがそのことをちゃんと理解するまで、峰岸ちゃんにもちろん、高尾先生にもよく叱られたわねえ」

「ちなみにいちばん怖かったのは、城田の万里子姐さんだったわ」

ミチルが、ぱっとユウを見やる。

「一緒の楽屋や舞台袖なんかでちょっと言い合いしただけでも、ものすごい形相で睨まれて……。一度、真剣にお説教されたのよね、マイ、覚えてる？」

「忘れるわけないじゃない、一言一句覚えてるわよ。――『何もふだんから仲良くしろなんて言わない。いくら喧嘩しようがあなたがたの自由よ。だけどね、ステージを前にしたら、きっぱり頭を切り替えなさい。新人もベテランもないわ、あたしたちはプロの歌手としてここにいるの』」

「カッ……コよかぁ！」

こらえきれず身をよじるミチルに、マイが頷いて微笑みかける。

「だから私たち、言われたとおり、とりあえずステージの上でだけは完璧な笑みを浮かべてみせるようになったわ。直前までどんなひどい喧嘩をしてようと、時には止めに入ったとばっちりで峰岸ちゃんが鼻血を出してようと、スポットライトの当たってるところでは百パーセントの笑顔」

「マイもあたしも、絶対にそれだけは守るって決めて行動するうちに……ねえ、不思議だと思わない？　だんだん息が合ってきたの。ステージだけじゃなく、私生活でも」

「つまり、元の仲良しに戻れたってことですか？」

真由が訊くと、ユウはかぶりを振った。

「いいえ。前より深まったのよ」

マイが、真由とミチルから、ベッドの上の桐絵へと視線を移した。

「だからね、キリエちゃん。もうちょっとゆったり構えたらどう？　この子たちだって、一緒にやってくうちには折り合える時が来るだろうし、今からそんなにくよくよして体調を崩すだけ損ってものよ」

「そうよ、そうそう」とユウも言う。「いいじゃないの、無理やり仲良くならなくても。たとえふだんは口もきかなくたって、べつに何も困りゃしないわ。結局のところあたしたちは、ステージの上でさえ笑っていればそれでいいんだから」

ね、と念を押すように、ユウが少女たちを見やる。真由も、ミチルも、救われたような表情をしている。

「……ということは」

桐絵はため息まじりに言った。

「私も、これから先、この子たちの取っ組み合いに割って入って鼻血を出さないといけないんでしょうか」

「あったりまえじゃない」ユウがけらけらと笑う。「それでこそ一人前のマネージャーってもんよ。ね、峰岸ちゃん」

桐絵のベッドの足もとに、いつのまにやら勝手に座っていた峰岸が、

「ちぇ。よく言うよ」

仏頂面でこぼしたかと思うと、また腕時計を見て腰を上げた。

「さあてと、そろそろ次があるだろ。『女性画報』のグラビアだっけ?」

桐絵が驚いてまた起きあがろうとするのを、全員が手で押しとどめる。

「そんな忙しい時に、わざわざお見舞いなんて……。二人とも、ありがとう」

「いいえぇ。当然のことよ」

マイが、そばに置いてあったバッグを手に取る。

と、峰岸が言った。

「真由、ミチル。お前たちも一緒に行け」

『えええっ』

「遊びじゃないぞ。これからのための勉強だ。下に、加藤がワゴン車を停めて待機してるから、一緒に連れてってもらって、グラビアを撮られる際の心得を盗んでこい。ピンキーガールズのプロフェッショナルぶりは、ちょいとたいしたもんだぞ。心して見て来いよ」

「峰岸さんは付いていかないんですか」

桐絵がベッドから訊くと、

「いやあ、まあこれからは加藤とも馴染んでおいてもらわにゃならんし、ここはその、何つうか、あいつに任せるほうがいいだろ」

わかったようなわからないようなことをモゴモゴ言った。

じゃあねキリエちゃん、お大事にー、と手をふるユウとマイの後ろから、少女たちを急《せ》きたてた峰岸が、下まで送ってくる、と言い置いて病室を出てゆく。

いきなり部屋が静かになり、桐絵はぼんやりしてしまった。

同じプロダクションの所属タレントとはいえ、分刻みで動かなくてはならないほど忙しい身でわざわざ見舞いに来てくれたばかりか、デビュー前の少女たちに助言までしてくれるとはなんとありがたいことだろう。他の大人の言うことには耳を傾けない真由でさえ、ピンキーガールズに言われたことならばその気になるかもしれない。

廊下の奥で、ガシャンガシャンと金属音が響いている。そろそろ夕食の配膳が始まるらしい。窓の外、山吹色の陽射しに眠気を誘われる。

しばらくすると、せわしない足音が聞こえ、峰岸が一人で戻ってきた。

「やれやれ、やっと行ったよ。約束の時間に遅れなきゃいいんだが」

ベッド脇のパイプ椅子にどっかり座り、胸ポケットから煙草を取り出しながら灰皿を目で探した拍子に、ここが病室であることを思い出したようだ。渋々と箱を戻す。

「なんか、かえって悪かったな。疲れさせちまって」

「いえ……」

迷ったものの、桐絵は思いきって言った。

「あのう……どうもありがとうございました」

「え、何が」

「とぼけなくていいですよ。ピンキーガールズの二人に、真由とミチルへの助言を頼んで下さったんでしょ」

とたんに彼が、視線をうろうろとさまよわせる。

「何だよ、そんなにバレバレだったかよ」

「あの子たちは気づいてないでしょうけどね」

うーん、と変な声をもらして、峰岸が舌打ちをする。「よけいなお世話だったかな」

「いいえ、ありがとうございます。このことだけじゃなくて……先輩には、いろいろ助けて頂いて」

とたんに、峰岸が目を見ひらいた。

「『先輩』ってお前……」

口ごもる。そうとう驚いたらしい。

「ずいぶん久々だな。何年ぶりだよ」

「さあ。覚えてませんけど」

桐絵は嘘をついた。

病室の窓辺、白いカーテンがふわりと揺れ、舟の帆のようにふくらむ。夕方になって風が吹き始めたようだ。

桐絵は枕の上で頭をめぐらし、窓いっぱいに広がる夕焼け空を見上げた。

「今ごろ真由とミチル、どうしてるかしら」

「さあな。リラックスできるはずもなし、しゃっちょこばって、息を吸うのも遠慮してるんじゃないか?」

想像すると、いじらしくてたまらない。

「これからはできるだけ現場へ連れてって、ピンキーガールズの仕事ぶりを見せてやろうぜ。本番前の秒読みから、いよいよ『キュー!』が出た瞬間、あの二人が見事にプロの顔になるとこをさ」

話している峰岸の声が、ふうっと遠くなる。

「なあ、おい、キリエ。あんまりさ、一人で頑張ろうとすんなよ。しんどい時は、もっと俺とか周りを頼れって。身体こわしたんじゃ元も子もないんだからさ。な?」

返事をしようと思うのに、いろいろあって安心したせいか強い睡魔に襲われる。目を閉じるだけで背中から夢の底へ落ちていきそうになる。桐絵は、それを自分に許した。

と、ふいに、顔の上に影が差した。あまりの気配の濃さに、否応なく眠りの淵から引き戻される。

見る前からなぜかわかっていた。まぶたを開くと、案の定、文字通りの目と鼻の先に峰岸の顔があった。

「……何やってんですか、先輩」

あえて冷淡に訊《たず》ねてやる。

「え、いや、あの……」

峰岸は、しどろもどろで言った。

「もしかして、キュー出たかなと思って」

＊

時間は、伸び縮みする。

桐絵が退院してからのち、ティンカーベルのデビューの日まではあまりにもあっという間だった。時計の針がおそろしいくらい早回しになり、一週間が三日で過ぎてゆく心地がした。

毎週火曜日に全国ネットで放送される「歌謡ベストヒッツ」で歌ったのを皮切りに、真由とミチルは、テレビとラジオの別なく、ありとあらゆる歌謡番組に出演した。

とくに土曜夜の「8時に集合！」や、同じ時間帯のライバル番組「銀ちゃんのドンドコやろう」に出るやいなや、デビュー曲『ガラスの靴なんてはかない』は、いきなりヒットチャートの上位に躍り出た。高尾良晃が作曲し、中東けいが作詞した楽曲そのものが素晴らしいのは当然だが、それに加えて、ミチルのどこまでも素朴なお国言葉と、真由のいかにも山の手のお嬢様然とした態度のギャップが、お茶の間に大いに受けたせいでもあっただろう。

トップテンに入れば、また次の週も出演することになる。ラジオも有線放送も、日に何度となく同じ曲をかけてくれる。

もののひと月足らずで、ティンカーベルは今いちばん勢いのある新星として世間に認知されていった。あのピンキーガールズが妹分のように可愛がっているというエピソードも、人気に拍車をかけていた。

「いったいどうなっちゃってるんでしょうか」

桐絵は、声をひそめた。隣には、例によって峰岸がいる。スタジオの隅に立ち、二人は番組の収録を見守っているところだった。

「先輩は慣れてるかもしれませんけど、私はこんなの初めてで……」

「いや、お前だけじゃないさ。俺だって、ここまで凄いのは初めてだよ。デビューから、まさかこれほど短期間でのし上がろうとはなあ」

あれ以来――なんとなくまた〈先輩〉という呼び方に戻ってしまったのが、癪に障るような、それでいて居心地悪くもないような、妙な気分だ。

　ちなみに峰岸のほうは、とくに変わった様子はない。気まずそうだったのはあの時限りで、退院後はこちらを意識するでもなく、前と同じように憎まれ口も叩くし小言も言う。

「なんだか、怖いような気がします……」

　思わず呟いた桐絵を、峰岸がじろりと見おろした。

「怖い？　なんで。何が」

「だって、あんまり急激に昇りつめたら、落っこちるのも早そうな気がしませんか」

「はあ？」

　眉根に深い皺が寄る。

「相変わらず貧乏性だなあ、お前は」峰岸はずけずけと言った。「じゃあナニか？　初めっから上を目指すのなんかやめとくか？　そうもいかねえだろ」

「それはまあ、そうですけど」

「ンなこと先回りして怖がったってしょうがねえだろう。大丈夫だって。飛行機じゃねえんだから、万一落っこちたって死にゃあしねえって」

　収録は順調に進み、今はちょうど御三家の一人・神まさみが歌い終わり、ラメ入りのジャケットをひらりとひるがえしてターンを決めたところだった。続いて赤江三香が、ロングドレス姿でしずしずと舞台中央へ歩み出る。低いハスキーボイスで歌われるブルースは、恋する女のため息を思わせて、あたりの空気ががらりと変わるのがわかった。

なるほど確かに、と桐絵は思った。峰岸の言うとおり、スターたちは万一あのスポットライトを浴びられなくなったところで、現実に命を失うわけではない。

けれど、心は死ぬかもしれない。とくに、繊細な心を持った少女たちならどうだろう。真由とミチルが今、どれだけの無理を押して努力を重ね、綱渡りのような思いで日々を生きているかを思うと、彼女たちが悲しむようなことがどうか起きませんようにと天に向かって手を合わせたい気持ちになるのだ。

この後、中尊寺京子が着物姿でマーチを歌い、それから前原つよしとドゥーワップスが登場したら、次がティンカーベルの番だった。

ぽっと出の彼女たちの出番がベテラン勢よりも後なのはおそらく、番組制作サイドの思惑が働いているためだろう。人気急上昇中のティンカーベルをいわば餌《えさ》にして、視聴率を稼ごうという寸法だ。

「じゃあ、そろそろ行ってきます」

桐絵が言うと、峰岸が頷いた。

「おう。頼むわ」

大回りをして裏手の通路から舞台袖に向かう。

二人はすでに、加藤に付き添われてスタンバイしていた。長い髪の真由の隣に、少年のような短髪のミチル、後ろ姿だけで絵になると思うのは〈親〉の欲目だろうか。

と、真由がふり返り、いきなり不機嫌そうな顔になった。

「遅い！　出番が来ちゃうじゃないのよ」

「ごめんごめん」

謝りながらも、桐絵にはもうわかる。真由の文句は、甘える気持ちの裏返しだ。

「さ、いつものやつ、いくよ」

片方の腕を真由に、もう一方をミチルの肩に回し、スクラムを組むようにぎゅっと抱き寄せて、桐絵は小声で発破をかけた。

「ティンカーベルは最高！」

うん！　と二人が頷く。

「ティンカーベルは天才！」

ぷふっ、と二人が噴き出す。

「怖いものなんか何もないよ。さぁあんたたち、今日も気持ちよく歌っといで」

腕をほどき、その手でそれぞれの背中をぽん、と叩く。

ステージから、二人を呼ぶ司会者の声が聞こえてきた。

*

〈好事魔多し〉という言葉がある。

あるいはまた、〈踏んだり蹴ったり〉〈泣きっ面に蜂〉〈一難去ってまた一難〉……。物事がどうしてもうまく運ばない状態を表す言い方は、枚挙にいとまがない。

その反対に、何もかもが図ったかのように良いほうへ良いほうへと転がり、幸運がまた次のツキを呼ぶ様を言い表す言葉は、案外と少ないように思える。人は、恵まれている時よりも行き詰まった時のほうが、自分の置かれた状況を理解するための言葉を欲するものなのかもしれない。

「俺にもさ、お前の気持ちが、やっとわかったような気がするよ」

峰岸が唐突に言ったのは、福岡での公開収録のために移動する新幹線の中だった。

ティンカーベルがデビューして、早くも二ヶ月。とくにミチルにとっては、故郷に錦を飾る凱旋《がいせん》公演のようなステージでもある。

「あんまり一気に人気が出ると、落っこちるのも早そうだなんてさ。あの時は正直、何を腰の引けたこと言ってやがるんだと思ったけど、さすがにこうまで順調だと、おっかなくもなるわな」

峰岸もどうやら一応は人の子なのだ、と桐絵は思った。

「救いは、今のところあいつら自身に何の自覚もないってことだよ」

座席にだらしなく身体を預けた峰岸が続ける。進行方向右手の車窓には、晴れ渡った空の下、海とも見まごう浜名湖が広がっている。

「真由のやつは人生の成功者である両親やじいさんを見て育ってるから、自分だってうまくいくのが当然だと思ってる。ミチルはミチルで判断基準をなんにも持ってないぶん、疑うことを知らない」

「それって、いいことなんでしょうか」

桐絵が訊くと、峰岸は肩をすくめた。

「お前なら知りたいかよ。自分が呑気に歩いてるその道がじつは、片側が底なしの谷になってる崖っぷちぎりぎりの細道だなんてさ」

思い描いてみて、桐絵は、尾骶骨《びていこつ》のあたりがぞわぞわっとなった。

「俺は遠慮するね。谷底なんか覗いたら、一歩も歩けなくなっちまう。足もとなんか、見ないくらいでちょうどいいんだよ」

そうかもしれない。ただし、それならよけいに自分たちが、案内人になり背後の備えともなって、彼らが転落しないように守ってやらなくてはならないだろう。

桐絵は、二つ前の列にいる真由とミチルの様子を窺った。並びの席を取ったのだが、乗ってみるとすいていたので、今は通路を隔ててそれぞれが窓側の席に陣取っている。

先ほどトイレに立った際に見ると、真由のほうは頭を窓にもたせかけて寝ており（もしくは寝たふりをしており）、ミチルは、飛ぶような速さで過ぎてゆく景色に夢中だった。離ればなれの席を選んでいても、以前のような険悪さはない。どちらかというと、あんなにいがみ合っていたのにいきなり仲良くなるのは気まずい、といった感じに近い。

「そういえば……」桐絵は小声で言った。「観に来られるそうですよ。福岡公演」

誰がとは言わなかったのに、峰岸は、ふうん、と鼻を鳴らした。ミチルの母親である美津代の、一種独特な佇まいが思いだされる。さばけているのに不思議と色気があって、ステージに立って歌っている時の姿も容易に想像することができた。

「正直言うと俺、ちょっと苦手なんだよなあ、あの人」

二人で挨拶に行って、峰岸だけがギャフンと言わされたのだ。まあ無理もない。

当のミチルがすぐ近くの席にいる以上、ここで峰岸に相談するわけにいかないが、じつのところ桐絵は今、悩みを抱えていた。

発端は昨日の晩──真由とのレッスンが終わったミチルを寮まで送っていく道すがらのこ

とだ。デビューでばたばたしていた八月半ばに比べるとずいぶん日が短くなり、かすかに紅葉の気配すら漂わせる街路樹の下で、ミチルがふと言った。

〈ねえ、桐絵さん。前に言うとったやろ？　真由のお父さんとおじいさん、芸能界の偉か人や、って〉

心臓が跳ねた。もしや気づいたか、と思ったがそうではなかった。

〈どこの誰かは知らんけど……ちゅうか誰でん、それはどうでもよかっちゃけど、ただ、うちね。なんかこう、そん人らに申し訳なか、て思うとよ〉

〈申し訳ない？　どうしてまた〉

〈だって、こん世界で力ば持っとらっしゃるお人やったら、普通は娘を一人でデビューさしてやりたか、て思うんが当たり前やないかいな？　ばってん、うちなんかが横からしゃしゃり出てしもうたけん、もしかして、腹かいとらっしゃるっちゃないかなって〉

気遣わしげな面持ちで言う。腹かいて、とはたぶん、腹を立ててという意味だろう。

どうして急にそんなことが気になりだしたのかと訊いてみると、ミチルは言った。

〈電話でうちのお母さんに福岡公演のことば話したら、すごく喜んでくれてね。ランディと一緒に、譲を抱っこしてきっと会いに行くけんね、って言うてくれたとよ。それでふっと思うたと。真由は自分のお父さんやお母さんのこととかいっちょん話さんばってん、もともと東京やけん、ふだんからきっと観よるはずやろ？　そう思うたら、うち、そん人たちん目にどう映っとうか、急に気になってしもうて……〉

もちろん桐絵はミチルに言ったのだった。

あなたが気に病む必要は何もない。ソロで歌うアイドルが沢山いる中、ピンキーガールズに続くデュオでのデビューは真由の父親や祖父も賛成してのことなのだから、決してあなたに腹を立ててなんかいない。それどころか、あなたがしっかりとパートナーを務めてくれればくれるほど、大事な娘であり孫である真由もまたステージで光り輝いて見えるのだから、むしろあなたを頼りにしてさえいるはずだ……と。

するとミチルは、ようやくほっとしたように眉尻を下げた。

〈……そっか。そんならまあ、安心したー〉

〈気にしすぎよ。あなたは、自分のことを精いっぱい頑張ればそれだけでいいの〉

そうして昨夜は、いつもどおり寮の前で別れ、今朝は新幹線に間に合う時間に迎えに行ったのだった。

ミチルに話したことのどれ一つ、嘘ではない。真由の〈父親〉や〈祖父〉がそれぞれミチルに期待をかけているのだって本当のことだ。ただ、真由の素性という肝腎な部分について、他ならぬデュオの片割れであるミチルにまでもずっと秘密にしておいたままでいいのかどうか――桐絵には、それが悩ましいのだった。

万一何かの形で秘密が暴かれてしまった場合を考えると、どうしても落ち着かない気持ちにさせられる。ミチルはその時こそ、いちばん心揺れて傷つくのではないか。桐絵や峰岸だけがとっくに承知していて、誰より近いところにいたはずの自分には知らされなかったとなると、もとから信頼されていなかったかのように受け取ってしまっても不思議はない。

だったら、あらかじめきっちりと事情を打ち明け、真由と一緒にこの秘密を守り通すように言い含めたほうがいいのかも……。

そんなふうに考えるたび、桐絵はしかし、また別の壁に突き当たるのだった。

何しろ、ティンカーベルにまつわる秘密は一つではないのだ。真由ひとりの素性よりももっと大きな、輪をかけて取り扱いに注意を要する秘密が存在する。

「何を考えてる？」

はっとなって、桐絵は隣の席を見やった。

相変わらず尻を前にずらして座った峰岸が、腹の上で腕組みをしながらこちらをじろじろ見ている。

「何って、べつに。博多に着いてからの段取りとか、そんなことです」

「嘘つけ。思い詰めたみたいな顔でぼうっと宙を見てやがって」

答えずにいると、峰岸は苦笑いした。

「案外、なんとでもなるもんだよ」

「……は？」

桐絵は思わず眉根を寄せた。

「先を予測して、あらゆる可能性に備えるのがマネージャーってものじゃないんですか」

「俺、そういうの苦手」

それでよくもまあプロデューサーにまでのし上がれたものだ。

あきれた思いが顔に出たのだろうか。世にも憎たらしい口調で峰岸が言った。

「あらゆる可能性に備えるなんて、はなから無理なことはしねえよ。覚えときな。マネージャーにいちばん必要なのは、どんなことにも臨機応変に対応できる反射神経だ」


歌謡番組の公開収録が地方で行われる機会はそう多くない。それだけに、福岡公演の観覧チケットは早々に完売となり、当日、博多の会場の外には買い取ったチケットを高値で転売するダフ屋がうろうろしていた。

桐絵や峰岸の抱える漠然とした不安をなおさら煽るかのように、新生ティンカーベルの人気はこちらでも凄まじかった。

今回、同じ『鳳プロダクション』からは例によって城田万里子、南城広樹、ピンキーガールズが出演したのだが、真由やミチルを年の離れた妹分のように見守る彼らとは違い、他の芸能事務所に所属する面々にとっては面白くないこともあるとみえる。

とくに、若手では一番人気のアイドル・岸本浩二などからすれば、自分に向けられる黄色い声よりもはるかに盛大な拍手や歓声が、ぽっと出の少女たちに惜しみなく捧げられるのがさぞかし業腹だったのだろう。フィナーレのために全員がスタンバっている舞台袖でミチルにぶつかりそうになると、これ見よがしに舌打ちをして呪詛《じゅそ》を吐いた。

「ったく邪魔なんだよ、田舎もんのくせに」

すみません、と謝るミチルのかわりに、キッとなってふり返った真由が言い返そうとした時だ。

「あら、それってあたしのことかしら？」

すっと横合いから割って入ったのは城田万里子だった。

「えっ！　いや、まさか！」

大ベテランの彼女が熊本出身であることは周知の事実だ。

「そ、そんなつもりじゃ……」

青くなった岸本浩二に向かって、

「だったら気をつけてものを言いなさい」城田万里子は艶然と微笑んだ。「今の一言がもし表に出たら、あんたおしまいよ。今日の観客をはじめ、この九州全体を敵に回すつもりなら止めやしないけど」

その一部始終を、桐絵と峰岸は、後から控え室で聞かされた。『鳳プロ』の皆が集まる部屋で、真由が嬉々《きき》として報告したのだ。

ステージ衣装のままの南城広樹が、椅子の背もたれが軋《きし》むほどそっくりかえって大笑いした。

「それ、俺も見てたよ。話までは聞こえなくて、浩二のやつ何をあんなに慌ててんだと思ってたら、そういうことだったのか」

「さすがは万里子姐さん。痺れるわあ」

ピンキーガールズのユウがうっとりと言い、

「わかる。そういう時の姐さんの微笑みって、まるで雪の女王みたいに冷たくておっかないのよね」

マイがむき出しの自分の両肩を抱いて寒そうなジェスチャーをすると、

「やめてよもう」城田万里子は苦笑いしながら、顔の前で虫を追うかのように手をふった。「べつにそんな、いい話じゃないのよ。ただ、むしょうに腹が立ったから」

「あいつ、中身はただのチンピラだからなあ」

と南城。

「それだってね、あたしたちの間でだけならいいのよ。お互いライバルなんだし、負けず嫌いなのは悪いことじゃない。だけど、よりによって福岡へ来て、お客さんたちからあれだけ盛大な拍手を頂いておきながら、地元出身の女の子を田舎者扱いするってのはどういう神経してんのかしらと思ってね」

目を潤ませて立ち尽くしているミチルのほうを見やり、今度は温かく微笑むと、城田万里子は言った。

「出身がどこかなんて、問題じゃないわ。あたしはああいう、心根が田舎者の人間がいちばん嫌いなの。あんたたち、遠慮なく負かしてやんなさい」

はい！　と二人が素直な返事をした時だ。

ノックの音が響いた。峰岸が、どうぞ、と応える。

ドアを開けたのはディレクターの加藤だった。

「お連れしました」

後ろから現れた親子連れを見て、南城もピンキーガールズもちょっと息を呑む。

大柄な髭面の外国人と、彼の腕に抱かれた幼児、その横に立つ日本人女性はほっそりとして美しい。

「お母さん！」

ミチルが駆け寄って美津代に抱きつき、

「ランディ！　譲も、ほんとに来てくれたとね」

手を差し伸べると、幼い弟は嬉しそうな笑い声をあげて久々に姉の腕におさまった。

それぞれに初対面の、あるいは再会の挨拶を交わし合う皆の横で、城田万里子だけが茫然と立ち尽くしている。

美津代が、静かに呼びかけた。

「……マリちゃん」

皆が驚いて、美津代を凝視する。

「お、お母さん、何ば言いようと！　万里子様に失礼やろうもん」

そのミチルを、城田万里子が一瞥《いちべつ》で制する。美津代に目を戻すと、彼女は、いつもとは別人のような細い声で言った。

「……何も、話してないのね？」

美津代が微笑み、黙って頷く。万里子の白い喉もとが、引き攣れるように上下した。

「あのね、ミツヨ、あたしね……今回は何しろ福岡だし、この子たちが出るから、もしかしてとは思ってたのよ。もしかして会えるかしら、って。だけど、いざ顔を見ても何から話して、どうやって謝れば許してもらえるのか、考えだしたら怖くて怖くて……、え？」

あっという間だった。ほんの数歩の距離を滑るように近づいた美津代が、万里子を抱きしめたのだ。

「マリちゃん」

「……ミツヨ」

「ああ、やっと会えた。テレビじゃなくて、やっとこげんして直《じか》に会えた！」

とたんに、万里子の目から涙が噴き出した。

「うちも……うちもばい。あんたに、どぎゃん会いたかったか！」

彼女の口から熊本のお国言葉がこぼれるのを聞くのは、少なくとも桐絵は初めてだった。

思わず胸が詰まり、顔を背けてこみ上げるものをこらえる。ひしと抱き合って離れない二人の思いを正確に理解できるのは、今ここにいる者のうちで自分だけなのだ。

「あの……お母さんたち、なして？」

おずおずと、ミチルが訊ねる。

互いに回していた腕を解き、ようやく身体を離した美津代が答えようとする前に、

「黙ってて悪かったわね」

城田万里子が言った。

「ずっと会ってなかったけど、あんたの母さんはあたしにとって、親より恋人より大事な親友なのよ」

*

その夜のことだった。

ホテルの部屋から、ミチルの姿が消えた。

気がついたのは同室で寝ていた真由で、最初はジュースでも買いに出たかと思ったものの、夜中の十二時を過ぎても戻ってこないので桐絵に知らせたのだった。

「いつ出てったかって？　知らないわよ、そんなの。あたし、あの子の見張り番じゃないもの」

「いやしかし、ふつうは気がつくだろ」

ホテル備え付けのパジャマ姿の峰岸が、整髪料を洗い落としてぱさぱさになった髪を掻《か》きむしる。

「そんなこと言ったってしょうがないでしょ？　あたしが一人部屋にしてって頼んだ時、いいから気にしないで早く寝ろって言ったのはそっちじゃない」

それに関しては真由の言う通りだった。美津代たち親子三人も誘い、ホテルのレストランで夕食を済ませた後、部屋に引き取る段になってわがままを言いだした真由に、峰岸が言ったのだ。とっとと布団をかぶって寝ろ、寝てしまえば相部屋の人間なんかいないも同じだ、と。

もしや実家へ向かったかとも考えたが、親子とミチルの別れ際の様子を思い起こす限り、その可能性はかなり低い。無駄に心配をかけたくはないから、電話をして確かめるのは最後の手段だ。

「いったいどこへ行っちゃったのかしら。真由、ほんとに心当たりはない？」

「あると思う？　そっちにないものがあたしにあるわけないじゃない」

「でも、もう一度よく考えてみてよ。何かこう、ちょっとでもふだんと違うこと言ってなかった？　様子が変だったとか」

するとと真由は、あからさまにうんざりした顔でため息をついてよこした。

「言っちゃ何だけど、あの子の顔をまともに見るようになったのだって、つい最近なのよ。今夜だっていきなり同じ部屋にされて、だからってすぐ喋れるわけないし、交代でシャワー浴びたり歯なんか磨いたりしながら、すっごく気まずかったんだから」

「え、お前まさか、また喧嘩したんじゃないだろうな」

「やめてよ！　いなくなったのをあたしのせいにするつもり？」

「しかしだな、部屋に戻るまではミチルのやつ、めちゃめちゃ機嫌よかったじゃないか。親にも、弟にも会えてさ。おまけに憧れの万里子様と自分のおふくろさんの仲まで聞かされてさ。天にも昇る心地だったろうがよ。なのになんでいきなり失踪するんだよ」

「ちょっと、物騒な言い方しないで下さい！」桐絵は峰岸を睨んだ。「失踪だなんて……何か事情があって出かけただけかもしれないでしょう」

「出かける？　俺たちに黙って、こんな時間までか？」

時計を指さす。二つのシングルベッドの間、枕元のサイドボードに置かれた時計が、午前一時にさしかかろうとしている。

峰岸は、再び真由に向き直った。

「だいたいお前、意地っ張りにも程があるだろう。せっかく波に乗ってる時に、肝腎のお前らがそんなことでどうすんだ」

「あたしに言わないでよ！　こっちはもともとこういう性格なんだから、仲良くしたいんならあっちからそう言えばいいじゃない！」

癇癪を起こし、例のごとく地団駄を踏みかけた真由がふと、宙を見つめて動きを止めた。

「あ」

「なんだ、どうした？」

「何か思い出した？」

身を乗り出す峰岸と桐絵に目を戻し、難しい顔で首をかしげる。

「関係あるかどうかわかんないけど……」

「いいから言ってみて」

「今日、収録が終わって控え室に戻る途中で、あの子、トイレ行ったじゃない？」

「ああ、お前もすぐ追いかけて行ったよな」

「追いかけてないわよ、先越されただけよ！」

いきり立つ真由を、桐絵は苛立ちを抑えながらなだめた。

「わかった、わかったから。それで？」

「そしたらあの子、廊下で誰かと立ち話してたの」

「はあ？　誰とだよ」

「知らないわよ、どっかの誰かよ！」

「わかった、わかったから」桐絵は峰岸をふり返った。「先輩はちょっと黙ってて下さい、話が進まない。……それで？　どんな感じの人だった？」

「男の人が二人いたわ。片っぽは若くて、たぶん地元の知り合いだったんじゃないかな。ミチルと、すごく懐かしそうに何か喋ってた。もう一人は峰岸さんくらいのおじさんで、」

「おじさんなのかよ俺……」

「背広着てて、なんとなく雰囲気が業界の人っぽかった気がする、けど、わかんない」

——業界の人。

桐絵は、峰岸と顔を見合わせた。芸能関係の人間が当たり前に出入りする中で育ってきた真由の直感だ。当たっているかもしれない。

「もしかして引き抜きなんてことはねえだろうな」

峰岸が怖い顔で呟く。

「まさか。うちのプロダクションを敵に回してやっていけるわけがないでしょうに」

「そりゃそうだが」

「だいいち、ミチルがそんなばかみたいな話に乗るわけがないじゃないですか」

「いや、わかんねえぞ。引き抜きじゃなくたって、たとえば地元のイベント会社の人間って可能性もある。久しぶりに親に会って里心ついちまったとこへ、東京じゃなく、こっちででき る仕事の口なんか持ちかけられたら案外、」

「あ」

真由が、今度は桐絵と峰岸の背後を見て呟く。

はっとなって二人同時にふり返ると、部屋のドアが細く開き、そこからミチルが覗いていた。

「おまっ、今までどこへ……」

大声をあげかけた峰岸が危うく思いとどまり、まずは中へと促す。ミチルは、そろりと部屋に入ると、背中でドアを閉めた。走ってきたのか息はあがり、紅潮した顔には汗の粒が光っている。

「どこへ行ってた」

するとミチルは、バツの悪そうな面持ちで言った。

「……ごめんなさい。みんな、疲れて寝とうかなって思うとったとに」

怪我をした様子はない。着衣に乱れもない。安堵のあまり膝から力が抜けそうになり、入れかわりに怒りがこみ上げる。

桐絵は、思いきり息を吸い込んだ。

中洲の須崎町、問屋街の入口からすぐの地下にある『ほらあなはうす』――ミチルが今夜黙って出かけていった先は、桐絵と峰岸が彼女と初めての邂逅を果たした、あのライブハウスだった。

「水くさいなお前、なんで俺を誘わないんだよ！」

峰岸の一言目はそれだった。今夜だってできることなら彼のほうこそ、こっそり出かけていきたかったのだろう。一応は監督者としての役割を優先させたあたり、この男もやっと大人になってきたかと桐絵は思った。

当のミチルは、桐絵の落っことした特大のカミナリに涙をぼろぼろこぼして謝り、内緒で抜け出したのはきっと反対されると思ったからだとしょんぼり言った。

「そりゃ反対もするわよ。あなたはもう、この街でアルバイトをしながら歌ってた頃のあなたじゃないのよ」

「ごめんなさい」

ホテルの少女たちの部屋で、四人はベッドに座って話していた。必然的に桐絵と峰岸が並び、向かいに真由とミチルが並んで腰掛けている。

ズルズルと洟をすすりあげるミチルに、眠そうな顔をした真由が、

「んもう。汚いなあ」

時計のそばにあった箱からティッシュを引き出して渡してやった。

今日の、と言ってももう昨日になってしまったわけだが、公開収録の後でミチルが話して

いた若い男というのは、かつて一緒にバンドを組んでいた先輩、あのリーダーだった。一旦はバンドを解散したものの、どうしても音楽をあきらめきれず、働きながら他のみんなと集まっては練習して、時々『ほらあなはうす』にも出ているという。

「何だっけええと……ピストルズじゃなくて、そう、マグナムズ！　だよな！」

峰岸が言い当てると、

「わあ、すごかぁ！　覚えとってくれて嬉しかー」

今泣いた鴉《からす》がもう笑うとはこのことだ。

「それで？　今夜は、そのマグナムズが演奏する日だったってわけか？」

ミチルがこっくり頷く。

「ってことは、その先輩から『久しぶりに聴きに来てくれ』とか頼まれて、ホイホイ出かけてったってことだな？」

言わんとするところは察したのだろう。

「ごめんなさい」

ミチルがまた、しょぼんとうつむく。

「なんだってそう軽率なことをするの」

「懐かしゅうて……どげんしても、みんなに会いたかったけん」

「そりゃ気持ちはわかるけれど」

「それに先輩たちだけやなくて、先輩たちの尊敬しとるバンドも出るって聞いたけん、つい……」

「え、バンドって?」

「先輩たちは、今夜はそんバンドの前座のごとあったけん、むちゃくちゃ名誉なことやけんって興奮しとった。たまたまお忍びで来日しとらして、今夜は三曲も演奏してくれんしゃったとよ。すごかったー」

「来日ってことは、外国のバンドなの?」

「そうそう。うちも、前に先輩たちからレコードを聴かせてもろうたことがあるけん、握手してもろうたと。桐絵さん、もしかして知っとる? ROVERS OF BRITTENって」

えええええっ、と峰岸の声が裏返る。

「嘘だろ? あのローヴァーズかよ! ってことはちょっと待て、キャプテン・サンダースが今この博多に来てるってのか?」

一気にまくしたてた峰岸が、息を吸い込むと、ものすごい形相で言った。

「おいミチル、てめえ、もう一度言うぞ。なんでこの俺を誘ってくれなかったんだよ!」

洋楽にまるで明るくない桐絵でさえも、ローヴァーズ・オブ・ブリテンの名前くらいは耳にしたことがある。確か、イギリスのバンドだ。それ以上は知らない。

「それにしたってミチル、せめて一言相談してくれてもよかったじゃないの。あなたがそんなにまで行きたいって言うなら、私が『ほらあなはうす』へ付いていくことだってできたんだし、」

「俺が行ったたっつうの！」

「いずれにせよ、こんな夜中にあなた一人を行動させるなんてことだけはしなかったわよ。さっきも言ったけど、あなたはもう、ただの十七歳の女の子じゃないの。ティンカーベルのミチルなのよ。どこでどんな危ないことに巻き込まれるかわからないんだから、これからはもっと、責任のある立場だっていう自覚を持って行動してちょうだい。お願いだから」

「……はい。ほんとにごめんなさい」

青菜に塩のミチルの隣で、

「ちょっともう、しつこいぃー」真由がうんざりした様子で文句を言い、ベッドの上にごろんと寝転がった。「さっきからミチル、何度も謝ってるじゃない。なのに、いいかげんお説教が長過ぎるわよ。そういうのを『叱る側の自己満足』っていうんじゃないの？」

桐絵はぎくりとした。

「……誰がそんなことを」

「うちのパパ。前に、誰だかのマネージャーを呼んで注意してたのよ。本人が心から反省してる時にそれ以上のことをグチグチ言うのは、叱る側の自己満足だって。相手のためにはならないって」

桐絵は言葉を失った。そうかもしれない。ミチルの〈失踪〉にあまりにも気を揉んだ後だけに、つい必要以上に叱ってしまったところはある。

「……本当ね。ごめん、ミチル。私が言い過ぎたわ」

懸命にかぶりを振る少女に、桐絵はふっと笑ってみせた。

「それで、どうだったの？　先輩たちは元気だった？　あなたと会えて大喜びだったんじゃない？」

「うん。えらいはしゃぎよった」

そう言うミチルの顔が、おずおずと遠慮がちに輝きだす。

「それでね、先輩たち、もしかしたらスカウトされるかもしれんのやって」

「あら。どこかの事務所に？」

「うん。ええと、どこやったかいなあ。そうだ、夕方会った時、名刺もろうたんやった」

ジーンズのポケットから引っ張り出した紙片をこちらによこす。

横から覗きこんだ峰岸がまたしても声をあげた。

「『ハニー・B』か！」

「え、知っとうと？」

「最近わりと目立ってきた事務所だよ。ロックバンドの発掘に力を入れてて、歌謡界とはちょっと畑が違うが、少なくともモグリじゃない。本人たちの希望がなきゃ無理に東京へ引っぱってきたりもしないだろうしな。へーえ、そうかい。マグナムズもやるじゃないか」

ミチルが我がことのように嬉しそうな顔をする。

「やけん、みんな今夜はダブルで張りきっとった。そん事務所ん人と、ローヴァーズと、両方ん前で演奏するんやもんね」

少年めいた黒目がちの瞳がきらきらしている。よほど愉しかったのだろう。

大いに心配させられたけれども、このところ忙しい日々が続いていたし、今夜のことが彼女にとって息抜きになったのならよかった、と桐絵は思った。人間の精神など、ゴムベルトと同じだ。限界まで張りつめたままでは、弾力を失って早々に切れてしまう。

「先輩たちの出来はどうだった？」

「もちろん最高やったよ」

何やら思いだし笑いをしながら、ミチルは言った。

「うちも、飛び入りで歌うたと」

「……え？」

「最近は、リーダーがギター弾きながらボーカルも務めとーっちゃけど、『ミチル、頼むけん一曲だけ助けてくれ』って言われたっちゃけん」

そこで、桐絵と峰岸の顔色に気づいた。

ひどく小さな声になって言った。

「あのう……もしかして、いかんやったとかいな」

ステージ10 ★ 闇夜

有ること無いこと書かれる——芸能雑誌やスポーツ新聞の記事にはよくある話だが、読者はそれをしばしば本気にする。むしろ、火のないところに煙は立たない、と見る。勝手に記事にされた当人にとってはとんだ災難だ。

それでいくと今回の件は、災難をとびこえて、災厄と呼ぶべきほどのものだった。

「有ること無いことどころじゃないですよ、これ。よくも……よくもこれだけ、無いこと無いこと……！」

発売されたばかりの週刊誌を広げて声を震わせる桐絵のそばで、峰岸もまた苦い顔をしていた。買ってきたそれを桐絵に見せたのは彼だ。

「先に知らせてもらえりゃ、交渉次第で引っこめてもらうことができたかもしれないんだが……」

チッ、と舌打ちをする。

「どうやら敵さん、雑誌の売り上げをよほどのものと踏んだらしいや。そこそこの袖の下で手打ちにするよりはるかに得だろうからな。独占スクープと銘打って、スポーツ新聞やら電車の吊りビラやら、あっちこっちに広告が出てる」

桐絵は、品のない字体の見出しがでかでかと躍るページを凝視した。

お茶の間に大人気の
清純派アイドル（17歳）、
深夜のご乱行！

その下に、ミチルの写真が載っている。画質は粗いが、誰が見ても本人に間違いない。トサカに似た髪型の男たち三人とスクラムのように肩を組んでいる彼女は、普段着の上から男物の革ジャンを着せかけられて、汗だくで笑み崩れている。しかも男たちの片手にはビールのジョッキ、いくらミチルだけ飲んでいないと言い張っても信じてはもらえないだろう。

すぐ下の本文には、
〈ちなみにティンカーベルのデビュー曲は、『ガラスの靴なんてはかない』。なるほど、深夜零時《れい じ》を過ぎても帰らないミチルは、とんだ不良のシンデレラというわけだ〉

そんな皮肉な文言が書き連ねられていた。

悪夢のようだった。そもそも今日は桐絵にとって久々の休日だったのだ。福岡での公開収録の後すぐには休みが取れず、ふらふらで業務をこなしたこの数日間。本来なら今ごろは布団にくるまって惰眠を貪《むさぼ》っているはずだったのに、朝一番で峰岸からの電話にたたき起こされた。

同じ未成年であっても、たとえばデビュー初期から不良少女のイメージで売り出した中林杏菜《あんな》であるとか、あるいはアイドルではなくもともとロックバンドの一員だったなら話は別だ。深夜のライブハウスで写真を撮られても、〈ごめんなさい、ちょっと調子に乗っちゃいました〉と頭を掻いておしまいになるかもしれない。

しかしティンカーベルは今や、小学生からおじいちゃんおばあちゃんにまで人気の、文字通りお茶の間のアイドルなのだ。異性、夜遊び、おまけに酒、とくればイメージダウンは避けられない。裏切られたと憤るファンも大勢いるだろう。

「デビューしたとたんにいきなり人気が出たからな。じっくり売れていくアーティストの場合と違って、にわかファンは離れるのも早い」

さしもの峰岸も完全に真顔だった。

すでに『鳳プロダクション』内には激震が走っている。おそらくすぐにでも、有川専務のもと緊急会議が開かれるだろう。

「それにしても、どうしてあんなところに記者がいたんでしょう」

「あんなところって言うな。何度言ったらわかるんだ、『ほらあなはうす』は、

「博多ロックの聖地、でしょう？　それはわかりましたけど、なぜあの晩に限っ……」

言いかけて、桐絵ははっとなった。

峰岸が頷く。

「たぶんそういうことだよ」

「ローヴァーズ・オブ・ブリテン……」

「ああ。お忍びでの来日って話だったが、たぶんどっからか漏れてたんだろうな。それを張ってた記者の前で、無邪気に飛び入り参加したのがミチルだったってわけだ」

絵に描いたような夏の虫だぜ、と峰岸は唇の端を歪めた。

「それで今、ミチルは？」

「お前に電話した後すぐ、加藤を寮へ迎えにやらせたよ。これ以上、マスコミの餌食《えじき》にさせるわけにはいかないからな」

会社へ連れて来させることも考えたけれども、どうせここも張り込みに合う。そうすると今度は他へ移すのが面倒になるので、ひとまずホテルに避難させたのだと峰岸は言った。

「さっき、無事に着いたって連絡があったよ。幸い、誰にも嗅ぎつかれてないようだ」

「加藤くん、ミチルに事情は話したんでしょうか」

「いや、まだ知らせるなと言っといた。俺らが行くまで、部屋でじっとしてるようにとだけ。ミチルのことだから、知ればどれだけショックを受けるかと思ってな。こっちでの相談が済んだら一緒に行って話そう」

我知らず、長いため息がもれた。

「ありがとうございます、先輩。何から何まですみません」

「お前に礼を言われる筋合いはねえやさ。うちのタレントだ、守るのは当たり前だろ」

怒ったような顔でそっぽを向く峰岸の、耳の縁が赤い。福岡出張の直前に散髪屋へ行ったばかりなので目立つのだ。それに気づいたとたん、張りつめていたものがほんの少しゆるんで、桐絵は不覚にも涙ぐみそうになった。洟をすすり、背筋を伸ばす。弱気になっている場合ではない。

「……さすが、だてに場数は踏んでませんね」

いつもの声で言うと、峰岸が苦笑いした。

「おうよ。しかし、ここからが問題だな。今夜の生番組には出るわけにいかんだろうし、ヒットテンだって今週は出演辞退か、せいぜい録画で対応してもらうしかなかろうよ。こないだ来たコマーシャルの話を受ける前だったのが、不幸中の幸いだったかもしれん」

企業のコマーシャルに出ている身で不祥事を起こせば、莫大な違約金が発生していたところだ。

まずは記者会見だろうな、と峰岸は言った。ティンカーベルのイメージダウンと、『鳳プロ』が被る実質的な損害を可能な限り低く抑えるためにも、世間に向けてあの晩の事情を正しく説明し、本人が謝罪できる場を設けることが必要だ。

しかしミチルのあの柔らかな心が、そんな試練に耐えられるのだろうかと桐絵は思った。否、耐えてもらうしかない。悪くすれば、彼女だけでなく真由までも活動自粛に追い込まれてしまうかもしれない。一旦治ったはずの胃が、また痛み始めていた。


本来ならば、こんな大きな問題にはならなかったはずなのだ。故郷でのイベントを、以前一緒にバンドを組んでいた先輩が観に来てくれて、その夜のライブに頼まれて飛び入り参加した——それだけだ。当のミチルは酒など一滴も飲めないし、この夜もむろん飲んでいない。黙って抜け出して周囲に心配をかけたことは反省しているのだし、せいぜい〈いい勉強になったね〉で済むはずだった。そう、あんな形で表沙汰にさえならなければ。

たったの数時間、最も好きな音楽を旧友と愉しんだだけにしては、代償はあまりにも大きかった。

「芸能界の怖ろしさだよな」

峰岸は言ったが、桐絵にはむしろ、世間のほうが怖ろしく思えた。マスコミは競い合うかのようにあれこれ大げさに取り上げ、面白おかしく脚色して記事にする。人々もまた、根も葉もない噂を端から鵜呑《うの》みにする。

〈ティンカーベルのミチルと、ザ・マグナムズのギタリスト、じつは恋人同士だった！……のか？〉

とか、

〈ティンカーベルのミチル、地元『ほらあなはうす』で歌っていた当時からスケバンで通っていた！……との噂〉

などという馬鹿げた後追い記事とともに、おそらく旧マグナムズのファンが撮ったものだろう、当時のミチルの写真までが出回った。

髪を逆立てて固めた革ジャン姿のミチル。黒々としたシャドウで目もとを強調したミチル。あくまでステージメイクであり衣装であるのに、パンクロック特有のハードでダーティな〈かっこよさ〉は、日本のお茶の間や歌謡界のアイドル的感覚からすると、いかにも怖ろしげな〈不良っぽさ〉に見えてしまうのだ。

「だから日本の音楽ファンはお子ちゃまだってんだよ」

峰岸は息巻いた。

「ほとんどの人間は洋楽っつったらフランク・シナトラかポール・アンカ、へたすりゃポール・モーリアとかへ行っちまう。ロックだってせいぜいプレスリー止まり、ストーンズもクラッシュも知らねえし、それこそローヴァーズ・オブ・ブリテンなんて名前すら聞いたこともねえ。いや、何も無理にロックを理解しろとは言わねえよ。けど、そんならミチルが本気で歌うブルースをいっぺんでも聴いてみろってんだ。あれがただのアイドルのお嬢さん芸だとは、俺が言わせねえぞ」

当初はあんなに邪魔ばかりしてくれたくせに、その峰岸が今やすっかり入れ込んでいる。いささかあきれつつも、桐絵としてはやはりありがたく、心強かった。才能を認める相手にとことん熱を注ぎ込むのが、本来のこの男のやり方だったのだ。

最初のスクープ記事が芸能週刊誌に出たのが三日前。あの日、とりあえずホテルに匿《かくま》われたミチルは、芸能記者の尾行を警戒しつつ駆けつけた桐絵と峰岸から事情を聞かされると、みるみる蒼白《そうはく》になった。

〈ご……ごめんなさい、ごめんなさい、うちがばかやったけん、こげんことになってしもうて……〉

泣き崩れる彼女に、

〈何言ってんだ。お前の責任なんかであるもんか〉

峰岸はきっぱりと言いきった。

〈お前の落ち度はただ、あの夜俺たちに心配をかけたっていう一点だけだろうが。今のこの事態については、うちの大事なタレントを守り切ることができなかった俺たちの責任なんだよ。こっちこそ、すまん、ミチル。辛い思いをさせるだろうが、しばらく我慢してくれ。必ずもう一度、スポットライトの下に立たせてやるから〉

こうなった以上は、せめてダメージを最小限に食い止めなくてはならない。緊急会議の結果ティンカーベルは、『鳳プロ』からのお詫びの声明と、本人による記者会見の席での謝罪――それらを経た上で、二ヶ月間の活動自粛という形でけじめをつけることと内々で決まった。

まずは、会見のための作戦を立てねばならない。準備もせずに漫然と記者たちの前に座ったりすれば、たちまち血祭りに上げられるのは目に見えている。

桐絵はホテルからこっそりミチルを連れ出し、会社に連れてきた。真由とミチルが顔を合わせるのは、スクープ以降、今日が初めてだった。

「はあ？　なんでミチルだけなわけ？」

峰岸から説明を聞かされた真由が、地団駄を踏んで息巻く。

「いや、会見に二人が並ぶと、ティンカーベルそのものの印象が悪くなるかもしれんし、ここはあえてミチル一人でと……」

「ふざけないでよ。あたしも出る！」

『鳳プロダクション』の役員フロアにある例のスタジオは、誰にも聞かれたくない相談をするにはちょうどいい。今、スタジオの中には少女たち二人、桐絵と峰岸、そして有川専務が顔を揃えている。有川だけがピアノ前の椅子に座り、他は全員が立って話していた。

「あたしも一緒に出るってば」

真由が言い張る。

「いや、だからお前さんが出るとよけいにややこしいことに……」

言いかけた峰岸を、彼女は目を吊り上げて遮った。

「甘く見ないでよ。ちゃんと謝ればいいんでしょ、謝れば。いいわよ、ミチルの隣でいくらだって頭下げてやるわ」

いきなりうつむき、涙声になって肩を震わせる。

「『ごめんなさい、同じ部屋で寝ていたあたしの監督不行き届きです。でも信じて下さい、ミチルは悪いことなんて何にもしてません。ただ、お世話になった地元の人たちにご恩返しがしたかっただけなんです……』」

「……たいした演技力だな」

「当たり前よ」

けろりと顔を上げる。

「芸能記者なんか、こっちが反省してみせればおとなしくなるんだから」

「それ、誰に教わったの？」

桐絵が訊くと、

「ママだけど、そんなの芸能界で生きてくなら基本でしょ」

真由はツンと顎を上げた。

「そういえばゆうべママは、うちのパパに向かってカンカンに怒ってたわ」

有川専務のほうを、ちらっと横目で見やって宣《のたま》う。

他の誰も訊こうとしないので、ミチルが初めて小さな声で訊いた。

「……どうして怒りんしゃったと？」

「きまってるじゃない。パパが付いていながら、あんなバカみたいな記事をもみ消すことができなかったからよ。……っていうか、ねえ、いつまで秘密にしておくのよ？」

今度は峰岸と桐絵、そして有川を順繰りに見ながら、ミチルに向かって人差し指を振り立てる。

「もうこれ以上、この子にまで隠しとくのって無理なんじゃないの？」

桐絵も、峰岸も、言葉が出なかった。有川専務のほうを見ることすらできない。

「外に漏らしちゃいけないっていうのは、あたしだってわかってる」真由がなおも言う。「だから今まで誰にも喋らなかったたし、会社でパパとすれ違った時だってしらじらしく頭なんか下げてきたのよ」

え、とミチルが目を瞠る。

「会社でって……？」

「だけどミチルは外の人とは違うじゃない。そうでしょう？　あたしや『鳳プロ』にとって都合の悪いことは、この子にとってもおんなじなんだから。だいたい、あんたたち大人はみんな勝手過ぎんのよ。あたしのこと意地っ張りだ何だって責めてばっかりで、『ミチルはお前の大事な相方なんだから仲良くしろ』だの『もっと息を合わせられないのか』だの『素直になって心を開け』だのって……お説教ばっかり！　だけど、常識で考えてもみなさいよ。この子にこんな大きな隠し事をしたまんま、どうやって心を開けっていうの？　できるもんなら、やり方を教えてよ」

真由が黙ると同時に、スタジオの中がしんとなった。

防音壁に囲まれているおかげで、沈黙が煮詰めたように濃い。そのぶん、酸素が薄く感じられて息苦しい。

感情の高ぶりに肩をそびやかしている真由の横で、事情の呑み込めないミチルが不安そうな目を桐絵に向けてくる。ひたむきさの中に、かすかな疑念の混じったその視線にひるみ、思わず目をそらしそうになった時、大きく息を吸い込む気配がした。

「確かに……。真由の言うのが正しいな」

豊かに響く低い声。椅子を軋ませてこちらを向いた有川が、ピアノの蓋に肘をかけ、長い脚を組み替える。

「すまなかったな、真由。お前にばかり無理を言って」

真由は答えない。口を一文字に結び、有川から顔を背けている。

「それから、ミチル」

はっと目を上げたミチルが、か細い声で返事をする。

「きみにも、大事なことを秘密にしていて申し訳なかった」

ミチル以上に、桐絵のほうが緊張でどうにかなりそうだ。

「じつを言うとね――」

重大な告白にしてはずいぶん落ち着いた声で、有川は言った。

「真由は、僕の娘なんだ」

「え」

「つまり、大鳥社長の孫ということになる」

ミチルが目を見ひらき、無言で真由を見やった。

真由のほうはといえば、うつむいて床を見つめている。

有川は、少女たちをじっと見つめながら続けた。

「ここは間違えないでほしいんだが、新人スカウト・キャンペーンでグランプリを獲得したのは、あくまでも真由の実力だよ。そこに不正は何もない。ただ、会社の事情で、身内であることを伏せてのデビューということになったんだ。一旦伏せると決めたからには、絶対に隠し通さなければならない。だからこのことは、今に至るまで、ごく限られた関係者しか知らない。とはいえ、相方であるきみにまで明かさなかったのは本当にすまなかった。どうか許してほしい」

「あ……いえ、そんな、」

「峰岸くんや樋口くんに厳重に口止めをしたのも僕だ。どうか、彼らを恨まないでやってくれたまえ」

「も、もちろんです」

「言い訳になってしまうが、何しろ、我々の誰も、きみらがデュオでデビューするという可能性をまったく考えてなかったものでね。いろんなことが後手後手に回ったのは否定できないよ。この秘密に関しても、せめてきみたち二人の間にしっかりとした信頼関係が生まれるまではと様子を見ていたら、打ち明けるのが今になってしまったというわけだ」

有川専務の話に、どこにも嘘はないし、筋も通っている。

が、すべてをありのままに説明したとは言えない、と桐絵は思った。真実の少なくとも半分は、いまだ秘されたままだ。

いつかの夜の、城田万里子の言葉が思い起こされる。

〈正直者が褒めてもらえるのなんか、昔ばなしの中だけ……〉

ギター一本抱えて上京し、けれど夢破れ、新興プロダクションの勢力拡大に大いに貢献しての、今。さすがのジョージ有川も、正直さは時として人を傷つける刃《やいば》でしかないことを悟ったということなのだろう。

「さて、とにかく……」

有川が立ち上がった。

「二人とも、よく聞いてくれ。『鳳プロ』は、全力を尽くしてきみたちを守るし、全力を挙げてティンカーベルを応援する。父親だから、娘だからというのはまったく関係ないよ。ただきみたちに才能があるからだ。本来ならば天の高みで輝くべき星を、この地上でくすませておくのは間違ってるからだ」

真由も、ミチルも、食い入るように有川の目を見つめる。

「いいかい。人間、誰だって道を誤ることはある。意図しなかったところで誰かを傷つけてしまうこともね。だから、きちんと礼を尽くして謝った後は、いつまでも自分を責め過ぎちゃいけないよ。度の過ぎた反省は、自分を憐れんで可哀想ぶるのと同じことだからね」

少女たちがそれぞれに頷くのを見て、今度は桐絵と峰岸に向き直る。

「記者会見には、二人揃って出席させよう」

「専務、しかしそれでは……」

言いかけた峰岸に向かって、髭の陰でニヤリと笑む。

「逆に、ミチル一人を矢面に立たせるほうがイメージがよろしくないよ。二人を真ん中に、その両側にきみたちが座って、記者会見をうまいことしのいでくれ。なぁに、ミチルには本当に非がないんだ、その点では堂々としてりゃいい。それに、さっきの真由を見たろう? いささか演技過剰だったが、泣き真似さえやめればなかなか悪くない」

父親に認められたのがずいぶん嬉しかったらしい。偉そうに腕組みをした真由が、得意満面を絵に描いたような顔をした。

記者の質問に、お国訛《くになま》りのまま誠心誠意答えては頭を下げるミチルの素直さもさることながら、これまでテレビ番組などでは傍若無人なお嬢さま然としていた真由が、時に涙まで浮かべて相方をかばう姿は、報道陣ばかりでなく視聴者の胸を打った。

両側に座った峰岸と桐絵が監督不行き届きを詫び、事実関係を述べるだけでいっさい弁解しなかったのも好印象だったのだろう。会見の終盤には記者たちの側から、二ヶ月の活動自粛は長すぎるのではないかとの声が複数あがり、ファンの間でも、いわば刑期短縮のための署名運動が始まったほどだった。

「気持ちはありがたいが、短縮はしないよ。予定通り二ヶ月でいく」

おおよそひと月が過ぎたある日、有川専務は言った。

そこは、『鳳プロダクション』本社内で最も広いスタジオだった。有川のほか、峰岸と桐絵が調整室から見守るガラス越し、スタジオ内では例によって講師の高尾良晃による歌のレッスンが佳境に入っている。

ただし、中にいるのは高尾と少女たちばかりではない。テレビクルーが隅のほうに陣取り、今この時も三脚に据えられた大きなカメラが回っていた。

「もしかして、こうなることも計算のうちだったんですか？」

桐絵は訊ねた。向こうには聞こえないとわかっていても、つい低い声になる。

有川が、ふっと笑った。

「人聞きが悪いな。せいぜい、〈予想の範囲内〉くらいにしておいてくれよ」

スタジオ内のクルーが位置を変える。カメラマンと音声担当、それにディレクターが防音壁沿いに移動して、今度は斜めに上げたグランドピアノの蓋越しに少女たちを撮るようだ。

自粛期間中のティンカーベルを密着取材——同じような企画がいくつも持ち込まれた中で、最も信用でき、かつ尺を長く取ることを約束してきた局に、有川自らがGOサインを出したのだった。自ら約束した以上、歌番組やイベントへの出演はかなわない。露出が減ればすぐに忘れられるのが、芸能界の残酷な掟だ。しかし、一度つまずいた少女たち二人が再生をかけて懸命に努力している様を、テレビの側がどうしても取材したいというからには断る理由もない。

「食えないお人ですぜ、あんたはまったく」

峰岸が言った。

「人気絶頂のタレントをまるまる二ヶ月も休ませるなんざ、普通は決断できませんよ。損害の大きさにびびっちまってね。それをあんたは、逆手に取ってチャンスに変えようってんだ。いやはやつくづく敵に回したかぁないね」

「それは私だって同じだよ。きみたちが味方でいてくれて助かってる」

峰岸と桐絵にちらりと視線をよこして、有川は目尻に皺を寄せた。

ここ数日のレッスンで少女たち二人が合わせているのは、持ち歌でもなければ次なる新曲でもない。ミチルがハスキーボイスを駆使して歌う古いアメリカのブルースに真由が高音のスキャットで加わるかと思えば、真由が哀愁たっぷりに歌いあげるアイルランドの古謡にミチルが低くハミングをつける。そんなレッスンは見たことがなかったのか、テレビクルーはずいぶん面食らったようだった。当の二人はといえば、ふだんよりずっとのびのびとしていて楽しそうだ。

〈活動自粛はまたとないチャンスだよ。明日の番組でうまく歌うためだとか、ヒットテンのランクを上げるためだとか、そんな足枷《あしかせ》から一旦解き放たれて、歌う歓《よろこ》びといういちばんの基本に立ち返ることができるんだ。神様がくれた時間と言っても過言じゃないね〉

高尾はそう言い、あえてさまざまなジャンルの歌を二人に歌わせて、それぞれに特有の表現方法を学ばせているのだった。

分厚い防音ガラス越しに少女たちの歌う姿を見つめながら、桐絵もまた有川の差配に舌を巻いていた。

いくら人気があっても、ぽっと出の新人歌手を取材した番組など、ふだんなら誰も作りはしないし観もしないだろう。それが、あのようなスキャンダルがあったおかげで特番並みの扱いだ。一度はさんざん叩かれ、地に堕ちたかに見えたティンカーベルが、記者会見の成功のおかげもあって、世間からまるで戦うヒロインのように受け容れられている。視聴率もおそらく約束されているだろう。うまくすれば、ティンカーベルの底力、いわゆるアイドルの枠にはおさまりきらない二人の歌唱力を、世間に知らせる願ってもない機会となるかもしれない。〈予想の範囲内〉が聞いてあきれる。有川こそは、じつは大鳥社長のはるか上をゆくほどの狸《たぬき》なのではないか。

「あと一ヶ月ある」有川専務が続ける。「その間にできること、その間にしかできないことを徹底的にやるんだ。新曲もすでに準備できている。明日からはレッスンを始めて、その様子をばっちり撮ってもらおう」

「しかし番組の放送は、彼女たちの復帰よりも前ですぜ。新曲が、事前に電波に乗っちまってもいいんですか」

「かまわないさ。一曲全部を通しで流されるのは困るが、一部分、一部分の継ぎ接《は》ぎであれば、好きに使ってくれてかまわないと言ってある」

「え、もうそこまで」

「願ってもないプロモーションになるとは思わないか？」

峰岸をふり返った有川が、ふと、桐絵のほうを見てけげんそうな顔になる。

「うん？　どうした、樋口くん」

「……いえ」

「腑に落ちない顔だな。いいよ、この際、何でも言ってくれ」

今を逃せば、機会はないかもしれない。

桐絵は息を吸い込み、思いきって言った。

「専務には専務のお考えがあると思いますし、その……何といっても大変な時ですから、彼女たちのためにいちばんいい方法を考えてらっしゃるんだとは思います」

「うん。それで？」

「ただ……こうして専務のなさりようを拝見していると、つい心配になるんです。そんなに先手先手を打って、いろいろ詰めこんでしまって大丈夫なんでしょうか」

「どういうことかな？」

「あの子たちは、しっかりしているように見えてもまだ十五歳と十七歳なんですよ。このところの騒動から世間の意地悪な視線にもさらされて、きっと相当な負荷がかかっているはずです。そう、心身ともに。専務が、この期間にしかできないことをとおっしゃるのはもちろんわかります。でも、いちばん大切にすべきなのは、彼女たちの心の健康じゃないでしょうか」

　呼吸を整え、桐絵は続けた。

「甘いと言われればそれまでですけど、私は心配で、気が揉めてたまらないんです。あの二人が、休みもせずに全力で走り続けるのを見ていると、今に心臓が破れてしまうんじゃないか、前のめりに転んで大怪我をするんじゃないかって……。スキャンダルも怖いですけど、もっと怖いのは本人たちが潰れてしまうことです。そうじゃありませんか？」

　有川専務ばかりでなく、峰岸までがこちらをじっと見ている。いつもなら途中で皮肉めいた茶々を入れてくるのに、腕組みをして押し黙ったきりだ。

「なるほど」

　と、有川が呟いた。それから、自分自身に確かめるかのように何度か頷いて言った。

「ありがとう、樋口くん」

「え」

「あの二人のことを、そこまで損得抜きに考えてくれて嬉しいよ」

「……すみません。損得を考えないなんて、マネージャーとして失格ですね」

「いや、そんなことはない。利益のことばかり考えているマネージャーに、タレントは付いてこないさ。何といってもあの真由が、きみのことは慕ってるくらいだからね」

「え、あれで」

つい滑ってしまった口を慌てて押さえる桐絵を見て、有川が噴き出した。目尻の皺が深くなる。

「掛け値なしに良かったと思ってるよ。きみと峰岸くんに、娘たちを任せてね」

娘、たち——。

重々承知していることではあっても、直接聞くとやはりどきりとする。

「きみの懸念はもっともだよ。私だって、できることならゆっくり休ませてやりたい。しかし私は、あの子らを、見事ステージに復帰させてやりたいんだ。ティンカーベルという誕生したばかりの妖精たちが表舞台に返り咲くことができるかどうかは、まあ正直、分の悪い賭けみたいなものだろう。打てる手を余さず打ったとしても、世間がどう反応するかはわからない。ちなみに、いま撮影に来てるクルーだがね。どうして彼らに任せようと決めたのかわかるかい？」

「番組の尺が長かったからじゃないんですか？」

「もちろん、それもあるさ。だが、いちばんの理由は、ディレクターの顔が気に入ったからなんだ」

「は？　顔？」

「面構えだよ。初対面の時から、目もとに面倒な屈託がなかった。話し始めた最初のうちこそ緊張していたが、笑う時は腹の底から笑う男だった」

再び、レッスン室へと目を向ける。

「彼はきっと、人の善なる面を信じようとするタイプだ。一度はつまずいた人間の努力を、できる限り肯定しようとして番組を組み立てる奴だよ。あれがもし逆に、人の心の影の部分ばかりに目を向けて、それで物事の本質を描いた気分になるようなタイプだったら、たとえ放送がゴールデンタイムでもさっさと断っていただろうな」

「専務……」

「この密着取材を大きなチャンスに変えて、ティンカーベルのデビュー二曲目を大ヒットさせるんだ。それからもう一つ。間を置かずに、ミニアルバムを作って売り出す」

「嘘でしょう？」

思わず声が裏返った。

「ほう、なぜ？　新人の分際でいきなりアルバムを出すなんてあり得ないか？」

桐絵はかくかくと頷いた。

「しかしヒットテン向きのシングル曲を歌っているだけでは、真由はともかく、ミチルのせっかくのあの声が活かせないじゃないか。そうだろう？」

「そ、それはそうですけど」

「言っとくが、ミニアルバムに収めるのはB面用の地味な曲じゃないぞ。ブルースからロックからトラディショナルまで、どれを取っても大人の鑑賞に堪える曲を用意して、音楽通の度肝を抜く――という計画はどうだね」

「どうってそんな……」

桐絵は、峰岸を見やった。さしもの彼も声が出ないようだ。

「ミチルならきっとやれる」有川だけが、飄々《ひょうひょう》と言った。「私はあの子を、この日本だけじゃなく、世界に通用する歌手に育ててみたいんだよ」

今でこそ業界で知らぬ者のない『鳳プロダクション』も、設立当初は勢いだけが取り柄の小さな芸能事務所でしかなかった。指の腱に傷を負って再起不能となったギタリスト・ジョージ有川を、その当時、大鳥社長はどのような考えで受け容れたのだろう。怪我をさせた当のバンドマスターとは古い知り合いだったというし、泣きつかれて断りきれなかっただけかもしれないが、思わぬ拾いものをしたことに気づくまで時間はかからなかったはずだ。有川丈児は、自身の才能を眠らせるしかなくなったかわりに他人の中に眠っている才能を揺り起こすことに全身全霊を傾け、『鳳プロ』を急成長させる立役者となった。

四十という年齢は、音楽業界ではけして若くない。有川など、ちょうど脂の乗りきった年頃と言っていい。その彼自らがやると言ったことは、いつか必ずや形になるに違いない。

　桐絵は、震えた。武者震いだった。自分の見つけてきたタレントが、将来、世界へ打って出る日が来るかもしれない。少なくとも有川は、ミチルをそのように育てたいと明言したのだ。

　大鳥社長の一人娘である母親から生まれた真由と。

　かつての有川の恋人・美津代が黙って産んだミチルと。

　どちらもが自分の血を分けた娘なのだから、親の欲目は関係がなかろう。ただ、持って生まれた声の質、そして欧米の音楽市場にも通用する歌い方など、冷静かつ冷徹な分析のもとに、有川は二人のうちでもミチルのほうに海外進出の可能性を見出しているようだった。

「考えることのスケールが違うっていうか、人間としてのステージが違うっていうかさ。あの人の前に出ると、自分がただの凡人であることがはっきりわかって嫌になるよ、まったく」

　ぼやきながらも峰岸は、めずらしく会社のデスクに向かっている。復帰して間もないティンカーベルが、次号、有名芸能誌の表紙と巻頭カラーを飾るとあって、候補に挙げられたいくつかのカットを細かくチェックしているのだった。

向かい側のデスクに座る桐絵からは、峰岸の姿はまるで見えない。蟻塚のようにうずたかく積み上げられた書類や雑誌や本などが、今のところは奇跡的に崩れることなく互いの間を遮っているからだ。

「でも、先輩だってそれなりに……」

「え、何だって？」

蟻塚の向こうからくぐもった声がする。

「先輩だって、それなりに頑張ってるじゃないですか！」

すると、煙草のけむりが、漫画のフキダシよろしく宙にぷかりと浮かんだ。

「『それなりに』ね。涙が出るほどありがたいお言葉だぜ」

文句たらしいことを言いつつも、機嫌は悪くなさそうだ。

それもそのはず、ティンカーベルは先週半ばの復帰以来ありとあらゆるテレビ番組にひっぱりだこで、同時にリリースされた新曲『傷だらけの妖精』は、一週目にしてヒットテンの第三位に躍り出た。

当の少女たち二人は今、ちょうど歌のレッスンを終えて、このフロアの隅のソファで休んでいる。ステージに立てる毎日が決して当たり前のものではないと骨身にしみたからだろう、高尾良晃によるレッスンの冒頭を覗いただけの桐絵にも、真由とミチルの真剣さはひしひしと伝わってきた。

活動自粛期間中の彼女らの日常に密着した例の番組は、先々週の終わり、自粛明け間際に放送された。さんざん前宣伝を流したおかげもあってか、同じ年末の『紅白』やレコード大賞などを別にすれば記録的ともいえる視聴率をたたき出したらしい。

特筆すべきは、放送後、はがきや電話で寄せられた感想のほとんどが好意的だったことだ。

有川専務が顔、もとい面構えを気に入ったというあのディレクターが、つい先ほども電話をよこし、

「僕らはただ、ありのままに撮っただけで何もしてませんよ。歌に真剣に向き合う彼女たちの、血の滲むような努力と想いのまっすぐさが、観る人の心にちゃんと伝わったってことですよ。それだけです」

自分のことのように喜んで、半泣きの声で伝えてくれた。

ありのままに撮っただけとは言っても、人間の善なる部分に目を向けようとする番組作りが、それこそ傷だらけだった妖精たち二人をどれほど助けてくれたかしれない。ディレクターに心から礼を言い、これからもどうか彼女たちをよろしくお願いしますと伝えて、桐絵は電話を切ったのだった。

テレビ局ばかりではない。ティンカーベルへのファンレターは、『鳳プロ』にも直接届い

ている。ひどいものになると剃刀が仕込まれているなどということもあり得るから、当人たちに手渡す前に必ず検閲が必要で、今まさに桐絵がしているのがその作業なのだが――どれを開いても激励や慰めの手紙ばかりで、攻撃的なものはまずなかった。当初、ミチルに飲酒と異性交遊の疑いがかけられた際の叩かれようからすると、にわかには信じられないほどだった。

　向こうのソファで休んでいた少女たちが、連れ立ってデスクのそばへやってくる。

「見ろよ、お前たち。そのファンレターの山」

　峰岸がくわえ煙草のまま顎をしゃくった。

「え、またこんなに？」

　ミチルが目を瞠る。

「昨日も山ほど受け取ったわよ」

　と、真由。

「よかったわねえ、あなたたち」桐絵はしみじみと言った。「いろんな人に支えられて、みんなに愛してもらってるのね。そのぶん、あなたたちも精いっぱい、お返しししなくちゃね」

　神妙な面持ちでこっくり頷くミチルの横で、ふん、と真由が鼻を鳴らす。

「ほんとそうよね。あの時ミチルのことを苛《いじ》めた奴らには、それこそたーっぷりお返ししてやりたいもんだわ」

「こら、もう、そういうこと言わないの」

たしなめながらも、つい噴き出してしまった。あれほど犬猿の仲だった二人が、いつのまにか唯一無二の相棒同士になっている。歌や振り付けの合間に、目と目でサインを送り合うこともうためらわないし、ふだんから互いに軽口を叩いたり、じゃれたり笑い合ったりもする。予期せぬスキャンダルのおかげで辛い思いも味わったけれど、そのかわり、手に入れるのが難しい宝物をとうとう得ることができたのだと桐絵は思った。

ありがたいことはもっとあった。

一時はスポーツ新聞や週刊誌上で〈ティンカーベルのミチルと恋仲だった！　のか？〉などと根も葉もない騒がれ方をしたザ・マグナムズのリーダーが、例の密着取材番組の中でインタビューに答えた言葉が思わぬ効果を及ぼしたのだ。

世間に隠していることもなければ恥じるべきこともない、とリーダーはカメラに向かって堂々と言ってのけた。ミチルは自分たちメンバーの後輩で、かつてのリードボーカルだった。あの晩、久しぶりに会えた彼女に飛び入りの助っ人を頼んだのはあくまでこちらのワガママでしかなかったけれども、一緒に演れて嬉しかったし、彼女は相変わらず最高で、居合わせたお客さんには大きなサプライズをプレゼントすることができた。

〈それから、これだけははっきり言うとくばってん、ミチルは未成年やけん、あの晩も一滴だって飲んどらん。ただ俺たちんライブば聴きに来て、歌《うと》うて帰っただけたい。ついでに言うと、俺には大事な大事な彼女がおるけんね。あげな乳臭いネンネと噂なんか立てられたら大迷惑ばい〉

そう言ってガハハハと笑ったリーダーは、畳みかけるように続けた。

〈そげんことよりみんな、ミチルの本気の歌ば聴いてみてくれんかいな。歌謡曲もよかろうばってん、そうじゃなくて、あいつの本物の歌ばいっぺんでも聴いてみぃ。びっくりして腰抜かすけん。ええと、それから、俺たちマグナムズを応援してくれるファンの皆さん、まだたいしておらんやろうけど、いつもありがとう！　その気持ちの隅っこで、ミチルと相方の真由さんのこともちょっとは応援してやってくれんかいな。今回俺らが調子ん乗ったせいで、すっかり迷惑かけてしもうたけん。このとおり、頼むばい！〉

深々と頭を下げながら手を合わせて拝むリーダーの姿は、自粛期間中もたゆまぬ努力を続ける少女たちの映像とともに全国に流れた。さすが九州男児、と言いたくなるような俠気《おとこぎ》に痺れたのか、ザ・マグナムズには新規のファンが多く生まれ、さらにそのうちの多くがティンカーベルの応援に回った。

要するに、ちょうどスカウトされてプロになろうとしていたマグナムズにとっても、そしてもちろんティンカーベルにとっても、いいことずくめだったわけだ。一つ間違えばティンカーベルとザ・マグナムズが共倒れになっていてもおかしくなかっただけに、これはマグナムズのリーダーの機転、いや率直な人柄こそがもたらしてくれた賜物だった。

「やれやれまったく、どれだけ強運の持ち主なんだろうな、うちのお嬢さんたちは」

半ばあきれたような苦笑を浮かべて、有川専務は言った。

その場にいたのは例によって桐絵と峰岸だけだが、たとえ他人が聞いても不自然ではないだろう。『鳳プロ』所属の女性タレントはある意味、全員が「うちのお嬢さん」には違いない。

「偶然にせよ、最高の前宣伝になったわけだよ。番組視聴者の多くが、あのリーダーの言っているミチルの『本気の歌』というのはどんなものなのか、知りたい、聴きたいと思ったはずだ。この効果が消えてしまわないうちに、ミニアルバムのプロジェクトを急いで進めたほうがいい。二人にも、ここは頑張ってもらわないとな」

もらい事故のようなスキャンダル騒ぎの前も、ティンカーベルは相当な忙しさだった。今はその頃にも増して、あらゆる番組から出演の声がかかり、新聞や雑誌からも取材の申し込みがある。以前なら少女たちのコンディションを考慮して桐絵の一存で断っていたような媒体でも、しばらくは、禊《みそぎ》のような意味合いで受けざるを得ない。朝早くから夜遅くまで、ま

ずはこの放送局、次はこの出版社、と連れ回す毎日に気が揉めて、桐絵がもっと食べなさい、早く寝なさい、と声をかけるたびに、

「大丈夫だってば、もう」

真由はうるさそうに髪をかき上げて言うのだった。

「あたしたち、さんざん休まされたおかげで体力あり余ってんのよ。ね、ミチル」

「うん」

隣でミチルがにこにこと頷く。

「今はうちら、人前で思いっきり歌えるっていうだけで嬉しかったい。気持ちようてたまらんばい」

実際、自粛期間の二ヶ月間、毎日のレッスンに全力を注いだおかげで、真由とミチルのどちらもが、またいちだんと巧くなっていた。発声の方法、発音の明瞭さ、感情を歌に乗せて届ける技術、それに二人で合わせるダンスのキレまでも、以前とは比べものにならないほどだった。

「伸び盛りのタレントってのは怖ろしいもんだなあ」

と歌の講師の高尾良晃は笑い、

「やっとお互いの気持ちが一つになったからだわ」

ダンス講師の沢野千佳子はしみじみと吐息をもらした。

振り付けに合わせて歌いながら、少女たちは何度となく目を見交わしては心から微笑み合う。傍からはごくあたりまえの光景かもしれないが、これまでの彼女たちを見てきた側からすると、

「狐《きつね》につままれたみたいだぜ」

「私は狸に化かされてる気がします」

峰岸も桐絵も、この世の奇跡をまのあたりにする思いだった。

一度お互いに気を許し合うと二人はみるみる仲良くなり、今ではほとんど一緒に育った姉妹か、幼なじみの親友同士といった親密さだ。

「前から思ってたんだけど、あんたのそのワークブーツ、ごつくてかっこいいわね」

真由がミチルのいつも履いている黒のドクターマーチンを褒めると、

「これ、ランディが買《こ》うてくれたっちゃん」

ミチルが嬉しそうに答える。

「ランディって、あの人？　博多公演の時にお母さんと楽屋に来た」

「そう、譲のパパたい。今はうちのお父さんでもあるっちゃけど、友だちみたいやけん、ランディって呼んどうと」

「ふうん。いいな、そういう関係」

「真由も、こげなブーツ履けばよかとに」

「えー、似合うかなあ」

「似合うにきまっとーけん。真由なら絶対やね」

一時は彼女たちの諍《いさか》いに心労が募り、胃に穴を開けて入院までした桐絵など、あれはいったい何だったのだとかえって詰め寄りたくなるほどだった。

ここまでくればもう、めったなことはないだろう。一時は先の見通しがまるで立たず、この状況がいったいいつまで続くのか、抜け出せる時がはたして来るのだろうかと暗澹《あんたん》たる気持ちに打ちひしがれていたものだが、これでようやく闇を抜けることができた。

悪い噂が一度も立ったことのないアイドルはマスコミに狙われるが、今回のことはむしろ予防接種のような働きをしてくれたと言える。あれほど大きな騒ぎにはなったものの、周囲から「何もそこまでしなくても」と言われるほど充分な自粛期間をまっとうして、見事カムバックを果たしたのだ。さすがのマスコミも、これからのちティンカーベルをいいかげんに扱うことはできないだろうし、彼女たちにまつわる情報にはとくに慎重になって、よほど確かな裏が取れない限り中傷記事など出さないに違いなかった。

もちろん、何一つ代償を支払わなかったわけではない。レコードの売り上げは、何も起こらなかった場合に比べればやはり一時期落ち込んだし、中には離れたファンもいただろう。

最も大きな心残りは、自粛期間がちょうど秋から冬にまたがったために、本来ならば最有力候補だったはずのレコード大賞新人賞を逃してしまったことだった。大賞や歌唱賞などはこれからもチャンスがあるし、城田万里子など何回にもわたってトロフィーを手にしているが、新人賞ばかりは一生にただ一度、デビューした年にしか獲れない。痛恨の極みだった。

ちなみに、発表があった瞬間、

「はああ？」

と目の玉をひんむいたのは真由だった。

「嘘でしょ、信じらんない！」

受賞者はなんと、あの男性歌手――二千人の観客を入れての公開イベント、新人ばかり五組の前座のトップバッターを務め、ぼろぼろに打ちひしがれて舞台袖に戻ってきた男性歌手だったのだ。

〈あんな姿をさらすくらいなら死んだほうがマシだわ〉

と真由が言い放ち、桐絵が同情とともに背中を見送ったあの歌手が、持ち歌を大ヒットさせてレコード大賞の新人賞まで獲得しようとは――。

「わっかんねえもんだなあ、おい」

峰岸もまた、あきれ顔で言った。

「俺はあの時、ありゃ駄目だ、なんであんなの連れてきたんだと思ったんだよ。オーラの片鱗もないひ弱な新人を、よくもまあわざわざ金と労力注いで育てる気になるもんだ、ってさ。しかし今回に限っては、認めるしかねえわ。俺の目のほうが節穴だった。確かにあれはいい歌手だし、たぶんこれからもっと良くなる。おかげでひとつ勉強になったよ。パッと見が『鳳プロ』のカラーに合わないからって、そんなことを理由に才能や将来の有る無しを決めつけちゃいけねえってことだな。まったく、それに関しちゃあ俺が間違ってた。全面的に悪かったわ、うん」

とくに後半、ちらりちらりとこちらを見てよこす。非常にわかりにくいが、どうやら間接的に、ミチルに対する当初の態度を反省しているらしい。

悪いと思うならもっとちゃんと謝って下さいよ、と言い放ってやることもできるのだが、このちゃらんぽらんな男に期待をするほうが間違いというものだ。

「そうですね、確かに」できるだけ穏やかに答えた。「私も、肝に銘じておかないと」

「お、おう。そうしな」

黙って頷き返しながら、桐絵は、自分のことを菩薩《ぼさつ》じゃなかろうかと思った。

＊

睦月《むつき》のカレンダーをめくった時には、これでもう一年の十二分の一が終わってしまったのかと驚いた。如月《きさらぎ》のカレンダーをめくった時には、もう六分の一が、と唖然とした。

忙しさに忙しさを継ぎ合わせるような日々が続いていたが、ティンカーベルの二人の気力は変わらずに充実していた。日々のテレビ出演や収録や撮影の合間にきっちりレッスンをこなし、歌やダンスの課題をクリアすべく努力する姿はけなげで愛おしかった。

レッスンの前後や、テレビ番組出演の控え室などでは、学校の宿題やテスト勉強のノートを広げる真由の隣にミチルが張りつき、真剣な顔で教えてやっている光景も見られた。

「数学はわりと得意やったけん」

胸を張るミチルに、

「そのわりに、これも間違ってるんだけど」

答え合わせをしながら真由が文句をつける。

「えっ、そげなはずなかよ」

「『なかよ』ったって違うもん。ほら」

小さな頭を寄せ合う様子を見守りながら、桐絵は、二人のつむじがそっくりであることに、どうか誰も気づきませんようにと祈った。

やがて三月も半ばにさしかかり、桜のつぼみがいよいよふくらみ始めた頃だ。

ある日、桐絵のデスクに、専務の有川から内線電話がかかってきた。

「すまんが樋口くん、役員室へ来てもらえるかな。折り入って話がある」

いつもの有川の声ではなかった。どこか張りつめている。

急いでエレベーターに乗り、役員室と応接室の並ぶフロアで降りると、隣の箱から峰岸が同時に降りてきて、桐絵を見るなり言った。

「やっぱりお前もか」

別の会議室で加藤らと打ち合わせをしているところへ、同じく内線で呼び出しがかかったという。

「何ごとでしょう」

「それを聞きに行くんだろ」

ただ事とは思えない。まさか、真由の素性が、あるいはミチルの出生の事情が、どこかから漏れてしまったのだろうか。もはやどちらのほうが重大な秘密なのか桐絵にもわからない。どちらも永遠に漏れないで欲しいと祈るばかりだ。そんなことは少女たちの実力や純粋さや夢にはいっさい関係がないのだし、何より多くのファンにとっても知りたくない事実に違いないのだから。

分厚い絨毯の敷き詰められた廊下を急ぎ、重厚なドアをノックする。応えを待ってから、峰岸がノブをつかんで開ける。

「座ってくれ」

有川が短く言った。

大きなデスクの向こうで、有川はいつになく厳しい顔をしていた。向かい合わせに置かれた応接用のソファに桐絵と峰岸がそれぞれ腰を下ろすのを待って、ふうう、と長い息をつく。

「また何か問題でも？」

峰岸が用心深く訊く。

「いや……まあ、ミチルのことではあるんだがな」

桐絵は、何を聞かされても動じたりするまいと身構えた。狼狽《ろうばい》している暇があったら考えろ。何ごとにもすぐさま対処できるよう冷静でいなくては――。

「端的に言うと、彼女にスカウトの声がかかってる」

『……はあ？』

まるでいつぞやの少女たちのように、峰岸と声が揃ってしまった。

「スカウトはないっしょ。すでにうちからデビューしてんだから」

「もしかして、引き抜きってことですか？」

矢継ぎ早に訊く峰岸と桐絵の前で、有川はデスクに両肘をつき、組み合わせた手に口もとを押しつけて何やら考え込んでいる。

「専務！」

桐絵の声に、ようやく視線を上げた。

「すまん。私も、さすがにびっくりしていてね。スカウト、引き抜き、どう言うのがふさわしいかわからんのだが……」

息を吸い込んで言った。

「じつは、あるイギリスのアーティストが、是非にとミチルを欲しがってる。今年の秋口から始まるヨーロッパツアーに参加してもらいたい、あの声がどうしても欲しい、とね」

桐絵は、思わず峰岸と顔を見合わせた。

考えることは同じだった。ミチルの歌声を知っているイギリスのアーティストといえば、答えはひとつきりだ。

峰岸が、呻くように呟く。

「ローヴァーズ・オブ・ブリテン、ですね」

有川専務が頷いた。

「ジェイコブ・サンダース——ステージネームはええと確か、」

「キャプテン・サンダース」峰岸が引き取って答える。「海賊の帽子がトレードマークなんです。カッコだけじゃなくて、実際、十六世紀にスペインの無敵艦隊と戦ったイギリス海賊の、キャプテン・ドレイクの末裔《まつえい》だとかでね。それでキャプテン・サンダースって呼ばれてるんです。いやもう、俺に言わせれば今世紀最高のギタリストの一人ですよ」

「なるほど、そうか、きみは彼らの音楽に詳しいんだったね」

有川専務が何度も頷きながら言った。

「ともあれ、フロントマンでもあるそのサンダース氏が、日本での代理人を通じて内々に打診してきたんだ。ミチルを欲しいと」

「代理人もイギリス人なんですか」

「いや、日本人だよ。サンダース氏の長年の友人で、彼らが来日する時は必ずアテンドしているそうだが……」

デスクの引き出しを開けると、有川は一枚の名刺を取り出し、こちらへ滑らせてよこした。

桐絵が腰を上げて受け取る。〈永沢弘之《ながさわひろゆき》〉という名前とともに、業界最大手のレコード会社のロゴが印刷されていた。

桐絵から手渡された峰岸が、まじまじと名刺を見ながら言った。

「ってことは、この永沢さんとやらも、ミチルの歌を生で聴いたってわけですね。博多の夜、キャプテンと一緒に」

「ああ、そう言ってたな。年の頃はたぶん、五十代半ばくらいだろうと思う。物腰の穏やかな、なかなかたいした人物だったよ」

「いつ会ったんです？」

「それが、ついさっきなんだな」有川は、ふっと苦笑した。「交換は電話を取り次いだだけで、私がここで直接会って応対したから、この話はまだ社内の誰も知らない。社長でさえもね」

峰岸はさらに何か訊こうとして、しかし口をつぐんだ。難しい顔をしたまま、向かい側から探るようにこちらを見る。

「どう思う？」

訊いたのは有川だった。彼もまた、桐絵をじっと見ている。

「どうって、いきなり訊かれましても……」桐絵は口ごもった。「どうもこうもないというか」

「きみたちの、正直な考えを聞きたいんだ」

有川専務がなおも続ける。

「もし仮に、『鳳プロダクション』として公式にこのキャプテン・サンダースの申し出を受け容れるとするならば、」

「専務！」

思わず口を挟んだ桐絵に、

「いや、仮にだよ、仮定の話だ」

落ち着きなさい、と言うかのように、有川が頷いてよこす。

「もしも受け容れるとするならば——ミチルはイギリスにしばらく滞在しながら準備をし、そのあと彼らのヨーロッパツアーに参加することになるわけだ。今のところツアーは一年の予定だと言うが、その後のことはまだはっきりしていない。契約次第、と言ってもいい」

「その契約というのは？」

と峰岸。

「形としては、そのローヴァーズ某《なにがし》の所属するレコード会社に対して、うちがミチルを貸し出す、ということになるだろうな」

つまり、先方はそれに見合ったギャランティをこちらに支払うというわけだ。

「客観的に見れば、日本人のアイドル歌手にはまずあり得ないようなオファーだ。本人にと

って も、そういう経験は大きな財産となるだろうとは思う」

「専務は賛成なんですか？」

つい、責めるような口調になってしまった。

「それを訊いてるのは私だよ。きみたちはどう思うんだ？」

「じゃあ、言わせて頂きます」

桐絵は、腰掛けた身体ごと有川のほうへ向き直った。

「私は、反対です。というか、そんなこと不可能ですよ」

「どうして」

「だって、ティンカーベルはどうなるんです？　ようやく、本当にようやくあの二人が打ち解けて、スキャンダルも何とか乗り越えて、ヒット曲も出て、ミニアルバムの準備も進んで……まさにこれからっていう時なんですよ？　こんな話、もし真由の耳にでも入ったらどんな騒ぎになるか」

「まあ十中八九、真由のやつは地団駄を踏んで怒り狂うだろうな」

そう言ったのは峰岸だった。落ち着き払った態度がカンに障る。

「他人事《ひとごと》みたいに言わないで下さいよ」桐絵は、向かい側を睨んだ。「こんなオファーをよくもまあ……。代理人の、永沢さんでしたっけ？　業界の偉いさんじゃないですか。ふだんから日本においでなら、このところのこちらの事情だってよくよくご存じでしょうに、いくらなんでも今のこの時期に、非常識だと思いません？」

「うーん、そうかな」

峰岸が呟く。

「『そうかな』って先輩……」

まさか、と目を瞠る桐絵のほうは見ようとせずに、峰岸はローテーブルに置いていた永沢の名刺を再び手に取った。

「非常識っつっても、日本の芸能界の常識は、イギリス人には通用しないもんな」

「きみはこの話に賛成なのかね」

と有川が訊く。

「賛成とか反対とかじゃないんです。何ていうかなあ、こう……」眉根に皺を寄せて考え込むと、峰岸は、彼には珍しく言葉を選ぶようにして続けた。「物事ってのは、なるようにしかならんのじゃないかと思うんですよ。それだけです」

ふむ、と有川が頷く。男たちが暗黙のうちに結託しているようで、桐絵は苛立った。

「どういうつもりですか、お二人とも」

ようやく峰岸が目を上げる。

「考えてみろよ、キリエ。お前、この話をもしミチルに聞かせたら、彼女はどうすると思う？」

　ぐっと詰まった。答えずにいると、峰岸がかわりに続けた。

「ま、きっと首を横にふるよな。自分なんかにはとうてい無理だとか言って、笑って辞退しようとするだろうさ」

「そりゃそうでしょう。ティンカーベルのことを思ったら、」

「いや、違うね」ぴしゃりと遮られた。「そうじゃない。お前のことを思うからさ」

「……え？」

「ミチルがこの話を断るとしたら、それはティンカーベルのためじゃない。もちろん、『鳳プロ』のためでもない。キリエ、お前のためを思うからだよ。自分の才能を信じ抜いて、博多から東京へ連れて来てくれた。歌を歌いたいという夢を一緒になって叶えようとしてくれて、いつもいちばんの味方だった。その〈桐絵さん〉を裏切ることなんてできるわけがない。だからミチルは、きっと断るさ。たとえ心の底では、歌謡曲よりローヴァーズが演るようなブルース・ロックのほうがよっぽど好きで歌いたくても、たとえどんなに自分の可能性を試してみたかったとしても、ね」

　途中から、桐絵は無意識に、いやいやをするように首を横にふっていた。どうしてそんなことを聞かせるのだ。両手で耳を塞ぎたい気持ちを抑える。

いっぽうで、自分でもわかっていた。聞きたくないのは、峰岸の言うのがおそらく本当のことだと知っているからだ。

「だからって……まだまだ未成年の彼女を、たった一人でイギリスへなんてやれるわけがないじゃないですか」

「一人ということはないよ」と有川が口を挟む。「ロンドンには、音楽関係の仕事をしている私の友人が何人もいる。何ならこれを機会に、『鳳プロ』のイギリス支社を立ち上げることも可能だ。ああ、いや、あくまで仮定の話だがね」

桐絵の顔を見て付け加える。

「……何なんですか」桐絵は呻いた。「お二人とも、まるでもうあの子を手放すって決めてるみたいに……」

何か言いかける峰岸を遮る。

「だって心配じゃないんですか？　そのキャプテン・ナントカが思いつきで言ってよこしただけかもしれない程度のことに、女の子ひとりの人生がかかってるんですよ？　どうかしてるとしか思えません」

取り乱しているという自覚はあるのに、言葉が、想いが、走ってしまって止められない。

「まあ、ちょっと落ち着きなさい。今ここで決めてしまう必要はないんだから」有川専務が、桐絵をなだめるように言った。「そもそも、私たちだけで決められることでもないしな」

桐絵は有川を睨んだ。

「つまり専務は、イギリスからオファーがあったことを、ミチルに打ち明けるおつもりなんですか」

「うん？」

と、有川が不思議そうな顔をする。

「では逆に訊くが、打ち明けないでおく理由があるかな？」

「ありますとも」

「たとえば？」

「ミチルは、一度聞いてしまったが最後、きっとものすごく悩むに違いありません。気持ちが乱れて、今現在のティンカーベルの活動に集中できなくなる恐れも大いにあります。それに、このオファーを思いきって受け容れるにせよ、あるいは誰のためであれ断るにせよ、いずれにしても身を切られるような辛い選択になるだろうことは火を見るより明らかです。だったら……」

「だったら、いっそ何も耳に入れずに、私たちのところで握りつぶしてしまったほうがマシだと？」

「握りつぶすだなんてそんな……」

そんな言い方、と呟く桐絵に、有川は言った。

「だが結局、そういうことだろう？」

桐絵は下唇を嚙みしめた。言い返すことができない。向かいに座る峰岸もまた、さっきから黙りこくったままだ。

もしかして、と、つい思ってしまった。ミチルがもしも単身イギリスへ渡ったら、彼は当初の予定通り真由をピンで売り出せると考えているのでは……。

いや、そうじゃない、そんなわけはない。今となっては峰岸だって、ティンカーベルとしての二人を精いっぱいサポートしようと心に決めているはずだし、だからこそ今まで一緒に頑張ってきたのだ。そんな基本的なところまで疑いだしたら、もはやこの世に信じられるものなどなくなってしまう。

「きみの懸念はよくわかるよ」と、有川が言った。「あの子のことをいちばん親身になって考えているのは、樋口くん、きみだ。間違いなく、親以上に考えてくれてる。ただ——覚えているかな。前に、レッスン・スタジオで私が話したことを」

桐絵は、無言のまま、向かいに座る峰岸を見やった。

「もちろん、覚えてますともさ」と、峰岸が答える。「ミチルを世界に通用する歌手にしたい。専務はあの時、そうおっしゃいましたよね」

「そう。あの時点では、何年か先のことを想定していたんだ。ミニアルバムにとどまらず、早いうちにヒット曲をちりばめたアルバムをリリースする。ティンカーベルの活動と並行して、ミチルにはソロもやらせる。ニューヨークあたりで録音を行って箔を付けたら、しばらく向こうで武者修行でもさせて、いずれは海外のアーティストとコラボレーションできるといい。そんなふうに、積み木を積むように準備しようと考えていた。だからこそよけいに、今回のオファーにはひっくり返るほど驚いたんだよ。ミチルは、自分のあの声ひとつでもって、とんでもなく大きな運命を引き寄せたんだとね」

桐絵は、ローテーブルの上を見つめた。この仕事もけっこう長くなるが、関わっているタレントの将来について、こんなにも心乱れるのは初めての経験だった。

親以上に……と、当の父親である有川は言う。しかし親心というのは得てして過保護になりやすい。もしや自分もそうなのではないだろうか。心配という名の束縛をしてしまっているのだとしたら、それはミチルの行く手を阻むものでしかない。

奥歯をきつく嚙みしめる。ミチルの成長と成功を願う気持ちは本当なのに、どうして胸が潰れそうなのだろう。桐絵さん、桐絵さん、とあの無邪気な笑顔で慕ってもらうことが、いつのまにか大きな生きがいになっていた。だとすれば、この気持ちは彼女への応援というより、むしろ依存なのでは——。

「お、おい、キリエ」

峰岸の驚いた声にはっとなり、初めて気づいて慌てた。

涙が、まるでダムが決壊したかのようにあふれて頬の上を滑り、顎の先からしたたり落ちている。仕事の話をしているのに、感情の高ぶりのままに泣くだなんて、最低だ。これだから女は、と言われてしまう。

「……す、すみません、みっともないところをお見せして」

男二人から顔を背け、ポケットをまさぐるもののハンカチがない。デスクに残してきたバッグの中だ。うつむいて洟をすすり上げるもとうてい間に合わず、仕方なく服の袖で拭おうとした時だ。

向かいから、膝の上めがけて何かが飛んできた。見ると、黒っぽいストライプ柄のハンカチだった。畳んではあるが、見事にくしゃくしゃだ。

「一応洗ってある」

ぶっきらぼうな物言いに、桐絵は観念して頭を下げた。

「すいません。お借りします」

鼻の下に押し当てると、洗濯洗剤の清潔な香りに混じって、峰岸の匂いがした。とたんに気がゆるみ、

「うう……」

思わず声がもれ、また新たな涙があふれてしまう。

それでも、激情の波は、そんなに長くは続かなかった。過ぎていった後には、凪《なぎ》のように静かな諦念が残った。

そう、確かにミチルはまだ若い。心配の種は尽きない。

しかし、若いからこそどんな道を選ぶこともできるし、たとえ失敗しようと、いくらでもやり直しがきくのだ。いずれにしても自分たちにできるのは、彼女の選択を全力で後押しすることでしかない。

ややあって、有川が口をひらいた。

「いつ、どう打ち明けるかは樋口くん、きみに任せていいね」

「――はい」

頷いた桐絵に、微笑んでよこす。

「ミチルの望み通りにしてやってくれ。この件についての全責任は、私が取る」

ステージ11 ★ ラスト・ステージ

　歌は、国境を越える。

　英国のバンド、ローヴァーズ・オブ・ブリテンを率いるキャプテン・サンダースが、ミチルをぜひともヨーロッパツアーに帯同したいと申し入れてきたのが春三月――。関わる者たち皆が対応に追われ、右往左往している間に季節は容赦なく過ぎて、気がつけば桜はすでに咲き終わり、散り終わり、今や枝の先まで青々とした葉を重たげに茂らせていた。

　外国人からすると日本人はもともと童顔に見えるようだ。キャプテンことジェイコブ・サンダース氏は初め、ミチルを小学生だと思いこみ、そんな子どもを夜のライブハウスで歌わせるなどどういう了見かと眉をひそめたらしい。それが、歌いだしたとたんに耳を持っていかれた。

　とはいえ、たかが異国の小娘だ。半ばお忍びで訪れた日本、代理人がイベントをセッティングした博多のライブハウスがいくらその道で有名であっても、飛び入り参加で一曲か二曲歌っただけの少女に、いったい何を見出してイギリスまで呼び寄せようと思い立ったのか。

『鳳プロダクション』側が代理人の永沢氏を通じてそう質問すると、先方からは短い答えが返ってきた。

〈Voice, Sense of rhythm, & Soul〉

——声と、リズムセンスとソウル。

有川専務からそれを聞かされた時、桐絵はもう何も言えなかった。

苦労に苦労を重ねてようやくここまで育ててきた歌手を、横からかっさらおうという申し出にはいまだに腹が立つけれども、ミチルの持つ特別な才能を過《あやま》たず見抜き、未知の可能性に賭けようとしてくれているという一点において、桐絵は、まだ会ったこともないサンダース氏と肩を組んで酒を酌み交わしたい気持ちだった。

そういえば、有川専務からこの話を聞かされた日、峰岸が懸念していたことがある。

〈問題は、言葉だよなあ〉

ひととおりの話が済んだ時、峰岸はふと、難しい顔で言った。

〈よく『歌は国境を越える』なんていうけど、言葉の壁ばっかりはそう簡単に越えられねえもんなあ。もしミチルがイギリスへってことになったら、専属の通訳つけてやるしかないのか〉

いくら洋楽を素晴らしい発音で歌いこなせても、それとこれとは別だと言いたいらしい。

〈話せますよ〉

桐絵は言った。

〈そりゃお前、練習すりゃあこの俺でもさ。だからって秋からのツアーじゃ、あいつを英会話教室に通わせてる暇は、〉

〈そうじゃなくて、あの子、話せますよ〉

〈はあ?〉

〈お義父《とう》さんのランディとはほとんど英語で話してましたもの。少なくとも日常会話くらいは支障ないはずです〉

有川は、黙って微笑していた。とうに美津代から聞かされていたらしい。

〈なんだよ、早く言えよ。だったら何も問題ねえじゃんか〉

心配して損した、というふうに、峰岸は応接ソファにもたれかかった。

が、そんなに簡単な話ではないのだった。最大の問題は、キャプテン・サンダースからの申し入れについて、当のミチルにいつ、どのように話すかだった。

有川専務じきじきに「任せる」と言われた桐絵は、さんざん考え抜き悩み抜いた末に、ひとつの賭けに出た。すなわち、ミチルに話すより先に、真由に打ち明けたのだ。

まだ十五歳、この春高校に上がったばかりの少女を前に、桐絵は包み隠さずすべてを話した。博多でのあの夜、『ほらあなはうす』に居合わせたサンダース氏がミチルの声に惚れこんだこと。彼のオファー通り、もしもミチルがこの秋から始まるヨーロッパツアーに参加することになれば、少なくとも向こう一年間は日本を留守にしなくてはならない。

それによって生じる『鳳プロダクション』側の損失はかなりの額にのぼるわけだが、それらも加味した上でこちらが提示した条件を、先方はすべて呑む用意があると言ってきた。つまり、あとはミチルの意向次第ということになるのだが――。

「真由、あなたはどう思う？　この話」

一日のレッスンを終え、ダンス講師の沢野千佳子がスタジオを出ていった後に、桐絵と真由は二人きりで話していた。急用ができたからと桐絵が残り、今日は峰岸がミチルを寮まで送っていったのだ。

サンダース氏からのオファーは、ミチルにとってだけでなく、真由にとっても運命の分岐点となる大ごとだ。ふだんならば自分の持ち場を荒らされたり、大事なものをかっさらわれたりして黙っている真由ではない。この話を聞かせたならきっと例によって地団駄を踏んで怒り狂い、荒れに荒れるだろうと、皆がそう思っていた。

しかし真由は、こうして話している間じゅうほとんど口をきかず、まるで別人のように静かだった。

「じつは、ミチルにはまだ何も話してないのよ」

桐絵は言った。

「うそ、なんで？」真由の声が初めて裏返る。「だって、ミチルに対するオファーでしょ？なのにどうしてあの子がいちばん最後に知ることになっちゃってるわけ？」

「そこは、ええ、私も悩んだわ。さんざん悩んだ末に、あなたに先に話すことにしたの」

「だからどうしてよ」

「そうするのが筋だと思ったから」

「そ……そんなこと言われても……」蒼白い顔で、真由が口ごもる。「いきなり『どう思う？』なんて訊かれたって、そんなのわかんないわよ」

「そうかしら。私、あなたに、『どうすればいいと思う？』とは訊いてないわ。あなたの正直な気持ちを訊いてるだけよ」

「そうかもしれないけど、」

「ミチルがこの話を知った時、何て答えるかはわからない。思いきってイギリスへ行きたいって言いだすか、それともこのままティンカーベルのミチルでいたいって言うか……それはわからないけど、とにかくその前に、まずあなたの気持ちを確かめておくべきだと思ったから、こうして話してるの。だってこのオファーは、ミチル一人に対するものじゃなくて、同時にあなたへの申し入れでもあるのよ。ティンカーベルは、あなたとミチルの二人ともが揃っていなければ続けていくことができないんだから」

真由が、能面のような顔でこちらを見つめる。

「もし……もしもミチルがいなくなったら、あたしはどうなるわけ？」

これまで聞いたこともないような、か細い声だ。

「それについては、専務や峰岸さんとも充分話し合ったわ。もしもの場合は、ソロとしてのあなたをバックアップしようってことになってる」

少女は何も言わない。

「だからね、真由。あなたが真剣に、この件についてはノーだと思うなら、遠慮なくそう言ってほしいの。ミチルに打ち明けるのはたぶん今夜になると思うけど、あなたが何て言ってたかなんてことは絶対明かさない。『鳳プロ』内の一つの意見として、ちゃんとうまく話すから。ただ……」

「ただ、何？」

と、真由がこちらを見据える。睨むかのような目だ。

桐絵は言った。

「これだけは、了解しておいて欲しいの」

「だから何よ」

「ミチルが、もし真剣に考えた上でイギリスへ行きたいって言ったなら、私たちには、それを止めることはできないってこと」

「……会社は？」

「同じよ。『鳳プロ』としては、止めるつもりはない。むしろ協力することになるでしょう」

「……ふうん。なるほどね、この際、海外の人たちにも恩を売っておこうってわけね。パパやおじいちゃんの考えそうなことだわ」

一瞬、頬がいびつに引き攣れて、泣くのかと思った。

けれど真由は、危ういところでそれを苦笑いに見えなくもない表情へと変えてみせた。

「なんか、不公平よね」

「何が？」

「だってそうじゃない。あたしたち二人が揃わなきゃティンカーベルはやっていけないとか言っといて、結局はミチル次第なんでしょ？　決めるのはミチルなんでしょ？　あたしがどんな気持ちでいようが、そんなの関係ないってことじゃないの」

「真由、それは、」

「だったら初めから訊かないでよ」

何ということだろう。何もかも彼女の言うとおりで、ぐうの音も出ない。

「……真由」

少女が肩で大きく息をついた。

「いいの。ちょっと文句言ってみたかっただけよ」

「真由、ごめんね。そんなつもりじゃなかったの。本当にごめんなさい」

「いいってば」

狼狽える桐絵から目をそらし、彼女はふっと笑った。生まれてこのかた、芸能界の表と裏を傍観し続けてきた者ならではの、ひどく老成した笑いだった。

「……もういいってば」ぽつりとくり返す。「ほんとは、会った時からわかってた。あの子には、ものすごい才能がある。あたしには、ない。それだけの話よ」


秋からのヨーロッパツアーに参加してもらうためには、遅くとも五月半ばまでにはイギリスへ来て自分たちと合流して欲しい――。

キャプテン・サンダースからの強い要望により、ティンカーベルとしてのスケジュール、すなわち真由とミチル二人揃ってのテレビ出演やグラビア撮りなどは、五月以降すべて白紙に戻されることとなった。ミチルが海外へ出るという極秘ニュースはその直前の四月末、生放送の大きな歌謡祭で電撃発表され、翌日のワイドショーはこの話題でもちきりとなり、『鳳プロダクション』の社屋前は記者たちとカメラで埋め尽くされた。

当然のことながら、事ここへ至るまでにいちばん動揺し、激しく悩んだのは当のミチルだった。

最初に話を聞かされた時は、

〈いっちょん信じられん。誰かと間違えとうとばい〉

と言い張ったし、だんだん事態が呑み込めてくると、

〈ティンカーベルを放り出して行けるわけなかろうもん〉

と耳を塞ぎ、桐絵があなたの好きなようにしていいのだと言うと、

〈もう、うちなんか要らんようになったとね？〉

と駄々をこねて泣き、峰岸がこのチャンスの値打ちについて説けば、

〈じゃあ峰岸さんが行ったらよかっちゃないと？〉

めずらしく無茶苦茶なことを言った。

傍から見ていても、ミチル自身に行ってみたいという強い気持ちがあるのは確かなことだった。歌だけ歌って生きていられるならどんなに幸せか、と夢見ていた彼女のもとに、それ

こそ、少なくとも向こう一年間は歌だけ歌って生きてくれとのオファーが舞い込んできたのだ。それも、彼女が最も好きなジャンルの歌を。

けれどもまた、それが本当の望みであればあるほど、ミチルにとってそのオファーに応えることは、日本で世話になっている皆への裏切りのように思えてしまうようだった。

指摘されれば否定し、勧められれば拒む。そんなミチルの隣で、真由こそはよくも耐えたものだと桐絵は思う。

まるで人格が互いに入れ替わったかのように、真由は、揺れたり荒れたりするミチルをなだめ、周囲との緩衝材の役割を果たそうとしていた。

とはいえ、所詮というか、やはりというか、どこまでいっても真由は真由だ。自分以外の役割をどれだけ頑張って演じてみたところで、そんなに長くもつものではない。

四月中旬のある日。生放送の歌謡祭へ向けてのレッスン後に、とうとう爆発した。

「もう、我慢できない」

両手を腰に当てて、真由は仁王立ちになった。

「鬱陶しいのよ。どんだけかまってちゃんなのよ。甘ったれるのもいいかげんにして。っていうかあんた、これがどれだけ贅沢な話かわかってんの？」

以前のようにきぃきぃ怒って地団駄を踏むのとは違う。心の底から怒りながらも冷静な物言いに、ミチルのほうが気圧《けお》されたように目を瞠った。

「おじいちゃんがよく言ってるわ。日本の芸能界はしょせんぬるま湯だ、スターだって井の中の蛙《かわず》だ、って。ほんとその通りだってこと、あたしにも今はわかる。ヒットテン連続一位が何よ、ファンレターの数が何よ。どれだけ日本で人気があったって、ティンカーベルなんか、この国を一歩外へ出たら知ってる人なんか誰もいないいんだから。考えてもみなさいよ、世界中でレコードを出してるような人からの招待なのよ？　断るだなんてバカのすることだわ。あたしだったら迷ったりしない。これっぽっちもね」

ぎらぎらと睨みつける真由のまなざしに臆して、青い顔で黙っていたミチルが、ようやく口をひらいた。

「……ほんとに？」

「は？」

「真由やったら、ほんなこと、ちぃとも迷わんと？」

「あったりまえでしょ。これから先ずっと、永遠にどっか行ったきりだっていうならともかく、たかが一年じゃないの。ってか、あんたがもし、あたし一人残して行くなんて悪いとか考えてるんなら、甘く見るのもいいかげんにして」

怒りのあまりか、目にうっすらと涙を溜めながら、真由はなおも言いつのった。

「あんたなんかに心配されなくたって、あたしはあたしでやっていけるんだから。ソロの小鳥真由として、あっという間にヒットテン一位を獲ってみせるんだから」

「……うん。真由ならできるやろうね」

「あたりまえのことばっか言わないで。あたしだけじゃないわよ、あんただってそうでしょ。一人でだってやれるでしょ」

「え」

「え、じゃないっての。離れてる間、お互いに今よりずっと巧くなって、次にまた二人でテインカーベルをやる時はそれこそ世界中をあっと言わせるんだって――それっくらいの気持ちがなくてどうすんのよ、ええ？」

結局のところ、そのようにしてミチルは説得され、ようやく自分の気持ちに素直になることを受け容れた後は、代理人を通じて先方へ承諾の返事をしたというわけだった。

博多から東京へ出てきた時のミチルは、最小限の衣服とお気に入りのカセットテープ、他には古いラジカセと小さなポケットラジオくらいしか持っていなかったものだが、

「さすがにこんなみすぼらしい格好で送り出すわけにいかないわよ」

と真由は言い、桐絵の尻を叩いて一緒に服を買いに出た。

「そんなに要らんよ。それに、どこでも洋服くらい売っとうやろ？」

「ばか、何言ってんの。向こうはこっちより何でも高いんだって。あんまり適当な格好しないでよね、あんたは良くても日本の恥になるんだから」

口ではきついことを言いながらも、真由はしきりにミチルの世話を焼き、寮の部屋まで押しかけてはあれやこれやと手伝った。ロンドンへ船便で送る段ボール箱に、東京で少しずつ増えた荷物や、最近ミチルも使うようになった基礎化粧品、それに新しく買ったばかりの服などを詰める作業だ。

そうしていよいよ、五月の半ば。

夜の便で出立するミチルを成田空港まで見送りに来たのは、真由と、桐絵と峰岸、そして有川専務の四人だった。天井から床までの大きな窓に広がる空には、まだわずかに夕暮れの名残があった。

後ろからミチルと真由の姿を見守る桐絵は、ともすればこみ上げそうになる涙を懸命にこらえていた。今生の別れというわけじゃないんだからと自分に言い聞かせても、胸は詰まり、鼻の奥が熱く痺れてじんじんする。

二つ並んだ小さな頭やつむじのかたちもそうだが、こうして改めて見比べると、とりわけ耳がそっくりだ。本人はまっすぐ立っているつもりなのに少しだけ左肩が落ちる癖も同じで、ダンスのレッスンのたびに注意されていた。

少し離れたところにいる有川専務の背中を見やり、ふっと笑ってしまった。たぶん彼もまっすぐ立っているつもりなのだろう。峰岸の話に相槌を打ちながらも、その目は娘たちに優しく注がれている。

「おっと、そろそろじゃないか」

時計を見て峰岸が言った。少女たちがこちらへ向き直る。

「ミチル、ほんとに案内してもらわなくて大丈夫か？　航空会社の人に頼んでいいんだぞ」

「ううん、大丈夫。よう調べて、桐絵さんと何回も練習したけん」

「試しに言ってみ」

「えっと、最初に〈保安検査〉を受けて、身体と荷物ば調べてもろうて、〈税関検査〉では符見せながら『ロンドンにおるおじさんに会いに行くとです』って言うて、中へ入ったら搭『大きかお金なんか持っとりません』って言うて、〈出国審査〉ではパスポートと飛行機の切乗口の番号ば探して、間違えんようにそこまで行って、最後に搭乗の案内が始まったら、またパスポートと切符を入口のお姉さんに見せてニッコリする」

「お姉さんじゃなくてお兄さんだったら？」

「ちょっとだけニッコリする」

「よし、合格」

と峰岸が言った。

搭乗手続きはとっくに済ませてある。ロンドンで落ち着くまでの間に必要な身の回り品などを詰めた小さなトランクも、同じカウンターですでに預けてあった。

それなのに、機内持ち込み用に持ってきたミチルのダッフルバッグは重そうだ。今は椅子に置かれているが、ここまで来る間も持ち手が彼女の細い肩に食い込んでいた。

真由のそばから離れたミチルが、そのバッグに手を伸ばす。いったい何を詰め込んできたの、と桐絵が訊こうとするより前に、彼女はバッグのチャックを開けて、中から紙袋にくるまれたものを取り出した。

「真由。これあげる」

現れたのは、黒いワークブーツだった。ミチルがいつも大切に履いていたものだ。

「え、なんで？　お義父さんに買ってもらったんでしょ？　大事にしてたじゃない」

「うん。ばってん、うちにはちょっと小さくなってしもうたと。真由に履いてもらうんやったら、ランディも喜んでくれるっちゃないかな。磨いてあるけん、きれかよ」

見れば、今日のミチルの足元は運動靴だ。

差し出されたブーツを、真由は、おずおずと手を伸ばして受け取った。ずしりとした重みを両手に抱え、茫然と見おろす。

「ちょっとの間、留守にするけんね」

「……うん」

「手紙書くけん、真由もくれんね」

「……気が向いたらね」

口ではひねくれたことを言っても、声に力はない。

ミチルは、そんな真由を何ともいえない面持ちで見つめていたかと思うと、ふいに両手を広げ、彼女を抱きかかえた。びっくりした真由は棒のように突っ立っているだけだ。互いの間には黒いブーツが挟まっている。

かかえる腕に、最後にぎゅっと力をこめ、ミチルは身体を離した。

大人たち三人を見て、きっぱりと言う。

「じゃ、行ってきます」

「おう、頑張ってこいよ。元気でな」と峰岸。

「身体だけは大事にするのよ。向こうの皆さんにくれぐれもよろしくね。あと、生水は絶対飲まないこと。それから……」

この期に及んで伝えていないことが山ほどあるように思えて身を揉む桐絵の横で、

「ミチル」

朗々とした声が響いた。有川専務だ。

「大丈夫。どこへ行こうと、その才能がきみを支えてくれるよ。何しろ、樋口くんが見出したホンモノだからな」

そうして、顔じゅうで笑って言った。

「なんも心配なか。堂々と胸ば張って行きんしゃい」

ミチルが驚いたように目を瞠り、続いて、「はい！」と力強く頷く。

桐絵は、もう何も言えずに、手を振るミチルを見送った。保安検査場へと向かう細い後ろ姿が、ぼやけて揺らぎ、流れた。

＊

もとより大型新人を世に送り出す一大プロジェクトにおいては、所属プロダクションを挙げてのバックアップはもちろん、マスコミの各媒体やスポンサーへの根回しが欠かせない。マネージャーとして、カレンダーを睨みながら日々のやりくりに四苦八苦している間に、現実の季節は流れるように過ぎてしまい、暑かった・寒かったといった大雑把な記憶の他には何も残らない。いつ花が咲き、散っていったかなどほとんど覚えてもいない。

けれど、これまでの桐絵の経験と照らし合わせてみても、ミチルと出会ってからのこの一年半ほどはあまりにもあっという間だった。体感としてはせいぜい数ヶ月といった感じだ。

何しろ、いろいろあり過ぎた。新人歌手スカウト・キャンペーンの福岡大会が行われた夜、峰岸に連れていかれたライブハウスでミチルの声に魅せられたのがすべての始まりだったが、グランプリ受賞者となった真由がじつは何者であるかを知らされたのも、独断でミチルを博多から上京させたのも、峰岸の妨害に遭ったせいで彼女を素人のど自慢に出場させたのも、今こうしてふり返れば、ティンカーベルのデビューより前の出来事なのだ。

真由とミチルでデュオを、という話が本決まりになってからも二人はずっと犬猿の仲で、ようやくいがみ合わなくなったかと安堵したのも束の間、秋にはあのばかげたスキャンダルのせいで活動自粛を強いられた。と同時に、それがきっかけでミチルは世界へと旅立っていったわけだ。

つまり、実際のところティンカーベルというユニットが稼動していた期間は、驚くほど短いのだった。

「それなのに、シングル二曲であれだけの数字をたたき出したんだもんな。たいしたもんだよ、お前たちはさ」

峰岸は言った。

お前たち、と言っても、目の前には真由しかいない。

その真由はといえば、ここ数日の間、いつにも増してぴりぴりと気が立っていた。

「今さらミチルがいた頃のことを褒められてもね」

言い捨てた真由が、グランドピアノにもたれる峰岸と、鍵盤の前に腰掛けた高尾良晃から顔を背ける。

いつものレッスンスタジオだった。エアコンの効きが悪く、調整室のドアは開け放している。桐絵と峰岸は初めのうち、その調整室からレッスンを見守っていたのだが、途中から雲行きが怪しくなってきたのを見て峰岸が中へ入っていったのだった。

「だいたい、ミチルとあたしは違うしね」そっぽを向いたまま、真由が言いつのる。「ティンカーベルはあの子がいたから売れたのよ。陰じゃみんなそう言ってるわ」

「ほう。みんなって、たとえば誰だよ」

と峰岸が訊く。

「誰って……誰かはわかんないけど、とにかくみんなよ。どうせあんたたちだってそう思ってるくせに」

いくらなんでも聞き捨てならない。桐絵は思わず、マイク越しに口を挟んだ。

「何をばかなこと言ってるの。どっちがいたからなんてことはないわ。ミチルとあなた、二人ともの力が合わさったからこそ、ティンカーベルはあそこまで活躍できたのよ」

「だったら……！」

キッとこちらをふり向いて、真由が怒鳴る。

「だったらよけいに、あたし一人じゃ足りないってことじゃないのよ！」

「こらこら真由、ちょっと落ち着きなさい」

高尾が穏やかにたしなめた。

「きみ一人でティンカーベルをやれなんて言ってないだろ？　峰岸くんや樋口くんだって、きみに、自分の持つ素晴らしい力を思いだしてもらいたいから言ってるんじゃないか」

分厚いガラス越しに、桐絵は真由を見つめた。すらりと伸びやかな立ち姿は最近、出るところと引っ込むところのメリハリがはっきりしてきた。今のように癇癪を起こしている時でも、峰岸から〈猿〉と揶揄された頃とは違い、表情に複雑な陰影が感じられる。

いつのまにかずいぶん大人びた……そう思いかけ、当然かと思い直した。

つい先頃、真由は十六歳になったのだ。

皆からお祝いしてもらった中でも、彼女が最も大切にしているのは、ロンドンにいるミチルから送られてきたプレゼントだった。金色の古いコインの真ん中が星の形にくりぬかれたペンダントには、ミチルの丸っこい字でバースデー・カードが添えられていた。

〈うちも、お揃いで銀色の星ば買うたとよ。高いもんやないばってん、お守りにしてくれたら嬉しか。うちもそうするけん〉

以来、真由も肌身離さず着けている。現に今も胸にさげたそれを無意識に握りしめているのは、心細さの表れだろう。何しろ、もういよいよ明後日に迫っているのだ。真由が〈小鳥真由〉としてソロ・デビューする、生放送の公開イベントが。

緊張するのも無理はないが、それにしてもここ数日の真由ときたら、集中力散漫なことおびただしい。レッスンにはまるで身が入らず、苛々しては周囲に当たり散らし、そばへ寄るだけでビリビリと感電しそうだ。

「いいから、これまでのことは忘れなさい」高尾良晃は続けた。「きみはこれから、一人の新人歌手として、まっさらな状態でデビューするんだ。心配は要らない。そのためにこそ、大ヒット間違いなしの曲をこの僕が用意したんだからね」

笑って言い切ってみせたが、真由は、ますますきつくコインを握りしめた。

「まっさらなわけ、ないじゃない。みんな、〈ティンカーベルの真由〉だと思ってあたしを見るのよ。『ミチルがいないとがっかりだね』『この子だけだと半人前って感じだよね』……絶対そう言われるにきまってる。みんなが聴きたいのはティンカーベルの歌なのよ」

「おいおい、何をそんなに怖がってんだよ」

と峰岸。

「怖くなんかないったら。ただ、そんなふうに思われてまで歌いたくないだけ」

「どうだか。ミチルと出会った頃のお前さんはもっとこう、プライドの塊みたいだったじゃないか。デビューを控えた自分の座を、ぽっと出のあいつになんか絶対明け渡すものかって、ライバル心をむき出しにしてた。おかげでこっちはなかなか大変だったが、ガッツは本物だったよ。いったいあの自信はどこへ消えちまったんだ？」

真由は、黙りこくってうつむいている。

ふと気配を感じ、後ろをふり返った桐絵は思わず声をあげそうになった。シッ、と有川専務が唇に指をあてる。いつのまに来ていたのか、その隣には、城田万里子の姿まであった。

調整室の物音や声は、よほど大きくない限りスタジオの中にまでは届かないが、こちらがばたばたしていると気配が伝わってしまうことはままある。

「どうなさったんですか、お二人とも……」

声をひそめて訊ねた桐絵に、

「いや、まあ、さすがに気にかかってね」

有川専務が苦笑で応えた。機材の陰に立ち、中の三人からは見えないようにしている。その隣で、城田万里子が、やはり声を落として言った。

「真由ちゃん、いよいよ明後日ですって？」

「ええ。だいぶ緊張してるみたいで」

「ジョージからそう聞いたから覗きに来たんだけど……」

中からは、峰岸の強い物言いに続いて、高尾が諄々《じゅんじゅん》と真由を説得しているのが聞こえてくる。

「なるほど、ちょっと困った感じね」

「そうなんです」

「緊張にも、いいのと悪いのがあるものね。あれは、良くないほうのだわ」

城田万里子が言い終わらないうちに、

「もうイヤ！　やめてやる！」中から真由の大声が響いた。「無理よ、明後日なんてそんなのぜったい無理！　もうやだ、帰る！」

「おいおい、何を言ってるんだ真由」さすがの高尾も腰を浮かせる。「ちっとも駄目なんかじゃないぞ。ちゃんと歌えてるじゃないか」

「嘘よ、自分で歌っててわかるもん！　ミチルの歌とは全然違う、全然なってない。だけどしょうがないじゃない。ミチルはホンモノだけど、あたしなんか親の七光りでやってきただけのニセモノなんだから！」

——ホンモノ。

空港で見送る時、有川専務がミチルに贈った言葉だ。

桐絵は、横目で有川を窺った。髭の陰で、唇が一文字に引き結ばれている。

「いやいやいや、違うって真由」峰岸もまた、必死になだめる。「思いだしてみろよ。お前は、実力でグランプリを獲ったんだぞ」

「何言ってんの、バカじゃないの？　新人発掘キャンペーンの時は、他の出場者がド素人でヘタすぎただけじゃん！　そんな中でのグランプリに何の価値があるのよ」

真由が久々に地団駄を踏む。

「あたしは今、そんな話をしてるんじゃないのよ、歌の話をしてるの！　あたしの歌は、中身がないの。空っぽなの。テクニックだけで心がないの。あのとき審査員だった城田さんがそう言ってたもん！」

あらら、と城田万里子が呟く。これまた有川専務と同じ、苦い顔だ。

言いつのるうち、とうとう真由は泣きだしてしまった。

「む……無理よ、ぜったい無理。ひ、独りでステージに立つなんてできっこないよ……」

防音ガラス越しに見ている桐絵にも、涙がぼとぼとと落ち、鼻水が糸を引いて垂れるのがわかる。

「ミチ……ミチルがいたから、何とかごまかせてたけど、あたしだけじゃ無理なの。ひ、独りで歌っ……歌ったり、したら……ほ、ほんとは才能なんて全然ないのが、み、みんなに、みんなに、バレちゃうよおぉっ……！」

仁王立ちで両の拳を握りしめたまま、うおおん、うおおん、と唸り声をあげて髪を振り乱す。

今の真由の、分厚い鎧《よろい》に覆われた心には、誰の言葉も届かないのではないか。ただ一人の例外は今、ロンドンにいる。どうしてやればいいのかと食い入るように見つめていた桐絵は、ボゴッ、と防音ドアの開く音に、驚いて目を上げた。

有川が中へ入ってゆくところだった。

大股に近づいていった有川は、真由が顔を上げるなり、

「この、ばか！」

ぴしゃりと娘の頬を叩いた。

桐絵も城田万里子も、思わず息を呑む。中にいる峰岸や高尾もだ。

「甘ったれるんじゃない！　お前は、土壇場になるといつでもそれだ」

一瞬、泣くのも忘れてぽかんと父親を見上げていた真由が、しだいに顔を歪め、ひっ、ひっ、としゃくりあげると、うわあああん、とまた泣きだした。

けれどその泣き声は、先ほどまでとはまるで違っていた。〈才能〉という名の魔物におびえきった歌手のものではなく、あくまでも、父親に叱られた娘のそれだった。

やがて有川は、娘を抱き寄せると、慰めるように背中をぽんぽんと叩いた。泣きじゃくる声は止まない。

「なあ、真由。お前さっき、自分はニセモノだって言ったな。ミチルはホンモノだけど、自分は違うって」

父親の胸に顔を埋めた真由が、大きく肩を揺らす。

「だけどな、考えてもみろ。お前は、そのミチルの相方で、たった一人のライバルなんだぞ。もしもバディを組んだのがお前じゃなかったら、あいつだってあんなふうには歌えなかった。お前の歌を認めて、お前の歌に感化されて、お前という相棒を信頼してたからこそ、あいつものびのび歌うことができたんだ。わかるだろ？」

真由は、すすり泣くばかりで答えようとしない。

「あいつが今のお前の姿を見たら何て言うと思う？　逆に、あいつだったらこんな時どうすると思う？　そりゃ緊張はするだろうが、それを闘志に変えて、明日のステージに挑もうとするんじゃないか？　うん？」

すると真由は、父親の胸に腕を突っ張るようにして身体を離した。涙と洟でぐちゃぐちゃの顔を拭って言う。

「あたしは、ミチルとは違うもん」

「ほう、どこがどう違う？」

「わかんないけど、世界へ出てって歌えるようなあの子とはぜんぜん違う。あの子の才能はきっと、生まれつきのものなのよ。血筋なんじゃない？　お母さんも昔から歌手だったっていうし、」

「お前の母さんだってそうじゃないか」

「そうだけど、あと、ミチルのほんとのお父さんも……どんな人だか覚えてないってミチルは言ってたけど、そのお父さんもきっと、すごい人だったのよ」

「おいおい、傷つくなあ。お前の父さんは、すごくないってことか？」

「そ、そうじゃないけど……パパだってそりゃすごいけど、そういうことを言いたいんじゃないの。あたしは……あたしなんか、こんなに駄目で……ほんとに駄目すぎて、ミチルとは何もかも違いすぎて……」

こらえきれずにまた泣きじゃくり、うつむくと、真由は、まるで吐くような激しさで言った。

「どうしてあたし、ミチルに生まれてこなかったんだろう。ミチルがよかった。ミチルになりたかった……！」

スタジオの中が、しんとなった。

ピアノのそばの峰岸も、鍵盤の前の高尾も、微動だにしない。さしもの有川専務も娘にかける言葉を見つけられずにいるようで、一度口をひらきかけたがまたつぐみ、難しい顔で黙っている。

調整室にいる桐絵と城田万里子の耳に、真由の乱れた息遣いと洟をすする音だけがくっきりと聞こえてくる。ガラス越しになすすべもなく見つめていると、やがて有川が顔を上げた。

「お前は、自分とミチルがまったく違うって言うけどな。父親である私の目から見ると、きみたち二人はよく似てるよ」

真由以外の全員が、息を呑む。

「……そんなわけ、ないじゃない」

うつむいたまま、真由が呻く。あまりに激しく泣いたせいで、声がすっかり掠れてしまっている。

「な……慰めとけばいいと思って、いいかげんなこと言わないでよ」

「いや。嘘は言わない。ほんとうに、とてもよく似てるよ。ま、当たり前といえば当たり前だがね」

真由が、ようやく視線を上げる。

「……どういうことよ」

顔は涙と洟でぐしゃぐしゃだが、父親の物言いに、初めて自分の苦悩から気がそれた様子だ。

まさか――と、桐絵は自分の心臓の上を押さえた。聞かされたところで真由がすぐに受け容れられるとは思えないし、それどころかむしろ〈姉〉と自分を引き比べてますます絶望を深くするだけではないのか。

ここは割って入るべきでは――それとも出過ぎた真似だろうか。激しく迷いながら、桐絵が腰を浮かせかけた時だ。

横合いから伸びてきた赤いマニキュアの人差し指が、トークバックボックスのスイッチを押した。

「ちょっといいかしら。ねえ、真由ちゃん。いいえ、小鳥真由さん」

突然の声にぎょっとなった真由が、スタジオ内からこちらを透かし見る。桐絵の隣に城田万里子までがいることに、いま初めて気づいたようだ。

「お取り込み中、悪いんだけれどね、あたしに一つ、提案があるの。今ここで、あなたの歌を聴かせてくれない？」

　真由の目が見ひらかれた。

「えっ、今ですか？」

　素っ頓狂な声をあげたのは、真由ではなく峰岸だ。

「ええ、そうよ」

「い、いや、しかし彼女の声は今、決していいコンディションとは、」

「どうだっていいわ、そんなこと。あたしはただ、その子が独りっきりで歌う本気の歌を聴きたいの」

　真由は、声も出せずに立ち尽くしている。棒立ちという意味で言えば、手前に置かれた歌唱用のスタンドマイクといい勝負だ。この部屋を、レッスンではなく録音スタジオとして使う時にだけ出番のあるそのマイクを、城田万里子が防音ガラス越しに指さす。

「ほら、それを使って、こちらにちゃんと聞こえるように歌ってちょうだい。伴奏は、高尾ちゃん、お願いできるわね」

「いいけど、曲は？」

「もちろん、明後日ステージで披露するっていうソロの新曲よ」

「だったらフル・オーケストラのカセットテープがここにあるよ」

高尾が背後に据えられたデッキを指さす。

桐絵は、祈る思いで真由を見つめた。遠目にも、細い肩や指先、膝まで震えているのが見て取れる。

と、有川専務が黙ってきびすを返した。すがるような娘の視線を背中に受けながら壁際まで行き、パイプ椅子に腰を下ろして脚を組む。自分もそこで聴こうという意思表示らしい。

桐絵の隣で、城田万里子がふっと笑った。

「まるで獅子の子落としね」

低く呟いて、再びトークバックボックスのスイッチを押す。

「言っとくけど、これは試験じゃないわ。上手に歌おうとか、あたしに気に入られなくちゃとか、ましてや誰かと張り合おうとか、そんなことはいっさい考えなくていい」

真由は全身を研ぎ澄ませて聞いている。

「あたしにも、いやってほど覚えがあるわよ。歌い手として、凄いライバルがそばにいるっていうのは、幸運でもあるかわりに怖ろしい試練でもある。どれだけしんどいか、あたしにはわかるし、あなたがミチルを意識するのは無理ないとも思う。だけどね、もう一度よーく考えてみなさいな。明後日ステージで歌うその新曲は、〈ティンカーベルの真由〉じゃなくて、〈小鳥真由〉、あなたのためにこそ生み出された一曲でしょ？　ミチルはまったく関係ないはずよ。あの子のテクニックやキーで、その曲が歌いこなせるわけがないんだから。つまりあなたは、その曲を歌ってる間だけ、ミチルっていうライバルから完全に自由になれるはずなのよ」

真由の顔つきが、わずかに変わったようだ。

「その新曲はね、真由、あなただけのものなの。そうしてあたしは、あなたの歌うほんとうの歌が聴きたいの。よけいなことは頭から追い出して、かわりに全身全霊で歌ってみせてちょうだいな。今のあなたが持っている全部を、今のこの瞬間にこめて」

スイッチから指を放し、体を起こした城田万里子は、ガラス越し、ピアノのそばの峰岸に向かって軽く顎をしゃくった。弾《はじ》かれたように動いた峰岸が、スタンドマイクを取ってきて真由の前に据え、高さまで合わせてから元の場所へ戻る。

茫然と、しかし先ほどまでとは違う顔つきで立ち尽くしていた真由が、首を捻《ひね》って高尾を見やった。峰岸を見やり、壁際に座る父親を見やり、それから城田万里子に視線を戻す。

最後に、調整盤の前に座っている桐絵をまっすぐに見てよこした。桐絵が頷き返すと、彼女も小さく、けれど決然と頷く。

背後で高尾が、カセットデッキの再生ボタンを押した。

エピローグ★スターダスト

今、あの舞台の上で輝いている星たちのうち、来年も残っているのは何人だろう――。

樋口桐絵は、同僚の峰岸俊作とともに舞台袖の暗がりに立ち、次々に現れては持ち歌を披露する歌手たちを見つめていた。

東京でも有数の大きなステージで行われる歌謡祭、生放送の公開イベントだ。本番が一時間半後に迫る中、リハーサルは順調に進んでいる。いま歌っているのは昨年のレコード大賞新人賞を獲った青年歌手で、次がピンキーガールズ、そのあと森進吉がブルースを歌ったら、トリが城田万里子だ。

ちなみにトップバッターの真由はとうに自分の番を終え、ヘアメイクまでいちばん先に済ませて、気が抜けたように桐絵たちの後ろの椅子に座っている。一昨日はあれほど癇癪を起こし、独りで歌うなんて絶対に無理だと泣いたくせに、いざとなると堂々としたものだった。

番組プロデューサーから末端のスタッフに至るまで、リハだというのに思わず聴き入ってしまったほどだ。

ワンコーラス目の最初はまだ震えていた声も、サビを歌いだす頃には落ち着いて、Cメロにさしかかるといよいよ本領発揮となった。以前は少し細かった高音部までがしっかりとした幅をもって前に出て、こちらの胸元にストライク・ボールよろしく、どすんと伝わってくる。

一昨日、同じ歌を調整室で聴いていた時、桐絵は涙が出そうだった。いつのまにこんなに巧くなっていたのか。いや、巧さだけではない、言葉の一つひとつを丁寧に深く考えて歌うようになったのは、彼女自身がそれだけ大人になってきた証しだろう。歌い終えた真由が、できることはすべて出しきった表情で頭を下げると、城田万里子はガラス越しに彼女を見つめながら大きな拍手を送った。ちょうど、素人のど自慢の時、審査員席からミチルに送ったあのスタンディング・オベーションのように。

あの拍手がなければ、きっと真由は今日のステージを迎えられていない。心の裡で、桐絵は城田万里子に何度でも頭を下げたい気持ちだった。

「あのう、すいません。ちょっといいスか」

背後からの声に、桐絵と峰岸はふり向いた。ディレクターの加藤が、やや息を切らして立っている。

「どうしたの？」

「今、有川専務から真由を呼んでくるように言われたんスけど。いるなら樋口先輩も一緒にって」

「え、俺は？」

と峰岸が不満げに言う。

「わかんないスけど、こっからみんないなくなるわけにいかないっしょ。リハーサルったって、うちから出るピンキーも城田さんもまだなのに」

後輩の加藤のほうが、言うことがしっかりしている。

桐絵は、真由と目を見交わしながら訊いた。

「で、専務は今どこ？」

「すぐ上の階です。この番組の制作部長んとこへ挨拶に」

つまりは真由にもひとこと礼を言わせたいということなのだろう。新たにソロ・デビューする彼女を今夜のトップバッターにと、便宜を図ってもらえたのは確かにありがたい。

「わかった。真由、急いで行ってこよう」

桐絵が促すと、彼女はおとなしく頷いて立ち上がった。本番までにはまだ間があるが、このあとステージ衣装に着替える時間も見ておかなくてはならない。これまでよりぐっと大人っぽいワンピースを、今日のために誂《あつら》えてある。

加藤の後について通路から階段を上り、雑然とした番組制作室の奥へと入ってゆくと、制作部長の名札が置かれたデスクで、有川専務が誰かと電話中だった。こちらを見て、真由を手招きする。

デスクの向こう側から、ごま塩頭の制作部長が「やあ」と笑った。

「このたびは、まことにお世話になっております」

頭を下げた桐絵が名刺を取り出そうとするのを、制作部長は片手を挙げて押しとどめた。

「挨拶はあと、あと。まずはそっち」

「はい？」

ちょうどその時、有川が耳から受話器を離し、真由に向かって差し出した。けげんな面持ちの彼女に向かって、早く、と振り立てる。

おずおずと手を伸ばした真由が受け取り、耳に当てる。

「……もしもし？」

とたんに、その目が大きく見ひらかれた。

「うそ……ミチル？　ほんとにミチルなの？」

桐絵も仰天して、有川を見やった。ニヤリとした有川が、電話の邪魔にならないよう低い声で言う。

「さっきのリハーサルを聴いて、これならご褒美も必要かと思ってね」

なるほど、真由がろくに歌えていなかったとしたら、遠い国で頑張っている相方の声を聞かせるのは逆効果だったかもしれない。彼女が今回、自分で壁を打ち破ったからこそ、有川はミチルの言葉が励みになると踏んだのだ。

「元気でやってるんでしょうか、あの子」

「ああ、ロンドンの水が合ってるらしい。きみも、真由のあとでちょっと替わって話すといいよ」

そんな勝手をしていいのだろうかと見やると、制作部長が大きく頷いてくれた。

「……うん。……わかってる。任しといてよ、あたしを誰だと思ってんの?」

話しながら、真由の瞳に力がみなぎってゆくのを、桐絵は万感の思いで見守った。こんな日が来ると、誰に予想できただろう。あんなにもいがみ合っていた二人が、唯一無二の相棒同士になるなんて。

「あとで、録音したやつを送るから聴いて。そっちのも送ってよね。……うん。じゃあ、替わるね」

話し終えた真由が、受話器を桐絵の胸に突きつける。父親の言葉が聞こえていたわけでもなかろうに、当然話すものと思っているようだ。

受け取って、耳に当てた。

「……ミチル？」

声が向こう側に届くのに、少しのズレがある。

〈わあ、桐絵さん！　元気にしとったと？〉

懐かしい声が返ってくる。遠いとおい場所から、この細い回線を伝わって。

桐絵は、鼻の奥の痺れを懸命にこらえた。真由でさえも泣かずに話したものを、ここで自分が泣いたりしてどうする。

「もちろん元気よ。あなたは？」

〈うちも！　真由と桐絵さんの声ば聞けたけん、もともとの元気が百倍にもなりよる〉

ミチルの声が弾んで聞こえる。

「そっちの生活はどう？」

〈日本とあんまり違うことばっかりで初めは驚いたばってん、もうだいぶ慣れたけん。ただ、食べものがあんまり……。桐絵さんとよう行きよったお店の醤油ラーメンと半チャーハンが恋しかぁ〉

思わず笑ってしまった。生まれ故郷の豚骨ラーメンでないところがミチルらしい。

〈いま真由に聞いたっちゃけど、今日、いよいよこれからなんやろ？〉

言われてどきりとする。本番まで、あと一時間。悠長に構えてはいられない。

「そうなの、応援しててね。元気な声が聞けて嬉しかった。また連絡するから」

〈うん！　真由に、お守り握りしめて祈っとーけんね、って伝えとってくれんかいな〉

「わかった。伝えるわ」

くれぐれも身体に気をつけて、と言いながら桐絵は、有川専務を、そして真由を見やり、ミチルからの言葉を伝えながら受話器を置いた。それからもう一度、制作部長に頭を下げた。

「ありがとうございました」

隣で真由も、同じようにしている。

「なんのなんの。電話がつながってよかったよ。来年あたりミチルくんがまた戻ってくるようなら、二人してうちの番組で独占インタビューなんてのをやってもらいたいもんだね」

「その時は是非よろしくお願いします」

と、有川が横から請け合った。

ピンキーガールズの楽屋へ行くという加藤と途中で別れ、桐絵と真由が舞台袖へ戻ってみると、峰岸は、リハーサルのトリで歌い終えた城田万里子を出迎えたところだった。

「おはようございます！」

きっちり頭を下げる真由に、まだブラウスとスカート姿の城田万里子が「おはよう」と柔らかい笑みを向ける。

「もうさあ、遅いんだよ。何してたんだよぐずぐずと」

峰岸が文句を言う。自分だけ置いて行かれたものだからむくれているらしい。わかりやすい男だ。

「ほら真由、そろそろ着替えないと間に合わないぞ」

「……うん」

そういえば今日は、加藤が真由の家まで迎えに行って、この会場まで連れてきたのだった。

今さらだが一応確かめる。

「衣装とか、ちゃんと揃ってる？」

「うん。楽屋にある」

真由は頷いた。

「これまでより大人っぽいワンピースなんですって？　楽しみね」

城田万里子に答えようとした真由が、ふっと口をつぐんで目を伏せた。

「どした？」

横から桐絵が覗きこむより早く、再び顔を上げる。

「桐絵さん」きっぱりと言った。「あたし、先に戻ってるから後から来て」

「あら、いま一緒に行くわよ」

「ううん、違うの。せっかく新しい衣装だから、着替えてる途中じゃなくて、ちゃんと仕上がったところを見てほしいの」

気持ちはわかる。出演者の楽屋はこの舞台袖の奥から出た通路のすぐ先に並んでいるし、結髪もスタンバイしていて、さっき済ませたヘアメイクの手直しまでしてくれるはずだ。

オッケー、と桐絵は明るく言った。

「うんと綺麗にしてもらっておいで。後で楽しみに見に行くから」

「――ありがとう」

思わず、まじまじと顔を見てしまった。

「何よ」と真由。

「何でもないわ。早く行ってらっしゃい」

足もとに這い回るケーブルを器用によけて、真由が奥から通路へと出てゆく。その細い背中を見送りながら、

「……聞いたかよ、おい」峰岸が言った。「『ありがとう』だってよ。この真夏に、雪でも降るんじゃねえのか？」

城田万里子が、ばかねえ、と笑った。「大人になったってことよ。なんだかちょっと寂しいような気もしちゃうけどね」

そうして桐絵に目を移した。

「で、ジョージは何て？」

有川専務が真由を呼びつけたことは、峰岸から聞いていたらしい。

「ロンドンのミチルと国際電話がつながってました。真由へのご褒美だって」

「へえ。あの野暮天もたまには気の利いたことするじゃないの」

ずいぶんな言い草だ。思わず苦笑した拍子に、張りつめていた気持ちが少しほぐれる。

「一昨日ははらはらさせられたけど、結局、父親は父親ね。娘の気性をよくわかってるわ」

あの晩、持てるもの全部を出し尽くして歌いきった真由が、魂が抜けたようなふわふわした状態のまま峰岸に付き添われて帰っていった後で、スタジオに残った城田万里子と桐絵は、有川専務を問いただした。

彼はしかし、女二人に睨まれても臆する様子もなかった。

〈まさか俺が、真由にあのことを打ち明けるとでも思ったのか？〉

〈思ったわよ。冷や汗かいたわ〉

と城田万里子が鼻から息を吐く。

〈いくらなんでも、そんな大事なことを不用意に言うわけないだろう。この先、打ち明けるべき時が来るかもしれないし、永遠に来ないかもしれないが、いずれにせよ今ではないよ。どう考えても、二人が日本とイギリスに離れている今を選ぶ必要はない〉

〈じゃあいったい、さっきは何を……〉

〈二人が似るのも当たり前、の続きか？〉

〈そうよ〉

するとと有川はニヤリとした。

〈なぜなら磁石のS極とN極は引き合うものだからだ、と言うつもりだった〉

〈磁石ね。確かに反発もし合ってたけどね〉

〈そう、それがくるりと反転したわけさ。性格も持ち味も対照的なライバル同士、切磋琢磨《せっさたくま》しながら欠点を補い合って、おまけにあれだけしんどい試練を一緒に乗り越えてきたんだ。欠けていた魂そのものががっちり嚙み合って、一つに溶け合うのは当然だろう？　血のつながりなんか正直どうだっていい。二人とも歌を愛する魂は同じで、真由がミチルに与えたぶんだけ、ミチルからも沢山のものが真由の中に流れ込んでる。だからお前に歌えないわけがない——そんなふうに言ってやるつもりだったんだが、何か？〉

文句があるかと言いたげな口ぶりだった。

「やれやれよねえ……」

同じく思い返していたのだろう、城田万里子がため息をつく。

「あれでもマシになったのよ。少しは清濁併せ呑む術《すべ》を覚えてくれたみたいでほっとしたわ」

げんなりとした面持ちだった。

「さて、あたしもそろそろ仕度しなくちゃ」

え、もうそんな、と峰岸が時間を見る。桐絵も同じく腕時計を覗いた。午後六時二十分。七時の本番まで、残すところ四十分だ。

「今日はお着物なんですよね」

と訊くと、城田万里子は頷いた。

「もちろんよ。公開生放送のトリだもの、うんと豪華に締めくくってやらなくちゃ」

艶然と、いや傲然と微笑んだ彼女とともに、奥から通路へ出て楽屋へ向かう。じゃあ後で、と城田万里子がドアを開け、中で待っていた結髪と言葉を交わすのが聞こえてくる。

その隣、〈小鳥真由様〉と札の出ている楽屋のドアを、桐絵はノックした。あれから十五分、さすがに着替え終わっている頃だ。

はい、と中から声が応え、ドアが開いた。この局で何度か世話になっている結髪担当の若い女性が、ほっとした顔になる。

「お待ちしてたんです。そろそろ着替え始めないと。……あの、真由さんは？」

「え？」

「御一緒じゃないんですか？　さっき一度ここへ来て、荷物を持ってどこかへ……」

「さっきって？」

「十分か、もうちょっと前です」

「どこかって、どこへ」

「さあ。『待っててね』ってそれっきり」

大きな鏡の横に、青いワンピースが吊るしてあるのが見える。今夜のために誂えた衣装だ。

桐絵は、峰岸と顔を見合わせた。何か、とてつもなく嫌な予感がする。

「持って出たのはどんな荷物だった？」

と、峰岸が前のめりに訊く。

「おうちから持ってきた大きめの……」

「水色のスポーツバッグか？」

「そうです」

地方公演の時などに真由が使っているバッグだ。

「中身は？」

「さあ、そこまでは」

矢継ぎ早に訊かれて泣きそうな顔になっている。

「申し訳ありません。てっきりそちらへ戻られたとばかり……」

彼女に責任はない。非があるのは、真由を独りで来させたこちらのほうだ。

「とにかく探しましょう」桐絵は言った。「私、女子トイレと、他の楽屋を覗いてきます。先輩は？」

「俺は先に外を見てくる」

もし土壇場で怖じ気づいて逃げ出したのだとしても、まずは連れ戻さなくてはならない。

「番組サイドにはどうします？　万一のために歌唱の順番を変えてもらうとか」

「いや、まだ待て。大事な時だ。騒ぎを大きくしたくない」

桐絵は峰岸に向かって頷き、駆け出した。

同じフロアの女子トイレを個室まで全部覗き、さっき訪ねた上のフロアへの階段を駆け上がる。そちらのトイレにも真由はいない。

天井のスピーカーがプツリと音を立てた。

『えー、間もなく開場の時間です。十八時半になりました、開場の時間です』

開演三十分前、観覧席に今日の観客たちが入ってくる。見る間に席は埋まり、そのあとは開演五分前の一ベルが鳴り響くだろう。

息を切らし、腋《わき》にいやな汗をかきながら再び階段を駆け下りて、ピンキーガールズの楽屋を覗き、だべっていた加藤の尻を叩き、念のため城田万里子の楽屋にも声をかける。ベテランの着付師が二人がかりで、薄く透ける絽《ろ》の着物に豪奢《ごうしゃ》な夏帯を締めているところだった。しゅるしゅると衣擦《きぬず》れの音がする。

事情を聞いた城田万里子は、「ふうん」と言っただけだった。とくに驚いた様子もない。

「もしかして、お心当たりでも？」

すがる思いで訊くと、彼女はうなじの後れ毛を撫で上げながら微笑した。

「ないけど、アドバイスなら一つだけ」

「お願いします！」

「あの子をもっと信じてやんなさいな」

とたんに、噴火するような勢いで反発が突き上げてきて、桐絵は思わず叫んだ。

「そりゃ、そうしてやりたいですとも私だって……！　でももう時間が、」

「あたしならここよ、オバサン」

弾かれたように、桐絵はふり返った。

通路にぽつんと、ミチルが立っていた。

いや、違う、立っているのは真由だ。肩から水色のスポーツバッグを掛けた真由だ。

「あなた……」茫然と呟く。「ど、どうしたのよ、それ」

そばにいた加藤が我に返り、とにかく峰岸さんに、と駆け出していく。

桐絵は、言葉も出ないまま、目の前の少女を凝視した。

「どうもしないわ。自分で考えてやったの」

ついさっきまで背中に届くほど長かった髪が、後ろと横は顎のライン、前髪は眉が見え隠れするほどの短さで、どちらも一直線に切りそろえられている。わずかに前髪が斜めになっているのは急いだせいだろう。

服装もまた、いつもの真由とはまるで違っていた。白いTシャツの上から、前にミチルが衣装として着たことのある黒革のベストを重ね、赤いタータンチェックのプリーツスカートに、足もとは……。

見おろして、桐絵はなおさら声が出なくなった。黒のワークブーツ――ロンドンへ発つ間際、空港で見送る真由にミチルが残していった、あのごついブーツだ。

真由が、スポーツバッグを足もとに置く。家を出る時からこうするつもりで持ってきたということか。

後ろの楽屋はしんとして、衣擦れの音さえ聞こえない。城田万里子も着付けを中断し、こちらを見守っているらしい。

「ごめんなさい」と、真由が言った。「でもあたし、これでやっと歌える気がするの」

「真由……」

「ティンカーベルが、忘れられちゃうのはイヤなの。この先何度も、あたし独りでステージに立って、あたしの隣にミチルがいない絵面《えづら》にみんなが慣れてって、まるで初めからいなかったみたいになってくのは絶対にイヤ。我慢できない。あたしは、あたしの歌をちゃんと歌うわよ。だけど、ティンカーベルは消さない。いつかあの子が帰ってきた時……もしかしたら一年じゃ帰ってこないかもしんないし、向こうが良くてずっと帰ってこなくなっちゃうかもしれないけど、それでも、いつかまた二人で演れるなら、あたしは一緒に演りたいの」

彼女の右手が、胸にさげた星のペンダントをぎゅっと握りしめている。

桐絵は、喉に絡まるものを飲み下した。

「……それで、その格好ってわけ？」

「いけない？　お嬢様路線なんてもうまっぴら。あたしはソロ歌手の〈小鳥真由〉で、同時に〈ティンカーベルの真由〉でもあるの。だからこれで……ミチルと真由をミックスした、この格好で歌いたいの。いいでしょ？」

畳みかけるように迫られ、たじたじとなる。

と、通路の奥から峰岸と加藤が戻ってくるのが見えた。

道々報告を受けていたらしく、峰岸は真由の短い髪については何も言わず、服装を上から下までじろじろと眺めて、はっはあん、と唸った。

「かっこいいじゃねえか、なかなか」

とたんに真由の顔がぱあっと明るくなる。

「いいねえ、俺は好きだね、こういうの」

「ちょ、先輩！　褒めてどうするんですか」

桐絵は峰岸の肘を引っぱった。

「何だよ、何を揉めてんだよ。そんなに目ぇ吊り上げて怒るなって、おっかねえから」

「吊り目は生まれつきですッ！」

何度言ったらわかるのだ。

「そんなことより、いいんですかほんとに。ここまで『鳳プロ』を挙げて詰めてきた〈小鳥真由〉のイメージとは、あまりにもかけ離れてるじゃないですか」

「まあそうだけどさ、だからってお前、切っちまった髪は戻せまい？　この髪型じゃ、予定してた衣装なんかとうてい似合わんしさ」

また天井のスピーカーがプツッと鳴った。

『アー、アー。本番、十五分前です、本番、十五分前です。五番目までの出演者の皆さんはそれぞれ、打ち合わせの通り、舞台袖に集合願います』

ほーらな、と峰岸。

「時間もねえことだし、今日はこのまま突っ走るしかないっしょ。案外、こっちのほうが新曲の雰囲気には合ってるかもしれんぞ」

「あたしもそう思う！」

と、真由が意気込む。

「おう。とにもかくにも、その斜めになった前髪だけ何とかしてもらいな」

「うん！」

やけに張りきる二人を、桐絵は茫然と眺めた。それこそ癇癪を起こして地団駄を踏んでやりたい気分だった。どうしてこの男にかかると物事がこうも単純化するのかと苛々しつつ、真由の満面の笑みを見ると、納得する他はなくなる。こちらだって、思うとおりにさせてやりたいのはやまやまなのだ。

と、楽屋の中から、凛《りん》とした声が飛んだ。

「真由」

はい！　と答えた彼女が、黒ブーツの踵を合わせて直立不動になる。

帯締めを自分の按配《あんばい》でぎゅっと結び終えた城田万里子は、竹の扇子を帯の左脇に差すと、こちらをまっすぐに見据えた。

「留守を預かろうって覚悟があるんなら、なおのこと——今日の歌にすべてをこめなさい。培ってきた力と、伝えたい想いをね。モニター越しに、ここから応援しているわ」

「……はい！　ありがとうございます！」

膝につくほど深く、真由が頭を下げる。紅潮した頰の両側に、切りそろえたばかりの髪が落ちかかった。

夜空に輝く星のすべてが一等星だったならどうなるだろう。全部が太陽だったらどうなるだろう。目がくらんで、まともに見上げることもできまい。

この手で〈スター〉を作り出してやろう、それもできるだけ巨《おお》きな星を——そう思って突き進んできたけれども、それだけでは足りなかったのかもしれない。

数えきれない星のほとんどがひそやかに瞬くからこそ、特別な星が輝きを放ち、皆がそれを愛でることもできるのだ。プロダクションの仕事というのは必ずしも巨星を発掘することではなく、歌を愛する小さな星の一つひとつに心を注ぐことではないのか。

＊

ステージ上手の袖に、番組の主なスタッフが顔を揃えている。舞台にはまだゴブラン織りの分厚い緞帳《どんちょう》。十九時にはその幕がしずしずと上がり、観客の拍手とともに高尾良晃率いるオーケストラの演奏が始まり、やがて司会者によってトップバッターの名前が紹介され、新曲のイントロとともに真由がステージへ走り出てゆく、という段取りだ。

その瞬間を待ちながら、桐絵は峰岸とともに真由の両側に立っていた。後ろには有川専務も、加藤もいる。日常とも言える光景なのに、これほど緊張するのは初めてだ。

「一ベル入ります！」

舞台監督の声がかかり、ベルが長々と鳴り響く。プロデューサーが言った。

「さあ、いよいよだ。よろしく頼むよ」

頷いた真由が、くるりと身体ごとふり返って、スタッフ全員の顔を見まわした。

「皆さん、初めまして。今日、この番組でソロ・デビューする、小鳥真由です。精いっぱい歌いますので、よろしくお願いします！」

桐絵は、思わず峰岸を見やった。彼もあんぐりと口を開けている。

スタッフたちから自然と拍手が湧く。客席を憚って小さいが、好意的な拍手だ。

もう一度ぺこりとお辞儀をした真由が、再びこちらへ向き直るなりけげんな顔をした。

「やだ、どうしたの？」

「だっ……」声にならない。「だって、まさかあなたがそんな立派な挨拶を」

「なに泣いてんのよもう。バッカじゃないの？」

憎まれ口に、

「よかった。それでこそ真由よ」

思わず言うと、有川専務までが後ろで噴き出した。

「本ベル入ります！」

舞台監督の声が響く。

桐絵は、急いで涙を拭った。きっちり十五秒間のベルが鳴り渡り、ふっと止む。

ごお……と音を立てて緞帳が上がり始め、オーケストラがファンファーレのようなオープニング曲を奏で始めた。

と、真由が、桐絵の目をまっすぐに見た。

「いつものやつ、やってよ」

「え？」

「ミチルとあたしの出番前にはいつもやってくれてたでしょ。あれやってよ」

緞帳は上がりきり、観客の拍手も止んで、司会者とアシスタントが話し始めている。

「……わかった。いくよ」

桐絵は、右腕を真由の細い肩に回した。星のペンダントを握りしめている彼女の手を、空いている左手で上からぎゅっと握り、強い小声で告げる。

「ティンカーベルは最高！」

うん！　と真由が頷く。

「小鳥真由は天才！」

ぷふ、と彼女が噴き出す。

ステージから司会者の声が聞こえてくる。

「さあ、トップバッターはこのひと！　ティンカーベルでひとつの伝説を作った真由ちゃん、今日が堂々のソロ・デビューです！」

大きな拍手と歓声が湧き起こる。

桐絵は言った。

「怖いものなんか何もないよ。さあ、今日も気持ちよく歌っといで」

肩に回した腕をほどくと同時に、少女の背中をぽん、と叩いてやる。

「それでは歌って頂きましょう。新生・小鳥真由、曲は、『スターダスト』！」

イントロが流れる中、赤いタータンチェックのスカートをひるがえし、足もとをごつい黒ブーツで固めた真由がステージへ走りだしてゆく。

スターダスト——星屑。

ずっと苦しかった自分を抱きしめる歌、いま踏み出せずにいる誰かの背中をぽん、と叩く歌を、彼女が切々と歌い始める。いつのまにか繊細さと強さの両方を獲得した、声と、心で。

切りそろえたばかりの少女の髪が、またしても涙に霞《かす》んでゆく。

桐絵は、懸命に目を見ひらいた。

スポットライトの降り注ぐ下、まばゆく輝くその姿に、遠くで頑張っているもう一人が重なって見える。

解　説——スターを育てた〝わきまえない〟女たち

佐々木恭子

なんと読後感のいい小説なのでしょう。

ミチルと真由。

彼女たちの十年後に会いたくなる。

物語中の二人の少女は、きっとこれからも私の心の中で成長し続けていくような気がしています。

ぜひ、いつもは〝後書きから読む派〟の方も、まずは本編を読了して、そのあと私と「読後感」を共有していただけたら幸いです。平たく言うとこの解説、ネタバレしております
……。

一九七二年生まれの私にとっては、テレビの中のスターは眩《まばゆ》い存在でした。『ザ・ベストテン』『夜のヒットスタジオ』『歌のトップテン』……週に三度も豪華な生放送の歌番組があり、自分の人生とは一生交わりそうもないスターたちが「今、この瞬間」喋《しゃべ》り、歌っている姿を観られる高揚感。ビデオもない、ましてや見逃し配信などもない「一度きり」の生放送は、私にとってはお祭りごとでした。瞬《まばた》きすらせずにスターの一挙手一投足を焼き付けたい……なんと刺激に満ちた日常だったのでしょう。繰り返し聴いたサザン。テレビには出ないとされていたユーミンの初登場。どちらが1位を獲るか毎週しのぎを削っていた、松田聖子と中森明菜。

カセットデッキをテレビの前に置いて、兄と二人、好きなスターが登場する瞬間は、両親に「しーーーーーーっ！！！　声出さんといて！」と懇願して録音したものでした。

カセットテープの中の歌声はざらざらとしたノイズだらけで、おまけに空気を読まない父親がうっかり声を出し、兄や私が厳しめにたしなめる声も入っているような代物ながら、それらのテープはとっておきの宝物でした。

一方、スター＝星のように遠い存在ながら、決してキラキラしていない本名や、また育った家庭環境をも、なぜだか観る側は知っていました。芸能界への登竜門となる大がかりなオーディションや、スカウト。誰かに才能を見いだされ、人々の熱狂にさらされる覚悟のできる人だけが、スポットライトの下に誘《いざな》われる。スター育成のプロセスは、奇跡と野心がないまぜで、シンデレラストーリーをリアルに体現できるスターたちの強靭さが、画面越しに、とんでもない魔力を放ってくれていました。

だからこそ、毎週のランキングから賞レースの行方、大手プロダクションが同期として打ち出すライバル関係、大晦日の紅白の当落選も……これら全てのドラマ的展開が、〝お茶の間〟(今や現実を伴わない言葉ですね)の一喜一憂の対象でもあったのです。

……と、『星屑』の舞台となる昭和歌謡の思い出を語るだけでも、時が過ぎていきそうです。

ただ、この読了後の充実感を支えているのは、私にとっては、単に昭和歌謡へのノスタルジーや、芸能界の舞台裏への好奇によるものではありません。

物語を動かすのは、いわば「わきまえない」女性たち。

自分を信じて突き進む情熱が、既定路線を覆していくのです。

組織の理屈や文脈を読まない桐絵。これまた忖度とは無縁で、〝いつもホントのことしか言わない〟大御所歌手の城田万里子。

桐絵の行動は、「イチ社員」の行動としては、とても褒められたものではありません。

博多のライブハウス「ほらあなはうす」で聴いたミチルの歌声に心を射抜かれ、誰の承認も得ずに自腹で再度観に行き、そのまま親と話をつけてミチルを東京に連れて行く。生活の面倒を見るのも桐絵自身。

会社員生活約三十年の私の目には、常軌を何周も逸脱しています。当然、ハレーションは起きる。その年鳳プロからデビューさせる新人は、オーディションを経て真由と決まっていたのだから。

私が桐絵の先輩だったら、ランチにでも誘い出して、やりたいことを実現するにはいかに根回しが必要かをこんこんと諭すことでしょう……。

根回しは、別に組織へのおもねりでも卑怯な手段でも何でもなく、実現したい夢に向けての仲間づくりなのだよ、と。

ただ、「私が責任もちますから、やります！」という強烈な思いの個人のブッコミ（あえて旗振り、牽引、ではなく〝ブッコミ〟と言います）がないと、そうそう時代を背負うようなオモシロイことが起きないのも、また事実なのです。

データも根拠も超えた、「絶対に」イイものはイイ！　という確信。

岩に小さな穴を開けるのが桐絵の役割ならば、それをみるみる溶かして広げてくれたのが、城田万里子と作曲家の高尾良晃です。

単なる情熱や行動力だけでは目もくれない、ましてやパワーゲームには一切興味がない。〝いい歌を届ける〟ことが人生の核である、プロとしての矜持。

一方、組織の理屈ではなく「わきまえない」大人たちに未来の可能性を見いだされたミチルと真由も、どうにも御しがたい思春期の自我をぶつけ合いながら、徐々に「私はこうありたい」と自分の軸を表出させていきます。

大人の思惑や、泥臭い打算とは裏腹に、半人前の二人のスターが意志ある人生を歩き始める、その一歩目の瞬間。

私自身、この小説の中で最も好きなシーンでもあります。

自分の声が手繰り寄せたチャンスに賭け、イギリスに旅立ったミチル。

長かった髪に自分でばっさりとハサミを入れた、真由。用意されていたお嬢様路線との決別、です。

「どうぞ見て！　これが私！」と魂が叫んでいるかのように。

二人の輝きの向こう側に、意志をもって自分の人生を選択してきた女性たちの姿が——ミチルの母・美津代の、桐絵の、城田万里子の選択と覚悟が——それぞれに呼応します。

この文庫解説をお引き受けするにあたり、「無茶と背伸びは進んでする」と決めている私は、「ぜひ！　やらせていただきます」と即答でした。

読者として『放蕩記』（二〇一一年）以降のお付き合いの私にとっては、村山さんの作品に対峙するには相手が大きすぎて、何か手繰り寄せるべく、これまでのインタビュー記事などを拝読。驚いたのは、作家として名が知られ、本が売れてもなお村山さんが、「私には才能などなく、ホンモノではない。作家っぽく擬態しているにすぎない」という感覚に苛《さいな》まれていたということでした。

ホンモノか擬態か。

ミチルと真由の二人のキャラクターにも、その葛藤は反映されているような気がします。声と、リズムセンスとソウルが天性のミチル。希求するのは「とにかく歌を歌える」時間。一声聞けば、それは「引力」としか言いようのない魅力を放つ。

片や、歌もダンスも全てが〝うまい〟のに、「歌に心がない」と城田万里子の評を受けた真由。芸能サラブレッドゆえの、プライドとコンプレックス。

この小説が愛おしいのは、そのどちらがスターとしてより優れた資質であるかどうかを問うのではなく、どちらのありようもＯＫ！　と抱擁する眼差しがあるからだと思います。

いわば、両者は磁石のＳ極とＮ極であって、強く引きあい結び付いてこそ出せるバイブレーションがあることを、俯瞰した立ち位置で、存在承認しているのです。

村山さんご自身も、母親の期待通りに振る舞う子どもであり、また作家になってからも、かつてのパートナーから青春小説だけを書いてほしいという枠に閉じ込められたことを、度々語っていらっしゃいます。

自分の意志をもって、主体的に生きる。人生を選択していく。

村山さんを閉じ込めた鴨川の家から〝出奔〟する衝動と、真由が髪を自分で切る衝動が、私には重なって映るのです。

どうぞ見て！　これが私。

誰に何と言われようと、それまで自分で抑え込んでいた自我が、自分の殻を突き破ってくる瞬間の、自由と、強さと、しなやかさ。

出奔する道すがら、村山さんがボン・ジョヴィを聴いたというエピソードが、個人的には大好きです。

一旦自分を正直に発露させてしまえば、それまで労わってあげることのできなかった〝ホンモノ〟の自分と和解できるのでしょう。

私を含めて、多くの人の人生は、自分の才能がホンモノか擬態かを突き付けられることはなくとも、生きている限り大命題と向き合っています。

私は私として生きているのか。つまり、今の私は、ホンモノ!?　かどうか。

さすがに五十歳を過ぎた私が、0地点からホンモノの自分探しの旅に出るわけではありませんが、翻ると、自分を主語として人生を選択してきたか、そこに〝納得と覚悟〟があるかどうかは、今も自問自答しています。朝一番、シミも皺もたるみもくすみも……全てが刻まれた鏡に映る自分と対峙しながら……。

たとえどんな選択であれ、「これが私！」の発露を正直に積み重ねることが、自分だけのオリジナルな道になると信じつつ、いつでも髪を潔く自ら切るハサミを、手のひらに携えていたいと思うのです。

――フジテレビアナウンサー

この作品は二〇二二年七月小社より刊行されたものです。

星屑《ほしくず》

村山由佳《むらやまゆか》

令和7年1月10日　初版発行

発行人――石原正康
編集人――高部真人
発行所――株式会社幻冬舎
〒151-0051東京都渋谷区千駄ヶ谷4-9-7
電話　03(5411)6222(営業)
　　　03(5411)6211(編集)
公式HP　https://www.gentosha.co.jp/
印刷・製本―中央精版印刷株式会社
装丁者――高橋雅之

幻冬舎文庫

ISBN978-4-344-43449-3　C0193　む-7-4